Paul Quincy
Entermesser blank
Reihe: William Turner
Kuebler Verlag

Das Buch

Piraten und Schmuggler überfallen die kleine Hafenstadt Puerto Santos an der Küste Spanisch-Südamerikas, um sie als Stützpunkt zu nutzen. Lieutenant William Turner mit seiner Slup *Shark* erhält den Auftrag, sich darum zu kümmern - und trifft auf die Capitana eines Piratenschiffes. Zeit der Handlung: Um 1777
Band 2 der Reihe über den Aufstieg des William Turner (genannt „Wild Bull" Turner) von Paul Qunicy

Der Autor

Paul Quincy war Seemann und weltweit als Wachoffizier und in leitender Position auf Schiffen der Großen Fahrt unterwegs. Neben seiner Tätigkeit als Autor hat er als Übersetzer etwa 60 Romane und Fachbücher – zum größten Teil historische maritime Romane aus den Napoleonische Kriegen – vom Englischen ins Deutsche übertragen. Paul Quincy verknüpft in der Reihe um William Turner Spannung mit historischen Fakten und viel Wissen über die Lebensumstände der damaligen Zeit.

Paul Quincy

Entermesser blank

William „Wild Bull" Turner und die Capitana

Band 2 der Reihe „William Turner"

KUEBLER VERLAG

Mehr Informationen zu diesem Buch, zum Autor und zu anderen maritimen Romanen erhalten Sie hier:
www.kueblerverlag.de

Impressum
Neu durchgesehene Ausgabe im Kuebler Verlag.

Dieser Titel ist 2007 erstmals unter dem Titel „Entermesser blank – Mut pur“ im Ullstein Verlag erschienen.

ISBN 978-3-942270-00-7

Kapitel 1

An der Nordküste von Spanisch-Südamerika, 31.12.1776

Die letzten Strahlen der Abendsonne zauberten goldene Reflexe auf die leicht gekräuselte Oberfläche der großen Lagune und warfen ein sanftes Licht auf die Mauern und Dächer der kleinen Stadt an der Spitze der langgestreckten Halbinsel, die sich von West nach Ost erstreckte. Im Süden hinter der ausgedehnten Wasserfläche türmten sich über der Sierra schwarze Wolkenballen zu einer drohenden Gewitterwand zusammen, in der es schon heftig wetterleuchtete. Dichte schwarze durcheinanderwirbelnde Mückenschwärme tanzten über der Lagune und insektenvertilgende Vögel schossen hin und her und füllten sich ohne Anstrengung die Mägen, allerdings schien die Zahl der blutsaugenden Quälgeister durch ihre Anstrengungen keineswegs abzunehmen.

Man schrieb den 31. Dezember 1776, aber hier an der Nordküste des von Spanien beherrschten südamerikanischen Kontinents auf ungefähr 10° nördlicher Breite war von winterlichen Temperaturen nichts zu spüren. Die Bewohner von Puerto Santo genossen die Zeit, in der ihnen die Sonne mittags nicht senkrecht auf den Scheitel brannte, sondern mittags nur etwa 60° hoch am Himmel stand. So war es jetzt immer noch warm am Kai, und die Seebrise, die feuchtigkeitsgeschwängert von der See im Norden durch die Gassen zur Lagune zog, sorgte für willkommene Abkühlung.

Auf den zwei kleinen Küstenseglern, die vor den Lagerhäusern am Kai an der Avenida del Puerto lagen, deckten die Seeleute die Ladeluken regensicher ab, denn heute war Dienstag und der letzte Tag des Jahres, da waren die Schauerleute schon vor dem regulären Arbeitsende plötzlich in den schattigen Gassen verschwunden, oder besser gesagt, sie waren aus den schwarzen Schlünden der Lagerhäuser nach der Siesta erst gar nicht wieder aufgetaucht. Da mochten die Skipper noch so fluchen und wettern, vor Donnerstagmorgen würde hier nichts mehr gehen. Den Matrosen sollte es recht sein.

Die Sitzplätze in den beiden Tavernen unter den Arkaden an der Avenida del Puerto, die durch einen großen Platz unterbrochen wurden, und dem Gasthaus mit seinem dem Flanierzentrum zugewandten Vorgarten füllten sich rasch. Um die Plaza del Rey, die sich von der Avenida im Süden quer über die schmale Landzunge bis vor das Eingangsportal, der für die kleine Stadt eigentlich zu großen Kirche *De Nuestra Señora,* mit ihren beiden in den Himmel aufragenden Türmen erstreckte, begann sich der abendliche Korso unter den Palmen und den stark duftenden mit Blüten jeder Couleur überdeckten Büschen zu formieren. Die jungen Damen und Mädchen promenierten in Gruppen und unter der Aufsicht misstrauisch blickender *dueñas* über die mit Fliesen belegten Gehwege. Mantillas aus feiner Spitze bedeckten ihre dunklen schimmernden Haare, die sorgfältig frisiert und durch Schildplattkämme gebändigt wurden. Über den Rand der Fächer, die sich in ständiger Bewegung befanden, musterten sie mit ihren feuchten Rehaugen, je nach Charakter neugierig verschämt bis herausfordernd, die ihnen entgegenkommenden heftig gestikulierenden Cliquen junger Machos in ihren knappen taillierten Jacken, blütenweißen Spitzenhemden, engen Hosen und halbhohen Stiefeln, die zu laut sprachen, um glaubhaft selbstsicher zu wirken.

Bald würden die Glocken zur Abendandacht rufen, und danach würden sich die braven Bürger je nach Stand zu verschiedenen ausgelassenen Gesellschaften zusammenfinden, um die Zeit bis zum Jahreswechsel mit üppigen Speisen, reichlich Wein sowie Tanz und ausschweifender Konversation zu überbrücken. Nach einem letzten Dankgebet für die Segnungen des vergangenen Jahres und der Bitte um Gesundheit und ausreichend Brot und Wein für den Tisch des Hauses, würden die Bürger der kleinen Stadt bald nach Mitternacht in den Schlaf der Gerechten sinken. Für die jungen Damen und Burschen würde nur die Erinnerung an flammende Blicke, eilig gestammelte leicht frivole Bemerkungen, den betäubenden Duft zu schwerer Parfums, und den beinahe zufälligen Druck einer festen Brust am Arm bleiben.

So war es bisher in jedem Jahr gewesen und so würde es auch in diesem Jahr werden.

*

Das Verderben näherte sich unaufhaltsam unter grauen Segeln, die wie fahle Leichentücher wirkten. Der halbe Mond war im Osten noch nicht aufgegangen. Ein gutes Dutzend Schiffe glitt langsam vor dem schwachen Wind, geschoben vom Weststrom über die schwach bewegte See. Bei Tage hätte man bei guter Sicht vom Masttop weit im Norden die Schildkröteninsel und im Südosten achteraus die Inseln der Säufer sehen können.

Plötzlich wurden an den Großrahnocken des größten Schiffes Laternen vorgeheißt. Es war ein Vollschiff mit hohem Vor- und Achterkastell, dessen Besanmast aber etwas altertümlich mit einem Lateinersegel getakelt war. Die Schiffe des Verbands schienen auf dieses Signal hin dichter zusammenzurücken und drehten bei. Boote wurden zu Wasser gelassen, sofern man sie nicht im Kielwasser mitgeschleppt hatte. Schattenhafte Gestalten bemannten die Boote, stießen von den Bordwänden ab und pullten zu dem massigen Schiff in der Mitte des kleinen Geschwaders hinüber.

Bald drängte sich in der Staatskabine des größten Schiffes, das den bezeichnenden Namen *Hellfire* führte, eine bunte Gesellschaft. Die Kommandanten der zum Verband gehörenden Schiffe waren sehr verschiedener Herkunft und höchst unterschiedlich gekleidet. Drei der Männer waren sehr dunkle Mischlinge, fünf mochten spanische, französische oder auch italienische Vorfahren haben, die restlichen sechs schienen aus dem angelsächsischen, holländischen oder skandinavischen Raum zu stammen. So unterschiedlich ihre Haut- und Haarfarbe war, so vielfältig war auch ihre Kleidung. Bevorzugten die Mittel- und Nordeuropäer schlichte blaue Röcke, die nur vereinzelt mit vergleichsweise zurückhaltenden Verzierungen aus Goldborten und blitzenden Goldknöpfen versehen waren, so produzierten sich die Herren aus dem mediterranen Bereich mit wuchtigen Epauletten, purpurroten Schärpen, funkelnden Orden und schweren Goldketten. Die Mulatten waren bunt wie Paradiesvögel gekleidet. Einer trug den roten Rock eines Obersten der Royal Marines, dazu ein Kopftuch aus grüner Seide, auf einem Revers blitzte eine Goldbrosche mit Smaragden und Rubinen. Unter dem dicken Uniformrock trug er nur ein leichtes Hemd, das bis zum Gürtel offen stand. Die Hose war unter den Knien ausgefranst und an den Füßen drückten ihn keine Schuhe. Ein anderer war nur mit einer kurzen offenen Weste und schlichten Arbeitshosen bekleidet, dafür zierte ein großer goldener Ring mit einem Diamanten sein rechtes Ohr und auf seiner nackten Brust hing ein dickes goldenes Kreuz an einer massiven Kette. An jedem Finger funkelte ein schwerer Ring. Zwei Personen fielen in der illustren Gesellschaft auf, weil sie irgendwie nicht dazuzugehören schienen. Ein Mann, der in einem schlichten aber teuren Anzug wie ein typischer englischer Gentleman gekleidet war, saß achtern auf der Bank unter den

Heckfenstern in einer Ecke, er blickte blasiert und unendlich gelangweilt auf das bunte Völkchen. Seine Kurzhaarperücke war tadellos gepudert und frisiert. Er wirkte so deplatziert wie ein Theaterkritiker während der Premierenvorstellung auf der Bühne. Ein anderer, dem seine langen offenen blonden Locken bis auf die Schultern fielen, hielt am Ende des großen Tischs einen deutlichen Abstand zu seinen Nachbarn. Er hatte eine seiner feingeschwungenen Augenbrauen abschätzig in die Höhe gezogen. Seine dunkelblauen fast violetten Augen blickten kühl. Die kleine Nase stand etwas schief in seinem sonst ebenmäßig geschnittenen Gesicht, als wäre sie früher einmal durch einen heftigen Schlag gebrochen worden. Die vollen Lippen waren fest aufeinandergepresst, das Kinn hatte er energisch nach vorne geschoben. Er war mit einem einfach geschnittenen blauen Rock aus bester Seide bekleidet. Der hohe, geschlossene Stehkragen unterstrich die herbe Schlichtheit seiner Erscheinung. Die Hände lagen flach nebeneinander auf der Tischplatte. Am Ringfinger der rechten Hand fiel dem aufmerksamen Beobachter allerdings ein seltsamer Ring auf. Er bestand aus zwei sich gegenläufig umeinander windenden Schlangen, deren in die Höhe gereckten Köpfe einen mindestens einkarätigen Diamanten hielten. Ein großer Weinpokal stand unberührt vor ihm.

Der Wortführer dieser Versammlung, offensichtlich der Kapitän dieses Schiffes, fuhr in seiner Rede fort: „Unser Plan ist also klar! Wir brauchen diesen Hafen für einige Zeit als Rückzugsort, als Lager- und Umschlagsplatz für unsere… äh… nun ja, Handelswaren aller Art und als Nachschub- und Reparaturstützpunkt. Die Briten sind zurzeit gereizt wie die Giftnattern. Sie haben bereits vielen unserer Brüder die Hälse in die Länge gezogen oder sie in Stücke geschossen und einige unserer besten Verstecke ausgeräuchert. Besonders gefährlich ist diese Slup mit den neuen kurzen großkalibrigen Kanonen, denen wir nichts entgegenzusetzen haben. Der *nomme de guerre* ihres Kommandanten lautet nicht umsonst Wild Bull, der Kerl ist in der Tat aggressiv wie ein wütender Stier und fackelt nicht lange. Unseren lieben französischen Freund und Bruder von der *L'Oiseau Noir* soll er eigenhändig mit einer Muskete umgenietet haben, der Teufel möge ihn holen – und das möglichst auf der Stelle!

Die kleine Stadt Puerto Santo liegt, wie ihr alle wisst, am Ende einer langen schmalen Landzunge. Sie wird von Festungen geschützt. Die eine, das Fort de los Angeles liegt auf der östlichen Landspitze und sichert die Zufahrt zum Hafen, das andere, Fort Los Apóstoles, ist das befestigte Stadttor, es versperrt den landseitigen Zugang. Auf der Seeseite werden die beiden Forts durch eine hohe steinerne Stadtmauer verbunden, an deren Fuß wegen der scharfen Unterwasserfelsen und Untiefen selbst bei Totenflaute ein Anlanden kaum möglich ist. Vom Fort Los Apóstoles erstreckt sich eine geschüttete Mole in einem weiten Bogen in die Lagune, die nur beim Fort de los Angeles eine Durchfahrt in den Hafen hat. Über die Stärke und die Kampfkraft der Garnison wissen wir trotz der Berichte unserer Spione wenig, aber dürfen davon ausgehen, dass wir es nicht gerade mit Elitetruppen zu tun bekommen werden, besonders nicht in der Silvesternacht.

Wir müssen mit unseren Booten über sie kommen wie ein zustoßender Seeadler über den fetten Fisch. Insgesamt dürfte es in der Stadt etwa zwei- bis dreihundert Haushalte geben. Unsere Landungsabteilungen werden insgesamt eine Stärke von achthundert Männern haben. Es sollte daher keinen Zweifel geben, wie das Ergebnis aussehen wird.

Die Männer von unseren, ääh …, zivilen amerikanischen und holländischen Verbündeten werden die im Hafen liegenden Schiffe und das Zollhaus besetzen und dort jeden Widerstand im Keim ersticken. Das ist doch wohl nicht zu viel verlangt, oder?" erkundigte er sich mit einem spöttischen Grinsen. „Ich könnte mir vorstellen, dass es dem einen oder anderen Gentleman eine große Genugtuung sein wird, den verfluchten arroganten und korrupten Schnüffelnasen vom Zoll das Tanzen zum Takt eines Tampens beizubringen, ho, ho, ho – guter Witz, das!“ Er schwang ein imaginäres Tauende und macht ein paar tapsige Tanzschritte wie ein Bär auf einer heißen Metallplatte.

„Unsere Kollegen mit den königlichen Lizenzen zum Seeraub, die ihnen von den Majestäten Frankreichs bzw. Spaniens ausgestellt worden sind, besetzen die Festungen und die Kommandantur. Bei einem freundlichen Schwätzchen von Kamerad zu Kamerad wird man sich ganz sicher schnell einigen können, nicht wahr? Notfalls muss man ein wenig nachhelfen!“ Mit seiner hornigen Pranke schlug er vielsagend auf den Säbel an seiner Hüfte. „Besonders dann, wenn man möchte, dass der spanische König nicht erfährt, dass man seinen Kaperbrief wohl etwas zu großzügig ausgelegt hat und sich eine seiner Städte unter den Nagel gerissen hat. Das würde ihn betrüben, ja, es würde ihn sehr traurig stimmen, denn bestimmt bekommt Seine Allerkatholischste Majestät das in den falschen Hals, ho, ho, ho. Soweit ich gehört habe, kann er sehr nachtragend sein. Ich könnte mir vorstellen, dass er seinen ungetreuen Landeskindern die Garotte für ihren Hals von seinen Schergen nachtragen lässt! Ho, ho, ho, guter Witz!“

Zwei der Kommandanten funkelten ihn mit blitzenden Augen böse an, ihre Lippen waren dünne fast weiße Linien, aber sie schwiegen.

„Viel zu holen wird es in dem Ort nicht geben, es ist kein reicher Hafen, aber darauf kommt es diesmal auch gar nicht an. Die Männer und nutzlose Esser sind tunlichst niederzumachen. Was mit den Frauen zu geschehen hat, muss ich euch ja wohl nicht lange erklären, ho, ho, ho!“ lachte er brüllend.

Der junge blonde Mann am anderen Ende des Tisches presste die Lippen noch fester aufeinander, blickte dem schweren Mann mit dem roten Gesicht und der violetten

Knollennase dann gerade in die Augen und fuhr ihn dann mit einer erstaunlich hellen aber schneidenden Stimme furchtlos an: „Mit Verlaub, Käpt'n Swiney, aber waren wir nicht übereingekommen, bei den Männern diejenigen zu verschonen, die uns nützlich sein können, also die Handwerker sowie alle Knechte und einfache Soldaten, die schon lange davon träumen, den Fängen des spanischen Despoten und seiner Stellvertreter zu entkommen und ihr Glück unter der Flagge der Freiheit zu machen?"

„Nun ja, ääh, das habe ich im Überschwang wohl vergessen, ho, ho, ho. Was so ein alter Feuerfresser ist, wie ich einer bin, wenn der so richtig in Fahrt kommt, dann … ääh … rollt schon mal eine Rübe zu viel. Hauptsache es ist nicht die eigene, ho, ho, ho! Starker Witz, das!" Er brüllte anhaltend vor Lachen und schlug sich mit seinen beiden tellergroßen Händen klatschend auf die Schenkel. Seine Kumpane fielen grölend ein. Der englische Gentlemen keine Miene. Die Männer, die wie Nord- und Mitteleuropäer wirkten, verzogen eher geringschätzig die schmalen Lippen und auch der blonde Jüngling gönnte sich nur ein angedeutetes Lächeln. Offensichtlich hatte auch er schon bessere Scherze gehört.

„Mit Verlaub, Käpt'n Swiney, gebe ich weiter zu bedenken, dass wir widerspenstige Spezialisten unter den Gefangenen nur zur Kooperation zwingen können, wenn wir ein Druckmittel haben. Natürlich kann Folter überzeugend wirken, aber ein Schiffszimmermann, dem man die Finger und Rippen gebrochen hat, ist vermutlich nicht mehr sonderlich geschickt bei der Arbeit …"

„Ho, ho, ho, das ist gut, das ist sogar sehr gut! Nein, sonderlich geschickt wird der wohl nicht mehr sein … wahrlich nicht!"

„Daher gebe ich - mit Verlaub - zu bedenken, dass man die Männer am wirkungsvollsten mit dem Schicksal ihrer Frauen unter Druck setzen kann. Das klappt aber nur, solange ein intaktes Drohpotenial existiert, wenn Sie verstehen, was ich meine, Käpt'n Swiney."

„Ääh … vollkommen. Reden Sie weiter, Käpt'n Bondie, erklären Sie es den anderen."

„Gerne, Käpt'n Swiney, mit Ihrer freundlichen Erlaubnis …" Er verbeugte sich leicht. „So lange wir dem besagten Schiffszimmermann damit drohen können, dass wir seine weiblichen Familienangehörigen brutal vergewaltigen werden, falls er nicht spurt, wird er für uns schuften, bis ihm das Blut unter den Nägeln hervorquillt. Die Drohung verliert aber sofort ihre magische Kraft, wenn er weiß, dass seine Töchter schon mit zwei Dutzend unserer Matrosen das Bett geteilt haben. Sie haben dann für ihn und die anderen bürgerlichen Heuchler keine Ehre mehr, sie sind *putas*, und er selbst hat sein Ansehen auch verloren, weil er seine Familie nicht schützen konnte, folglich wird er beispielsweise auf Flucht sinnen oder geschickt Schwachstellen in unsere Schiffe einbauen …"

„Das soll er sich besser nicht einfallen lassen, das Fell würde ich ihm bei lebendigem Leib abziehen, eigenhändig, wenn es denn sein muss, zum Donnerwetter!"

„Gewiss, Käpt'n Swiney, wir kennen Ihre beachtlichen Fähigkeiten auf diesem Gebiet. Aber Sie haben doch gewiss schon lange die von mir eben vorgetragene Idee erwogen und werden unsere Brüder und Verbündeten von ihrer Nützlichkeit überzeugen?"

„Gewiss, gewiss! Aber es bleibt dabei, alle Offiziere und sonstige nutzlose Fresser werden über die Planke geschickt – sozusagen. Die Handwerker sperren wir in den Verliesen am Stadttor ein, das Weibervolk bis auf weiteres in der Seefestung. Und das ihr mir den Priester schont!" Er sah die versammelten Kommandanten drohend an. „Nun denn, so soll es geschehen! Brüder, Ihr habt mir für diese Aktion das Oberkommando übertragen, was gibt es da zu murren?"

Aus dem Hintergrund meldete sich eine näselnde Stimme: „Könnte es sein, dass Käpt'n Bondie die Weiber nur schonen will, weil sie selbst eine Frau ist?"

Kapitän Bondie schnellte wie eine Stahlfeder in die Höhe und zischte den Sprecher an: „Wiederhole das noch einmal, Dulac, du stinkender Kläffer, dann gehen wir beide an Deck …" Die rechte Hand ruhte auf dem Griff des Degens.

„Schon gut, schon gut, ahem, war ja nur so ein Gedanke …" knurrte Dulac verkniffen, seine Augen wieselten wie die einer in die Enge getriebenen Ratte gehetzt umher, denn er wusste nur zu gut, wie gut die Frau mit der Waffe umzugehen verstand. Wahrscheinlich konnte sie jeden Mann in der Flotte mit der Klinge massakrieren. Man wurde nicht Kommandant auf einem Schiff voller wilder Kerle und blieb am Leben, wenn man sich nicht ihrer erwehren und ihren Respekt erwerben konnte.

„Ruhe jetzt!" brüllte Kapitän Swiney. „Der Angriff erfolgt zu acht Glasen der Mittelwache, also vier Stunde nach Mitternacht, dann dürfte das schwache Mondlicht zur sicheren Ansteuerung ausreichen. Für die Einwohner von Puerto Santo wird das ein sehr bewegter Neujahrsmorgen werden, fürchte ich, ho, ho, ho!"

Die Kommandanten tranken ihren Wein aus und trollten sich auf das Deck, um sich wieder zu ihren Schiffen übersetzen zu lassen. Während sich die Kapitäne der Korsaren und Freibeuter um die Ehre stritten, wer zuerst von Bord gehen dürfe, wartete eine Gruppe von vier Kapitänen, die mit schlichten blauen Röcken bekleidet waren, etwas abseits darauf, dass sie ihre Boote besteigen konnten.

„Bei meiner Seel, Käpt'n Ebenezar Finch, das schmeckt mir alles ganz und gar nicht!" murrte er in bestem Yankee-Dialekt. „Wie weit ist es mit uns gekommen, dass wir uns mit gemeinem Piratenpack verbünden müssen, um von König

Georgs Navy ungeschoren, Handel treiben zu können! Einen Hafen überfallen! Bei meiner unsterblichen Seele!“

„Sie haben völlig Recht, Käpt’n Samuel Fowley, aber was bleibt uns übrig. Wie dieser miese Clown Swiney völlig richtig festgestellt hat, setzt die Royal Navy alles daran, unseren Handel mit den französischen, spanischen, dänischen und holländischen Besitzungen in der Karibik zu unterbinden. Ganz zu schweigen von den Möglichkeiten, unsere tapferen Truppen mit Nachschub zu versorgen!“

„Gentlemen“, mischte sich der dritte Kapitän, ein scharfäugiger ältere Mann, der auf den Namen Balthasar Mitchell hörte, ein, „natürlich ist alles völlig richtig, was Sie vorbringen, aber mitgegangen bedeutet im Falle des mitgefangen auch mitgehangen! Wir können uns bei der Aktion noch so sehr zurückhalten und niemandem ein Haar krümmen, sollten uns die Briten – oder die Spanier – zwischen die Finger bekommen, dann werden sie uns zu einem wunderschönen Rundblick über einen Häfen verhelfen - an einem Galgen auf der Hafenmole!“ Er fasste sich unbehaglich mit einer Hand an den Hals.

„Wer mit dem Teufel speisen will, muss einen langen Löffel haben“, knurrte Fowley. Sein großer Adamsapfel wanderte unruhig in seinem dünnen Geierhals auf und ab.

*

Um Mitternacht läuteten die Glocken der Kirche feierlich, aus ihrem Inneren erklang ein machtvoller Choral. Die weniger frommen Bewohner, die schwarzen Schafe des Erzpriesters, sangen in den Weinstuben Lieder vom Herzeleid und Liebesglück. Bald gesellten sich die Kirchgänger zu ihnen, und auf den Straßen herrschte rege Betriebsamkcit. Überall wurde gelacht, musiziert und getanzt, fröhliche Menschen umarmten sich und wünschten sich alles Gute zum Neuen Jahr. Gegen zwei Uhr in der Früh wurde es dann langsam ruhiger, die Straßen leerten sich, immer mehr Fensterläden wurden geschlossen und die Lichter gelöscht. Nur noch einige wenige Hartsäufer blieben auf ihren Schemeln hocken und versuchten mit einem letzten halben Liter *vino tinto* ihr Quantum zum Eichstrich zu erreichen.

Sergeant Morales machte leicht schwankenden Schrittes seine Runde. Bei seiner Annäherung versteckten die Posten schnell ihre Weinkrüge und nahmen so etwas wie militärische Haltung an. Morales war guter Laune, weil er gleich wieder zu seinen Kameraden, den Weinflaschen und den Resten eines üppigen Abendessens in der Wachstube zurückkehren konnte, daher nickte er seinen Männern nur huldvoll zu und stiefelte schaukelnd weiter. Soldat Gonzales grinste in sich hinein. „Der hat aber auch Glück, dass der *teniente* heute in der Stadt feiert, sonst wäre bei der Schlagseite ein kräftiger Anschiss fällig!" murmelte er leise vor sich hin, dann packte er den Weinkrug, nahm einen langen Zug, drückte sich in einen geschützten Winkel hinter der Brustwehr. Wie er aus Erfahrung wusste, konnte er in dieser Haltung hervorragend schlummern, der Sergeant würde erst gegen Sonnenaufgang wieder hier auftauchen, bis dahin … Er grinste zufrieden vor sich hin. Wem nützte es schon, wenn er sich hier die Augen in dieser trübgrauen Nacht aus dem Kopf stierte. Was sollte in diesem von Gott und der Welt vergessenen Rattennest schon passieren. Hier geschah ja schon am Tage nichts, was einem mehr als ein anhaltendes Gähnen entlocken konnte. Er blickte nochmals zum Wetterleuchten über der Sierra hinüber, schob sich dann den Hut weit in die Stirn, gähnte und murmelte: „Ein Viertelstündchen Augenpflege habe ich mir jetzt redlich verdient, sobald ich aufwache, werde ich Manuel an der anderen Ecke der Bastion einen Besuch abstatten."

Kapitel 2

Puerto Santo, 01.01.1777

Gonzales würde nicht wie beabsichtigt aufwachen, er würde nie wieder aufwachen, denn er hörte nicht das Klappern der Wurfdraggen, die über die Brustwehr geschleudert wurden, sah nicht die schwarzen Schatten, die an den Tampen heraufgeklettert kamen, spürte nicht den scharfen Dolch, der sich in seinen Hals bohrte und seine Kehle durchtrennte.

Die schwarzen Schatten waren überall, durchsuchten planmäßig die kleine Festung und töteten die überraschten Wachen. Lautlos legte eine Flotte aus kleinen und großen Booten im Hafen am Kai und neben den vertäuten Schiffen an. Hunderte mit Entermessern, Tomahawks, Blunderbüchsen und Pistolen bewaffnete Matrosen und Filibuster quollen heraus, ein Teil stürmte das Fort mit dem Stadttor von hinten und vollbrachte dort sein blutiges Handwerk, die anderen besetzten - für einen Piratenhaufen untypisch, hier zeigte sich der Einfluss der zum Teil militärisch geschulten Freibeuter - systematisch die Straßen und drangen dann in die Häuser ein. Dank der Aufklärungsarbeit ihrer Kundschafter waren sie genau darüber informiert, welche Häuser sie als erstes zu besetzen hatten. Erst jetzt wurde es laut in dem unglücklichen Ort. Türen splitterten unter Axthieben, Fenster klirrten, Männer fluchten laut, Frauen kreischten in panischem Schrecken, Kinder schrien verstört, Hunde kläfften aufgeregt, um dann mit einem letzten schmerzlichen Jaulen zu verstummen, die Kirchenglocken begannen Sturm zu läuten, aber über allem erklang das rohe triumphierende Grölen und Brüllen der Piraten. Jeder Widerstand war schnell gebrochen. Mit unbeschreiblicher Brutalität und Grausamkeit meuchelten die Korsaren alle Männer nieder, die sich ihnen in den Weg stellten, darunter befanden sich auch viele Knaben in jugendlichem Alter. Bei den Offizieren der Garnison, den wohlhabenden Kaufleuten und den königlichen Beamten ließen sie sich besonders subtile Todesarten einfallen, die in der Regel so schmerzhaft waren, dass die Geschundenen ihrem Schöpfer danken konnten, wenn sie bald in eine gnädige abgrundtiefe Bewusstlosigkeit fielen, aus der kein Erwachen mehr gab. Unter den weiblichen Angehörigen dieser Opfer gab es wohl keine, die sich nicht nach einem leichten erlösenden Tod gesehnt hätte, aber der blieb ihnen versagt.

In den Häusern der Schiffszimmerer, Schmiede, Fassmacher und anderer Handwerker wurden allerdings die Männer und ihre Familien samt der Gesellen und Lehrlinge geschont. Leisteten die Männer Widerstand, mussten sie sich doch nach kurzer Zeit der schieren Übermacht ergeben und wurden dann gefesselt in die Verliese der Festung abgeführt. Ihr Weibervolk wurde zusammen mit den Kindern unter unflätigen Redensarten und mancher frechen Handgreiflichkeit in das andere Fort eskortiert, wo die Frauen in völliger Ungewissheit über ihr weiteres Schicksal eingekerkert wurden. Weinend drängten sie sich aneinander, beteten zur Heiligen Jungfrau Maria und sorgten sich dazu auch noch um ihre Männer, ihre Väter, Brüder, Onkel oder Cousins.

Im örtlichen Bordell, dem *Casa Blanca*, das sich gleich links hinter der Kirche an der Calle Norte befand, wurden die Bukaniere mit der gebührenden Hochachtung empfangen. Die Damen des Hauses, die wegen der Familienfestlichkeiten zum Jahreswechsel ein schwaches Geschäft zu verzeichnen gehabt hatten, nahmen die Männer trotz der ungewöhnlichen Stunde mit professioneller Herzlichkeit bei sich auf. Zur Feier des Tages gingen alle Leistungen auf Kosten des Hauses.

Die männlichen Angehörigen der niederen Stände wurden, so sie sich ergaben und ihren Willen kundtaten, der ehrsamen Bruderschaft der Liekedeeler beizutreten, in der Kirche zusammengetrieben. Den lautstark protestierenden Priester hatte man, ohne ihm ein Haar zu krümmen, hoch oben im Glockenstuhl gefangen gesetzt. Von dort oben aus luftiger Höhe konnte er nach Sonnenaufgang verfolgen, was seiner Herde widerfuhr.

Die Kapitäne Finch und Fowley waren auf dem Weg zu einer für zehn Uhr angesetzten Besprechung aller Kommandanten. Mit verschlossenen Gesichtern überquerten sie den Platz. Fowley blickte düster zur Kirche hinüber und knurrte: „Wenn ich so ein verfluchter Papist wäre, dann hätte ich heute allerlei zu beichten. Wahrscheinlich würde mir der Pater als Buße so viele Rosenkränze auferlegen, dass ich bis zu meinem Lebensende damit beschäftigt wäre sie herunterzubeten!“ Er blickte zum Turm hinauf, wo sich der Erzpriester aus der Luke lehnte und alle Fremdlinge mit weithin hallender Stimme verfluchte, um anschließend wieder göttlichen Beistand für seine geschundenen Schäflein zu erflehen. Er hatte teilweise mit ansehen müssen, wie grausam die Bukaniere mit ihren Opfern umgesprungen waren. „Was mich aber besonders verwundert, ist die Tatsache, dass diese Unholde dem Gottesmann nichts angetan haben.“

Kapitän Finch legte betrübt die Stirn in Falten, zupfte an seiner langen spitzen Nase und blickte verkniffen zur Kirche hinüber. „Ein Teil dieser Barbaren haben tatsächlich wie die Tiere gewütet. Ich glaube, dass es für uns als Außenstehende zu den Absonderlichkeiten im Verhalten der Piraten gehört, dass sie vor dem Priester, als den irdischen Vertretern der göttlichen Gerechtigkeit eine tiefverwurzelte Scheu, ja Ehrfurcht empfinden. Es mag daran liegen, dass sich die meisten Gesetzlosen sehr bewusst sind, dass nur wenigen von ihnen ein langes Leben beschieden sein wird, denn wenn man ihrer habhaft wird, wartete nahezu unausweichlich der Strick auf sie. Aber, wie wir beide wissen, kann man heutzutage auch für einen Bagatelldiebstahl gehenkt werden, da mag für viele zur Lebensmaxime geworden: Lieber ein kurzes Leben in Saus und Braus, als ein langes in Not und Elend. Das ständige Bewusstsein mit dem Tod auf du und du zu leben, mochte viele Mitglieder der Brüderschaft dazu bewogen haben, sich nicht an den Himmelslotsen zu vergreifen, zumal die Bibel für diejenigen, die des Lesens mächtig sind, der einzige Lesestoff an Bord ist."

„Eine interessante Theorie, Sir, was mir daran allerdings gar nicht gefällt, ist die Erwähnung des Stricks, denn obgleich wir uns mit unseren Männern nicht an dem Massaker beteiligt haben, wird man uns dafür mit verantwortlich machen, sollte man uns erwischen!"

„Kapitän Fowley, wir sollten auf Gott vertrauen, ER weiß, dass wir weiße Lämmer in einem Rudel Wölfe sind!"

Fowley zog ein großes Sacktuch aus seinem Rock, wischte sich damit umständlich den Schweiß vom Nacken und der Stirn, denn die Sonne brannte heiß schon vom wolkenlosen Himmel. „Amen!" murmelte er tonlos und nicht sehr überzeugt.

Schon bei Sonnenaufgang war die kleine Stadt fest in der Hand der Piraten gewesen. Nacheinander waren dann die Schiffe eingelaufen. Die kleineren wurden an den Kai gerudert, die größeren ließen sich von ihren Booten einschleppen und hievten sich dann mit Festmacherleinen längsseits. So voll war der kleine Hafen wohl noch nie gewesen. Vor der Hafeneinfahrt blieb nur eine Brigg als Wachschiff liegen, und ein Schoner kreuzte zwanzig Meilen vor der Küste auf und ab, um seine Kameraden rechtzeitig vor unliebsamen Überraschungen zu warnen.

Im Saal der ehemalige Residenz des Königlichen Gouverneurs traten pünktlich um zehn Uhr die Kapitäne und die

Quartermaster, die als Vertreter der Besatzungen auf den Schiffen der Korsaren fungierten, zusammen, um das weitere Vorgehen zu besprechen. Kapitän Swiney übernahm den Vorsitz der Versammlung.

„Liebe Brüder und liebe… äh… nun ja, belassen wir es dabei! Wir haben einen vollständigen Sieg errungen, die Stadt ist mit ihren Befestigungen, ihrem Hafen und allen ihren Vorräten in unserer Gewalt. Darauf wollen wir trinken! Prost!“ Er hob einen großen silbernen Pokal in die Höhe und trank ihn dann in langen durstigen Zügen aus. Seine Spießgesellen taten es ihm nach. Den Kapitänen der Handelsschiffe war der Abscheu über das Morden und Schänden während der Nacht und des Morgens noch deutlich ins Gesicht geschrieben. Sie ließen ihre Pokale unberührt stehen. Swiney wischte sich mit dem Rücken der linken Hand über den Mund und erleichterte sich dann durch ein lang anhaltendes rollendes Aufstoßen. „Was nun folgt… folgen muss, ist leider nicht nach dem Geschmack ehrlicher Salzbuckel und schon gar nicht nach dem von Teerjacken, die unter der schwarzen Flagge segeln. Was ich meine, nennt man Verwaltung…!“ Ein Aufstöhnen ging durch die Menge, dann folgten laute Verwünschungen und grünspanschillernde bildhafte Flüche in allen denkbaren Sprachen. „Ich weiß, Brüder, ich weiß… Aber sobald wir unsere Schiffe ausgerüstet, verproviantiert und bemannt haben, werden wir nacheinander wieder in See stechen, um auf der hohen See unser Glück herauszufordern. Wenn wir dann zurückkommen, wollen wir die Gewissheit haben, dass alle Dinge, derer wir bedürfen, in ausreichender Menge und Qualität bereitgehalten werden, so zum Beispiel guter feuriger Rotwein, ho, ho, ho.“ Er goss seinen Pokal wieder voll. „Prost!“ Er ließ seinen Blick über die bunte Ansammlung von Mördern, Mädchenschändern und Räubern schweifen. Nein, wie Kanzleisekretäre oder Buchhalter sahen die wirklich nicht aus. „Liebe Brüder, in unserer Mitte befindet sich ein Gentleman, dessen schlechter Ruf für uns Grund genug sein sollte, ihm unsere Geschäfte hier anzuvertrauen. Mister Dunbar war Sekretär des Gouverneurs von Antigua, bis auch er zum, ääh, gefallenen Engel wurde und seit dem von Wild Bull Turner gehetzt wird." Er hob beide Arme, um das aufkommende drohend missmutige Murmeln abzuwürgen. „Was sind schon unsere kleinen Missetaten mit dem Schwert gegen das gewaltige Unrecht, welches die offiziellen Repräsentanten dieses habgierigen räuberischen Staates tagtäglich mit der Schreibfeder verüben. Nach dieser ausgezeichneten Lehrzeit verfügt Mister Dunbar über das notwendige Wissen und Können, um so eine Stadt verwalten zu können. Ich schlage daher vor, ihn zum Administrator zu wählen. Natürlich werden wir ihm einen unserer Männer, der in einem früheren Leben als Zahlmeister gefahren ist, zur Seite stellen, außerdem eine ausreichend starke Garnison aus älteren oder invaliden Mitgliedern unserer Bruderschaft, die auf See ein paar Schwierigkeiten haben, aber auf dem Land noch immer voll einsatzfähig sind. Was ist Quartermaster Walker?"

„Wie sind diese Männer an unserer Beute beteiligt, Käptum?"

„Das ist eine gute Frage, Walker. Sie könnten weiter in den Büchern ihres Schiffes geführt werden und entsprechend..."

„Nein, Käptum, das würde zu Streit führen, weil dann einer nach einer erfolgreichen Fahrt seines Schiffes plötzlich die Taschen voller Gold hat, während seine Kumpels nur mit Kupfer klimpern können!"

Dunbar, der neben Swiney gesessen hatte, erhob sich und brachte die heftig diskutierenden Männer mit einer herrischen Handbewegung zum Schweigen. „Wenn ich mit Verlaub einen Vorschlag machen dürfte?"

„Nur zu, Dunbar."

„Jedes der Schiffe sollte je nach Anzahl der Männer, die von ihm an Land tätig sind, einen festen Prozentsatz des Wertes der Beute in eine gemeinsame Kasse einzahlen. Alle Männer der Garnison werden daraus gleichmäßig am Gewinn beteiligt. Das scheint mir fair zu sein."

Zustimmendes Gemurmel war im Saal zu vernehmen. Swiney grinste und nahm wieder das Wort: „Ich stelle hiermit den Antrag, Mister Dunbar zum Administrator unseres freien Piratenhafens zu wählen. Bitte, das Handzeichen!" Überall im Raum schossen die Hände in die Höhe. „Danke. Gegenstimmen?" Einige wenige Arme reckten sich nach oben. „Fünf Gegenstimmen, damit ist Mister Dunbar gewählt. Da wir gerade dabei sind, wer stimmt für Dunbars Vorschlag die Gewinnbeteiligung der Garnison betreffend? Ah... das sieht nach einer einstimmigen Annahme aus, sehr schön. Prost, Brüder!"

Wieder wurden die Becher und Gläser geleert, dann machte man sich daran die Einzelheiten von Dunbars Aufgaben zu diskutieren. Niemand achtete darauf, dass eine schlanke Gestalt in einem gut geschnittenen blauen seidenen Uniformrock leise die schwere Tür aufdrückte, hinaus auf den Flur schlüpfte, sich dort den Dreispitz auf das lange blonde Haar setzte, die breite Treppe hinunterschlenderte und schließlich hinaus auf die *Plaza del Rey* trat. Ohne Hast schlenderte Kapitän Bondie zum Kai hinunter. Noch lagen überall in den Straßen Leichen herum und Blutlachen kündeten von den schrecklichen Ereignissen, die sich vor wenigen Stunden hier zugetragen hatten. Schwarze Wolken, die aus aufgeregt summenden Fliegen bestanden, stiegen in die Höhe, Möwen mit blutigen Fleischbrocken in den gebogenen Schnäbeln und gierig pickende Rabenvögel watschelten oder hüpften unwillig ein paar Fuß zur Seite, sobald sich die Passantin einem Leichnam zu sehr näherte. Ausgemergelte Straßenköter versuchten mit eingekniffenen Schwänzen nervös und ängstlich schnuppernd auch ein kleines Stück von dem Festmahl zu ergattern, offensichtlich rechneten sie noch immer jederzeit damit, einen wuchtigen Fußtritt ihrer ehemaligen Herren und Peiniger zu bekommen. Überall in der Stadt hörte man grölende Männer und gelegentlich das Wimmern einer Frau oder das Schreien eines Kindes. Die junge Korsarin kniff die Augen zusammen. Während sie langsam zum Schiff zurückwanderte, murmelte sie vor sich hin: „Ich trau dem Kerl nicht über den Weg. Dieser Lord Dunbar ist mit allen Wassern gewaschen, wenn wir nicht sehr aufpassen, wird er uns über den Löffel balbieren. Wenn er sich davon einen Vorteil verspricht, wird er uns ohne mit der Wimper zu zucken verraten. Einmal ein Verräter, immer ein Verräter! Aber dieser Feuerfresser Turner muss ein toller Hecht sein, denn als Swiney seinen Namen erwähnte, wurde Dunbar leichenblass und verlor beinahe seine Contenance. Es wäre doch interessant, den Mann kennenzulernen, der Lord Dunbar das Fürchten gelehrt hat." Sie lächelte ironisch aber auch ein wenig bitter. „Auf See stelle ich mir allerdings ein Treffen mit ihm nicht sehr romantisch vor. Ganz offensichtlich hat dieser Beruf auch für eine Frau seine Schattenseiten, verdammt!"

Sie bog entschlossen in die Avenida del Puerto ein und eilte zu ihrem Schiff. Die *Medusa* war über das Deck gemessen knapp 72 Fuß lang, da sie ursprünglich ein Kauffahrteischiff gewesen war, war ihr Rumpf recht füllig geschnitten, um viel Ladung aufnehmen zu können, dafür war ihr Tiefgang verhältnismäßig gering. Sie war als Brigantine getakelt, führte acht französische Achtpfünder auf jeder Seite und dazu ein rundes Dutzend Drehbassen. Auf dem äußerst beengten Raum drängte sich eine Besatzung von 80 bis 90 Männern. Kapitän Bondie eilte über die Gangway an Deck, wo sie ihren Maaten und den Quartermaster heranrief, der ihr mit einigem Abstand gefolgt war. Vom Äußeren her konnte man sich kaum zwei unterschiedlichere Männer vorstellen. Der eine war ein mittelgroßer, schlanker dunkelhaariger junger Mann mit lebhaften schwarzen Augen und einem olivfarbenen Teint.

Er vermittelte den Eindruck einer unter Spannung stehenden Stahlfeder. Der andere war ein weißblonder breitschultriger Riese mit durchbohrenden stahlblauen Augen und buschigen fast weißen Augenbrauen. Er bewegte sich mit der mühelosen Lässigkeit eines Bären.

„Mister Lopez, Mister Svenson, wenn Sie bitte die Freundlichkeit haben wollen, mir Ihre Aufmerksamkeit zu schenken!“ Beide kamen auf das Achterdeck geeilt.

„Capitano?“

„Was liegt an, Käpt'n?“

„Der alte Swiney hat zusammen mit den anderen Brüdern beschlossen, den englischen Verräter Dunbar hier als Verwalter einzusetzen. Bevor wir hier Verhältnisse wie in einem Marinearsenal des Königs haben, sollten wir dafür sorgen, dass wir uns nach guter alter Piratenart die besten Brocken gesichert haben. Stellen Sie drei Trupps unter Ihrer Leitung und der des Stückmeisters zusammen, schwärmen Sie aus und ‚organisieren' Sie alle benötigten Ausrüstungsmaterialien, Schießbedarf, Proviant und Frischwasser für uns, ehe unsere Brüder wieder nüchtern sind und auf dieselbe Idee kommen, oder wir lange Requisitionslisten in dreifacher Ausfertigung ausfüllen und dem ehrenwerten Administrator einreichen müssen!“ Sie betonte das Wort Administrator abfällig, als ob sie am liebsten ausgespuckt hätte.

„*Prontamente, Capitano!*“ Lopez knickte leicht in der Hüfte ein und lächelte erfreut. „Dann können wir hoffentlich bald aus diesem Fiebernest verschwinden.“

„Wird erledigt, Käpt'n!“ Der blonde Riese grinste breit und ballte seine Pranke. „Alles nur vom Feinsten!“

„Und… Männer, keinen Streit mit den Brüdern!“

Das ungleiche Paar sah sich an und erwiderte wie aus einem Mund: „Wir und Streit? Engel können nicht friedlicher sein als wir! Wir treten doch niemandem auf die Füße!“

„Das ist es ja gerade! Svenson, deine Füße sind so mächtig groß, und du, Lopez, streckst die deinen immer so weit vor, dass sie anderen Männern im Weg sind. Reißt euch zusammen!“ Abrupt wandte sie sich um und verschwand im Niedergang zur Achterkajüte.

Die beiden ungleichen Männer blickten sich an, kniffen ein Auge zusammen und stießen sich dann mit den Ellenbogen an.

„Na, dann wollen wir mal sehen, was wir uns ehrlich zusammenstehlen können“, grinste Lopez. „Vielleicht bleibt auch noch Zeit, um zwischendurch eine kleine Señorita auf den Rücken zu legen, *amigo*.“

„Aber *muy pronto*, *muchacho*, wenn unsere Capitana es eilig hat, wartet sie nicht gerne und schon gar nicht, weil du meinst, noch deinen animalischen Trieben nachgehen zu müssen.“ Der blonde Riese schlug dem kleineren so kräftig auf den Rücken, dass dieser einen Satz nach vorne machte. Ärgerlich fauchend drehte der sich um: „Du solltest auch mal ein paar *señoritas* bespringen, damit du deine überschüssigen Kräfte in geregelte Bahnen lenkst, wenn du verstehst, was sich meine, *caramba*.“

Kapitel 3

Seegebiet der Bahamas, März 1777

Segelmeister Paul Lennon kniff die Augen prüfend zusammen und las kritisch die Einstellung an seinem altmodischen Davis-Quadranten ab. Er rieb sich mit einem Finger über die große Adlernase. Seine langen weißen Locken flatterten im frischen Wind. „Sir, wir holen weiter auf. Schon wieder ist der Winkel um zwei Bogenminuten größer geworden."

Leutnant William Turner, Kommandant von H.M. Kriegsslup *Shark*, nickte zustimmend, dann blickte er prüfend nach oben zum Kommandowimpel und anschließend auf die Segel, die sich unter dem Druck des Passats prall blähten. Es gab nichts zu bemängeln. Der Schoner vor ihnen hatte keine Chance zu entkommen. Obwohl er verzweifelt Höhe kniff, konnte er auf Grund seiner fülligen Linien nicht so viel Höhe laufen wie das schlanke Kriegsschiff mit seinem tiefen Lateralplan, im Gegenteil, das machte ihn nur langsamer. Die *Shark* war im nordamerikanischen Gloucester als Marssegelschoner ganz auf Geschwindigkeit gebaut worden, da sie nur verhältnismäßig wenig, aber dafür hochwertige Ladung – sprich Schmuggelgut – befördern sollte. Sie schob sich mit geschrickten Schoten unaufhaltsam und, wie es schien, ganz mühelos im Kielwasser an ihre Beute heran. In einer guten Stunde musste sie das flüchtende Schiff im Schussbereich ihrer Jagdgeschütze haben. Turner war Anfang zwanzig. Er war breitschultrig und kräftig gebaut, dichtes krauses braunes Haar quoll unter seinem Hut hervor, sein tief gebräuntes Gesicht wurde von einem dichten kurzen Vollbart eingerahmt.

Die Farbe seiner Augen variierte je nach Gemütszustand zwischen einem freundlichen hellgrau und einem finsteren schiefergrau.

Allerdings verschwand jetzt ihre Beute in einer kleinen Regenbö. Turner hob sein Fernglas ans Auge. Der Kerl würde doch nicht etwa … Aber auch mit dem hervorragenden Fernrohr des berühmten Optikers Dollond, einem überaus großzügigen Weihnachtsgeschenk seiner geliebten Elizabeth, konnte er nicht erkennen, was sich hinter dem dichten grauschwarzen Regenvorhang abspielte. Nahm ihr gehetztes Wild die Chance war, um den Kurs zu ändern? Aber was konnte der Kapitän dort drüben machen? Abfallen? Nun ja, das war möglich, aber im Südwesten lauerte in ein paar Meilen Entfernung ein langgestrecktes Riff, hinter dem man mit dem Fernglas ein paar kleine grüne Inseln entdecken konnte. Turner presste die Lippen aufeinander, schob das Fernglas energisch zusammen und zwang sich, gelassen auszusehen. Da! Der Schoner tauchte wieder aus der abziehenden Regenbö auf. In der Tat war er in der Bö einen knappen Strich abgefallen, anscheinend hatte er seine Schoten etwas geschrickt und war dadurch schneller geworden, denn der Abstand war zumindest nicht kleiner geworden. Aber jetzt lief er wieder hoch am Wind. Turner blickte nach Luv, gleich würde auch die *Shark* in eine Schauerwolke laufen.

„Mister Lennon, fallen Sie bitte einen Strich ab und fieren sie die Schoten entsprechend auf!“ Turner schalt sich selbst einen Narren. ‚Den zweiten Teil des Befehls hättest du dir getrost sparen können, du Schlaukopf, der alte Weißkopfadler weiß selbst sehr genau, was zu tun ist!’

„Aye, aye, Sir!“ bestätigte der weißhaarige hakennasige Segelmeister den Befehl lakonisch. Er gab dem Rudergänger und der Wache die notwendigen Anordnungen. Die Männer spritzten an die Schoten. Als die Bö einfiel, legte sich das Schiff weit nach Backbord über, grünes Wasser drückte rauschend durch die Speigatten auf das Deck und brauste weißschäumend gurgelnd nach achtern. Die Männer klammerten sich an allem fest, was ihnen einen festen Halt bot. Der heftige Regen durchnässte sie in Sekundenschnelle bis auf die Haut. Hoffentlich brach jetzt kein Block im Rigg unter der Last. Aber schon nach wenigen Minuten schob sich die *Shark* wieder hinaus in den Sonnenschein. Das Deck dampfte und die Männer schüttelten sich wie nasse Hunde, und einige von ihnen wrangen ihre Hemden aus, die klatschnass an ihrem Körper geklebt hatten. Das verfolgte Handelsschiff lag jetzt wieder recht voraus.

„Einen Strich anluven, wenn es Ihnen recht ist, Mister Lennon!"

„Aye, Sir!"

Das Spiel wiederholte sich während der nächsten halben Stunde noch zwei Mal, dann rauschten beide Schiffe mit hoher Fahrt in eine besonders ausgedehnte Schauerwolke, in der die Rudergänger am großen Rad alle Hände voll zu tun hatten, um das Schiff daran zu hindern, unkontrolliert in den Wind zu schießen, zweimal ließ Lennon das Großsegel weiter auffieren, um den Druck auf das Ruder zu mindern.

Turner nahm seinen Hut ab und schlug ihn gegen die Verschanzung, um ihn etwas abzutrocknen, drückte ihn sich dann wieder sehr erleichtert darüber, dass dem Schiff nichts passiert war, fest auf den Kopf.

„Sir, Sir, unser Wild ist weg!"

„Was? Quatsch!" William Turner starrte verblüfft nach vorne. Nichts! Die See war voraus wie leergefegt. Er legte den Kopf in den Nacken und röhrte: „Ausguck! Wo ist das Schiff abgeblieben?"

„Ich kann es nicht entdecken, Sir!"

„Himmeldonnerwetter, da soll doch der Dübel dreinschlagen!" fluchte Turner und sah sich wild um. Sein Blick blieb an der abziehenden dunklen Schauerwolke hängen. Das war die

Lösung! Der Kerl musste sich im Regen unter der Wolke verstecken, dazu musste er seinen Kurs von am Wind auf etwa vor dem Wind geändert haben. So weit so gut, aber da unten erwartete ihn das Riff mit seinen tödlich scharfen Korallenzähnen. Was also hatte der Skipper da drüben vor? Egal, jetzt musste gehandelt werden.

„Mister Lennon, bringen Sie bitte das Schiff vor den Wind! Segeln Sie bitte hinter der Wolke her!“

„Aye, aye, Sir!“ Lennon sah ihn prüfend an.

„Ja, Mister Lennon, ich weiß, dass da hinten ein Riff liegt, aber wenn unser Freund da navigieren kann, dann können wir es erst recht!“

„Aye, Sir.“ Lennon klang nicht völlig überzeugt.

Zu Recht, wie sich William Turner eingestehen musste. Er hatte das Gefühl, dass seine vollmundige Begründung eher wie das ängstliche Pfeifen eines kleinen Jungen im nächtlichen Wald geklungen hatte. Jedenfalls mussten sie höllisch aufpassen und durften sich keinen Fehler erlauben.

William sprang auf die Verschanzung und von dort in die Wanten. Er enterte bis zur halben Höhe auf, dort holte er wieder sein Fernglas hervor und zog es zur vollen Länge aus. Die *Shark* rollte und gierte in der achterlichen See, das machte es ihm schwer, das Glas zu fixieren. Aber da die Wolke schneller abzog, als ein Schiff segeln konnte, entdeckte er schließlich doch einen grauen Schatten am unteren Rand des Wolkenberges.

„An Deck! Segel voraus!“

Also hatte auch der Ausguck oben im Top das Schiff ausgemacht. Sorgfältig musterte Turner die Silhouette. Das flüchtende Schiff segelte jetzt nicht genau vor dem Wind, sondern mit raumem Wind von Backbord nach Süden. Er schob das Teleskop zusammen, verstaute es in seinem Rockschoß und ließ sich auf das Deck hinunter. Dort stand jetzt auch sein Erster Offizier James Dechamp, der sich bis dahin bei den beiden Jagdgeschützen auf dem Vorschiff aufgehalten hatte. Turner fluchte leise vor sich hin. Der Abstand war durch das unerwartete Manöver des Gegners wieder erheblich größer geworden, aber auch auf diesem Kurs würde die *Shark* ihn noch vor Einbruch der Dunkelheit einholen. Was hatte der Kerl bloß vor?

„Mister Lennon! Klar zum Setzen der Topsegel!"

„Aye, aye, Sir!"

„Jetzt wollen wir dem Burschen mal zeigen was ´ne Harke ist, Gentlemen, nicht wahr!"

Während Lennon sich an die Ausführung des Befehls machte, trat Dechamp auf Turner zu und blickte ihn aus seinen wasserblauen Augen unter den wie immer schläfrig halb geschlossenen Lidern nachdenklich an.

„Meiner Meinung nach gibt es nur eine Erklärung für das Verhalten unseres Gegners, Sir."

Turner rieb sich die Stirn und blickte ihn fragend an.

„Er weiß etwas, was wir nicht wissen, Sir."

„Sie meinen, er kennt eine Durchfahrt im Riff, Mister Dechamp?"

„So muss es sein."

„Verdammt, aber Sie haben recht! Kommen Sie mit mir nach unten, wir wollen die Karten nochmals zu Rate ziehen."

Da die *Shark* offiziell zu Vermessungsarbeiten in die Karibik geschickt worden war, hatte ihnen die Admiralität neben den üblichen britischen Seekarten auch Kopien holländischer, dänischer, französischer und natürlich spanischer Karten an Bord geliefert. Unten in der Achterkajüte erwartete sie ein ganzes Sammelsurium von Seekarten, das William auf dem massiven Esstisch ausgebreitet hatte. Gemeinsam gingen sie das vorhandene Kartenmaterial des Seegebiets durch. Es war erstaunlich, wie unterschiedlich die Angaben über das Riff waren. In der britischen Karte war das Riff durchgehend eingezeichnet aber mit dem Vermerk versehen: *Warnung! Gebiet nicht genau vermessen! Frei halten!* Die Franzosen hatten über weite Strecken das Riff nicht eingezeichnet, sondern weiße Flächen mit der Inschrift: *Verlauf unbekannt* eingedruckt. Für die Gewässer hinter dem Riff, das sich etwa sechs Meilen in der breite und über zwanzig Meilen in der Länge erstreckte, galt Ähnliches. Hinter dem Riff war *terra incognita*, nur von der bekannten Durchfahrt im Westen zur Reede vor den beiden eng nebeneinanderliegenden Hauptinseln war ein Fahrwasser mit ausreichenden Tiefenangaben eingezeichnet. Darüber hinaus gab es nur hier und da eine Lotreihe, wo sich ein Schiff seinen Weg von einer Insel zur anderen über die Lagune ertastet hatte, ansonsten der lakonische Hinweis: *Viele Korallenköpfe, Wassertiefe unbekannt!* Wie auch immer man es wendete, sie bewegten sich navigatorisch auf sehr dünnem Eis, soweit man das in den Tropen sagen konnte. Sollten sie das Schiff verlieren, würde das Kriegsgericht keinen Grund sehen, Gnade walten zu lassen.

„Sir, Sie hatten recht! Da, wo dieser Kerl segelt, können wir auch fahren, so ist es in der Tat“, meinte Dechamp schließlich mit seinem langgezogenen nasalen affektierten Eton-Akzent.

„Außer, dass der Bursche mindestens drei bis vier Fuß weniger Tiefgang hat und wahrscheinlich eine genaue Karte oder eine exakte Segelanweisung besitzt!“

„Sie wollen die Verfolgung aufgeben, Sir?“

„Wer sagt das? Eher trete ich zum muslimischen Glauben über!“

„Vermutlich weil der vier rechtmäßige Ehefrauen gestattet …“

„Mister Dechamp! Ich bin empört! Außerdem, sollten Sie dieser heidnischen Sitte erfreuliche Seiten abgewinnen können, bedenken Sie, dass Sie sich dann auch vier Schwiegermütter einhandeln!“ Turner lächelte dünn. Eine der vielen guten Seiten und Eigenschaften, die Elizabeth in seinen Augen auszeichnete, war die, dass sie keine engen Verwandten hatte. Jedenfalls hatte sie bis jetzt noch nie ein Wort darüber verloren. „Lassen Sie uns wieder an Deck gehen."

„An Deck! Brecher voraus!" erklang in diesem Moment der Ruf des Ausgucks.

Sie eilten nach oben und suchten mit ihren Ferngläsern die Kimm ab, aber von hier unten waren die Brecher über dem Riff noch nicht zu erkennen. Lennon hatte einen Abfangkurs berechnet, und die *Shark* schoss pfeilschnell wie ihr Namenspatron gierig auf Beute durch das Wasser. William zog sich grübelnd auf die Luvseite zurück.

Patrick O'Bailey, sein letzter Erster, war im Kampf mit dem verräterischen alten Lord Dunbar tödlich verwundet worden. Erst nach dessen Tod war ihm klar geworden, dass sich zwischen ihm und dem melancholischen Iren so etwas wie Freundschaft entwickelt hatte. Als sich Dechamp in English Harbour auf Antigua als Ersatz bei ihm meldete, hatte William zuerst wieder einen der üblen Versuche von Konteradmiral Sir Samuel Blake gewittert, ihm einen völlig unbrauchbaren aber einflussreichen Aristokraten unterzujubeln, der ihm das Leben schwer machen sollte. Er hatte da so seine Erfahrungen mit Jeremiah Tulpin, einer absoluten Fehlbesetzung als Midshipman gemacht, den er nur dank der Pfiffigkeit seines Burschen und Bootssteurers Tom wieder losgeworden war. Admiral Blake missfiel es zutiefst, dass die *Shark* auch in seinem Dienstbereich direkt unter dem Kommando der Admiralität – oder genauer gesagt des Geheimdienstes – stand, was zur Folge hatte, dass er keinen Anteil von den von ihr aufgebrachten Prisen bekam.

Auf den ersten Blick hatte James Dechamp seine Vorurteile perfekt bedient. Er war lang und hager, fast schlaksig, hatte fahlgelbes Haar, wässerige hellblaue Augen, die immer halb unter den schweren Lidern verborgen waren, eine Pferdenase mit großen Nüstern, dünne blasse Lippen, lange gelbe Zähne und ein spitzes vorspringendes Kinn. Sein Akzent, der seinen Vater viel Geld gekostet haben musste, verriet ihn als Absolventen einer der exklusiven Privatschulen, auf denen sich der hoffnungsvolle Nachwuchs von Englands führender Klasse tummelte. Sein Vater war der Earl of Sandhurst und gehörte zu den alten normannischen Adelsgeschlechtern Englands. Er war reich und verfügte sowohl im Parlament als auch in der City über sehr großen Einfluss.

Turner hatte ihn höchst misstrauisch gemustert, was Dechamp keineswegs verborgen geblieben war, und ihn dann in seine Kabine gebeten. Das folgende Gespräch war aber ganz anders verlaufen, als Turner erwartet hatte. Dechamp hatte ihm auf seine Frage hin kurz seinen Werdegang bei der Navy geschildert. Seit dem zwölften Lebensjahr war er in den Büchern verschiedener Schiffe geführt worden, die allesamt natürlich unter dem Kommando eines Familienmitglieds gestanden hatten, damit er sofort bei Erreichung der Altersgrenze zur Leutnantsprüfung gehen konnte. Nach Abschluss der Schule war er als Midshipman auf einer Fregatte gefahren, die praktischerweise unter dem Kommando eines seiner Onkel stand. Das war das erste Mal, dass er einen Fuß auf ein Schiff setzte. Obwohl er zwei Jahre jünger als William war, datierte sein Patent nur acht Monate später.

„Wie sieht es mit Ihren praktischen Fähigkeiten beim selbständigen Manövrieren eines Schiffes aus, Sir?“ hatte ihn William gefragt.

„Schlecht, Sir. Als Dritter oder Zweiter Leutnant werden einem selbst auf einer Fregatte nicht viele Möglichkeiten eingeräumt, praktische Erfahrungen zu sammeln, wenn man von den üblichen Manövern wie Kursänderungen und den daraus resultierenden Veränderungen der Segelstellung mal absieht. Das war auch einer der hauptsächlichen Gründe, warum ich mich um diesen Posten auf der *Shark* gerissen habe und bei einem Gespräch mit Flaggleutnant Forthingworth, dessen Vater ein guter Bekannter von meinem Alten ist, etwas Druck gemacht habe." Dechamp gab sich keine Mühe, seine Defizite zu beschönigen, dann fügte er noch ohne jede Spur von Verlegenheit oder Speichelleckerei hinzu: „Außerdem habe ich gehört, dass Sie ein hervorragender Seemann sein sollen, von dem ich nur lernen kann." William hatte ihn scharf gemustert und ihm dann ein Glas Wein angeboten. Anschließend hatte er nachdenklich aus dem Heckfenster geblickt und langsam aber sehr betont ausgeführt: „Mister Dechamp, jedes Schiff lebt, es hat eine Seele, und es wird von einem bestimmten Geist erfüllt. Dieser Geist kann gut oder schlecht sein. Im Augenblick scheint auf der *Shark* ein guter Geist zu wohnen, und ich möchte, dass das so bleibt, Sir! Wir haben eine sehr zusammengewürfelte Mannschaft: Hauptsächlich Engländer, Schotten, Iren, amerikanische Tories, farbige Kariben und auch ein paar ehemalige Yankee-Rebellen. Was die Männer auszeichnet ist, dass sie durch die Bank erstklassige Seeleute sind. Falls Sie lange genug an Bord bleiben sollten, werden Sie feststellen können, dass viele noch über andere beeindruckende Fähigkeiten verfügen. Wir, die privilegierten Achtergäste, verlangen von den Männern, dass sie sich ohne zu zögern ins Feuer stürzen, sich in Stücke oder zum Krüppel schießen lassen. Das ist unsere Aufgabe, dafür sind wir da, aber als Gegenleistung, Mister Dechamp haben die Männer Anspruch auf einen gewissen Respekt. Sie sind kein blödes Schlachtvieh! Wenn sich einer unserer geistig etwas schlicht gestrickten Tölpel daneben benimmt, dann muss er bestraft werden, daran gibt es nichts zu deuteln. Jeder kennt die Regeln, folglich weiß der Übeltäter, dass er eine Strafe verdient hat. Er erwartet sie und seine Kameraden genauso. Aber die Strafe muss angemessen sein. Ein paar Tage Grogentzug schmerzen die meisten Jan Maaten mehr als ein blutig gepeitschter Rücken. Denken Sie darüber nach." Er musste plötzlich grinsen, es sah fast so aus, als wäre er etwas schadenfroh. „Gehen Sie jetzt und machen Sie sich mit dem Schiff vertraut. Als Erster sind Sie mir persönlich dafür verantwortlich, dass mir *jederzeit* ein bis in das *kleinste Detail* einsatzfähiges Schiff zur Verfügung steht. Haben Sie das verstanden?“

Dechamp hatte zum ersten Mal ein wenig seine enervierende Selbstsicherheit verloren. Er hatte geschluckt, sein Adamsapfel war mehrfach ruckartig in seinem langen dünnen Hals auf und ab gerutscht, dann hatte er heiser gekrächzt: „Jawohl, Herr Kapitän. Jederzeit bis ins kleinste Detail! Aye, Sir!“ Mit diesen Worten war er aufgesprungen, hatte sich den Kopf an den Decksbalken gestoßen, dass der Puder aus seiner Kurzhaarperücke gestaubt war, und war leicht benommen aus der Kajüte gewankt.

Der Erste hatte sich in den folgenden Wochen gut gemacht. Nun ja, es waren noch einige Unsicherheiten zu konstatieren gewesen, auch waren ihm einige Ungeschicklichkeiten widerfahren, aber er lernte schnell und erwarb sich durch seinen persönlichen Einsatz auch den Respekt der Mannschaft, denn er scheute nicht davor zurück, in den dreckigsten Pumpensumpf zu kriechen oder den Zustand der Scheibe im Flaggenknopf des Großmasts höchst persönlich zu überprüfen. Im Umgang mit den Männern hatte er keine Probleme, da er über die selbstverständliche Autorität verfügte, die manchmal allem Anschein nach den Mitgliedern alter Adelsgeschlechter angeboren ist, ohne dabei dünkelhaft zu sein.

Die Sympathie der drei anderen Mitglieder der Offiziersmesse hatte sich Dechamp schnell dadurch gesichert, dass er über seinen üblichen Beitrag zur Messeumlage hinaus, die anderen freigiebig an seinen privaten Weinvorräten teilhaben ließ, und dabei handelte es sich wahrhaftig nicht um einen sauren Miesling. Schiffsarzt Ian MacKinnon und Zahlmeister Frank Pulleye waren Liebhaber eines guten Tropfens – besonders wenn er gratis ausgeschenkt wurde. Der alte Segelmeister war zwar auch kein Kostverächter, aber ihm imponierte mehr, dass sich Dechamp nie scheute, ihn um Rat zu fragen, wenn er ein Problem hatte, und zwar bevor es sich zu einer ernsten Angelegenheit auswuchs. Dechamp mochte wie ein degenerierter überzüchteter Aristokrat aussehen, aber er hatte einen wachen Verstand, ein gesundes Urteilsvermögen und lernte schnell. Zusammen mit seinem unerschütterlichen Selbstvertrauen ergab das eine gute Mischung.

Ein Ausruf ließ Turner aus seinen Gedanken auffahren. „Das Schiff ändert Kurs!" Er blickte zu dem gehetzten Wild hinüber, das sich schon wieder fast in Reichweite ihrer Buggeschütze befand. In der Tat hatte der Schoner angeluvt und hielt mit halbem Wind scheinbar direkt auf die Gischtwolken des Riffs zu.

„An Deck! Im Riff ist eine Durchfahrt zu erkennen!" brüllte der Ausguck im Top aufgeregt.

Die Sonne neigte sich langsam dem Horizont zu. Leutnant William Turner musste eine einsame Entscheidung treffen. Er konnte unter Vollzeug hinter der potentiellen Prise herjagen und hoffen, dass er sie hinter dem Riff vor Einbruch der Dunkelheit stellen konnte – vorausgesetzt, dass die Passage tief genug für sein Schiff war, und er in einer Stunde noch Kommandant eines schlagkräftigen Kriegsschiffs und nicht eines zerschmetterten Wracks war. Er atmete tief durch, biss die Zähne zusammen und wandte sich dann dem Segelmeister zu, der intensiv damit beschäftigt war, Peilungen von den Inseln zu nehmen: „Mister Lennon! Lassen Sie bitte die Rahsegel bergen, bereiten Sie das Aufgeien des Schonersegels vor!" Er seufzte. „Dann folgen Sie dem Schoner durch das Riff. Ausguck auf dem Vorschiff verdoppeln und Lotgasten auf beiden Seiten in die Rüsten. Wenn uns dieser Braten da vorne schon durch die Lappen geht, wollen wir wenigstens etwas für die Vermessung dieser Gegend tun."

„Aye, aye, Sir!" Lennon schien erleichtert zu sein. Er schritt zum Kompasshäuschen, um sich eine Flüstertüte zu holen, dabei zog er das eine Bein leicht nach. Das war eine Nachwirkung seiner Verletzung in der Leistengegend, die ihm ein Filibuster, der Mörder seines Sohnes, heimtückisch beigebracht hatte, bevor er seine schwarze Seele aushauchte. Mochte er auf ewig im Fegefeuer rösten, um seine Sünden abzubüßen.

Die Topsegel wurden geborgen, das Schiff luvte an und hielt auf die Lücke in der dichten Wand aus aufsteigender Gischt zu, welche die Windsee über dem Riff haushoch in den abendlichen Himmel steigen ließen. Hinter ihnen wurde der östliche Horizont schon grau. Eine Meile vor dem Loch wurde das vordere Gaffelsegel aufgegeit und zusätzlich das Vorstengestagsegel geborgen. Ihre Fahrt verringerte sich erheblich. Für den Fall, dass die Wassertiefe in der Passage nicht ausreichte, würde das die *Shark* zwar nicht retten, aber die Männer mochten eine bessere Chance haben, ihr nacktes Leben mit Hilfe der Boote in Sicherheit zu bringen. Ihr Opfer, dessen sie sich schon sicher geglaubt hatten, war schon in das ruhige Wasser der Lagune eingelaufen, durch sein Fernglas erkannte Turner einen Mann auf dem Achterdeck, der ihnen mit einem Tampen zuwinkte. Er knirschte mit den Zähnen, diese Demütigung fraß an ihm. „Na warte, mein Freund, man trifft sich immer zweimal im Leben …“ Der Abstand vergrößerte sich zusehends. Das Donnern der Brandung wurde ohrenbetäubend. Die Passage mochte gut fünf Kabellängen breit sein, trotzdem hatte William das Gefühl, dass sich die *Shark* in ein Nadelöhr einfädelte. Plötzlich saß das Schiff auf dem Rücken einer langen atlantischen Woge, die aus der Tiefe des Ozeans kam und jetzt auf die Lücke zu raste. Die weit in die Tiefe reichende Welle bekam Kontakt mit dem Grund, wurde unter dem Kiel kürzer, steilte sich auf, stürmte vorwärts. Alle Männer an Deck suchten instinktiv nach einem festen Halt. Durch das Brüllen des sich brechenden Rollers hörte Turner schwach den Ruf des Rudergängers: „Kein Ruder im Schiff!“ Auf beiden Seiten schien das Wasser zu kochen, Gischt stieg scheinbar turmhoch in den Himmel, schäumende Wirbel streckten ihre gierigen Tentakel nach der Bordwand aus, dann brach die Welle unter ihnen zusammen und spie sie anscheinend angewidert in vergleichsweise ruhiges Wasser aus. Turner atmete tief durch, er beugte sich über die Kante, konnte aber keinen Grund sondern nur schwarze Finsternis unter sich erkennen.

„Loten!"

„Kein Grund!" Bei dem verwendeten leichten Lot mit nur wenigen Faden Leine hatte er eigentlich auch nichts Anderes erwartet.

„Danke! Weitermachen!"

Mister Lennon, der schon wieder mit Peilungen beschäftigt war, und Leutnant Dechamp traten auf ein Handzeichen hin zu ihm heran. „Mister Lennon, koppeln sie bitte den Kurs unserer Beinahe-Prise sorgfältig mit. Ihr Skipper scheint sich hier wirklich gut auszukennen. Er wird versuchen, noch vor Einbruch der Dunkelheit die Lagune im Westen wieder zu verlassen. Wenn wir seine Kursänderungen mitkoppeln, sparen wir morgen eine Menge Zeit. Mister Dechamp, wir werden langsam weiterlaufen, bis die Wassertiefe gefährlich abnimmt oder die Dunkelheit hereinbricht, dann werden wir ankern. Bereiten Sie bitte alles vor!"

„Aye, aye, Sir! Und mit Verlaub gesagt, Herr Kapitän, das war eben ein Teufelsritt! Wie mit einem arabischen Vollblut in voller Karriere über eine Mauer, bei der man nicht weiß, was hinter ihr liegt! Großartig, ganz großartig!" Er wandte sich um und trabte – man konnte es nicht anders ausdrücken – leichtfüßig wie der besagte Vollblüter auf das Vordeck. „Ganz dem Wild Bull Turner würdig, wirklich!" Unterwegs winkte er den Zimmermann zu sich heran.

Turner und Lennon sahen sich vielsagend an. William hatte plötzlich das Gefühl mindestens genauso alt wie Lennon zu sein. ‚Es dürfte besser sein, wenn ich Dechamp nicht beichte, dass ich die Arschbacken ganz schön zusammengekniffen habe, als wir voll im Gleitflug durch die Düse geschossen sind!' überlegte er. ‚Am Ende verliert er sonst noch seine Illusionen.'

Die Wassertiefe nahm nur langsam ab, die einströmenden Wassermassen schienen in diesem Bereich einen tiefen Kanal in den Meeresboden gewaschen zu haben, der auch verhältnismäßig gerade in die Lagune hineinführte. Doch plötzlich nahm die Tiefe schnell ab, um sich dann zunächst bei fünf bis acht Faden zu stabilisieren. Wenn man auf der Backbordseite über Bord schaute, konnte man den hellen Grund, der mit dunklen Seegrasbüscheln gesprenkelt war, erkennen.

Das flüchtige Schiff hatte schon gut über die Hälfte der Breite der Lagune, die hier sechs Meilen betragen mochte, hinter sich gelassen und stand jetzt auf Höhe der beiden Hauptinseln. Lennon verfolgte seinen Weg genau. Er schätzte den jeweils gesteuerten Kurs an Hand der Segelstellung und notierte die Zeit, die das Schiff auf den einzelnen Schlägen blieb. Das würde ihnen eine zumindest ungefähren Anhalt liefern, wie die Fahrrinne verlief. Jetzt luvte es gerade energisch an und würde bald hinter den Inseln verschwinden, dort konnte es dann in den gut bekannten Kanal durch das Riff hinaus eindrehen. Mit den letzten Sonnenstrahlen würde es wieder auf der freien See stehen.

„Verdammt! Was ist denn das?“ rief Lennon plötzlich aus.

„Drei Segel an Steuerbord unterhalb der Insel!“ meldete fast gleichzeitig der Ausguck im Top. Turner setzte das Glas ans Auge. Tatsächlich schossen drei große Boote aus dem Schutz der Insel auf das Handelsschiff zu. Es waren zwei Barkassen, die mit jeweils zwei Sprietsegeln und einem Vorsegel getakelt waren, und eine etwas größere ältere Schaluppe mit zwei Lateinersegeln. William musste an sich halten, um nicht wie irre laut aufzulachen. Da war ihr Freund vom Regen unter Umgehung der Traufe direkt in der Jauchegrube gelandet. Kein Zweifel das waren Bukaniere!

„Mister Lennon! Mister Dechamp! Klar zum Ankern! Plünnen runter und weg mit dem Schlickhaken so schnell es geht!“

An Bord herrschte ein paar Minuten lang ein wildes Wuhling, aber das scheinbare Durcheinander mündete darin, dass die *Shark* sauber auf dem Teller drehte, ihre Segel wie von Zauberhand verschwanden, und schließlich vorne der schwere Anker ins Wasser klatschte. Turner gönnte dem Manöver keinen Blick, sondern beobachtete angestrengt das Geschehen bei der Insel. Graubraune Qualmwolken stiegen auf den Booten und an der Bordwand des Frachtschiffes auf, mit einiger Verspätung erreichte der Kanonendonner sein Ohr, aber dann waren die Boote auch schon längsseits, und kurz darauf änderte das Schiff seinen Kurs in Richtung der Inselreede. „Na, das war ein klarer Gang!“ stellte Turner lakonisch fest. Er kraulte sich den krausen rötlich braunen Bart und sah geistesabwesend zu, wie der rote Sonnenball den Horizont küsste und im golden glänzenden Wasser versank. Fast erwartete man bei diesem Anblick ein Zischen zu hören und Wasserdampf aufsteigen zu sehen.

„Mister Dechamp und Mister Lennon bitte zu mir!“

„Schiff hat eingetörnt und Anker hält, Sir!“ meldete Lennon.

„Segel werden aufgetucht, Sir. Soll das Schiff klar zum Gefecht bleiben?“

„Aye, Mister Dechamp, aber lassen Sie das kurzzeitig mit aller gebotener Vorsicht das Kombüsenfeuer anzünden. Der Smut soll heute nicht sparen, instruieren Sie bitte den Pfennigfuchser Pulleye entsprechend. Es war ein langer Tag – und es wird eine lange Nacht. Bis das Essen fertig ist, lassen Sie bitte die Boote aussetzen und fertig machen. Die Männer, die dafür nicht gebraucht werden, sollen versuchen, auf ihren

Gefechtsstationen ein Auge voll Schlaf zu nehmen. Mister Lennon, werten Sie zusammen mit Ihrem Maaten Quincy die Peilungen und die Koppelung aus. Ihnen brauche ich ja nicht zu sagen, wie wichtig das für eine Nachtfahrt ist."

Lennon und Dechamp stießen überrascht die Luft aus, dann meinte Dechamp gedehnt: „Na, das wird für unsere Freunde morgen früh ein schöne Überraschung sein."

Lennon kratzte sich hinter dem Ohr. „Meinen Sie nicht, dass die Piraten uns entdeckt haben?"

„Ich weiß es natürlich nicht sicher, aber ich glaube nicht. Über dem Riff steht eine fast undurchdringliche Gischtwolke, und dahinter sind wir nur mit kleinen Schratsegeln fast in Richtung der Insel gesegelt. Wir hatten also eine ganz schmale Silhouette. Außerdem war hinter uns der Himmel schon dunkel – und nicht zu vergessen, die Kerle waren vollständig mit der unverhofften Beute beschäftigt, die ihnen da frei Haus geliefert wurde. Mit Nachschlag haben die ganz sicher nicht gerechnet."

Lennon rieb sich mit dem rechten Zeigefinger nachdenklich seine große Hakennase. „Sie haben wahrscheinlich recht, Sir. Und wenn nicht, werden wir uns zu wehren wissen!"

„Das ist die richtige Einstellung, Sir. Also, Gentlemen, wir werden folgendermaßen vorgehen..."

Kapitel 4

Südliche Bahamas, 16. März 1777

Drei Stunden vor Sonnenaufgang bewegte sich eine seltsame Prozession dunkler Schatten über die schwarze Wasserfläche. Der halbe Mond war gegen Mitternacht untergegangen, danach hatte auch der Wind nachgelassen und so glitt die *Shark* unter kleinen Segeln mit nur knapp zwei Knoten Fahrt dahin. Am Heck hatte man einen Warpanker bis auf Höhe der Wasserlinie weggefiert, um bei Bedarf durch Wegfieren des Ankers, die Geschwindigkeit noch weiter reduzieren zu können. Außerdem waren an Deck auf jeder Seite vier lange Riemen klar gemacht worden, um das Schiff bei dem leichten Wind manövrierfähiger zu machen. Jeweils zwei Geschützbesatzungen waren für die Bedienung eines Riemens abgestellt worden. Beim Ankerhieven hatte man das Manövrieren unter Riemen ausprobiert. Das war zuerst recht mühselig und kompliziert gewesen, hatte sich dann aber doch als machbar erwiesen. Etwa drei bis vier Kabellängen vor dem Bug liefen die Pinasse und der Kutter. Zwischen ihren war ein dünnes Tau gespannt, das, wenn es stramm gehalten wurde, die Boote dazu zwang, immer den gleichen Abstand voneinander einzuhalten. Auf beiden Booten waren Lotleinen auf eine Tiefe von vier Faden zu Wasser gesteckt. Außerdem hatten Lennon und Midshipman Armstrong in der Pinasse, sowie Midshipman Starke mit Steuermannsmaat Quincy auf dem Kutter die Koppelungen des flüchtigen Schoners an Bord. Auf der *Shark* versuchte man so zu steuern, dass man auf der sicheren Wasserfläche zwischen den Booten lief. Auch auf ihren beiden Seiten standen Lotgäste in den Rüsten und schwangen ihre Lote. Die Tiefenangaben wurden flüsternd nach achtern weitergegeben. Vielleicht war das Flüstern eine übertriebene Vorsichtsmaßnahme, aber da wo es möglich war, versuchte Turner das Risiko einer vorzeitigen Entdeckung so gering wie möglich zu halten, schließlich breitete sich der Schall über dem Wasser manchmal erstaunlich weit aus. Achtern wurde in kurzen Abständen die Logge ausgeworfen, damit der Kommandant ständig über die Fahrt durchs Wasser unterrichtet war. Zwar kannte Turner inzwischen sein Schiff so gut, dass er die Fahrt durch einen Blick über die Kante mit ausreichender Genauigkeit schätzen konnte, aber wenn etwas schief ging, machten sich derartige im Logbuch eingetragene Vorsichtsmaßnahmen vor dem Kriegsgericht immer gut.

Der Kommandant stand auf dem Achterdeck neben dem Ruder und beobachtete scharf die beiden Boote. Er hoffte, dass die Filibuster keinen scharfäugigen und vor allem wachsamen Ausguck auf der Insel postiert hatten. Allerdings setzte er darauf, dass der Wachposten der Piraten – wenn es denn einen gab – in dieser jetzt mondlosen Nacht nicht gerade blitzblanke Äuglein haben würde und außerdem sein Augenmerk wohl eher auf die Passage im Westen konzentrieren würde. ‚Verdammt!' knurrte er in sich hinein. ‚In diesem Spiel brauche ich wirklich ein paar Joker. Es ist besser, ich presse die Zähne fest aufeinander, sonst hören die Männer noch, wie sie vor Angst klappern! Hoffentlich kommt Dechamp bald mit der Gig und guten Nachrichten von der Insel zurück.'

Der Erste Leutnant war schon vor Mitternacht aufgebrochen, um das Piratenlager aufzuklären. Turner hatte nicht vor, sich unvorbereitet in ein Gefecht mit einem Gegner zu stürzen, dessen Stärke er nicht kannte. Es war nicht undenkbar, dass die Bukaniere ihr Lager befestigt hatten. In ein langwieriges Artillerieduell mit hinter Erdwällen versteckten Kanonen, die vielleicht auch noch glühende Kugeln verschossen, wollte sich Turner lieber nicht einlassen. Dechamp befand sich in Begleitung der Matrosen, die sich schon als Kundschafter bei dem Angriff auf Dunbars Anwesen in Maryland bewährt hatten. Mark und Nat und die anderen beiden waren Loyalisten. Bevor die Aufständischen sie aus der Heimat vertrieben hatten, waren sie Trapper und Waldläufer gewesen. Sie verstanden sich hervorragend darauf, sich lautlos wie Rothäute durch das Unterholz anzuschleichen und wenn es sein musste, schossen sie mit ihren langen Büchsen einem Moskito den Stachel ab. Turner seufzte. Damals hatte Leutnant O'Bailey das Unternehmen kommandiert. Es war sein letzter Einsatz gewesen.

Er zog die Taschenuhr hervor, die er sich aus dem Nachlass eines Nautikers, der von den Korsaren getötet worden war, ausgeliehen hatte. Jetzt war es gleich acht Glasen auf der Morgenwache und gegen 06.09 Uhr würde die Sonne aufgehen. Dechamp war überfällig, William begann sich ernsthaft Sorgen zu machen. Hatte der Skipper des Schoners den Piraten gesteckt, dass er von einem britischen Kriegsschiff verfolgt worden war? Turner hatte darauf gebaut, dass er das verschweigen würde, weil das seine einzige Trumpfkarte war. Wegen des Verstoßes gegen den Navigation Act – also Schmuggel – verurteilt zu werden, war eine Sache, von den Korsaren grausam gefoltert und ermordet zu werden, eine andere.

Tom, sein Bursche, zischte leise: „Käptum, Sur, da kommt die Gig!" Er war beleidigt gewesen, dass er nicht hatte mitfahren dürfen, denn schließlich war er der Bootssteuerer des Kommandanten und die Gig war *sein* Boot. Aber fünf Männer waren für das Spähtrupp-Unternehmen genug gewesen, und so hatte er sich leise murrend damit abgefunden.

„Wirf den Jungs im Boot eine Leine zu, Tom. Wenn die Männer an Bord sind, mach das Boot so fest, dass dein Baby nicht mit dem Heckanker unklar kommen kann."

„Aye, aye, Sur!"

Leutnant Dechamp schwang sich gleich darauf von den Rüsten über die Reling und kam auf ihn zu. Er grinste breit, das konnte man sogar im schwachen Licht der Sterne erkennen. Grüßend tippte er an seinen Hut. „Melde mich vom Landausflug zurück, Sir."

„Danke, Mister Dechamp. Nun, wie sieht es da drüben aus?"

„Gut, Sir. Die Piraten haben da nur ein paar behelfsmäßige leichte Hütten errichtet, von Befestigungen oder gar Landbatterien ist keine Spur zu entdecken. Das gekaperte Schiff liegt nicht weit von einer Brigantine entfernt im tiefen Wasser zwischen den Inseln, die großen Beiboote haben die Kerle auf das Ufer gezogen. Die Schufte scheinen gestern Abend ihren leichten Sieg ausgiebig gefeiert zu haben, denn als wir uns dicht an die Feuerstellen herangearbeitet hatten, lag der größte Teil der tapferen Helden schon volltrunken zusammengerollt auf dem Strand und schnarchte zum Gotterbarmen."

„Wie viele sind es?"

„Über hundert Halunken."

„Warum kommen Sie so spät zurück?"

„Nun, Sir, Ihre seltsamen Waldgeister, die Sie mir mitgegeben haben, lösten sich, sobald sie festen Boden unter den Füßen spürten, in Luft auf. Ich hatte alle Hände voll zu tun, sie wieder einzusammeln."

Turner blickte ihn misstrauisch von der Seite an.

„Aye, Sir", seufzte Dechamp, „ich gestehen, es war eher umgekehrt. Ohne die Burschen würde ich immer noch durch den Wald irren und mir den Kopf an Baumstämmen einrennen. Das Beste wäre gewesen, ich wäre gleich beim Boot geblieben. Und dann kam der Matrose Mark ‚Snake' Taylor noch auf die glorreiche Idee, zu dem gekaperten Schoner hinüber zu schwimmen, um nachzusehen, ob die Besatzung dort gefangen gehalten wurde, da wir an Land keine Spur von irgendwelchen Festgesetzten finden konnten. Und in der Tat hat man die Yankees an Bord ihres eigenen Schiffes in Eisen gelegt." Er machte eine Pause, schmunzelte und leckte sich genüsslich mit der Zungenspitze über die Lippen. „Übrigens befindet sich nur eine kleine Wachmannschaft auf der Prise – unserer Prise, Sir!"

„Man soll den Tag nicht vor dem Abend loben und die Braut nicht vor dem Morgen, Mister Dechamp."

„Sör, die Pinasse signalisiert!" meldete der Rudergänger halblaut.

Turner fuhr herum und sah, dass im Heck der Pinasse eine abgedunkelte Laterne in einem halben Kreisbogen nach Backbord geschwungen wurde. Die beiden Boote hatten auch schon ihren Kurs um drei Strich nach Backbord geändert. „Ruder Achtung! Trimmer Achtung! Klar zur Kursänderung! Das Heck der Pinasse recht voraus nehmen, Carter. Besser du hältst es sogar um Schamhaarbreite an Steuerbord frei!"

„Aye, aye, Sir! Ich glaube, mit Verlaub gesagt, dass ich weiß, worauf es ankommt!"

Turner blickte ihn scharf an, dann nickte er. „Gut, Carter, beweisen Sie es mir."

Streng genommen war Carters Bemerkung eine Subordination gewesen, die auf einem Linienschiff hundertprozentig und auf einer Fregatte mit großer Wahrscheinlichkeit zu einer empfindlichen Bestrafung Carters geführt hätte. Aber Turner erinnerte sich daran, dass Carl Carter zu den Seeleuten gehört hatte, die sie nach dem Gefecht vor Dunbars Anwesen in Maryland von der Brigg, mit der sich der Verräter hatte in Sicherheit bringen wollen, in den Dienst gepresst hatten. Die meisten dieser Yankees hatte Turner in Antigua mit Hilfe des örtlichen Geheimdienstchefs Smith – oder wie immer der wirklich heißen mochte – gegen zuverlässige britische Matrosen ausgetauscht. Die Rebellen würde man an Bord der Linienschiffe zu zähmen wissen, und die Briten hatten sich in Scharen freiwillig gemeldet, weil es auf der *Shark* herrlich nach Prisengeld duftete, selbst dann noch, als die verfluchten Kronjuristen in London ihnen den größten Teil ihres ehrlich erkämpften Lohnes der ersten Unternehmung auf der Aalinsel versagt hatten. Carter hatte sich auf der Rückreise nach English Harbour als guter zuverlässiger Mann beim Dienst auf dem Achterdeck erwiesen, als die *Shark* durch Leutnants O'Baileys Tod, Lennons Verwundung und die Detachierung der Midshipmen samt Steuermannsmaaten auf die Prisen völlig unterbesetzt gewesen war. Wie William später herausgefunden hatte, war er auf der Brigg als Steuermann gefahren. Der Mann hatte Recht, er wusste bestimmt, worauf es ankam. Er hatte ihn nicht provozieren, sondern beruhigen wollen. Turner machte sich eine mentale Notiz, er würde den Mann bei der ersten sich bietenden Gelegenheit zum diensttuenden Steuermannsmaaten befördern. Tatsächlich litt die *Shark* immer an einem empfindlichen Mangel an Nautikern, die eigenverantwortlich ein Schiff navigieren konnten – jedenfalls immer dann, wenn ihr das Jagdglück hold war. Darüber musste er beim nächsten Aufenthalt in English Harbour mal dringend mit Mister Smith reden.

Das Schiff schwang langsam nach Backbord herum. Kurz darauf lief die Meldung auf dem Achterdeck ein: „Fünf Faden an Steuerbord, abnehmend, Sir!“ Turner schaute auf die Wasserfläche an der Steuerbordseite, aber im trügerischen Licht des tropischen Sternenhimmels war der Grund nicht auszumachen. Er vermeinte zwar den dunklen Schatten eines Korallenkopfes in vielleicht dreißig Yard Abstand zu erkennen, aber das konnte auch auf Einbildung beruhen. „Fünf Faden und ein halber an Steuerbord, Sir!“

Turner atmete tief durch. Sie würden es schaffen! Er wandte sich wieder dem Ersten zu. „Mister Dechamp, jetzt sagen Sie nur noch, dass Mark Taylor auch noch auf dem Piratenschiff war."

„Nein, Sir, da war Jim Smith, den die Männer Beaver nennen, an Bord. Er hat mir berichtet, dass auch auf der Brigantine nur eine schwache Wache zurückgeblieben ist."

„Kein Wunder, auf See muss auf dem Schiff eine entsetzliche Enge herrschen. Es lässt sich wohl überhaupt nur aushalten, weil sich in den Tropen ein großer Teil der Männer auch zum Schlafen an Deck aufhalten kann."

„Zwei Glasen, Sir!" meldete Carter gedämpft.

„Danke. Nun, in einer guten Stunde werden wir mehr wissen, Mister Dechamp, falls wir nicht vorher auf einer von diesen verdammten Korallenbänken aufgebrummt sind … Die Austauschbesatzungen für die Boote wissen Bescheid?"

„Aye, aye, Sir. Die Seeleute halten ihre Waffen bereit und die Hummer sind ohnehin schon scharf auf ihren Einsatz wie Bluthunde, die die Witterung des Fuchses aufgenommen haben. Sergeant Bull hatte beim Schärfen seines Bajonetts ein so liebevolles Leuchten in den Augen, wie ich es bei ihm noch nie gesehen habe, und selbst sein dröger Corporal Powdey hat beinahe väterlich freundlich geklungen, als er einen der Soldaten zusammengeschissen hat, weil dessen Seitenwaffe seiner Meinung nach nicht scharf genug geschliffen war."

„Sir! Der Kutter signalisiert!"

Diesmal war es der Kutter, der eine Kursänderung nach Steuerbord anzeigte. Turner verglich die zurückgelegte Distanz mit der Koppeltabelle und schaute wieder auf die Uhr. „Stimmt fast exakt. Der alte Weißkopfadler ist Sonderklasse. Ein Glück, dass wir ihn an Bord haben!"

Dechamp schaute ihn verwirrt an. „Was für einen Vogel haben wir an Bord, Sir?"

Turner musste trotz der Anspannung grinsen. „Ist Ihnen noch nie die Ähnlichkeit aufgefallen, die unser alter Segelmeister mit dem amerikanischen Greifvogel hat. Das weiße Kopfgefieder, die Raubvogelnase, die scharfen Augen – von der Aggressivität ganz zu schweigen, wenn es darum geht, die Beute zu schlagen!"

Dechamp nickte nachdenklich und grinste dann breit. „Stimmt, Sir. Dieses Schiff ist ja die reinste Menagerie, wie mir scheint. Wir haben einen wilden Stier als Kommandanten, einen Adler als Segelmeister, Matrosen, die sich Schlange, Elch und Biber nennen. Nun möchte ich nur noch wissen, welchen Spitznamen mir die Jantjes angehängt haben." Er überlegte einen Augenblick, dann fuhr er gedehnt fort: „Vielleicht ist es aber auch besser, ich kenne ihn nicht."

Turner hatte Mühe ernst zu bleiben. Wie recht du doch hast, mein Freund, dachte er bei sich, denn die Matrosen hatten den Ersten nicht ganz unpassend *das Ross* getauft, wobei seine Physiognomie vermutlich eine Rolle gespielt hatte, aber sicher auch die Marotte, als Zeichen seines Missvergnügens den Kopf nach vorne zu strecken, die Luft schnaubend durch seine großen Nüstern auszustoßen und dabei mit dem rechten Fuß aufzustampfen. Das konnte einen schon sehr stark an einen gereizten Hengst erinnern, der wütend schnaubte und warnend mit dem Vorderhuf scharrte.

Wieder schaute William auf die Taschenuhr. In Kürze würden sie nach seiner Schätzung den Kurs erneut ändern müssen. Die Insel mit ihrem üppigen Baumbestand befand sich jetzt schon recht dicht an ihrer Steuerbordseite. Die hohen Palmen ragten aus dem Unterholz empor, ihre schattenhaften Silhouetten grüßten im trüben Licht schwarz herüber. Turner spürte, wie sich sein Pulsschlag wieder beschleunigte. Die Zeit verging nur langsam, wenn man mit schweißnassen Händen ständig darauf wartete, dass das Schiff knirschend auf einer Untiefe zum Stehen kam. Da war ihm die Aussicht auf ein heißes Gefecht beinahe lieber, denn dabei hatte man wenigstens keine Muße lange nachzudenken. Du oder ich hieß da die Devise. Aber hier ging es quälend langsam vorwärts und man hatte alle Zeit der Welt sich vorzustellen, was alles passieren konnte und welche Vorwürfe vor einem dann unausweichlichen Kriegsgerichtsverfahren erhoben werden konnten: fachliche Inkompetenz bei der Planung, mangelnde Umsicht bei der Durchführung, persönliche Ruhmsucht, Gier auf Prisengeld, vor seinem inneren Auge wurde die Liste der Anschuldigungen immer länger. Dazu würden die hämischen Blicke der Neider und das mitleidige Schulterklopfen der ihm Wohlgesonnen kommen. Er hörte schon das Geflüster hinter seinem Rücken: ‚Der heruntergekommene Säufer da hinten ist Leutnant Turner, sitzt jetzt schon zehn Jahre auf Halbsold. Hatte eigentlich alle Aussichten eine schöne Karriere zu machen, denn er war schon mit Anfang zwanzig Kommandant einer schönen Slup, aber dann hat der Arme Pech gehabt und sein Schiff in den tückischen Gewässern der Bahamas auf die Klamotten gesetzt. Soll wohl auch ein wenig Leichtsinn mit im Spiel gewesen sein!' Turner brach plötzlich trotz der morgendlichen Kühle der Schweiß aus.

Noch war kein Anzeichen der Morgendämmerung zu sehen, und wenn sich die Sterne hinter ein paar Wolken versteckten, war es finster wie in einer unbeleuchteten Kohlengrube.

Da! Die Pilotfische der *Shark* signalisierten, es war wieder Zeit den Kurs zu ändern. Alles lief ab wie bei einem gut geölten Uhrwerk. Bis jetzt habe ich ein riesiges Quantum unverdientes Glück gehabt, sinnierte Turner verbiestert. Es kam ihm nicht in den Sinn, dass er sich den Erfolg auch durch gute Planung, vorsichtiges Abwägen der Risiken und den richtigen Einsatz der Fähigkeiten seiner Männer zu einem guten Stück redlich verdient haben mochte.

„Drei Glasen, Sir!“ meldete Carter.

„Knapp anderthalb Knoten, Sir!“

Jetzt mussten sie noch eine gute Meile zurücklegen, bis sie sich in dem bekannten Fahrwasser von der westlichen Passage zur Reede zwischen den Inseln befanden. Allerdings würden sie wohl kaum wie ein hungriger Habicht auf ihre Beute herunterstoßen, denn der Wind wurde immer schwächer. In der Abdeckung hinter den Inseln würde er wahrscheinlich völlig weg sein. Turner ballte die Fäuste. In wenig mehr als einer halben Stunde würde die Sonne mit der für die Tropen typischen Schnelligkeit aufgehen. Der Schoner war hier gestern Abend mit Vollzeug gesegelt, was darauf schließen ließ, dass unter dem Kiel Wasser genug vorhanden gewesen war. Wenn sie die Filibuster überraschen wollten, musste er sich was einfallen lassen!

„Mister Dechamp, lassen Sie bitte die Gaffelsegel und alle Vorsegel voll setzen!“

„Aye, aye, Sir! Bootsmann, klar zum Ausreffen und Setzen der Segel!“

„Signalgast, gehen Sie auf das Vorschiff und geben Sie den Booten das verabredete Signal, auf das Schiff zu warten!“

„Aye, aye, Sir!“ Der Mann eilte mit einer Laterne nach vorne.

Klappernd und knatternd stiegen die Segel in die Höhe. In Turners Ohren hörte sich das an, als ob ganze Batterien von 36-Pfündern das Feuer eröffnet hätten. Mit dem Fernglas versuchte er die Dunkelheit an Land zu durchdringen. Das Dollondglas mochte zwar keine Farbverfälschungen des Bildes mehr aufweisen, aber wo kein Licht war, konnte auch seine hochwertige Optik nichts vergrößern und dem Beobachter sichtbar machen. Na, jedenfalls flammten da drüben keine Feuer auf. Als die Segel gesetzt und getrimmt waren, beschleunigte das Schiff spürbar. Achtern klatschte das Loggscheit ins Wasser, die Rolle mit der Loggleine spulte gemächlich die Leine mit den Knoten ab.

„Gut zwei Knoten, Sir!“

„Danke“, knurrte Turner. Das war zwar nicht alle Welt, aber man musste dankbar sein. Die Boote kamen schnell näher und schoren an beiden Seiten längsseits. Sie wurden festgemacht, die Segel wurden abgeschlagen und die Masten gelegt, dann sprangen die Matrosen auf das Deck der *Shark*, wo sie sich erst mal ausgiebig reckten und streckten, dann gingen sie auf ihre Gefechtsstationen, um sich mit in Melasse getauchten Zwieback und kaltem Fleisch zu stärken. Die Seesoldaten und die Matrosen, die für die Enterkommandos ausgewählt worden waren, machten sich bereit, die Boote zu bemannen. Aber noch war es nicht so weit. Je weiter sie unter Land kamen, desto schwächer wurde die Brise. Im Licht der leuchtenden tropischen Sterne konnte William Turner jetzt erstmals den Ankerplatz zwischen den Inseln einsehen. Wie Dechamp berichtet hatte, ankerten dort ruhig und dunkel die beiden Schiffe auf die sie es abgesehen hatten. Auf dem breiten Sandstrand der größeren Insel glimmten schwach ein paar große Feuerstellen. Überall lagen einzeln und in Gruppen dunkle Steine herum, nein, das waren keine Felsbrocken, das waren Schläfer. Ein erneuter Blick auf die Taschenuhr zeigte William, dass ihm die Zeit weglief. Er konnte nicht riskieren, dass er entdeckt wurde, während er sich noch heranschlich, und den Piraten Zeit blieb, die beiden Schiffe zu bemannen. Auf dem beengten Raum konnten auch die zusätzlichen drei großen Boote zu einer echten Gefahr werden.

„Mister Dechamp und Mister Armstrong in die Boote und die Schiffe entern!“

„Aye, aye, Sir!“ erklang es wie aus einem Mund.

„Und Mister Armstrong …“

„Sir?“

„Lassen Sie unsere Vettern auf dem Yankee ruhig im Genuss ihres eisernen Arm- und Beinschmucks. Auch ein verlängerter Aufenthalt in den Gedärmen des Schiffes könnte nicht schaden, sie könnten sonst auf dumme Gedanken kommen."

„Aye, aye, Sir!"

Schnell waren die Boote besetzt, die Leinen wurden losgeworfen und die Seeleute legten sich mit aller Kraft in die Riemen. Über das glatte Wasser schossen sie auf dem kürzesten Weg auf den Ankerplatz zu. Auch die *Shark* erreichte bald darauf den Punkt, wo sie den Kurs auf die Reede hin ändern musste, aber jetzt blieb der Wind völlig weg. Die Segel klatschten kraftlos an den Masten und Stagen. Turner hieb sich mit der linken Faust in die rechte Handfläche. Sie waren so kurz vor dem Ziel. Weniger als eine halbe Meile trennte sie von ihrem Ziel.

„Bootsmann! Alle Riemen ausbringen und alle verfügbaren Männer ran zum Pullen!"

Zusätzlich zu den schon bereit liegenden Riemen wurden auf jeder Seite noch vier zusätzliche Riemen ausgebracht. An jedem nahmen drei Männer Aufstellung.

„Bootsmann Baxter, geben Sie mit einem Rammer den Takt auf dem Deck an! Auf geht's!"

Der Bootsmann schnappte sich einen Rammer, der neben der nächststehenden Karronade bereit gelegen hatte. „Bei Eins, Jungs, und legt euer Kreuz hinein. Ich will Strudel bis zum Grund sehen, wenn ihr durchzieht!" Er stampfte mit dem Rammer auf das Deck. „Eins!"

Zuerst sah alles ziemlich ungeschickt aus, und das Schiff schien sich nicht vom Fleck zu bewegen, aber nach kurzer Zeit nahm es nach und nach Fahrt auf und glitt langsam aber stetig vorwärts. Die Männer stöhnten und schnauften.

„Ich wollte immer schon mal auf einer Galeere anheuern", keuchte ein Spaßvogel, „man soll sich dort so einen wunderbaren Appetit auf das Frühstück holen können."

Wie häufig vor Sonnenaufgang schien es jetzt besonders finster zu sein. Vorne wurde weiter gelotet, aber die Wassertiefe gab keinen Grund zur Besorgnis. Die Männer schuften an den im Wortsinne unhandlichen Riemen. Plötzlich erschien im Osten in der Kimm ein feiner heller Streifen. Die Schiffe lagen fast zum Greifen nahe an Backbord voraus. Noch eine Kabellänge!

„Bootsmann, ausscheiden mit dem Pullen!“

Baxter hob den Arm als Zeichen, dass er verstanden hatte.

„Mister Lennon, lassen Sie die Gaffelsegel aufgeien!“

„Aye, Sir!“

„Mister Starke, auf mein Handzeichen hin, lassen Sie den Heckanker fallen und stecken die Trosse willig mit, verstanden?“

„Willig mitstecken, aye, Sir!“

Das Schiff verlor an Fahrt, langsam glitt die *Shark* schräg vor die Vorsteven der beiden ankernden Schiffe, deren Trossen nicht auf und nieder standen, sondern schräg nach vorne wiesen! Turner schluckte, verdammt, hier stand Strom, der durch die Passage im Riff hereindrückte und dann seine Richtung ändernd zwischen den Inseln hindurchlief. Er machte Starke ein Zeichen und hörte, wie sofort anschließend der Warpanker ins Wasser klatschte und die Trosse ausrauschte. Er eilte nach achtern. „Zimmermann, die Trosse kurz abstoppen!“ Zwei Matrosen warfen geschickt einen starken Taustopper um die sich nach außenbords ringelnde Hanfschlange. Gefühlvoll stoppten sie die dicke Trosse ab, die sich hinter dem Heck tropfend aus der See hob, ächzend steif kam, und den Anker dabei tief in den Grund eingrub. „Lassen Sie noch zwanzig Faden ausstecken und dann belegen, Mister Starke!“

„Aye, aye, Sir!“

Drüben auf einem der Schiffe krachte ein Schuss. Turner wirbelt herum und eilte an die Verschanzung. In dem schnell heller werden Licht blickte er sich um. Der amerikanische Blockadebrecher schien schon fest in der Hand von Mister

Midshipman Armstrong zu sein. Turner sah, dass dort an Deck gerade etliche Männer gefesselt und geknebelt wurden. Armstrong winkte ihm zu und deutete nach achtern. Dort wehte bereits die britische Flagge. Der Schuss war also auf dem Piratenschiff gefallen. Die *Shark* kam schließlich parallel zu der Brigantine und zwischen ihr und dem Ufer zum Stehen. Auf dem Deck des Piraten tummelten sich die Rotröcke und trieben die Bukaniere zusammen. Jetzt stieg auch dort die rote englische Kriegsflagge in die Höhe.

An Land erhob sich ein heiseres Gebrüll. Die Piraten waren aus ihrem Schlaf hochgefahren, der durch den überreich genossen Alkohol schon fast einer Bewusstlosigkeit geglichen hatte. Verwirrt taumelten sie ziellos durcheinander. Einige stürzten schwankend in die Richtung der auf den Strand gezogenen großen Boote.

„Achtung Steuerbordbatterie und klar bei Drehbassen an Steuerbord! Den Strand bestreichen! Feuer frei!"

Die Bordwand der *Shark* hüllte sich in eine stinkende braungraue Wolke aus der feurige Blitze zuckten, als ob Göttervater Zeus dort persönlich seinem Zorn Ausdruck verleihen würde. Die vielen Pfunde aus gehacktem Blei, die jaulend über die freie Sandfläche pfiffen, vertrieben bei den Korsaren jeden Gedanken an einen organisierten Widerstand. Hals über Kopf flüchteten sie in den Urwald. Als die Seesoldaten von den Schiffen anlandeten, fanden sie nur ein Dutzend Tote und die doppelte Anzahl Verwundete vor. Von den allseits so gefürchteten tollkühnen Piraten ließ sich bis zur Abfahrt der Schiffe keiner wieder sehen. Die Royal Marines sicherten den Strand und untersuchten die schäbigen Hütten. Zwei dienten als Lagerschuppen von erbeuteten Handelswaren. Nachdem sich die Männer der *Shark* mit einem wohlverdienten kräftigen Frühstück gestärkt hatten, leerten sie das eine Lagerhaus und brachten die Waren mit Hilfe der großen Barkassen an Bord der Brigantine. Turner, der die alte Schaluppe besichtigt hatte, entschied, dass sie durchaus selbstständig zurück nach Antigua segeln konnte. Das Schiffchen verfügte über ein durchlaufendes Deck und eine kleine Hütte an Deck und machte einen soliden und seetüchtigen Eindruck. Natürlich war der Umgang mit den Lateinersegeln gewöhnungsbedürftig, aber die älteren britischen Matrosen kannten diese Taklungsart als Besansegel auf alten Fregatten und Linienschiffen, für die Kariben war sie ohnehin eine alte Bekannte.

Der Inhalt der anderen Hütte bestand aus bestialisch stinkenden Rinderhäuten. Diese Häute stammten von verwilderten Rindern, die auf unbewohnten Inseln in großer Zahl heimisch geworden waren. Das dicke Leder, das man aus ihren abgezogenen Fellen herstellen konnte, war heiß begehrt und brachte hohen Gewinn. Da man aber die Häute nach dem Schlachten nur oberflächlich von Blut- und Fleischresten gereinigt hatte, war der Gestank wirklich atemberaubend. Beim Auslagern der Bündel kämpften auch die abgebrühten Seeleute zum einen ständig gegen den Brechreiz und zum anderen mit fast undurchdringlichen schwarzen Fliegenwolken. Die Häute wurden auf der Schaluppe und den beiden Barkassen gestaut.

Turner und Lennon lehnten an der Reling beaufsichtigten den Abtransport der Beute. Der Gestank der Häute drang bis zu ihnen hinüber. Der alte Segelmeister zog seine große Hakennase angewidert kraus und meinte dann: „Mit Verlaub, Sir, kennen Sie eigentlich den Ursprung der Bezeichnung Bukanier?“

„Nein, Mister Lennon, Sie haben mir dreißig Jahre Erfahrung voraus! Aber machen Sie mich doch bitte schlau, Sir.“

„Nun, ursprünglich machten die Bukaniere Jagd auf die verwilderten Rinder- und Schweineherden in den dichten Wäldern der Inseln. Die Häute waren dabei eher so etwas wie ein Nebenprodukt, hauptsächlich waren sie auf das Fleisch aus, das sie in Räucherhütten haltbar machten und auf Französisch heißt räuchern *boucaner.* Das geräucherte Fleisch erwies sich als guter haltbarer Proviant und ließ sich gewinnbringend verkaufen. Den Spaniern waren die Aktivitäten der Fremden, hauptsächlich Franzosen, auf ihren Inseln ein Dorn im Auge, folglich bekämpften sie die Bukaniere mehr oder minder erfolglos. Um ihre Verluste zu begrenzen, beschränkten sie sich bald darauf, nur noch die Tiere abzuschlachten, um auf diese Weise den Bukanieren die Existenzgrundlage zu entziehen. Nun, darüber waren diese, ahem, verärgert und eröffneten einen neuen Geschäftszweig, den Seeraub. Allerdings legten die Brüder der Küste, wie sie sich seit dem auch nannten, großem Wert darauf, nur spanische Schiffe anzugreifen. Inzwischen sind die Sitten wohl etwas lockerer geworden, fürchte ich."

„Ah, ja, ich verstehe. Die Spanier haben diese Spezies erst herangezüchtet! Sehr schlau! Geräuchertes Fleisch haben wir übrigens auch gefunden, Dechamp meinte, das es sehr gut riechen würde. Wir sollten es heute Abend zum Dinner probieren."

Nachdem die Schiffe und Boote beladen waren, sie die Toten an Land beerdigt und alles in Brand gesteckt oder unbrauchbar gemacht hatten, was den Piraten noch nützlich sein konnte, lichteten die Schiffe am frühen Nachmittag die Anker. Leutnant Dechamp bekam sein erstes Kommando als Prisenkapitän auf der Brigantine *Fox*, der bewährte Steuermannsmaat Quincy begleitete ihn. Midshipman Armstrong ging mit dem frischgebackenen Steuermannsmaaten Carter auf dem Rebellenschoner *Joshua of Baltimore* und Midshipman Starke musste sich mit der stinkenden Schaluppe anfreunden. Die *Fox* und die *Joshua* nahmen jeweils eine Barkasse in Schlepp.

Carter hatte nicht wenig erstaunt geguckt, als ihn Turner in der Achterkajüte mit der Beförderung überrascht hatte. „Ich kann nicht dafür garantieren, dass die Admiralität diese Beförderung bestätigt, aber bis die Entscheidung darüber gefallen ist, werden Sie entsprechend in den Schiffslisten geführt und bezahlt.“

„Danke, Herr Kapitän! Ich werde Sie nicht enttäuschen, Sir.“

„Das weiß ich, Steuermannsmaat Carter, das weiß ich.“

Später auf See gab es noch ein weiteres interessantes Gespräch. Turner hatte den Skipper der *Joshua* an Bord der *Shark* holen lassen. Als der Mann noch immer in Ketten auf das Achterdeck gebracht wurde, erwartete ihn dort Turner, in seiner Hand hielt er einen Tampen, mit dem er ihm zuwinkte. Der Mann wurde kreidebleich, wahrscheinlich vermutete er, dass der Kommandant des Kriegsschiffs mit ihm kurzen Prozess machen und ihn als abschreckendes Beispiel an der Rahnock aufhängen lassen würde. „Gnade, Sir! Ich transportiere keine Konterbande, Herr Kapitän!“

„Das weiß ich, Sir. Ihre Ladung besteht aus bestem Virginiatabak. Aber leider weisen Ihre Schiffspapiere als Empfänger eine Gesellschaft auf Martinique aus. Das ist schade, Sir, sehr schade. Man sollte keinen Stier reizen, indem man ihm einen Strick zeigt, Mister.“ Er blickte ihm kühl in die Augen. Der andere Mann verzog den Mund kurz zu einem knappen Lächeln. „Wer keinen Spaß abkann, sollte nicht bei dieser Reederei anmustern“, meinte er ein fast wenig spöttisch. „Schließlich habe ich Sie gestern sauber abgehängt, aber wenn ich gewusst hätte, was für ein gefährlicher Stier da hinter mir her ist, hätte ich mir das Späßchen wahrscheinlich geschenkt. Mit aufrichtigem Respekt, Sir, das war eine saubere navigatorische Leistung von Ihnen, sich nachts über die Lagune zu wagen. Ohne Karte wie ich vermute.“

„Sie vermuten richtig. Aber ich konnte den Gedanken einfach nicht ertragen, dass diese Schurken Ihnen den Hals langziehen, bevor ich mich bei Ihnen revanchieren konnte.“

„Bei allem, was mir heilig ist, Sir, noch nie in meinem Leben habe ich so erfreut die roten Röcke englischer Tyrannenknechte gesehen wie heute Morgen."

Turner starrte ihn eisig an. „Achten Sie an Deck eines Schiffs des Königs auf Ihre Wortwahl, Mister! Hoffen wir, dass Ihre gute Meinung von den englischen Institutionen anhält, wenn Sie sich vor den Behörden in English Harbour verantworten müssen."

Der alte Skipper verzog säuerlich das Gesicht, presste fest die Lippen aufeinander und schwieg. Er kannte die Regeln und hatte das Risiko einkalkuliert.

„Und übrigens vielen Dank für die freundliche Überlassung Ihres Segelhandbuchs dieser verzwickten Gewässer. Ich weiß Ihre Großzügigkeit wirklich zu schätzen, dass Sie mir die Quintessenz eines langen Seemannslebens in diesen Gewässern so selbstlos zur Verfügung stellen!" Jetzt war es an Turner spöttisch zu grinsen. Die ellenlangen halblauten Verwünschungen, welche der Amerikaner ausstieß, enthielten selbst für abgebrühte Seemannsohren sehr viele neue beeindruckende und äußerst bildhafte Wendungen.

Kapitel 5

Auf See, Ende März 1777

Die ersten drei Tage auf dem Weg zu den nördlichen Inseln über dem Winde wehte der Passat nur schwach, was Turner die Gelegenheit gab, sein kleines Geschwader einzuexerzieren. Er setzte Geschützdrill auf allen Schiffen an – wobei die Schaluppe mit ihrem einen Buggeschütz und den acht Drehbassen noch glimpflich davon kam - und scheuchte sie durch alle denkbaren Manöver. ‚Es macht Spaß, Admiral zu spielen!' dachte William und grinste sich eins. Seine Männer waren nicht so begeistert, aber was sollten sie machen? Brummen durften sie, aber gehorchen mussten sie! Als Puerto Rico an Steuerbord hinter der Kimm lag, briste es auf. Die Schaluppe bekam nun Schwierigkeiten mit ihren großen Brüdern Schritt zu halten. Sie lief Rumpfgeschwindigkeit – mehr ging nicht. Sie bot einen eleganten Anblick wie sie mit ihren beiden großen Lateinersegeln wie ein Windhund über die langen Atlantikwellen schnaubte. Auch auf die geschleppten Boote musste Rücksicht genommen werden, daher musste Turner wohl oder übel auf den anderen Schiffen die Segelfläche verkleinern lassen, trotzdem legten sie Etmale von rund 180 Seemeilen zurück und näherten sich flott ihrem Bestimmungshafen.

Am diesem Vormittag hatte William seine Besatzung noch einmal nach allen Regeln der Kunst gescheucht, zuerst Geschützdrill mit scharfen Schüssen auf ein provisorisches Ziel, um die Treffergenauigkeit auch auf größere Entfernungen bis zu 900 Yards zu verbessern, dann folgte am Nachmittag die

Navygavotte, die von einer Wende eingeleitet wurde, der umgehend eine Halse folgte, dann wieder Anluven und Wende … und Wende zurück. Es kam darauf an, immer manövrierfähig zu bleiben und sich niemals im Wind abzustellen. Während der Spielstunden waren seine Schützlinge weitergelaufen, wahrscheinlich fürchteten sie, zum Mitmachen aufgefordert zu werden. Von der Brigantine war gerade noch das Bramsegel über dem Horizont zu sehen, aber der Schoner würde sicher ganz in ihrer Nähe stehen. Die Schaluppe hinkte etwas hinter den beiden her, nur gelegentlich bekam Turner den weißen Fleck ihrer Segel in das Okular seines Fernglases. Gerade überlegte er, ob er als krönenden Abschluss vor Beginn der ersten Hundewache die Rahen und Stengen des Vormasts an Deck geben lassen sollte, um die Männern vor den faulen Hafentagen nochmals richtig in Schwung zu bringen, als sich der Ausguck im Top meldete: „An Deck! Unsere Schiffe halsen!"

Was war das? Er sprang in die Wanten, enterte bis zur halben Höhe auf und blickte dann durch sein Fernglas. Es stimmte, war die Brigantine bisher auf Steuerbordbug am Wind gelaufen, so kam sie jetzt mit raumem Wind auf Backbordbug auf in zu. Und da war auch der Schoner. Er setzte sich etwas in Luv vor die *Fox*. Auch die Schaluppe war schon auf den neuen Kurs gegangen. Die Küken flüchteten unter die Flügel der Henne. Das konnte nur bedeuten, dass ein Fuchs versuchte in den Hühnerstall einzubrechen!

„An Deck! Segel in Lee! Vier Strich an Steuerbord!"

Richtig, da war es. Nur ein vollgetakelter Mast war zu sehen, wahrscheinlich handelte es sich also auch um eine Brigantine. Dieser Schiffstyp erfreute sich bei den Filibustern so großer Beliebtheit, weil man mit ihm einerseits gut Höhe laufen konnte und anderseits ein großes Geschwindigkeitspotential hatte. Der Pirat musste überraschend aus einer der Schauerwolken aufgetaucht sein. Vermutlich war er genauso überrascht gewesen wie die drei Prisen der *Shark*. Turner schätzte den Abstand zwischen den Schiffen. Ganz ohne jeden Zweifel würde der Korsar vor ihm bei den Schiffen sein, aber er machte sich keine großen Sorgen, denn die beiden konnten sich recht gut selbst verteidigen. Ihr größtes Problem war ihre kleine Besatzung. Mussten Geschütze bedient und gleichzeitig Segelmanöver ausgeführt werden, reichte das Personal dafür nicht aus. Keinesfalls durfte es dem Piraten gelingen, längsseits zu gehen, denn mit seiner Übermacht an Enterern würde er die Verteidiger in kürzester Zeit überwältigen. Er hangelte sich zurück auf das Deck.

„Mister Lennon, legen Sie bitte den Kurs so fest, dass wir uns zwischen die Piratenbrut und unsere Schiffe schieben, wenn es geht!"

„Aye, aye, Sir!"

Die *Shark* rauschte mit 12 Knoten Fahrt auf den Störenfried zu, die Distanz verkleinerte sich zusehends. Plötzlich veränderte sich der Umriss der Segel auf dem Störenfried … er fiel ab und hielt unter Vollzeug auf die Küste Puerto Ricos zu, die hinter dem Horizont wartete.

„Mister Lennon, einen Abfangkurs! Und Vollzeug, bitte!"

„Aye, Sir!"

Der Hütehund wollte den Fuchs in den Bau treiben. Die Schaluppe, die *Fox* und die *Joshua* standen jetzt dicht beieinander und gingen gemeinsam wieder auf den alten Kurs. William war sich klar darüber, dass er den Gegner nicht mehr vor dem Einbruch der Dunkelheit stellen konnte, aber heute Nacht würden sie noch fast Vollmond haben, so dass er das flüchtende Schiff mit etwas Glück durchaus in Sicht behalten konnte, wären da nicht immer wieder diese Regenschauer gewesen. Neidlos musste Turner anerkennen, dass auch die Brigantine gute Fahrt lief, der Abstand verringerte sich nur sehr langsam. Die Sonne versank hinter den Bergen Puerto Ricos, die sich langsam über die Kimm geschoben hatten. Der noch tief stehende Mond beleuchtete zwar ihren Kontrahenten nur mäßig, aber es reichte aus, um seine Spur nicht zu verlieren – wären da nicht diese verfluchten Regenböen gewesen. Und so kam es, wie es kommen musste, als die *Shark* nach zwanzig Minuten wieder aus einem lang anhaltenden Schauer herauslief, war der Gegner weg! William fluchte verbissen leise vor sich hin.

„Mister Lennon, gehen Sie bitte vor den Wind und lassen sie dann auf diese dicke Regenwolke in Lee zu halten!"

„Aye, aye, Sir!" bestätigte der alte Segelmeister, aber klang nicht sehr überzeugt. Nach einer guten halben Stunde vergeblicher Jagd, kamen auch William Zweifel.

„Verdammt, Mister Lennon, wohin kann der Kerl verschwunden sein?"

Der alte Segelmeister zuckte missmutig mit den Achseln. „Das wissen die Götter, Sir. Er könnte zwar denselben Trick angewandt haben, wie kürzlich der Yankee und sich im Schutz eines großen Niederschlagsgebiets davongemacht haben, aber dann war es jedenfalls nicht diese Wolke. Er kann allerdings auch seine Rahsegel geborgen haben und sich mit halbem Wind nach Luv weggestohlen haben. Wenn er dabei noch das Gaffelsegel etwas verkleinert hat, dürfte er bei diesen Sichtverhältnissen fast unsichtbar sein."

Turner grunzte unwillig, aber natürlich hatte Lennon recht, der Skipper dort drüben war ein schlauer Fuchs. Ob es William passte oder nicht, für diesmal hatte er verloren. „Mister Lennon, setzen Sie einen Kurs ab, der uns zu unserem Geleit zurückbringt. Danach machen Sie Ausscheiden, denn ich habe die Abendwache."

„Aye, aye, Sir!"

Bis Mitternacht stampfte ein äußerst übellauniger William Turner mit auf dem Rücken verschränkten Armen auf der Luvseite des Achterdecks auf und ab. Er war mit sich und der Welt unzufrieden. William Turner liebte es nicht, zu verlieren.

*

Auch auf dem Achterdeck der *Medusa* marschierte ihr blondgelockter Kapitän hin und her. Aber die Laune von Kapitän Bondie konnte man als wesentlich besser bezeichnen. Sie lächelte vor sich hin. ‚Das wird dir zu denken geben, William Turner', feixte sie still vergnügt in sich hinein. ‚Erst schnappt dir so ein kleiner mieser Korsar fast eines deiner Schäfchen vor der Nase weg, und dann lässt er dich wie einen vor Wut blinden Bullen auch noch ins Leere laufen. *Torro! Olé!* Ich würde sagen, diese Runde ging glatt an mich. Aber das Spiel ist noch lange nicht zu Ende, mein Bester, oh nein, es fängt jetzt erst richtig an.' Sie wusste, dass es ein Spiel auf Leben und Tod war, denn dass Turner sein Schiff meisterhaft beherrschte war deutlich zu sehen gewesen und auch seine Männer auf den Prisen hatten alles richtig gemacht, so dass die *Medusa* zu keiner Zeit eine echte Chance gehabt hatte, eine der Prisen zu erobern. Das wäre nur möglich gewesen, wenn sich die Schiffe von Panik ergriffen zerstreut hätten, denn ein einzelnes Schiff wäre leicht zu überwältigen gewesen. Turner hätte dann gegen zwei etwa gleich große Schiffe kämpfen müssen, deren Artillerie der seinen in der Reichweite überlegen gewesen wäre.

Die Besatzung der *Medusa* saß und lag dicht gedrängt auf dem Deck und in der Kuhl und versuchte sich mit Persenninglappen vor den heftigen Regenschauern zu schützen. Die Stimmung war geteilt. Ein Teil der Männer fand, dass die Attacke heute Nachmittag ausgesprochen überflüssig gewesen wäre. Andere meinten, dass der Versuch durchaus sinnvoll gewesen sei. Wären es normale Handelsschiffe gewesen, wäre die Chance gar nicht so schlecht gewesen, dass sie sich getrennt hätten, ein Schiff wäre dann mit Gewissheit ihre Beute geworden. Dass dann auch noch diese große Slup herangebraust gekommen war, hatte man nicht voraussehen können. Auf alle Fälle war es ein gelungenes Kabinettstückchen gewesen, wie Kapitän Bondie die Briten genarrt hatte. Tatsächlich hatten sie in einem Regenschauer das Bram- und Marssegel des Großmasts geborgen und in das Gaffelsegel am Besanmast ein Reff gesteckt, dann hatten sie sich im Schutze von mehreren Schauerwolken nach Luv weggestohlen. Die kahlen Topstengen konnte bei dieser Beleuchtung niemand auf ihrem Verfolger ausmachen.

Quartermaster Svenson meinte übermütig: „Das soll unserem Kapitän erst mal jemand nachmachen! Sie hat aus dem wilden Bullen ein zahmes Kälbchen gemacht…“

„Und aus dir einen liebeskranken Schafsbock“, erwiderte Bootsmann Owen höhnisch, der zur skeptischen Partei gehörte. Brüllendes Gelächter quittierte seine Bemerkung. Svenson lief rot an und ballt die Fäuste. Er konnte sich nur mühsam beherrschen, aber Zweikämpfe waren an Bord strikt verboten. Auch das stand in den Regeln, die jeder bei seiner Aufnahme in die Bruderschaft unterschreiben musste. Der Quartermaster atmete tief durch und grinste schief. „Immerhin hat ein Bock noch seine *cojones*, bei dir bin ich mir da nicht so sicher, Owen. Du reißt doch nur immer dein Maul weit auf, wenn du meinst, dass man dir einen Penny zu wenig ausgezahlt hat!“ Damit hatte er die Lacher wieder auf seiner Seite und es war an der Reihe des Bootsmanns, finster blickend auf Rache zu sinnen. Zuerst am Ruder und dann auf dem Vorschiff wurden acht Glasen angeschlagen. Zeit zum Wachwechsel.

Janine Bondie übergab Leutnant Lopez das Deck und ging unter Deck in die Achterkajüte. Dort wurde sie von ihrem Steward Horace Ferry mit einem Glas Wein und frischen kleinen Köstlichkeiten erwartet, die er geschmackvoll auf einer silbernen Platte arrangiert hatte. Sie legte den dicken Waffenrock ab, zog das feuchte Hemd über den Kopf und warf sich in den Stuhl hinter dem Tisch. Ihre festen Brüste zeichneten sich deutlich unter dem Spitzenhemd ab, was sie aber nicht zu stören schien. Anschließend nahm sie einen Schluck Wein und suchte sich dann ein Stückchen Schweinefilet aus, das mit einer scharfen Sauce sowie einer dünnen Scheibe einer tropischen Frucht garniert war. Sie kostete und verdrehte anerkennend die Augen. „Ausgezeichnet Horace! Du hast dich weder mal selbst übertroffen." Der Diener neigte seinen Kopf mit der tadellos frisierten und gepuderten Perücke, er legte die rechte Hand auf die linke Brustseite seines blütenweißes Hemdes. Die Manschetten und das Jabot bestanden aus feinster Brüsseler Spitze. Wie er in die hautenge weißseidene Kniebundhose gekommen war, die seine Genitalien betonten, blieb sein Geheimnis. Makellose Kniestrümpfe und schwarze Halbschuhe mit Schnallen aus schwerem Silber vervollständigten seine Garderobe, die jedem Edelmann Ehre gemacht hätte. „Stets zu Ihren Diensten, Milady." Mit schwingenden Hüften verlies er die Kabine. Neben seinen erstklassigen Fähigkeiten als Kabinensteward, hatte ihn Janine für den Dienst in ihrer unmittelbaren Nähe auch deshalb ausgesucht, weil er gegenüber weiblichen Reizen vollständig unempfänglich war. Er war in der Royal Navy dem Strick wegen Sodomie – wie es im Kriegsartikel 29 hieß – nur knapp entkommen. Nun war zwar auch auf den Schiffen der Piraten grundsätzlich Geschlechtsverkehr jeglicher Spielart verboten, aber an Land interessierte sich keiner dafür, welchen sexuellen Vorlieben der andere frönte. Für Horace Ferry stellte das unzweifelhaft eine Verbesserung seiner Situation dar.

Janine aß genüsslich noch ein paar der appetitlichen Happen, nebenbei studierte sie die Karte, die vor ihr auf dem Tisch lag und lächelte sibyllinisch vor sich hin, dann trank langsam ihren Wein aus. „Wir sehen uns wieder William Turner, so sicher wie die Sonne im Osten aufgeht."

*

Zur gleichen Zeit saß William ebenfalls am Tisch in seiner Kabine. Auch für ihn hatte sein Bursche Tom Brown ein spätes Abendessen vorbereitet, schließlich hatte der Kommandant seit der mittäglichen Mahlzeit nichts mehr zu sich genommen. Das Essen bestand aus einem dicken Wildschweinkotelett mit verschiedenen einheimischen Gemüsesorten. Das Kotelett war mit Senf bestrichen gewesen, so wie es William liebte. Es handelte sich um feinsten französischen Moutarde de Dijon, natürlich war auch der Senf ein Geschenk von seiner lieben Elizabeth. Als sie eines Nachts erschöpft eng aneinander gekuschelt im Bett gelegen hatten, hatte sie ihn gefragt, was er auf See am meisten vermissen würde. William hatte lange nachgedacht, was schon für unwillige Falten auf Elizabeths Stirn gesorgt hatte, dann hatte er anscheinend todernst erwidert: „Guten französischen Mostrich aus Frankreich, wie ihn mein Vater für uns besorgt hat!“ Ihre spitzen Fingernägel hatten sich so tief in seine Brust gekrallt, dass William die Zähne aufeinanderpressen musste, um nicht aufzustöhnen, ihre kleinen Zähne hatten sich in seinem Ohrläppchen verbissen. Schnell hatte daher er hinzugefügt: „Du musst wissen, dass mich ein guter Moutarde an dich erinnert, zuerst schmeichelt er sich weich und rund ein, dann überrascht er einen mit einer unerwarteten Schärfe, aber alles in allem, bringt er erst die anderen Zutaten voll zur Geltung!“

Elizabeth hatte gezischt: „Vielleicht sollte ich mich von oben bis unten mit deinem geliebten Senf einschmieren, du verfressenes Ungeheuer! Barbarischer Gourmand! Kein bisschen romantisch, dieser Kerl! Pah! Mostrich! Männer! Pah!“

Aber vor dem Auslaufen hatte ein Boot im Auftrag von Mrs. Parker allerlei Köstlichkeiten für den Kabinenbedarf des Kommandanten an Bord geliefert, und darunter war auch ein geflochtenes Körbchen mit Steinguttöpfen gewesen, in denen sich verschiedene Senfsorten aus Dijon befanden. Der Teufel mochte wissen, woher sie die so schnell besorgt hatte. Tom hatte vielsagend mit der Zunge geschnalzt und seine Fingerspitzen geküsst. Was das Essen anging, war er doch wohl stark vom Geschmack der französischen Küche auf Guadeloupe geprägt worden

Als zweiten Gang des kleinen Dinners hatte Tom drei kleine noch etwas unreife Bananen der Länge nach geteilt, sie in eine Pfanne gegeben, mit dem Saft von Zitrusfrüchten beträufelt, ein wenig kleingehackte Chilischote dazugegeben, alles mit Rohrzucker überstreut und die Bananen von beiden Seiten kurz angebraten. Dann hatte er einen kräftigen Schuss hochprozentigen Rum in die heiße Pfanne gegeben und das ganze flambiert. Ein köstlicher Duft war aus der Pantry in Williams Nase gestiegen, das Wasser war ihm im Munde zusammengelaufen.

Mit der Auswahl des sehr hellhäutigen karibischen Negers zu seinem Aufklarer und Bootssteuerer hatte er damals einen hervorragenden Griff getan. Tom passte in jeder Beziehung auf ihn auf, ohne je servil zu sein. Gleichgültig, ob es um die Angelegenheiten des täglichen Lebens ging oder um einen Kampf um Leben und Tod im Gefecht, Tom hielt ihm den Rücken frei.

Gesättigt lehnte sich William in seinem Stuhl zurück und zog die Karte zu sich heran. Wohin hatte das fremde Schiff gewollt? Er rekapitulierte die Position beim Insichtkommen, schätzte den Kurs des Gegners. Mit Sicherheit konnte man nicht sagen, was der Bestimmungshafen des unbekannten Schiffes war, dafür gab es einfach zu viele Möglichkeiten. Vielleicht befand es sich auch einfach nur auf einem Streifzug nach Beute, aber das war hier in der Nähe der Flottenbasen von Antigua und Martinique schon ziemlich gewagt, aber wie heiß es doch so richtig? Frechheit siegt! Turner gähnte, streckte und reckte die Arme. Er war verdammt müde, und um sechs Uhr musste er Lennon wieder an Deck ablösen. Schließlich spielt es eigentlich gar keine Rolle, wohin der Filibuster gewollt hatte. Die *Shark* hatte ihn erfolgreich vertrieben. Sie würden die Prisen unversehrt nach English Harbour einbringen, und Konteradmiral Sir Samuel Blake konnte sich wieder einmal darüber aufregen, dass das klingende Prisengeld den Weg an seiner Geldbörse vorbei fand. Aber eins musste man dem Piratenkapitän lassen, sein Schiff hatte er hervorragend beherrscht und an Mut und Frechheit hatte er es wahrlich nicht mangeln lassen. Da draußen lauerte ein gefährlicher Gegner, den man nicht allzu lange frei herumlaufen lassen sollte, überlegte William, dessen Kopf vor Müdigkeit vorne über sank und auf die Tischplatte aufschlug.

Fluchend sprang er auf, ging in seine kleine Schlafkammer, entkleidete sich und schwang sich in die Hängekoje. Er zog das Laken, das als Zudecke diente, über sich, dachte kurz an Elizabeth, seufzte sehnsüchtig und war gleich darauf tief eingeschlafen.

Tom schaute kurz nach ihm, nickte zufrieden vor sich hin, dann klarte er nebenan auf und löschte das Licht.

Kapitel 6

English Harbour, Antigua, April 1777

Mister Smith von *Hermes Worldwide Enterprises* hörte sich mit geschlossenen Augen Turners Bericht an. Von Zeit zu Zeit nickte er langsam vor sich hin. Er war wie immer ganz in Weiß gekleidet und wirkte - ebenfalls wie immer - eher wie der Vertreter einer kleinen englischen Im- und Exportfirma, als der örtliche Resident Seiner Majestät Geheimdienst. Aber von seinem jovialen Gesichtsausdruck, der an eine gutmütige Bulldogge erinnerte, durfte man sich nicht täuschen lassen, hinter der roten von der Sonne verbrannten Stirn arbeitete ein scharfer Verstand und die blauen Augen unter den blonden Augenbrauen konnten so kalt wie Gletschereis blitzen. Das Wort „Skrupel" hatte er aus seinem Wortschatz gestrichen – genau wie sein Chef in London, der den Tarnnamen Hermes führte.

„Zu meinem größten Bedauern, Sir, muss ich Ihnen daher mitteilen, dass wir in der kurzen Zeit, die uns zur Verfügung stand, im Bereich der Bahamas keine Spur von dem Verräter Dunbar gefunden haben", beendete Turner seinen Bericht.

„Das wäre auch zu schön gewesen", murmelte Smith missmutig. „Aber immerhin mussten wir es für möglich erachten, dass er dort für einige Zeit in einer der größeren Ansiedlungen untergetaucht ist, bis etwas Gras über die Geschichte gewachsen ist. Allerdings gibt es dort leider unzählige Verstecke. Als vorsichtigen Mann wird es ihn jetzt nicht in die rebellierenden Kolonien ziehen, schließlich ist General William Howe dort zur Zeit recht erfolgreich. New York ist fest in unserer Hand, und die dortige Bevölkerung, zu einem großen Teil holländischer Herkunft, verhält sich loyal zur Krone. Leider hat dieser verräterische Möchtegernstrategen und Landjunker Washington am zweiten Weihnachtstag des vergangen Jahres bei Trenton einen Sieg erringen können. Allerdings war das keine große Kunst, denn er hat mit großer Übermacht die dort im Winterquartier liegenden, nun ja, hessischen Söldner am frühen Morgen im, ahem, Schlaf überrascht. Dieser Rückschlag hat unseren Vormarsch zeitweilig gebremst, aber in absehbarer Zeit werden wir diesem sogenannten Parlament, diesem Kontinentalkongress in Philadelphia, Beine machen. Jedenfalls hoffe ich das sehr. General Howe scheint nach der verlustreichen Schlacht um Boston viel von seinem früheren Elan verloren zu haben. Obwohl die Truppen der Amerikaner zum größten Teil nur aus wüst zusammengewürfelten zerlumpten Haufen ohne echte militärische Disziplin bestehen, kämpfen sie zäh und erstaunlich tapfer. Ihr General Arnold ist ein hervorragender Mann und diesen, äh, Oberbefehlshaber Washington darf man offensichtlich auch nicht unterschätzen."

„Wenn ich mir dazu eine Bemerkung erlauben darf, Sir? Ich habe an Bord ein paar Loyalisten, die früher Waldläufer an der offenen Grenze zum Indianerland waren, diese Männer leisten mir als Aufklärer unschätzbare Dienste. Sie haben sicher Recht, wenn Sie den amerikanischen Truppen militärische Disziplin, wie wir sie von unseren Linienregimentern gewohnt sind, absprechen, und was die hessischen Soldaten angeht, die uns von ihrem Landesherrn, äh, verkauft oder vermietet worden sind, so darf man sich nicht wundern, dass sich ihr Elan in Grenzen hält. Sie wissen doch gar nicht, wofür sie ihr Fell hinhalten sollen. Es sollte mich nicht wundern, wenn viele von ihnen heimliche Sympathien für die Yankees entwickeln.

Die Stärke der Yankees liegt auch nicht unbedingt in der offenen Feldschlacht, sondern in der Führung des kleinen Kriegs, also dem Überfall auf Nachschublinien, kleine Vorposten und isoliert marschierende Truppenteile. Dabei können sie ihre Kenntnisse des Landes und ihre Fähigkeiten sich unbemerkt anzuschleichen voll ausnutzen. "

„Geschenkt, Turner, ich kenne die Kampfweise dieser Halbwilden. Nun gut, Sie haben sicher nicht ganz Unrecht, aber alle militärischen Experten sind der Meinung, dass die Entscheidung schließlich und endlich dann doch in einer offenen Feldschlacht fallen muss. Das hat uns der Siebenjährige Krieg gelehrt. Die Österreicher hatten mit ihren ungarischen Husaren und den kroatischen Panduren aus ihren östlichen Provinzen die besten Kämpfer für den kleinen Krieg in großer Zahl, dasselbe galt für die Kosaken der Russen, und diese Verbände haben den Preußen auch viele schmerzhafte Nadelstiche versetzt, aber gewonnen haben die Preußen den Krieg letztlich in den großen Schlachten – wohl auch Dank des militärischen Genies ihres Königs."

„Aber die Preußen sind immer in Schwierigkeiten gekommen, wenn sie sich zu weit von ihrem heimatlichen Territorium mit seinen Magazinen entfernt haben. Unseren Truppen ergeht es hier nicht anders. Solange wir sie von See aus unterstützen, mit Nachschub versorgen und verpflegen können, werden sie sich behaupten können, aber im Binnenland…?"

„Zweifeln Sie an unserem Sieg, Sir?"

„Wenn ich auf See einen Sturm abzuwettern habe, zweifele ich auch nicht daran, dass mir das gelingen wird, aber nie wird es mir einfallen, die Kraft der Naturgewalten zu unterschätzen, Sir, denn das wäre der erste Schritt ins Verderben."

„Eine verdammt kluge Antwort, Turner, Sie sollten in die Politik gehen. Aber Sie haben natürlich völlig Recht, gerade in unserem Metier dürfen wir nie etwas als unverrückbar, als von Gott gegeben hinnehmen. Wenn der Wunsch zum Vater des Gedanken wird, befinden wir uns auf dem falschen Weg.

General Howes Erfolge haben zumindest das Ergebnis, dass die revanchelüsternen Froschfresser und unsere alten Rivalen in diesen Gewässern, die Dons, vor einem offenen Eintritt in diese Auseinandersetzung noch zurückschrecken

Aber kommen wir zu Dunbar zurück. Wir haben Hinweise, dass er hier auf der Insel über Helfer verfügt, die weiterhin für ihn wertvolle Informationen sammeln und finanzielle Ressourcen, die er hier unter verschiedenen falschen Namen gehortet hatte, für ihn verwalten. Nun soll sich dem Vernehmen nach hier in Kürze ein Kurier einfinden, der diese Nachrichten und Geldmittel abholt. Uns ist sehr daran gelegen, diesen Mann, der den Codenamen Serpent führt, in die Finger zu bekommen. Serpent wie Schlange, sehr einfallsreich, hin, hi, hi. Von ihm könnten wir dann ganz sicher auch den jetzigen Aufenthaltsort von Dunbar erfahren. Aber das dürfte nicht in Ihren Aufgabenbereich fallen." Täuschte sich Turner, oder hatte ihn Smith tatsächlich etwas spöttisch angeschaut, so, als wollte er sich über seine Skrupel Gefangene zu foltern, lustig machen. „Sollte uns der Kerl allerdings hier an Land durch die Finger schlüpfen, dann könnte es an Ihnen sein, ihn mit Ihrem Schiff zu verfolgen, Sir. Halten Sie sich also bitte bereit, mit sechsstündiger Vorwarnung auszulaufen!"

„Von jetzt an, Sir?"

„Ich fürchte ja, Sir, denn leider wissen wir nichts Genaues über den Zeitpunkt. Aber wir arbeiten daran."

„Sir, ich möchte nochmals auf den diensttuenden Steuermannsmaaten Carter zurückkommen. Mir ist sehr daran gelegen, dass er diesen Rang behält. Nun ist zwar nicht damit zu rechnen, dass wir auch in Zukunft so viel Glück mit Prisen haben werden, aber es wäre doch zu hoffen…"

„Der Admiral ist schon ganz gelb vor Neid, hi, hi, hi. Ich muss sagen, mir macht es persönlich immer sehr viel Freude, ihn so zu sehen. Glücklicherweise haben seine Schiffe auch ein paar Erfolge zu verzeichnen gehabt – nachdem wir ihm ein paar Tipps gegeben haben, das hat ihn ein wenig besänftigt.

Die Beförderung für Carter werde ich in London durchbekommen, denke ich. Wie ich gehört habe, macht sich Ihr neuer Erster recht gut, Turner, oder etwa nicht?“

„Sehr gut, Sir.“

„Ich muss zugeben, dass ich zuerst nicht sehr erbaut darüber gewesen bin, wie er seine Versetzung auf die *Shark* hinter meinem Rücken eingefädelt hat, aber nachdem ich ein paar Erkundigungen über seinen, äh, Hintergrund eingeholt habe, hi, hi, bin ich hoch, hoch zufrieden, dass ich nicht interveniert habe. Seine Familie steht, oder besser gesagt ‚sitzt', nämlich im Parlament auf der richtigen Seite. Da kann es nicht schaden, wenn die entscheidenden Männer sozusagen aus erster Hand Berichte über unsere effiziente Arbeit bekommen, hi, hi, hi! Gucken Sie nicht so entsetzt, Turner! Nominell arbeiten wir zwar für den König, in der Realität erhalten wir aber unsere Befehle von der Regierung, um es ganz präzise auszudrücken vom Premierminister Lord North höchstpersönlich. Der wiederum ist aber vom Parlament abhängig – besonders, wenn es um das liebe Geld geht. Wer, was meinen Sie denn, hat Ihnen und Ihren Leuten die fünfundzwanzig Prozent Erfolgsprämie für den erfolgreichen Einsatz auf der Aalinsel verschafft, nachdem die Kronanwälte die Ansprüche aus der Prisenordnung abgeschmettert hatten? Wer, glauben Sie, wird die Beförderung von Carter anordnen? Etwa die Admiralität aus freien Stücken, hi, hi, hi? Natürlich fallen solche Entscheidungen nicht in den beiden Häusern des Parlaments, vielmehr trifft man sich im Club mit ein paar Herren, die auf Grund ihres gewaltigen Grundbesitzes jeweils einige Dutzend Abgeordnete im Unterhaus zu sitzen haben, und wenn diese Hochwohlgeborenen bei einem guten Glas Port zu den Vorschlägen nicken, hat der Premierminister den Rücken frei. So, genug des Politisierens, Turner. Ergänzen Sie Ihre Vorräte und halten Sie das Schiff in Bereitschaft wie besprochen! Wir werden uns wahrscheinlich auf dem Kostümball demnächst bei Mister Hernandez sehen."

„Aye, aye, Sir!"

„Und, Leutnant Turner, eine schöne Zeit mit Ihrer guten Bekannten, wie heißt sie doch gleich, ach ja, Mrs. Parker." Wieder hatte William das Gefühl, dass Smith sich ein wenig über ihn lustig machte.

„Danke, Sir."

*

Während der nächsten Tage wurden die *Shark* wieder mit Frischwasser, Proviant, Feuerholz versehen, außerdem füllten sich die Stores des Stückmeisters, des Boots- und des Zimmermanns erneut. Leutnant James Dechamp hatte alle Hände voll zu tun. Zusammen mit dem Segelmeister und den Decksoffizieren kontrollierte er alles, was geliefert wurde auf Vollständigkeit und Qualität. Eine Bootsladung Salzfleisch ließ der Erste Leutnant an das Arsenal mit der Begründung zurückgehen, dass er sich nicht an Beständen vergreifen wolle, die ihrer Beschaffenheit nach, offensichtlich schon von Christopher Columbus persönlich hier eingelagert worden wären. Da folglich die Eigentumsverhältnisse zwischen der Krone Seiner Allerkatholischsten Majestät des Königs von Spanien und der Seiner Britannischen Majestät nicht eindeutig geklärt wären, könne das Magazin nicht rechtswirksam darüber verfügen.

Dann überwachte er das Stauen unter Berücksichtigung des Trimms. Was dieses Problem anging, hatte er sicherheitshalber nochmals das entsprechende Kapitel im Handbuch der Seemannschaft studiert, es aber schließlich seufzend zur Seite gelegt. An die Besonderheiten eines amerikanischen Schoners hatten die Verfasser keinen Gedanken verschwendet. Er hatte schlaflos auf seiner Koje gelegen und düster die Decksbalken über sich angestarrt. Mit Turner war in Dingen, welche die Seetüchtigkeit und Manövrierfähigkeit seines Schiffes angingen, nicht gut Kirschen essen. Der Wasserlinienriss der *Shark* sorgte fast automatisch dafür, dass das vollbeladene Schiff auf dem Kopf lag, was zur Folge hatte, dass der Bug nur träge auf vorlich anlaufende Seen hinaufkletterte, außerdem segelt das Schiff dann auf Kursen am Wind ausgesprochen nass. Zudem neigte es zu Luvgierigkeit und liebte es, bei nachlaufender See nur zögerlich auf das Ruder zu reagieren. Während seiner Zeit als Schmuggelschiff war das Problem kaum von Bedeutung gewesen, da das Schiff nur eine wesentlich kleinere Besatzung und sehr viel weniger Ausrüstung an Bord gehabt hatte. Die teure Ladung hatte nur selten den gesamten Laderaum ausgefüllt.

Natürlich hatte auch sein Vorgänger vor diesem Problem gestanden. Nach langen Diskussionen mit Turner und Lennon war man damals übereingekommen, dass man diese Angelegenheit nicht völlig in den Griff bekommen würde. Unter Deck hatte man aber so weit wie möglich achtern vier massive Verschläge an die Bordwand angebaut und zwar dort, wo man wegen der schlechten Zugänglichkeit nichts anderes stauen konnte. In diese Schapps brachte man Kanonenkugeln unter. Auf Grund des langen Hebelarms machte sich diese Gewichtsverlagerung durchaus positiv bemerkbar. Außerdem waren Mister Pulleye der Zahlmeister und Bootsmann Baxter angewiesen, Wasser- und Salzfleischfässer zuerst aus dem vorderen Teil des Laderaums zu verbrauchen.

Nach ein bis zwei Wochen auf See konnte man dann daran denken, den beweglichen Ballast nach und nach wieder umzustauen. Diese Aufgabe übernahmen bevorzugt Seeleute, die sich beim Ersten dafür durch – nun sagen wir mal – leicht auffälliges Verhalten „freiwillig" gemeldet hatten. Es war ein Knochenjob, die schweren Kugeln auf äußerst beengtem Raum in völliger Dunkelheit und stinkender, stickiger Luft zu handhaben. Die ideale Besetzung für den Job wäre ein Riesenkrake gewesen.

Am nächsten Vormittag ließ sich Leutnant Dechamp mit der Gig um das Schiff rudern. Was er sah, entsprach zwar seinen Erwartungen, es machte ihn aber keineswegs froh. Steuermannsmaat Carter, der sein finsteres Gesicht sah, bemerkte: „Das übliche Problem, wenn man diese Schoner bis an die Grenze ihrer Tragfähigkeit belädt, Sir. Die Schmuggler und Freibeuter haben damit nicht zu kämpfen, weil sie nur kurze Reisen machen und nicht so viel Proviant, Munition und Reserveteile mitführen."

„Schön zu wissen, aber was nützt mir das, Carter?"

Carl Carter sah ihn forschend an, dann kniff er ein Auge zu. „Darüber sollten wir uns auf dem Achterdeck unterhalten, Sir. Ich habe da so eine Idee …"

Als William Turner nach einem kleinen Schläfchen, das er sich nach den Anstrengungen der Nacht bei Elizabeth glaubte verdient zu haben, gegen sechs Glasen der Vormittagswache auf Deck erschien, sah er, wie sein Ersten Leutnant mit Steuermannsmaat Carter ganz achten an der Heckreling stand. Sie hatten die Köpfe zusammengesteckt, und wenn ihn seine Lebenserfahrung nicht sehr täuschte, waren sie dabei, einen Plan auszuhecken. William ließ sich in einen der Korbstühle unter dem Sonnensegel fallen – die Anschaffung der geflochten Sessel war auch so eine geniale Idee seines Burschen - und streckte die Beine weit von sich. Dankbar nickte er Tom zu, der ihm ein großes Glas kühler Limonade reichte. Er nahm einen langen durstigen Zug, seufzte zufrieden auf und überlegte. Sollte er die beiden Verschwörer sofort zur Rede stellen, oder sollte er besser abwarten, bis sie ihn in ihre Machenschaften einweihen wollten. Er entschied sich für die zweite Alternative. Es mochte sein, dass die beiden etwas planten, das er ihnen untersagen musste, wenn er davon wusste. Er grinste. „Wissen ist zwar Macht“, murmelte er leise vor sich hin, „aber Nichtwissen ist manchmal für das Gewissen besser.“

Am Nachmittag kam Leutnant Dechamp bei seinem Kommandanten um die Erlaubnis ein, einige Stunden an Land gehen zu dürfen, da er ein paar dringende Besorgungen machen müsse.

Turner musterte ihn scharf, dann sagte er leichthin: „Selbstverständlich, Mister Dechamp. Sie können meine Gig nehmen, aber kommen Sie bitte pünktlich zu vier Glasen auf der Hundewache zurück. Ich muss heute bedauerlicherweise an einem Ball teilnehmen. Sie wissen ja, diese leidigen gesellschaftlichen Verpflichtungen.“ Er bemühte sich, einen gequälten Gesichtsausdruck aufzusetzen.

„Gewiss, Sir. Sehr ermüdende Pflichtveranstaltung, ich verstehe.“ Dechamp sah keineswegs so aus, als würde er ihn bedauern. Eher konnte man den Eindruck haben, dass er heilfroh war, dass sein Kommandant die Nacht an Land verbringen musste.

So kam es, dass William nach Einbruch der Dunkelheit auf der Heckducht seiner Gig saß. Tom saß an der Pinne, die Männer legten sich kräftig in die Riemen. Irgendwie hatte William das Gefühl, dass alle im Boot etwas wussten, von dem nur er keine Ahnung hatte, aber er ließ sich seinen Verdacht nicht anmerken. Zu dieser frühen Abendstunde waren viele Boote auf der Reede unterwegs. Auf halbem Weg begegnete ihnen ein Bumboot, in dem außer den Ruderern auch ein gutes halbes Dutzend junger Frauen aller Farbschattierungen der Haut saßen. Sie winkten fröhlich herüber und riefen ihnen Anzüglichkeiten zu. Die Matrosen grinsten und riskierten einen schnellen Blick auf die hübsche Fracht. Gerade wollte Turner gereizt losbellen, als Tom schon knurrte: „Augen ins Boot, Kerls!“

Wohin das Boot wohl unterwegs war? Wegen der erhöhten Auslaufbereitschaft hatte Turner diesmal das Schiff nicht auf gelockerte Disziplin gesetzt. Dafür hatte er für eine Extraration Grog am Abend sowie reichlich frisches Brot, Fleisch und Gemüse gesorgt, so dass seine Männer gut und reichlich an Bord essen konnten, zumal sich der größte Teil der Männer von den Kariben neuartige Möglichkeiten des Würzens und der Zubereitung abschauten – soweit letzteres an Bord möglich war. Nur ein paar alte britische Salzbuckel beharrten stur auf ihre Salzfleischrationen, und sei es nur, weil sie der Meinung waren, dass sie ihnen zustehen würden.

Am Anleger angelangt, verließ William das Boot mit der Order, ihn morgen früh bei sechs Glasen auf der Morgenwache wieder abzuholen. Nachdem das Boot abgelegt hatte, schaute ihm William Turner nachdenklich nach. „Was diese Teufel wohl im Schilde führen? Aber was soll’s, wenn es etwas wirklich Wichtiges wäre, hätte Tom es mir gesteckt. Ganz sicher! Hoffe ich jedenfalls …“ Er zuckte mit den Schultern und sah sich nach der Kutsche von Elizabeth Parker um.

*

An Bord der amerikanischen Prise *Joshua of Baltimore* saß die kleine Wachmannschaft auf dem Oberdeck zusammen und kaute lustlos auf ihrem frugalen Abendbrot herum. Einen Koch gab es nicht. Das Schiff lag noch immer auf Reede, weil die Formalitäten mit dem Prisengericht noch nicht abschließend geklärt waren. Der Bootsmannsmaat, die drei Voll- und zwei Leichtmatrosen sollten verhindern, dass Räuber sich über die Ladung hermachten, obwohl das ziemlich unwahrscheinlich erschien, denn schließlich lagen ringsherum schwer bewaffnete Kriegsschiffe und in Rufweite schwoite die *Shark* um ihren Anker. Dort hatte man naturgemäß ein scharfes Auge auf die Prise. Daher sahen die sechs Jantjes ihre Hauptaufgabe darin, regelmäßig die Bilge zu lenzen, das Ankerkabel zu kontrollieren, morgens die Flagge zu setzen, sie abends wegzunehmen und dann die Laterne anzuzünden. Ihre tägliche Verpflegung einschließlich Rumration wurde ihnen vom Wachboot vorbeigebracht, aber natürlich war es ihnen nach alter Seemannsart gelungen, sich zusätzlichen Stoff zu besorgen.

„Jack, halt dich nicht so lange an der Pulle fest, andere haben auch noch Durst!" meinte gähnend ein alter Matrose zum Bootsmannsmaaten.

„Nur keine Hektik, mein Kleiner, es ist genug für alle da. Heute ist an Land ein großer Ball, habe ich gehört, da wird sich kein Säbelträger zu uns verirren. Noch dazu, wo wir so weit vom Land entfernt ankern."

Einer der Leichtmatrosen erzählte, was ihm ein Kumpel von der *Shark* gesteckt hatte: „Je weiter man vom Land entfernt ankert, desto besser! Man ist dann nicht den giftigen Dämpfen ausgesetzt, die das Fieber übertragen."

„Kannst du glauben oder auch nicht. Ich halte mich lieber an diese Arznei hier … Prost!"

„Ahoi, die *Joshua*!"

Die sechs Männer zuckten erschrocken zusammen und sprangen auf, um an die Reling zu eilen. Ihre Augen weiteten sich verwundert, denn in unmittelbarer Nähe der Relingspforte schaukelte ein kleines Bumboot auf den niedrigen Wellen. Ein älterer Midshipman stand im Heck und schnarrte schneidig: „Wer hat das Kommando?"

Der Bootsmannsmaat war vollauf damit beschäftigt, das halbe Dutzend junger Mädchen zu mustern, die sich im Boot zusammendrängten und ihm zuwinkten. „Äh, Sir, ich, denke ich. Wir haben mit keinem, ääh, Besuch gerechnet. Ich bin etwas, äh, überrascht und verwirrt."

„Schon gut, Mann, es ist kein dienstlicher Besuch. Die Besatzung der *Shark* möchte sich bei Ihnen, meine Herren, bedanken, weil Sie so gut auf die Prise aufpassen. Als Zeichen unserer Anerkennung und auch als Beweis, dass wir unsere Taschen nicht zugenäht haben, wollen wir Ihnen eine kleine Freude bereiten. Wie Sie wissen, ist heute an Land ein großes Kostümfest und da dachten wir, Sie sollten auch etwas Spaß haben. Richtig gedacht, Mann?"

„Ja, Sir, das scheint mir nur fair zu sein."

„Dann gehen Sie aus dem Weg, lassen Sie die Freude an Bord!"

Bei diesen Worten enterten ein paar Kariben in bunten Kostümen die paar Stufen zur Eingangspforte empor, die Mädchen wurden nach oben gereicht und tanzten gleich darauf leichtfüßig über das Deck. Zwei schwere Körbe folgten. Den Wachen standen die Münder weit offen. Benommen ließen sie sich von den kichernden Mädchen bei den Händen nehmen, die wiederum folgten dem Midshipman unter Deck in die Kabine des Kapitäns. Die Wachmannschaften fühlten sich in dieser ungewohnten Umgebung sichtlich unwohl, aber im Handumdrehen standen Gläser und Teller auf dem Tisch und der Inhalt der Körbe wurde ausgepackt. Beim Anblick der leckeren Sachen traten den Jan Maaten die Augen aus dem Kopf. Die Gläser wurden gefüllt, und der Midshipman, dessen Physiognomie einen ganz zwangsläufig an ein Pferd denken ließ, hielt das seine in die Höhe. „Auf Ihre Gesundheit, meine Herren, lassen Sie es sich gut schmecken und genießen sie diesen Abend. Meine Männer übernehmen für sie die Ankerwache. Prost!"

Allgemeines Gläserklirren und Prositwünsche antworteten ihm. Dann wurde nach Herzenslust geschmaust und getrunken. Nach einiger Zeit verschwand ein Mann der Wachmannschaft nach dem anderen torkelnd und stark schwankend mit seiner Herzdame. Das letzte, woran sich der Bootsmannsmaat erinnerte, war die Koje in der Schlafkammer des Kapitäns, geschickte Finger, die ihn von seinen Kleidungsstücken befreiten, und danach, so erschien es ihm, war er in eine Flut schwarzer Haare gefallen und in einem Meer von Küssen und Rum ertrunken.

Kapitel 7

Antigua, April 1777

Die Kutsche hielt endlich vor den Stufen, die zum Portikus des beeindruckenden Herrenhauses hinaufführten. William half Elizabeth beim Aussteigen. In so einem schlossähnlichen Bau mochten in Europa die meisten der kleinen Duodezfürsten angemessen Hof halten können, aber selbst für westindische Verhältnisse zeugte er schon von dem immensen Reichtum seines Eigentümers. Elizabeth sah hinreißend aus. Sie hatte sich als Pallas Athene kostümiert. Ihr knöchellanges weißes nach antikem Vorbild mit reichem Faltenwurf geschneidertes Kleid wurde unter der linken Schulter von einer kunstvoll gearbeiteten Brosche zusammengehalten, die die Eule der Weisheit darstellte. Die rechte Schulter war nackt, William musste ständig gegen die Versuchung ankämpfen, sie mit Küssen zu bedecken. Die roten Haare waren kunstvoll hochgesteckt und bildeten zusammen mit der Larve den Helm der Athene. Der Verschluss des breiten goldenen Gürtels symbolisierte den Schild des Zeus mit dem Medusenhaupt. In der Hand hielt sie einen bemalten Fächer auf dem der Blitze schleudernde Göttervater dräuend aus dunklen Wolkengebirgen blickte. Magisch zog sie alle Blicke auf sich. Turners Kostüm war denkbar einfach: Galauniform und schwarze Halbmaske. Ein Lakai nahm ihre Umhänge in Empfang. Sie betraten die Halle und der Majordomus rief ihre Namen aus, ohne sich vorher danach erkundigt zu haben. William stutzte, aber schnell wurde ihm klar, dass nicht er es war, den man erkannt hatte, sondern seine überaus reizende

Begleiterin, und natürlich war auf einer Insel wie Antigua der Diener bestens darüber informiert, mit wem die schöne steinreiche Witwe erscheinen würde. Der Gastgeber erwartete sie mitten in der Halle und begrüßte sie überschwenglich, das heißt Mister Hernandez verschwendete seinen hispanischen öligen Charme überreichlich an Elizabeth, für William hatte er nur ein eher kurzes Kopfnicken, einen kühlen Blick und einen feuchten Händedruck übrig. Er war klein und dick, seine Gesichtshaut war bräunlichgelb und von zahlreichen Narben der Blattern verunziert. Sein Kostüm sollte ihn wohl als Ludwig XIV. darstellen. Glücklicherweise musste er sich aber dann schon wieder den nächsten Gästen widmen. „Ein ekelhafter Stinker“, knurrte William aus dem Mundwinkel, „der noch dazu an Größenwahn leidet.“ Er nahm einem Lakaien zwei Gläser Champagner vom Tablett, reichte ihr eins, prostete ihr zu und nahm einen Schluck.

„Wie kannst du nur so etwas sagen, mein Lieber? Schließlich ist er wirklich *unglaublich* reich, außerdem macht er mir mindestens jeden Monat einmal einen Heiratsantrag! Was man von einem gewissen anderen Herren nicht behaupten kann“, stichelte Elizabeth hinter ihrem Fächer. William hätte sich beinahe verschluckt. „Allerdings nehme ich an, dass er eher meinen Grundbesitz heiraten will“, fuhr Elizabeth feixend fort, „mich nimmt er dabei notgedrungen in Kauf … Durchaus verständlich bei meinem Ruf, schließlich ist mein lieber Nachbar im Herzen Katholik geblieben, obwohl ihm sein Hauptbuch und sein Machtinstinkt geraten haben, zum anglikanischen Glauben zu konvertieren.“

„Erstaunlich, dass er mich dann noch nicht zum Duell gefordert hat, wenn ich seinen Plänen so im Wege stehe.“

„Er ist zwar ein schleimiger Bursche, aber nicht blöd. Er weiß genau, dass du ihm in einem ehrlichen Kampf überlegen bist. Aber er hat Zeit. Zum einen hast du einen gefährlichen Beruf, zum anderen könntest du auf eine ferne Station versetzt werden. Nicht zu vergessen, dass es hier in unsrem tropischen Paradies noch andere Mittel und Wege gibt, unliebsame Nebenbuhler auszuschalten, um anschließend darauf zu hoffen, dass man die trauernde Hinterbliebene trösten darf."

William brummte etwas Unverständliches vor sich hin, reichte ihr galant seinen Arm und gemeinsam wandelten sie durch die prächtigen Räume, in denen sich Menschen in den lustigsten und fantasievollsten Maskierungen drängten. Von Smith war keine Spur zu entdecken. Gelegentlich traf Elizabeth auf Bekannte mit denen ein paar belanglose Worte gewechselt wurden. Dem einen oder anderen Herren musste sie einen Tanz versprechen und notierte ihn in ihrem kleinen Büchlein, das sie zu diesem Zweck dem winzigen Beutelchen an ihrem Gürtel entnahm. Anschließend schlenderten sie hinaus in den Garten, wo große luftige Zelte aufgebaut waren, in deren Schutz alle möglichen kulinarischen Köstlichkeiten aufgebaut waren. In einem antiken runden Tempelchen begann eine Kapelle zum Tanz aufzuspielen. Elizabeth zog den widerstrebenden William auf die Fliesen der Tanzfläche. „Der erste Tanz gehört dir, mein allerliebster Brummbär", bestimmte sie. Gehorsam folgte er ihr. Zum Glück war die Tanzfläche recht voll, so dass seine mäßige Fertigkeit nicht sonderlich auffiel, und er sich über die Zeit retten konnte. ‚Warum zum Teufel, tanzen Frauen nur so gerne', fragte er sich. ‚Man macht seltsame gekünstelte Verrenkungen, kommt ins Schwitzen und soll dabei auch noch fröhlich und graziös wirken. Seltsam, wirklich höchst eigenartig.'

Anschließend unterhielten sie sich, naschten von den Delikatessen, probierten zwei, drei Weinsorten aus. „Mit dem Pommard aus dem Keller des Gouverneurs können diese Tropfen nicht mithalten", stellte William fest, und dachte an ihr Zusammentreffen im Garten dieses ehrenwerten Gentlemans, bei dem ihre Liaison begonnen hatte. Elizabeth stimmte ihm zu und meinte erläuternd: „Hernandez schenkt niemals französische Weine aus, obwohl er sich das leisten könnte und sicher auch über Bezugsquellen verfügen würde. Er hält eben die Gewächse seines Heimatlandes in Ehren. Probiere mal diesen Tempranillo, der ist trocken, aber trotzdem blumig und vollmundig." Sie hatte Recht. Bald kamen sie dabei mit anderen Besuchern ins Gespräch. Einmal sah er von Ferne Mister Smith, der sich intensiv mit drei anderen Herren, offensichtlich Kaufleuten, unterhielt. Dann wurde Elizabeth zu den versprochenen Tänzen aufgefordert. William hatte eine Gruppe von Navyoffizieren entdeckt und schlenderte mit seinem Weinglas in der Hand durch das Gedränge der Gäste zu ihnen hinüber, um festzustellen, ob sich vielleicht ein ehemaliger Bordkamerad unter ihnen befand. Das war leider nicht der Fall und nach ein paar belanglosen Worten ging er weiter. Er sah, dass sich Smith von den Kaufherren verabschiedete und im Haus verschwand, wahrscheinlich wollte er das Fest verlassen. Plötzlich bekam Turner einen Stoß in die Seite, das Glas fiel zu Boden und zerbrach.

„Verdammt, was zum Teufel…"

„Oh, verzeihen Sie meine Ungeschicklichkeit! Ich bin wirklich untröstlich mein Herr."

Er blickte in zwei veilchenfarbene Augen, die ihn durch die Schlitze der Larve aus Schlangenhaut anfunkelten. Signalisierte dieses Blitzen Erschrecken, Furcht… oder war es doch eher beißender Spott? Dichte blonde Locken hingen der jungen Dame an beiden Seiten des Gesichts bis auf die Schultern herunter. Ihr enges, bodenlanges Kleid war hochgeschlossen, es bestand aus schmalen schwarzen, grauen, grünen und gelblichweißen schmalen Stoffbahnen, die auf der Vorderseite so angeordnet waren, dass die Farbschattierung von außen nach innen immer heller wurde – so wie man es von der Bauchpartie vieler großen Schlangen kannte. Es betonte die Formen seiner Trägerin sehr vorteilhaft. Das Gesicht war unterhalb der Maske stark gepudert. Der schwere goldene mit Edelsteinen besetzte Schmuck an den Ohren und am Hals musste ein Vermögen gekostet haben. Der Hausherr schien plötzlich neben ihnen aus dem Boden zu wachsen. Er blickte Turner missbilligend durch seine Stielmaske an. „Meine liebste Janine, was ist passiert?“

„Nicht der Rede wert, Mister Hernandez“, beruhigte ihn Turner mit einer wegwerfenden Handbewegung. „Ich war in Gedanken und bin mit dieser bezaubernden Lady kollidiert. Es ist allein meine Schuld.“

„Nein, nein, Jaime, ich war unaufmerksam und habe ihm das Glas aus der Hand geschlagen. Ich möchte mich bei ihm entschuldigen, würdest du bitte…?“

„Oh, selbstverständlich gerne! Janine darf ich dir Leutnant Turner vorstellen, er ist Kommandant auf der, äh, *Shark*, wie ich glaube gehört zu haben.“ Aus seinem Mund hörte sich das an wie *Äppelkahn*. „Leutnant Turner, darf ich Sie mit Miss Janine Ogrog bekanntmachen, einer langjährigen Freundin meines Hauses.“

„Ihr sehr ergebener Diener, Miss Ogrog. Ich freue mich, Sie kennenzulernen.“

„Ganz meinerseits, Herr Kapitän. Ich möchte mich für meine Ungeschicklichkeit entschuldigen.“

„Aber keine Ursache, gnädige Frau, vergessen wir doch einfach diese Lappalie.“

Sie reichte ihm ihre Hand und er beugte sich galant darüber, dabei konnte er den aparten Ring an ihrem Finger bewundern, der aus zwei ineinander verschlungenen Schlangen bestand, zwischen deren Köpfen ein großer Diamant im Schein der Fackeln funkelte.

„Aber nur, wenn ich mit Ihnen anstoßen darf, damit wir unsere Bekanntschaft besiegeln können.“

Hernandez winkte herrisch und gleich darauf war ein Bediensteter dabei, die Scherben zu beseitigen, worauf sich ihr

Gastgeber mit einem kurzen Kopfnicken wieder entfernte. Der Lakai richtete sich auf. „Sir, sagen Sie mir, was Sie trinken wollen, ich serviere es Ihnen sofort."

„Ich habe da vorhin einen ganz hervorragenden trockenen Rioja gekostet, den hätte ich gerne."

„*Al tiro, señor!*"

„Sie sind also der berühmte Kapitän Turner, der Schrecken aller Piraten in den Gewässern zwischen den Bahamas und den Häfen an der Nordküste des spanischen Amerikas."

„Die Leute reden viel, Madame. Ich tue nur meine Pflicht."

„Soll das heißen, dass ihre Kameraden von der Westindischen Station pflichtvergessen sind?" fragte sie spöttisch. „Lassen Sie das nicht Admiral Sir Samuel Blake hören, ihn könnte der Schlag treffen."

William verzog bei der Erwähnung des Admirals das Gesicht und fuhr mit dem Finger zwischen seinem Hals und der seidenen Halsbinde entlang. Er schluckte und wollte schon zu einer heftigen Erwiderung ansetzten, aber dann grinste er nur schmallippig und flüsterte ihr verschwörerisch zu: „Ich verrate Ihnen ein Geheimnis, wenn Sie schwören, es nicht weiterzusagen, Gnädigste."

Sie hob drei Finger der Schwurhand: „Bei allem, was mir heilig ist, ich werde schweigen wie ein Grab, Sir."

„Nun denn: Meinetwegen kann er platzen und ein Loch in der Landschaft hinterlassen!"

Sie kicherte wie ein kleines Mädchen, dann drohte sie ihm schelmisch mit dem Zeigfinger. „Die *Shark* ist ein Marssegelschoner amerikanischer Bauart, habe ich gehört? Außerdem erzählt man sich, dass sie über eine neuartige, sehr wirkungsvolle Armierung verfügt?"

Turner blickte sie verwundert an. Welche Frau kannte sich mit diesen Feinheiten schon aus? „Was die Takelung angeht, so haben Sie richtig gehört, aber bezüglich der Bewaffnung übertreiben die Leute wie gewöhnlich maßlos", erwiderte er knapp. Er wollte sie noch etwas fragen, aber der Diener brachte ihm seinen Wein und sie trat näher an ihn heran. Er roch ihr Parfum, das sie wie eine frische Frühlingsbrise, die gesättigt mit dem herben Duft von Blüten war, einhüllte. Was für ein Unterschied zu den schweren, beklemmenden Düften, welche die meisten anderen Damen wie Nebelschwaden hinter sich herzogen. Seine Kehle wurde ihm eng. Ihre Augen versanken in den seinen. Sie hob ihr Glas und flüsterte:

„Auf das Ihnen das Jagdglück treu bleiben möge, Kapitän Turner!"

„Auf das, was wir lieben, Miss Ogrog." Ihm war keine bessere Erwiderung eingefallen, schließlich konnte er schlecht auf Ihre Schönheit und hinreißende jugendliche Unbekümmertheit anstoßen.

Sie blickte ihn mit ihren violetten Augen intensiv an, dabei ließ sie ihre Zungenspitze spielerisch leicht über die Oberlippe gleiten. „Ein sehr diplomatischer Trinkspruch, Sir", meinte Sie nachdenklich. „Ja, doch, ich glaube darauf sollten wir trinken." Sie stieß mit ihrem Glas heftig gegen das seine. Ein heller melodisch klingender Ton breitete sich aus.

Eine laute Stimme versuchte sich Gehör zu verschaffen: „Ladies und Gentlemen, es ist gleich Mitternacht und damit ist der Zeitpunkt der Demaskierung gekommen. Sobald die Kapelle einen Tusch spielt, ist es so weit, und Sie werden endlich sehen, mit wem Sie das Vergnügen haben!"

Miss Ogrog schien ihn etwas fragen zu wollen, richtete sich dann aber plötzlich kerzengrade auf und erstarrte für eine Sekunde, aber dann entspannte sie sich wieder, umfasste mit einer Hand seinen Unterarm, drückte ihn mit erstaunlicher Kraft und lächelte ihn an. „Es war schön, sie kennengelernt zu haben, Leutnant Turner. Vielleicht sieht man sich mal an anderer Stelle wieder. Ich muss zurück zu meinen Freunden. Adieu." Sie wandte sich zum Gehen.

„Das Vergnügen war ganz auf meiner Seite!“ Er verneigte sich knapp, blickte dann hinter sich, um festzustellen, was die Frau so aus der Fassung gebracht hatte. Athene Elizabeth stand hinter ihm, und sie sah aus, als gedächte sie von den Donnerkeilen des Zeus Gebrauch zu machen. Die große Gürtelschnalle mit dem Schlangenhaupt der Medusa leuchtete im Licht der Fackeln.

„Hast du dich gut mit dieser kleine Schlange amüsiert, mein Liebster“, fragte sie ihn kühl und funkelte ihn zornig an.

„Wir haben nur ein paar Worte gewechselt. Wir sind ins Gespräch gekommen, weil sie mir aus Versehen mein Glas aus der Hand geschlagen hat. Sie ist eine alte Bekannte von Hernandez.“

„Pah! Aus Versehen, das ich nicht lache! Alte Bekannte, lächerlich! Ich habe diese unverschämte Person noch nie hier gesehen!“

„Aber, Hernandez …“

„Komm, wir gehen, mir wird kühl!“

Sie durchquerten schweigend das Haus, nahmen ihre Umhänge in Empfang. In der Zwischenzeit beorderte ein Lakai ihre Kutsche herbei. Sie sahen nicht den hasserfüllten Blick des hässlichen kleinen „Sonnenkönigs“, der ihnen nachstarrte und bösartig den Mund verzog. Nachdem sie eingestiegen waren und die Pferde sich ins Geschirr gelegt hatten, herrschte Schweigen in der Kutsche. William war es recht, denn er war von dem reichlich genossen guten Wein etwas schläfrig, aber dann merkte er, dass etwas nicht stimmte. Normalerweise sprudelte Elizabeth auf der Heimfahrt ihre Erlebnisse und Eindrücke heraus. Dabei erwartete sie nicht, dass er antwortete, ein gelegentliches bestätigendes Brummen oder Räuspern seinerseits war völlig ausreichend. Aber jetzt herrschte eisiges Schweigen.

„Fühlst du dich nicht wohl, Liebling?“ erkundigte er sich besorgt.

„Ob ich mich nicht wohl fühle, möchte der Herr wissen? Das ich nicht lache, ha! Wer hat denn mit dieser Schlampe gebalzt, hat sich wie ein liebeskranker Truthahn aufgespielt! Danke der Nachfrage, pah!"

„Aber ich habe doch nur…"

„Du willst doch wohl nicht behaupten, dass du nicht gemerkt hast, wie sie sich schamlos an dich herangemacht hat. Unschuldig mädchenhaft hat sie mit einem Finger in ihren Locken gespielt, hat ihren kleinen Busen rausgeschoben, pah! Sie konnte kaum beide Beine auf der Erde halten, am liebsten hätte sie sich dir an die Brust geworfen…"

„Elizabeth, du übertreibst maßlos, ich habe von alle dem nichts bemerkt. Wir haben nur ein paar belanglose Worte…"

„Und dann dieses Kostüm, von dem übertriebenen Schmuck gar nicht zu reden. Wie kommt ein Fischweib zu so wertvollem Geschmeide? Aber natürlich hast du auch nicht gesehen, dass sie ihr Gesicht so stark gepudert hatte, damit man nicht sehen sollte, dass es von der Sonne gebräunt war, aber ihre Hände haben sie verraten, die waren nämlich tief braun – eben wir bei einem Fischweib. Pah, daran konnte auch dieser protzige Schlangenring nichts ändern. Und wie sie sich erschrocken hat, als sie die Brosche mit dem schlangenhaarigen Haupt der Gorgone gesehen hat… Sag mal, hörst du mir eigentlich zu! Das ist doch wohl die Höhe! Ich echauffiere mich hier, mache dir eine leidenschaftliche Eifersuchtsszene, und du starrst in die Luft, als ob dich das alles nichts angehen würde. Aber so einfach kommst du mir nicht …"

„Ruhe, verdammt! Ich muss nachdenken!"

Elizabeth zuckte zurück. So hatte er sie noch nie angefahren. Unvermittelt sprang er auf, hielt in der schwankenden Kutsche mühsam das Gleichgewicht, stieß den Kutscher an und befahl barsch: „Kursänderung! Zur Hafenpromenade! Und alle Segel setzen, Kerl, auch die Leesegel, verstanden!"

„Sehr wohl, äh, aye, aye, Sir!"

William ließ sich zurück auf die Bank fallen, packte Elizabeth' Hand und drückte sie fest. „Ich kann dir jetzt nicht erklären, was vorgeht, aber ich muss dringend mit jemanden sprechen - sofort. Es ist von größter Wichtigkeit. Ich glaube, du hast mich da auf ein paar ganz entscheidende Dinge hingewiesen!"

Er konnte ihre Antwort nicht verstehen, da die Kutsche wirklich in einem höllischen Tempo durch die Nacht jagte. Am Kai angekommen, küsste er sie flüchtig, öffnete den Schlag und draußen war er. „Ich melde mich, meine Liebste!"

„Ich weiß nicht, ob mir das recht ist, Mister Turner!" schnaubte Elizabeth wütend. „Nach Hause!" Die Kutsche setzte sich in Bewegung. Elizabeth schlug mit ihrer kleinen Faust gereizt auf das leere Polster neben sich, dann fing sie hemmungslos an zu weinen. „Verdammt, verdammt, es ist doch immer dasselbe mit diesen Kerlen! Kaum sehen sie eine Jüngere, laufen sie der hinterher. Bestimmt hat diese Schlampe ihm ihre Adresse gegeben, und er ist jetzt auf dem Weg zu ihr. Aber warte, William Turner, wir sind noch nicht miteinander fertig!" Sie schluchzte. Aber was hatte er nur damit gemeint, dass sie ihm sehr geholfen hätte? Sie wusste sich dafür keine Erklärung.

*

Nach einem kurzen Fußmarsch stand William in der Green Lane vor dem Haus Nummer Zehn in dem Mister Smith residierte. Er hoffte, den Agenten hier vorzufinden. Auf sein Klingeln hin geschah erst mal nichts. Ungeduldig trat er von einem Fuß auf den anderen. Wieder zog er energisch an dem Klingelgriff. Plötzlich öffnete sich ein kleines Guckloch in der Tür, gleich darauf glitten innen schwere Riegel zurück und ein gut geöltes Schloss schnappte auf. Die Tür schwang geräuschlos mach innen, der riesige schwarze Butler, den er von früheren Besuchen her kannte, zog hin schnell hinein, warf einen Blick in die Gasse, versperrte die Tür wieder und legte die Riegel vor. „Warten Sie bitte einen Augenblick hier, Sir.“ Er ging in die Küche und Turner hörte, dass er über den Schlauch, der den Wohnraum mit der Anrichte verband, mit dem ersten Stock sprach. Schließlich erschien er wieder. „Was darf ich ihnen servieren, Sir?“

„Ein Krug kühles Wasser wäre mir sehr angenehm, Mister...“

„Loftus, Sir, nennen Sie mich einfach Loftus. Wasser, sehr wohl, Sir. Jetzt können Sie nach oben gehen, Sie kennen sich ja aus.“

William stieg die Treppe hinauf, oben auf dem Absatz erwartete ihn schon Mister Smith, der ihn stirnrunzelnd anblickte. „Was gibt es denn so Wichtiges, Sir?“ Draußen auf der großen Terrasse vor der offenen Tür schienen sich eilig ein paar schattenhafte Gestalten zu verstecken.

„Ich weiß, oder besser gesagt, ich glaube zu wissen, wer dieser geheimnisvolle Agent Serpent ist, Sir.“

Smith musterte ihn scharf, als ob er Turners Alkoholspiegel taxieren wollte. „Kommen Sie rein.“ Er ging vor und setzte sich auf seinen angestammten Platz, mit einer Handbewegung forderte er Turner auf, sich zu setzen. „Zur Sache, Sir!“ schnarrte er kurz angebunden.

„Auf dem Ball von Mister Hernandez habe ich die Bekanntschaft einer jungen Dame gemacht, die ein Schlangenkostüm trug, außerdem hatte sie an ihrer Hand noch einen sehr auffälligen Schlangenring. Ihr Name ist Janine Ogrog ...“ William machte eine bedeutungsschwere Pause.

Smith blickte ihn wütend an, die Bulldogge blickte jetzt nicht mehr melancholisch, sondern fletschte die Zähne: „Wollen Sie mich veralbern, Sir? Ich fürchte, Sie sind betrunken!

Ich habe wichtige Geschäfte am Hals, Sie stehlen mir meine Zeit. Das wird Folgen haben, das verspreche ich Ihnen!“

Der Diener erschien mit der Wasserkaraffe und stellte sie schweigend auf dem Tisch ab.

„Ziehen Sie keine voreiligen Schlüsse, Sir. Mistress Parker hat mich darauf gebracht, dass an der Lady verschiedene Dinge recht seltsam waren. Eifersüchtige Frauen scheinen eine überdurchschnittliche Beobachtungsgabe zu entwickeln. Da war beispielsweise die tiefe Sonnenbräune ihres Gesichts und der Hände – wie bei einem Seeoffizier. Der kräftige, nicht sehr damenhafte Druck ihrer Hand. Ihre hervorragenden Kenntnisse über die Takelung der *Shark* und ihre Neugierde bezüglich der Karronaden. Hernandez hatte mich als Leutnant Turner vorgestellt, sie hat mich aber gleich mit Kapitän Turner angesprochen. Ich bitte Sie, welche Frau kennt sich in diesen Feinheiten schon aus. Mistress Parker hatte an ihrem Kleid eine Brosche, auf der das Gorgonenhaupt dargestellt war, beim Anblick der *Medusa* hätte Miss *Ogrog* beinahe die Fassung verloren, Sir.“ Turner hatte den Namen besonders betont und blickte Smith aufmerksam an. Der rieb sich die Nasenwurzel, plötzlich zuckte er zusammen. „Verdammt! Von hinten nach vorne gelesen ergibt das Gorgo!“ Er hieb sich mit der rechten Faust in die linke Handfläche. „Das könnte passen, Himmeldonnerwetternocheinmal! Dieses Weib ist die Frechheit in Person.“ Er blickte Turner mit blitzenden Augen an. „Den Seinen gibt's der Herr beim Tanz! Wir haben Berichte, dass es bei den Piraten eine Frau geben soll, die in die Fußstapfen der berüchtigten Anne Bonny und ihrer mit einem Strick um den Hals zum Teufel gefahrenen Gefährtin Mary Read tritt. Sie soll sich Kapitän Bondie, Jane oder Janine Bondie, nennen – und ihr Schiff ist die *Medusa*! Es handelt sich um eine Brigantine.“

William zog scharf die Luft ein, verkniff sich aber ein triumphierendes Grinsen. „Wie gehen wir weiter vor, Sir?“

Smith sprang auf und winkte ihn zu einer Karte Antiguas heran, die an der Wand hing. „Sie wird sich nicht allzu weit von ihrem Schiff entfernt haben. Hier ist das Anwesen von Hernandez fast am Scheitelpunkt der Bay.“ Er studierte sorgfältig die Karte. „Im Osten kommen die Crawl und die Mamora Bay in Frage und im Westen die Rendezvous Bay sowie die Deep Bay. Aber nein, die liegt ja direkt in unserem Hinterhof. So frech kann man gar nicht sein!“

„Sir, ich wette, dass die *Medusa* dort wartet! Diese Frau ist kaltblütig und neigt dazu, das zu tun, was man nicht erwartet!“

„Warten Sie hier, Turner!“ Smith eilte hinaus auf die Terrasse, wo sich ein heftiger Wortwechsel entwickelte. Dann scharrten Füße, eine Tür klappte leise und es herrschte Ruhe. „Wir werden versuchen, ob wir sie noch an Land abfangen können, aber ich denken, dass die Chance dafür gering ist. Gehen Sie runter an den Hafen, dort wird eine Gig auf Sie warten, die Sie zu Ihrem Schiff hinausbringen wird. Waidmannsheil, Leutnant Turner, bringen Sie mir diese Agentin, koste es, was es wolle!“

„Waidmannsdank, Sir. Eine Bitte habe ich noch, ääh, persönlicher Natur. Würden Sie bitte Mistress Parker davon in Kenntnis setzen, dass ich in dringenden Geschäften unterwegs bin und …“

„Ja, ja, ich weiß schon: Es tut Ihnen leid, Sie sind untröstlich, Sie bedauern Ihren überstürzten Aufbruch, Sie werden alles wieder gut machen, sobald Sie wieder im Hafen sind, das Übliche eben …“ Er seufzte und verdrehte die Augen. „Wird erledigt, Turner. Bekanntlich kümmert sich die Firma um ihre Leute! Nun aber raus hier!“

William trank hastig sein Glas aus und eilte die Treppe nach unten. Smith kam hinter ihm her gepoltert, um ihn herauszulassen. Offensichtlich war der schwarze Butler mit einem Auftrag unterwegs, es musste also noch einen anderen

Weg geben, um auf die Terrasse im ersten Stock zu gelangen. Im Geschwindschritt lief er durch die Gassen in Richtung des Bootsanlegers, als plötzlich zwei dunkle Gestalten wie aus dem Nichts vor ihm auftauchten und ohne Vorwarnung mit blanken Entermessern auf ihn einstürmten. William wich zurück, riss den teuren Ehrendegen mit der Damaszenerklinge aus der Scheide, zerrte sich den Umhang von der Schulter und wand ihn sich um den linken Arm. Stahl prallte auf Stahl. Zum Glück war der Durchgang zu schmal, als dass die beiden Schurken ihre Überzahl richtig ausspielen konnten, aber auch so war es schwer genug, sich gegen zwei Klingen zu verteidigen. Immer wenn es ihm gelungen war, einen der Kerle in die Defensive zu drängen, machte es ihm der andere unmöglich, seinen Vorteil in Treffer umzumünzen. Dazu kam, dass die Szene nur durch diffuses Mondlicht beleuchtet wurde, in dieser Gegend befanden sich überwiegend nur Büros, Geschäfte und Lagerhäuser, dementsprechend schwach war die Beleuchtung. Die Klingen klapperten heftig aneinander, man meinte fast Funken sprühen zu sehen, die Männer stöhnten und keuchten vor Anstrengung. Plötzlich löste William seine Waffe von der seines Gegenübers und sprang zurück, der Gegner setzte ungestüm mit einem triumphierenden Schrei nach, er holte weit aus. Turner machte einen weiten Ausfallschritt und beugte sich dabei nach unten vor, der Mann rannte in die Degenspitze. Ungläubig blickte der Lump auf seine Brust hinunter, ließ das Entermesser fallen und stieß einen angstvoll quiekenden Laut aus. William versuchte seine Waffe wieder frei zu bekommen, aber da war auch schon der zweite Bandit über ihm. Das Entermesser sauste herab, William konnte die Klinge gerade noch mit dem mehrfach um den Arm geschlungenen Umhang zur Seite drücken. Er spürte, dass die Schneide der schweren, wuchtig geschlagenen Waffe bis zu seinem Arm durchgedrungen war, er konnte den Arm nicht mehr heben. Schmerz verspürte er keinen, wahrscheinlich würde er sowieso nie wieder Schmerzen haben, denn der nächste Hieb würde ihn ein für alle Mal dieser irdischen Maläsen entheben. ‚Schade', dachte er, ‚es hätte doch noch sehr schön mit Elizabeth werden können. Vielleicht wäre ich sogar irgendwann mal Vollkapitän geworden …' Stoisch wartete er auf das Ende, aber sein Gegenüber blickte ihn aus seltsam starren aus den Höhlen quellenden Augen an. Der erhobene Arm mit der blanken Waffe fiel kraftlos nach unten, der Kerl ging in die Knie, blutiger Schaum ergoss sich blasig aus seinem Mund, ein Blutstrom lief ihm aus der Nase, dann fiel er nach vorne auf sein Gesicht, wobei er unverständliche gurgelnde Geräusche von sich gab. In seinem Rücken steckte ein Messer. Verblüfft schaute William auf. Aus der Dunkelheit kam leichtfüßig ein großer Neger in der typischen schwarzen Arbeitskleidung eines Butlers auf ihn zu, bückte sich, zog das Messer aus dem Rücken des Killers, säuberte es am Hemd des tödlich verwundeten Mannes und ließ es zwischen Weste und Überrock verschwinden.

„Danke, Loftus, ich kann mich nicht erinnern, wann ich das letzte Mal so überaus erfreut war, jemanden zu sehen."

„Stets Ihr sehr ergebener Diener, Sir, es war mir eine Ehre. Aber jetzt sputen Sie sich, das Boot wartet. Irgendjemand scheint ein starkes Interesse daran zu haben, dass Sie nicht auslaufen."

„Waren das nicht einfach nur Straßenräuber?"

„Falsche Zeit, falscher Ort, falsche Kleidung, Sir." Er nickte William noch mal zu, seine weißen Zähne blitzten im schwachen Licht, dann packte er die beiden röchelnden Männer an ihren Leibriemen, hob sie spielerisch leicht vom Boden auf und verschwand in der Dunkelheit der Gasse. Turner stöhnte, denn jetzt fing sein Arm an zu schmerzen. Er hob den Degen auf, steckte ihn in die Scheide und setzte seinen Weg fort. Unten an der Wasserfront erwartete ihn tatsächlich eine Gig mit sechs Riemen. Der Bootsführer blickte auf seinen dick umwickelten linken Arm, als er sich ungeschickt auf die Heckducht setzte. „Sind Sie verletzt, Sir?“

„Legen Sie ab, Mann! Ihre Männer sollen ihr Kreuz in jeden Schlag legen, es pressiert, verdammt noch mal!“

Das kleine Boot schien über die weite Reede zu fliegen, die Ruderer verausgabten sich in der Tat vollständig. Nachdem sie die ruhig daliegenden *Joshua* passiert hatten, auf der zwar vorschriftsmäßig das Ankerlicht brannte, aber keine Wache zu sehen war, schossen sie auf die *Shark* zu. Auf deren Deck herrschte allerdings noch einige Betriebsamkeit. William war verblüfft. Hatte man den Ersten Offizier schon davon unterrichtet, dass sie den Anker hieven mussten? Eine Stimme auf dem Deck rief sie an, der Bootsführer neben ihm antwortete: „Shark!“ Jetzt wusste jeder dort drüben, dass der Kommandant im Boot war. Auf dem Deck schien für eine Sekunde die Zeit festzustehen, dann setzte hektische Geschäftigkeit ein. Bootsmannspfeifen schrillten, verschlafene Seesoldaten eilten notdürftig bekleidet an die Relingspforte, wo sie an ihren Uniformen zupfend und ziehend Aufstellung nahmen, die Matrosen und Jungs der Wache bildeten das Empfangsspalier, der Erste Offizier eilte herbei. Dann war das Boot auch schon längsseits und hakte ein. Unsicher erhob sich Turner und taxierte den Aufstieg nach oben. Bis jetzt hatte er noch nie einen Gedanken daran verschwendet, wie er die paar Fuß Höhenunterschied meistern sollte. Er biss die Zähne zusammen, packte mit der rechten Hand möglichst weit oben den weiß lackierten Tampen, dann stieg er auf das Dollbord der Gig. Die Ruderer glichen die Schlagseite aus, er hörte den Bootssteuerer flüstern: „Ich stütze Sie, Sir.“ Er setzte den Fuß auf die höchste erreichbare Trittleiste, atmete tief ein und zog sich schwungvoll hoch. Eine Hand schob ihn am Achtersteven in die Höhe und eine andere packte ihn von oben am Kragen. Sie gehörte Tom, der ihn besorgt anblickte, als er schnaufend an Deck stand.

William Turner sah sich um, mit einem Blick sah, dass es ganz achtern an der Heckreling Veränderungen gegeben hatte, aber das zu erörtern hatte Zeit.

„Willkommen an Bord, Sir“, stotterte sein Erster Leutnant.

„Mister Dechamp, klar zum Hieven des Ankers und zum Auslaufen – sofort! Ich möchte ohne jede Verzögerung - also sofort – auslaufen, haben Sie das klar und deutlich verstanden? Kommen Sie dann in meine Kabine und schicken Sie nach MacKinnon!“

„Aye, aye, Sir! Sofort Auslaufen! MacKinnon zu Ihnen … und ich auch.“ Die letzten Worte klangen etwas beklommen.

Vor der Tür zu seiner Kammer nahm gerade wieder der Posten der Seesoldaten Aufstellung, erstarrte bei seinem Anblick zur Salzsäule und blickte stur geradeaus.

„Morgen, Blake, alles in bester Ordnung?“

„Aye, Sir!“ schnarrte der Marineinfanterist zackig.

„Wenn das so bleiben soll, dann sollten sie ihre Kreuzgurte noch mal richten bevor Sergeant Bull sie so zu Gesicht bekommt.“

Der Soldat blickte erschrocken an sich herunter und sah erschrocken, dass die mit weißem Pfeifenton gefärbten Riemen etwas schief saßen. „Danke, Sir.“

Turner grinste schief und betrat sein Reich, wo ihn Tom schon besorgt erwartete. „Tom, guck nicht wie eine Glucke, deren Küken einen lahmen Flügel hat. Jetzt wollen wir mal erst schauen, wie es aussieht.“ Er streckte seinem Aufklarer den linken Arm entgegen. Bedächtig wickelte Tom den Umhang ab, dann zog er ihm behutsam den Uniformrock aus. Der Ärmel des Hemdes war über dem Unterarm schwarz von getrocknetem Blut. Ohne lange zu fackeln zog der Mann sein Messer und schnitt den Ärmel vorsichtig auf. Als er den angeklebten Stoff von der Wunde lösen wollte, biss Turner die Zähne zusammen, konnte aber nicht verhindern, dass er schmerzvoll aufstöhnte, zischend presste er die Luft aus den Lungen.

„So geht das nicht, Zur. Einen Augenblick, Käptum, Tom hat da eine Idee. Setzen Sie sich an den Tisch." William gehorchte. Sein Bursche holte eine Waschschüssel, stellte sie auf den Tisch, dann entkorkte er eine bauchige Kruke. Sofort erfüllte ein starker Duft nach Rum den kleinen Raum. Er goss eine fast wasserhelle Flüssigkeit in ein Glas und reichte es seinem Kapitän, der ihn fragend anblickte. „Guter weißer Rum, beste Qualität, Sör. Trinken Sie das Glas in einem Zug aus." Misstrauisch musterte William den Inhalt des Glases, nach Rum roch er jedenfalls, soviel war sicher. Er setzte es an die Lippen und schluckte das starke Gesöff ohne Abzusetzen hinunter. Zuerst spürte er keine Wirkung, erst als er den Mund wieder öffnete, schien seine Rachenhöhle zu explodieren, er hustete und keuchte, rote Feuerräder leuchteten vor seinen Augen. Als er wieder normal atmen konnte, sah er, dass Tom inzwischen den Inhalt der Kruke langsam über seinen Unterarm verteilte. Auch dort brannte der Rum, aber fast war es ein angenehmes Gefühl. Bräunlich tropfte die Flüssigkeit in die Waschschüssel. Seine Finger umklammerten den Rand der Schüssel, Tom hielt den Ellenbogen gepackt. Hin und her wanderte die Kruke. Der Unterarm schien gefühllos zu werden. William grinste albern und lallte mit schwerer Zunge: „Tut gar nicht mehr weh, Tom, alter Junge. Ist ja ein toller Stoff, komm schenk mir noch einen ein." Tom schüttelte nur den Kopf, dann setzte er den Krug ab und entfernte bedächtig den nassen Stoff vom Arm.

Draußen stieß der Posten den Kolben seiner Muskete auf das Deck und röhrte: „Der Schiffsarzt, Sir!"

„Soll reinkommen!"

MacKinnon betrat eilig mit seiner Tasche den Raum und blieb stehen, als ob er gegen eine Mauer gerannt wäre. „Allmächtiger Herr im Himmel, was ist denn hier los, es stinkt ja wie in einer Schwarzbrennerei."

„Sollten Sie auch mal versuchen, Doc, ein verdammt erstklassiger Stoff, das! Weißer Rum, schwarzgebrannt, ha, ha, schönes Wortspiel." William kicherte vor sich hin. Der Doktor kam an den Tisch und besah sich professionell die Wunde, die Tom inzwischen mit Hilfe des Rums von Blutkrusten und Stoffresten befreit hatte. „Sie hatten Glück, Sir, es ist nur eine oberflächliche Schnittwunde, aber vermutlich haben Sie eine Menge Blut verloren", er blickte abschätzend in die Schüssel, dann schaute er auf den zusammengeknüllten Umhang und den Uniformrock. „Hätten Sie das Zeug da nicht gehabt, wäre der Flunken wohl ab gewesen!" Er öffnete seine Tasche und holte Verbandszeug hervor. Geschickt verband er die lange Schnittwunde. „Eigentlich sollte ich Ihnen jetzt Bettruhe verordnen, aber da ich weiß, dass Sie sich sowieso nicht daran halten, spare ich mir den Atem. Im Übrigen hat Doc Tom Sie schon mindestens ebenso gut versorgt, wie ich das hätte tun können, aber ich hätte zum Ablösen des Hemdes und der Blutkruste keinen schwarz-weißen Rum vergeudet, sondern schlichtes Wasser genommen. Nur aus rein wissenschaftlicher Neugier, Tom, würde ich gerne mal ein Gläschen probieren."

Tom grinste breit, seine prächtigen Zähne leuchteten, bereitwillig schenkte er dem Schotten ein Glas voll. Der wedelte sich das Aroma in die Nase, kniff leicht die Augen zusammen, nahm eine kleinen Schluck, atmete mehrfach mit geschlossenem Mund durch die Nase ein und aus, dann schluckte er und öffnete den Mund wieder. Er verzog keine Miene, ein versonnenes Lächeln glitt über sein Gesicht. „Oh Junge, das ist doch mal was. Fast so gut wie der schwarzgebrannte Whisky bei uns zu Hause. Erste Qualität! Endlich sind meine Nase und die Rachenhöhle mal wieder richtig frei. Tom, solltest du mal wieder deine Hand auf solch einen Stoff legen können, dann reserviere bitte zwei, drei Kruken für einen alten, bedürftigen Schiffsarzt – nur für medizinische Zwecke versteht sich."

„Aye, Zur. Gerne, Zur."

Draußen polterte es wieder. „Der Erste Offizier, Sir!"

„Herein!"

Dechamp trat ein und prallte wieder zurück, denn inzwischen musste es in der Kabine wie in einer Brennerei riechen. Mit einem Blick erfasste er die Situation. „Sir, Anker wird gehievt, die Segel werden klar zum Setzen gemacht, die Boote werden an Deck geholt. Sobald der Anker kurzstag ist, können wir auslaufen!"

„Danke, Mister Dechamp. Mister MacKinnon, ich danke für Ihre Bemühungen, Sie können gehen. Tom, lüfte bitte die Kabine durch, aber pass auf, der Seesoldat vor der Tür sich keinen Vollrausch anschnuppert! Bring mir dann bitte noch einen großen Krug frisches Wasser." So geschah es. „Nun zu uns, Mister Dechamp!" Turner musterte ihn unter zusammengezogenen Augenbrauen. „Was haben Sie auf meinem Achterdeck angestellt?"

„Nun, Sir, ääh, sie kennen doch das Trimmproblem …" Turner winkte ungeduldig ab. „Nun, einer unserer Männer hat mir da einen interessanten, ahem, Lösungsvorschlag unterbreitet."

„Wer?"

Dechamp wandte sich wie ein Aal. „Ich trage die volle Verantwortung für die Aktion, Sir, daher möchte ich nicht …"

„Wer?"

Dechamp seufzte und zuckte mit den Schultern. „Steuermannsmaat Carter, Sir. Er kennt sich mit diesen Yankee-Schonern aus und konnte mir berichten, wie sie auf einem seiner Schiffe das Problem gut in den Griff bekommen haben."

„Wie?"

„Indem man achtern zwei Geschütze aufstellt, Sir. So trimmt man das Schiff beim Auslaufen gut ins Gatt und im Verlauf der Reise kann man bei Bedarf jederzeit beweglichen Ballast problemlos nach vorne umstauen. Genial einfach, wenn ich das mal so sagen darf …, äh, Sir."

„Und jetzt haben Sie sich mal so eben zwei wunderhübsche handliche Kanonen aus Stauholz geschnitzt, Sir, oder was?"

„Nun, Mister Carter war mal kurz dienstlich auf der *Joshua* drüben und da fielen ihm ihre handlichen Bronzegeschütze auf, die zufällig auch noch dasselbe Kaliber wie unsere Jagdgeschütze auf der Back haben, Sir. Und da dachten wir uns, äh, dachte ich …"

„Da klaue ich mal kurz und zackig zwei Kanonen, war es das, was Sie gedacht haben, Sir?"

Dechamps Adamsapfel hüpfte aufgeregt. „Nun, Sir. Stehlen würde ich es nicht so direkt nennen, schließlich ist die *Joshua* unsere Prise und das Inventar ist noch nicht offiziell vom Prisengericht abgenommen worden. Ich würde es mal so ausdrücken wollen, wir haben unter Umgehung des langen Dienstweges unser Prisengeld etwas verringert, dadurch aber zum einen die Manövriereigenschaften unseres Schiffes verbessert und andererseits auch noch unsere Kampfkraft erhöht, äh, Sir."

„Ahem, Sophist! Was hat die Wachmannschaft dazu gesagt, Sir?"

Dechamps grinste über das ganze Gesicht wie ein Lausbub. „Ich möchte wetten, die hat noch gar nicht gemerkt, dass ihr etwas abhanden gekommen ist."

„Wie das, Sir?"

„Nun, ich habe ein Bumboot mit Huren, leckerem Essen und Getränken bestellt. Damit bin ich als Midshipman verkleidet an Bord gegangen, weil doch gestern Kostümball war, sozusagen, Sir."

Turner konnte sich kaum noch ein Grinsen verkneifen. Dieser Dechamp entwickelte ganz neue Talente. Diese Idee hätte von mir stammen können, dachte er anerkennend.

„Als die Jungs stramm wie die Eidechsen waren, wurden sie von den Dockschwalben flach gelegt und gewissermaßen bewacht, bis wir die Kanonen mit allem Zubehör sauber ausgebaut und in die Pinasse verladen hatten. Wenn die Kerle heute Morgen aufwachen, werden sie so dicke Köpfe haben, dass ihnen wahrscheinlich gar nicht auffallen wird, das zwei der kleinen Kracher fehlen. Wie schon gesagt, unsere Männer haben sehr professionell gearbeitet. Als wir fertig waren, haben wir auch die Ladies wieder an Land geschafft."

„Ahem, Mister Dechamp, jetzt sagen Sie mir nur noch, wie ich das alles verbuchen soll?"

„Oh, Sir, das ist kein Problem. Betrachten Sie die beiden Bronzeschönheiten einfach als meinen Einstand."

„Sehr großzügig, wirklich sehr großzügig, Sir. Sobald wir Zeit für solche Dinge haben, werden wir unsere neuen Bordkameraden taufen. Ich schlage vor, die eine ‚St. James' und die andere ‚Little Middy' zu nennen, einverstanden, Mister Dechamp."

„Sehr großzügig, Sir. Danke, Sir."

„Übrigens, James, ich schätze Eigeninitiative – in Grenzen natürlich, in Grenzen, haben wir uns verstanden?"

Dechamp wurde rot, weil ihn Turner zum ersten Mal mit seinem Vornamen angesprochen hatte, was er als Vorgesetzter tun durfte. Da war fast so etwas wie ein Orden, dachte er. „Vollständig, Sir!"

„Dann kommen wir jetzt zu der vor uns liegenden schwierigen Aufgabe", fuhr Turner fort und musste langanhaltend gähnen. „Wir müssen ein Schiff abfangen, das wahrscheinlich genau jetzt aus der Deep Bay ausläuft …"

Kapitel 8

Auf See, April 1777

William Turner hatte sich seinen Korbstuhl achtern an der Heckreling neben einem der „neu erworbenen“ Jagdgeschütze an der Steuerbordseite laschen lassen. Er kämpfte gegen die Müdigkeit, die Wirkung des genossenen Alkohols und den Verletzungsschock an, der Schmerz in seinem Arm ließ ihn immer wieder auffahren, wenn er einzunicken drohte. Er spürte die schwache ablandige Morgenbrise in seinem Genick. Die *Shark* glitt unter Vollzeug einschließlich der Baumleesegel an den Gaffelsegeln, die in Schmetterlingsstellung getrimmt waren, aus der Bucht. Noch war es stockdunkel, aber in einer knappen halben Stunde würde die Sonne aufgehen.

Der Erste Leutnant trat zu ihm heran, berührte kurz die Hutkrempe und meldete zackig: „Schiff ist seeklar, Sir. Alle Segel sind gesetzt. Wie lauten Ihre Befehle, Sir?“

„Alle Mann auf Gefechtsstation, Mister Dechamp! Schicken Sie kurz vor der Dämmerung die Männer mit den schärfsten Augen in den Ausguck. Sie müssten ein Schiff sichten, sobald es hell genug ist. Wie weit entfernt es sein wird und welchen Kurs es steuern wird, weiß ich leider nicht. Ich vermute, dass es gut drei Stunden Vorsprung haben wird, das bedeutet bei dem leichten Wind unter Land, dass es etwa zehn Meilen draußen auf See stehen sollte.“

„Hat das Schiff etwas mit Ihrer Verletzung zu tun, Sir, wenn Sie mir die Frage erlauben?“

William blickte missmutig auf seinen bandagierten linken Arm und fluchte undeutlich in sich hinein, dann schüttelte er den Kopf. „Wahrscheinlich nicht“, grunzte er. Zwar war Loftus anderer Ansicht gewesen, aber ihm ging durch den Kopf, was Elizabeth über die Heiratsabsichten von Hernandez gesagt hatte, und dass der Kerl in der Wahl seiner Mittel keineswegs zimperlich war, wenn ihm jemand im Wege stand. Wie es den Anschein hatte, lag William zurzeit wie ein dicker Felsbrocken mitten auf dem Weg des Spaniers zum Traualtar. Allerdings konnte sich William nicht vorstellen, dass sich Elizabeth jemals freiwillig mit diesem schmierigen Kretin einlassen würde, mochte er auch noch so reich und der letzte unverheiratete Mann auf dieser Erde sein. „Ich fürchte, dass es etwas Persönliches ist, Mister Dechamp. Aber jetzt wollen wir uns erst mal diese verdammte Schlangenlady holen!“

Dechamp blickte ihn an, als ob er sich nicht sicher war, ob sein Kommandant möglicherweise nicht nur eine Verletzung am Arm, sondern auch eine Beschädigung am Kopf davongetragen hatte, sagte aber nichts, sondern eilte weg. Kurz darauf riefen die Bootsmannspfeifen die Seeleute auf die Gefechtsstationen. Die Abteilung Seesoldaten unter dem Kommando von Sergeant Bull war zu klein, als dass sie über Trommeln und Pfeifen verfügt hätte.

Mühsam stemmte sich Turner aus dem Sessel in die Höhe und schritt zum Ruder, wo sich schon Dechamp und Lennon abwartend aufgebaut hatten. Sein Bursche Tom folgte ihm wie ein Schatten. Würden sie das Schiff sichten? Davon hing alles ab! Diese gefährliche Frau - bei dem Gedanken an sie, vermeinte er wieder den Duft ihres verführerischen frischen Parfums in der Nase zu haben – hatte gleich nach Mitternacht überstürzt das Fest verlassen. Ganz gewiss hatte sie keine Kutsche benutzt, sondern war auf dem schnellsten Weg zum Liegeplatz ihres Schiffes geritten. Wenn er recht gehabt hatte, dann würde man in der Deep Bay den Anker schon kurzstag gehievt und alles klar zum Auslaufen gemacht haben, also sollte sie spätestens um zwei Uhr in See gegangen sein. Er war mit Elizabeth zwar nur unwesentlich später aufgebrochen, sie waren aber zuerst in der Kutsche in Richtung ihres Stadthauses gefahren. Während sie ihm eine Gardinenpredigt über seine vermeintliche Untreue gehalten hatte, waren ihm in ihrer Schimpftirade die vielen Hinweise auf den Spion *Serpent* aufgefallen, die auf Janine passten. Verflucht, jetzt duzte er dieses Weibsstück in Gedanken schon! Dann in voller Karriere zurück zum Hafen, ein kurzer Aufenthalt bei Smith, der Überfall in der Gasse, die Überfahrt zum Schiff, das Hieven des Ankers, so war es fünf Uhr geworden, als sie endlich in Fahrt kamen. Der Vorsprung der *Medusa* betrug also drei Stunden, das konnten acht oder auch zwölf Seemeilen sein, vielleicht noch mehr, je nachdem, was für Wind sie draußen vorgefunden hatte.

„Mister Lennon, bleiben Sie vor dem Wind!"

„Aye, aye, Sir! Kurs: Vor dem Wind!"

Im Osten wurde die Kimm hell und kurze Zeit später tauchte die Sonnenkugel aus der See auf. Gespannt blickte William nach oben zu den Matrosen im Ausguck. Nichts! Keine Meldung! Kein Arm, der in eine Richtung zeigte, eine Peilung andeutete … nichts! Er ließ seinen Blick über die Kimm im Süden wandern – kein verräterischer weißer Fleck unterbrach die blaue Linie. Unwirsch blickte er auf den Kompass.

„An Deck! Segel eben an Steuerbord voraus! Rumpf unter der Kimm!"

„Mister Armstrong, schnappen Sie sich ein Fernrohr und hoch geht es auf die Saling. Wir sind hinter einer Brigantine her, Sir!"

Trotz seiner kräftigen untersetzten Figur enterte der Midshipman flink auf, klemmt sich auf der anderen Seite des Masts auf den freien Teil der Saling, und zog das Teleskop aus.

Turner musste an Deck an sich halten, um ihn nicht lauthals zu beschimpfen, weil er sich mit der Meldung so viel Zeit ließ.

„An Deck! Eindeutig eine Brigantine, Sir. Sie hat auch jeden Fetzen Segeltuch gesetzt"

„Danke, Mister Armstrong, kommen Sie wieder an Deck hinunter." Turner wandte sich an Dechamp und Lennon. „Gentlemen, ich bin Ihnen eine Erklärung schuldig. Wir verfolgen einen gefährlichen Agenten, oder sollte ich besser sagen: eine Agentin. Sie ist Kommandant der Brigantine *Medusa* und ihr Name ist Janine Bondie – jedenfalls lässt sie sich so nennen. Unsere Auftraggeber wollen ihr gerne ein paar Fragen stellen, daher müssen wir das Schiff da vorne einholen, niederkämpfen und Kapitän Bondie gefangen nehmen!"

Dechamp und Lennon blickten sich aus den Augenwinkeln an. Der Erste Leutnant räusperte sich und fragte gedehnt: „Ahem, mit Verlaub, Sir, aber wenn ich fragen dürfte, *wer* sind unsere Auftraggeber. Nach einem Befehl von Konteradmiral Sir Samuel Blake hört sich das nicht an."

Lennon schob seine Adlernase vor, grinste sein freudloses Raubvogellächeln und gab einen krächzenden Laut von sich. Turner schaute Dechamp eisig an, dann erwiderte er:

„Erstens dürfen Sie nicht fragen, Sir, nicht heute und in alle Ewigkeit nicht! Zweitens sollten *Sie* doch unsere Auftraggeber bestens kennen, Sir, sozusagen von Angesicht zu Angesicht. Es sind König Georg III. und seine Minister!" In seinen Augen tanzten kleine spöttische Teufelchen.

Dechamp wurde lief rot an und verschluckte sich. Natürlich wusste er, dass seine Frage nicht beantwortet worden war und dass sich sein Kommandant über ihn lustig gemacht hatte. Etwas musste an den vielen Gerüchten dran sein, die in der Flotte über den Sonderstatus der *Shark* kursierten. Er hustete heftig. Als er sich erholt hatte, brachte er ein mühsames: „Aye, Sir!" heraus.

„Mister Dechamp, es wird einige Zeit dauern, bis wir unseren Gegner im Feuerbereich haben, lassen Sie das Feuer in der Kombüse anzünden und das Frühstück vorbereiten. Die Männer können dann wachweise frühstücken. Ich gehe nach unten, falls irgendetwas Ungewöhnliches passiert, geben Sie mir sofort Bescheid!"

„Aye, aye, Sir!"

Turner ging unter Deck. Dort, wo seine Unterkunft gewesen war, verschaffte ihm jetzt nur ein quer über das Deck gespannter Vorhang aus Segeltuch etwas privaten Raum. Die Schotte und Möbel waren im Laderaum verstaut worden als „Klar-Schiff-zum-Gefecht!" gepfiffen worden war. Er spürte in leichtes Schwindelgefühl und Übelkeit im Magen. Erschöpft ließ er sich auf der Heckbank nieder. Der durchdringende Geruch nach Rum, der nach Toms Samaritertätigkeit in der Kabine gehangen hatte, war verschwunden. Er streckte die Beine auf den Polstern aus und legte den linken Arm mit dem Verband vorsichtig auf das breite Brett unter dem Fenster. Schläfrig blickte er in das leise gurgelnde Kielwasser. Er war schon beinahe eingedöst, als Tom geschmeidig und nahezu geräuschlos durch den Spalt im Vorhang gehuscht kam.

„Ihr Frühstück, Käptum, Sör. Heißer Kaffee, Haferschleim mit Melasse und frisches Brot mit Butter. Das wird Ihnen gut tun, Sör."

Eigentlich wollte ihn Turner unwillig wegschicken, denn ihm war nicht nach einer Mahlzeit zu Mute, aber dann wurde ihm klar, dass Tom natürlich recht hatte. Er musste etwas essen, um bei Kräften zu bleiben, denn der Tag würde lang werden und niemand wusste, was er bringen würde.

„Danke, Tom."

*

Auf dem Achterdeck der *Medusa* stand Kapitän Bondie an der Heckreling und las den gemessenen Höhenwinkel am Sextanten ab. Der Winkel war erneut größer geworden. Eine steile Falte bildete sich auf ihrer Stirn zwischen den Augenbrauen. „Verflucht!“ murmelte sie wenig ladylike, „meiner lieber Billybull, ich wusste gar nicht, dass du nach unserem kurzen Zusammentreffen schon so in mich verknallt bist, dass du es kaum erwarten kannst, mich mit schweren schmückenden Ketten zu bedenken!“ Ein ironisches Lächeln spielte um ihre Mundwinkel.

Es war inzwischen Nachmittag geworden, aber es bestand kein Zweifel, dass die *Shark* sie noch vor der Abenddämmerung einholen würde. Die Kriegsslup bot einen prächtigen Anblick, wie sie unter prallen Segeln mit einem dicken weißen Knochen in den Zähnen vor dem vollen Passat herangerauscht kam.

Lopez, der neben sie getreten war, hüstelte und bemerkte dann schmallippig: „Wenn die Kerle nicht hinter unseren Hälsen her wären, könnte man diesen Anblick wirklich genießen.“

„Du bist und bleibst ein unverbesserlicher Romantiker, Lopez, aber du hast natürlich Recht. Es ist ein schönes Schiff und wird ausgezeichnet gesegelt.“

„Wenn ihm nicht bald eine plötzliche Sturmbö die Stengen von oben holt, wird er uns in einer halben Stunde mit den ersten Probeschüssen seiner Jagdgeschütze beglücken. Und wir können noch nicht mal antworten, weil wir achteraus leider impotent sind.

„Ja, wenn nicht irgendetwas Unerwartetes passiert, kommen wir in Teufels Küche – und das kann man diesmal wörtlich nehmen!“

„Puh, Capitano, immer einen Scherz auf den Lippen, nicht wahr?“ Lopez zuckte mit den Schultern. „Nun, es ist ein schöner Tag zum Sterben. Wir werden den Limies einen Tanz liefern, an den sie sich noch lange erinnern werden, mein Wort drauf!“

Sie musterte ihn, sein olivfarbener Teint schien ihr etwas fahler als üblich zu sein, oder täuschte sie sich? „Das ist die richtige Einstellung! Wie ist die Stimmung der Besatzung?“

„Die Freude hält sich in Grenzen, aber alle wissen, dass es für sie nur einen Weg gibt: Lieber tapfer und schnell im Kampf sterben, als lange im Kerker schmachten und dann als Volksbelustigung am Galgen verfaulen.“

Bondie nickte langsam: „Ja, das ist wohl der sauberste Weg zu sterben, lebendig sollen die uns nicht bekommen. Wenn wir doch nur Zeit schinden könnten, um uns in die Dunkelheit zu retten. Aber heute ist keine Regenwolke in Sicht und auch die Inseln sind zu weit entfernt, als das wir uns diesbezüglich etwas ausdenken könnten.“ Sie biss sich auf Knöchel der linken Hand und starrte angespannt auf das Deck, dann drückte sie Lopez den Sextanten in die Hand und fuhr ihn an: „Lass mich allein, ich muss nachdenken!“ Mit langen Schritten begann sie auf und ab zu marschieren. Was konnte sie tun? Einen anderen Kurs zum Wind steuern? Sofort verwarf sie diesen Gedanken wieder. Der Schoner konnte auf jedem Kurs mithalten, an ein Ausluven war gar nicht zu denken und schneller war er obendrein. Eine Vergrößerung der Segelfläche war auch nicht mehr möglich. Die Matrosen hatten schon hinter vorgehaltener Hand gespottet, dass das einzige Stück Tuch, das sie noch nicht gesetzt hatten, das Hemdchen der *Capitana* war. Dann blieb als letzte Möglichkeit nur die Verbesserung des Verhältnisses zwischen Gewicht und Segelfläche übrig. Sie mussten das Schiff leichter machen. Am einfachsten und effektivsten wäre es, die Geschütze über Bord zu werfen, aber damit würden sie sich der Möglichkeit berauben, sich zu wehren. Es gab nur einen Weg, sie mussten den Laderaum plündern, die Wasser- und Salzfleischfässer, sowie die sonstigen Vorräte mussten über die Kante! Falls sie damit den gewünschten Erfolg hatten, würden sie zwar ein paar Tage den Riemen sehr eng schnallen müssen, nun ja, und falls nicht, dann brauchten sie ihre Verpflegung ohnehin nicht mehr. Kapitän Bondie drehte sich energisch nach vorne um und wollte gerade die entsprechenden Befehle geben, als sie von einem Ruf des Ausgucks unterbrochen wurde.

„An Deck! Segel vier Strich an Backbord!“

*

Nach einem wohltuenden Schlaf war Turner nach dem Mittagessen wieder an Deck gekommen und hatte nach einem langen Blick auf die *Medusa* wieder seinen Platz am Heck eingenommen. Tom hatte ihm zuvor behutsam den Verband abgeschnitten und die Wunde aufmerksam begutachtet. Der Schnitt klaffte tief rot. Dann hatte er ein Töpfchen mit einer graugrünen Salbe aus seiner Jackentasche hervorgezaubert und die Schnittwunde dick damit eingestrichen. Als ihn Turner fragend angeblickt hatte, hatte er breit gegrinst und fröhlich erklärt: „Auch zwischen den Menschen mit dunkler Haut gibt es Streit, werden Messer benutzt, oh ja, Käptum, Zur, Schnittwunden sind keine Seltenheit, daher haben wir auch gute Medizin für die Heilung. Vertrauen Sie Tom, Zur. In drei, vier Tagen werden Sie kaum mehr etwas spüren.“

„Wenn du das sagst, Tom“, hatte William gebrummt und sich den Arm neu bandagieren lassen. Die Salbe hatte sich kühl auf der Wunde angefühlt, schon nach einigen Minuten ließen die Schmerzen nach. „Besser ich weiß nicht, was da drin ist“, hatte er misstrauisch vor sich hin gemurmelt.

„Das meiste stammt von Pflanzen, Sör. Jeder von uns hat einen kleinen getrockneten Vorrat in seiner Seekiste, Käptum. Die Schotten machen guten Whisky und gießen gute Kanonen, aber von den Heilkräften der Natur verstehen sie nichts", er zuckte geringschätzig mit den Achseln, „und die Engländer erst ... Nichts für ungut, Käptum, Zur."

Turner überlegte, wie er auf diese Subordination reagieren sollte, der Kerl hielt die Engländer offensichtlich auf dem medizinischen Gebiet für noch zurückgebliebener als die Schotten. Dem guten Ian McKinnon würde das halbherzige Kompliment gewiss nicht gefallen, er hielt sich viel auf seine fortschrittliche wissenschaftlich-medizinische Ausbildung in Edinburgh zu gute. Aber hatte Tom nicht Recht? Auch in Littlehampton ging man, wenn es ernst wurde, lieber zum Kräuterweiblein, als den Herrn Doktor zu bemühen. Das war nämlich erfolgversprechender und auch noch billiger. Von den vielen völlig unfähigen Alkoholikern, die als Schiffsärzte mehr schlecht als recht ihren Dienst versahen, ganz zu schweigen.

Segelmeister Lennon trat zu ihm heran. „Nach der letzten Vertikalwinkelmessung und einer von mir geschätzten Masthöhe der Brigantine sollten wir sie jetzt mit unseren Buggeschützen erreichen können, Sir!"

„Danke, Mister Lennon." Turner erhob sich, rückte die Schlaufe in der sein linker Arm lag zurecht, drückte sich nochmals den Hut auf dem Kopf fest und schritt mit dem alten Weißkopfadler, dessen weiße Locken vom achterlichen Wind nach vorne geweht wurden, zum Ruder.

„Mister Dechamp ist vorne bei den Jagdgeschützen, Sir."

„Danke, Mister Lennon." Turner packte die Flüstertüte. „Mister Dechamp, Feuer frei, wenn sie bereit sind!"

Dechamp hob einen Arm. Prüfend visierte er nochmals das fliehende Schiff an, dann sprang er zur Seite. Der Geschützführer zog an der Reißleine, ein peitschender scharfer

Knall ertönte, eine graue Wolke verwehte vor dem Schiff und nahm den Männern auf dem Achterdeck, die vor den Gaffelbaum getreten waren, die Sicht auf die Einschläge, die durch die unruhig einfallenden Vorsegel ohnehin stark eingeschränkt war.

„An Deck! Schiff vier Strich an Backbord!“

Alle Männer, die am Ruder und dem Kompasshaus versammelt waren, zuckten zusammen, alle Augen flogen nach oben, als ob man dort droben neben dem das fremde Schiff würde ausmachen können.

Turner blickte sich suchend um, sein Blick fiel auf Armstrong. Er deutete nach oben. „Sie kennen ja den Weg, Mister Armstrong!“

„Aye, aye, Sir!“

Der Segelmeister räusperte sich verärgert. Turner blickte Lennon fragend an. Der alte erfahrene Seemann knurrte: „Es würde mich nicht wundern, wenn das ein Froschfresser wäre, Sir, denn da drüben liegen die französischen Inseln.“

„Und wenn schon! Der soll sich raushalten, schließlich jagen wir kein französisches Schiff, sondern einen verdammten Flibustier!“

Lennon sah ihn schweigend durchdringend an.

„Ja, Sir, Sie haben Recht. Ich weiß, dass die *Medusa* ein Korsar ist, Sie wissen es, aber der Monsieur da drüben, falls es denn einer ist, weiß es nicht.“

„An Deck! Fregatte, Sir! Dem Segelschnitt nach ein Franzose!“ rief Armstrong aus dem Top.

„Da haben wir den Schiet in der Kuchenform, verdammt und zugenäht!“ grollte Turner.

Dechamp kam nach achtern geeilt. „Sir! Die Kugel lag eine gute Kabellänge zu kurz und unsere Beute hat den Kurs geändert!“

Turner eilte nach Backbord an die Bordwand, wo er einen freien Blick nach vorne hatte. Tatsächlich hatte die *Medusa* einen Strich nach Backbord angeluvt. Sie hatte dafür nur die Rahen am Vormast etwas anbrassen und die Schoten der Stagsegel und die des Gaffelgroßsegels anholen müssen. William knirschte mit den Zähnen. Allem Anschein nach war seine Glückssträhne zu Ende.

„Mister Dechamp und Mister Lennon! Das Baumleesegel des Schonersegels bergen und das Segel anschließend schiften! Anschließend klarmachen zum Anluven! Und heute noch, wenn ich bitten dürfte!“ Er wusste, dass seine letzte Bemerkung ungerecht war, aber er hatte sie sich nicht verkneifen können, zu sehr nagte der Ärger über die unwillkommene Einmischung des Franzosen an ihm.

An Deck und im Rigg brach kurzzeitig hektische Aktivität aus. Wäre Turner besserer Laune gewesen, hätte er sich daran erfreut, wie sauber und professionell seine Männer das schwierige Manöver meisterten. Wie von Zauberhand verschwand das Zusatzsegel mit seinen Spieren vom Achterliek des großen Gaffelsegels. Aber Turner wusste natürlich auch, dass die Verkleinerung der Segelfläche zwar seine Manövrierfähigkeit erhöhte, ihn aber Geschwindigkeit kostete, was wiederum die Chancen der *Medusa* auf ein Entkommen erhöhte. Der Teufel sollte sie holen und die reizende Janine gleich mit, schäumte er innerlich. Der Baum des Schonersegels am Fockmast schwang zur Steuerbordseite über.

„Quartermaster, langsam anderthalb Strich anluven! Die Segel trimmen!“

Da sie an den Rahsegeln und dem Groß noch immer Leesegel fuhren, mussten sie vorsichtig höher an den Wind gehen. Keinesfalls durfte die Nock des Leesegelbaums am Großbaum bei der zunehmenden Krängung ins Wasser tauchen! Jeder Fehler konnte bedeuten, dass im Rigg zu schweren Beschädigungen kam. Es war ein Teufelsritt!

Die Segel des fremden Schiffs waren jetzt schon gut über dem Horizont. Es war eindeutig ein vollgetakelter Dreimaster. Turner kalkulierte überschlägig die relative Bewegung der beiden Schiffe. Die *Medusa* schien vor dem Bug des Franzosen vorbeilaufen zu wollen. Auf dem Achterdeck der *Shark* herrschte gespannte Ruhe. Turner blickte mit einem maskenhaft starren Gesichtsausdruck abwechselnd zu dem Fremdling und zur *Medusa* hinüber. Der Abstand zu ihr war wieder größer geworden. Er wippte leicht auf den Ballen. Lennon stand neben dem Quartermaster, er kontrollierte beständig den Kurs und die Segelstellung. Dechamp fingerte an seinem Degengriff herum. Die Geschützbedienungen knieten dicht gedrängt an ihren Karronaden und die Segeltrimmer standen sprungbereit an den Nagelbänken in Bereitschaft. Gespannte Ruhe lag über dem Deck. William zuckte zusammen, als plötzlich Tom neben ihm auftauchte.

„Zur, Ihr Säbel und die Pistolen." Er reichte ihm den alten bewährten Säbel und half ihm beim Anlegen des Wehrgehänges, dann steckte er ihm die Pistolen so in den Gürtel, dass William sie beide mit der rechten Hand ziehen konnte. „Der Säbel ist frisch geschärft und die Pistolen neu geladen, die Feuersteine sind überprüft und angefeilt, Zur!"

„Danke, Tom, wollen wir hoffen, dass ich sie nicht benutzen muss. Mit meinem maladen Flunken habe ich heute keine Lust auf derartige Spielchen!" Das war ein frommer Wunsch. „Mister Starke, schnappen Sie sich ein Fernglas, stellen Sie sich neben mich und spielen Sie mein Auge. Ich bin durch meinen unklaren Flunken behindert."

„Aye, aye, Sir!"

Der Rumpf des fremden Schiffs schob sich über die Kimm. Es handelt sich zweifellos um eine Fregatte. Wie Dechamp nach einem langen Blick durch sein Fernglas feststellte, war sie ihnen von der Anzahl der Geschütze her überlegen. „Zweiunddreißig 12-Pfünder - vermutlich", stellte er trocken fest und zog seine Oberlippe in die Höhe und blies seine Nasenlöcher auf, was ihn wieder mal wie einen gereizten Hengst aussehen ließ.

Starke ergänzte: „Kein Zweifel, Sir, es ist der Bauart nach ein Franzose."

Lennon warf von hinten ein: „Es sei denn, dass es sich um eine von uns erbeutete ehemals französische Fregatte handelt."

Turner zuckte mit den Schultern. Nach seiner Kenntnis befand sich kein derartiges Schiff auf dieser Station im Einsatz, aber theoretisch bestand diese Möglichkeit natürlich immer. Er warf den Kopf in den Nacken und brüllte: „Mister Armstrong, wenn Sie nichts Neues mehr entdecken können, kommen sie wieder an Deck!"

„Auf der *Medusa* bergen sie jetzt auch die Leesegel am Fockmast, Sir", meldete Midshipman Starke. „Und jetzt luven sie weiter an!" fügte er nach einiger Zeit hinzu.

Turner grunzte unwillig. Janine Bondie hatte ein As gezogen und sie setzte jetzt alles auf diese Karte. Das musste man dieser Frau lassen, ihr Schiff beherrschte sie perfekt und Nerven schien sie nicht zu haben! Schließlich konnte sie nur einmal gehängt werden, ob das Seil aus Frankreich oder England stammte, konnte ihr egal sein.

„Auch der Franzmann luvt an, Sir!" keuchte Starke aufgeregt.

„Ja, er nimmt sie jetzt galant unter seine Fittiche", knurrte Turner, „er glaubt tatsächlich, dass es ein französisches Handelsschiff ist, das sich zu ihm flüchtet." Er hieb wütend mit der Faust auf die Verschanzung, dann seufzte er: „Man kann ihm daraus keinen Vorwurf machen. Wahrscheinlich würde ich an seiner Stelle genauso handeln. Klar zum Bergen aller Leesegel, Mister Lennon!"

„Aye, aye, Sir! Bootsmann, klar zum Bergen der Leesegel und anschließend bergen!"

Der Abstand zwischen den Schiffen schrumpfte schnell. Die *Medusa* würde vor dem Bug der Fregatte durchlaufen, die dann der *Shark* den Weg versperren würde. Turner überlegte fieberhaft, wie er an dem Kriegsschiff vorbeikommen konnte, ohne in ein Gefecht verwickelt zu werden. Die Chancen dafür sahen nicht gut aus, denn bei diesem Wind konnte das größere Schiff, es mochte zehn oder zwölf Fuß länger als die *Shark* sein, nach *Lee* auf jedem Kurs mithalten. Die *Shark* hatte nur eine Chance, wenn der Franzose einen Fehler machte – oder die Kanonen mussten sprechen! Turner fühlte, dass ihm ein Rinnsal aus eisigem Schweiß den Rücken hinunterlief. Sollten seine Karronaden den Ausschlag dafür geben, dass das rachsüchtige Frankreich offen in den Krieg auf Seiten der Rebellen eintrat? Auf der anderen Seite konnte er sich lebhaft den stechenden Blick und die zusammengekniffenen Lippen von Mister Smith vorstellen, wenn er ihm meldete, dass es ihm nicht gelungen war, den feindlichen Agent *Serpent* alias Janine Bondie dingfest zu machen, nur weil so eine unbedeutende Kleinigkeit wie eine französische Fregatte mit zweiunddreißig 12-Pfündern im Weg gelegen hatte, Frieden hin, Frieden her! Er hatte das eindeutige Gefühl, dass Smith kein Freund von Misserfolgen war.

An der Gaffel der *Medusa* stieg eine Flagge empor. Zwar war sie bei dieser Windrichtung auf der *Shark* nicht eindeutig zu identifizieren, aber Turner hätte einen Jahressold darauf verwettet, dass es die französische Lilienflagge war.

„Mister Dechamp, lassen Sie unsere größte Kriegsflagge vorheißen! Und setzen Sie eine zweite an der Backbordmarssegelrahnock!“

„Aye, aye, Sir!“

Ich glaube zwar nicht, dass der Kommandant da drüben deshalb in Ehrfurcht ersterben wird, aber vielleicht gibt das auch ihm zu denken, überlegte Turner. Vermutlich wollte auch sein Konterpart da drüben nicht Schuld am Ausbruch eines neuen Krieges zwischen ihren beiden Ländern sein. Zäh tropften die Minuten dahin.

„Die Fregatte geit die großen Arbeitssegel auf, Sir, und birgt die Skysegel!" meldete Starke.

„Das sehe ich, verdammt!" bellte Turner, denn inzwischen waren sie einander so nahe gekommen, dass man die Einzelheiten auf dem anderen Schiff schon mit bloßen Augen erkennen konnte – so beispielsweise die geöffneten Geschützpforten, aus denen drohend lange schwarze Rohre herausragten. Er riss sich zusammen, der Anpfiff eben war ungerecht, ja, unentschuldbar gewesen.

„Mister Starke, verzeihen Sie bitte meine heftige Reaktion, Sie haben nur ihre Pflicht getan. Sie waren mir eine große Hilfe, danke, Sir. Ich denke, ich benötige Sie in der nächsten Zeit vorerst nicht mehr, gehen Sie auf Ihre Gefechtsstation."

Starke, der verletzt drein geschaut hatte, setzte wieder eine fröhliche Miene auf und schmetterte enthusiastisch: „Keine Ursache, Sir! Danke, Sir! Ich bleibe als Verantwortlicher für Flaggensignale in Ihrer Nähe."

Erstaunt fragte sich Turner, wofür sich der Junge bedankt hatte, aber er hatte keine Zeit, darüber nachzusinnen. Die *Medusa* hatte jetzt das französische Kriegsschiff passiert, das durch die Reduzierung der Segelfläche langsamer geworden war und sich fast gemächlich zwischen die fliehende Brigantine und die *Shark* schob.

„Gentlemen, ich übernehme das Deck!" rief Turner energisch. Dechamp lief nach vorn zu seinen Karronaden und Lennon postierte sich neben dem Kompasshäuschen.

„Bootsmann! Alle Rahsegel aufgeien!"

„Aye, Sir!"

„Quartermaster! Vor den Wind gehen! Aber mit Gefühl, mein Junge, wir haben an den Bäumen keine Bullenstander mehr angeschlagen!"

Quartermaster O'Hara mochte doppelt so alt wie Turner sein, aber er grinste freundlich bei dessen väterlicher Ermahnung, seine wenigen ihm verbliebenen Zähne schimmerten gelb in seinem von unzähligen Falten durchfurchten Gesicht. Mit dem Ellenbogen stieß er seinen Kumpel neben sich auf der anderen Seite des Ruders an.

Oben an den Masten wanderten die Top- und Bramsegel gezogen von den Geien und Gordingen an ihre Oberrahen.

„Mister Dechamp! Die Geschützklappen erst auf meinen ausdrücklichen Befehl hin öffnen!"

„Aye, Sir!"

Der Klüverbaum der Fregatte schob sich von Backbord in ihren Kurs.

„Klar zur Halse!"

Die Vormänner der Segeltrimmergruppen an den Schoten und Backstagen hoben bestätigend die Arme.

„Quartermaster! Rund achtern! Anschließend: Kurs halber Wind!"

„Rrrrund achtern, Sir, dann halber Wind! Aye, Sir!"

Die beiden Männer ließen mit Gefühl die Speichen durch die Hände gleiten. Backstage wurden losgeworfen, endlose Faden Tauwerk ratterten durch die Taljen als die Schoten dicht geholt worden. Die Vorsegel gingen knallend und mit schlagenden Blöcken über. Der Wind fiel von der neuen Luvseite in die Gaffelsegel, wieder rumpelten und rappelten die Blöcke als die Bäume kontrolliert gefiert wurden. Die neuen Backstage wurden in die Beschläge eingepickt und dicht geholt. Das Schiff hatte eine starke Tendenz anzuluven, die Rudergänger stützten mit. Das Deck legte sich weit über.

„Neuer Kurs halber Wind liegt an, Sir!"

„Danke!"

Der Klüverbaum der Fregatte drehte nach Backbord weg. Sie ging auf Parallelkurs. Zwischen den beiden Schiffen lag eine Kabellänge schäumendes Wasser, die schwarzen Mäuler der Kanonen waren kein beruhigender Anblick. Wenn dort drüben jetzt der Feuerbefehl gegeben wurde, dann… Turner stutzte. Irgendetwas irritierte ihn. Da drüben stimmte etwas nicht. Aber was war es? Die Kuhlgäste standen an den Schoten, Halsen und Brassen klar, andere warteten an den Geien und Gordingen der Fock und des Groß, falls der Kommandant diese Segel wieder einsetzten wollte. Turner begann breit zu grinsen, er schnalzte laut mit der Zunge. Nicht einmal jedes zweite Geschütz war besetzt! Das Schiff da drüben war unterbemannt. Vermutlich hatte eine der tropischen Seuchen einen Teil der Mannschaft hingerafft. Auf dem Achterdeck brüllte ein Offizier in einem blauen Uniformrock Befehle durch ein blinkendes Sprachrohr. Ein anderer stand etwas weiter dahinter und schaute zur *Shark* hinüber. Er hatte die Arme hinter dem Rücken verschränkt, gewiss handelte es sich um den Kapitän.

Turner zog seinen Hut und hielt ihn höflich in Kopfhöhe zur Seite. Der Mann drüben auf dem Achterdeck erwiderte den Gruß nicht, sondern schien nur herablassend über ihn hinwegzusehen. ‚Du bist wohl verdammt stolz auf deinen morschen Eimer, mein Lieber!' dachte Turner, ‚aber noch ist das Spiel nicht aus!'

Die Fregatte schor näher heran. Wollten die Franzmänner sie entern?

„Bootsmann! Klar zum Anluven! Anschließend Wende! Quartermaster! Ran den Wind!“

Unter dem Druck der großen Schratsegel legte sich der Schoner weit auf die Backe, weißes Wasser gurgelt durch die Speigatten an Deck. William beobachte den Kommandowimpel oben im Masttop. Jetzt wehte er fast nach achtern aus. Er zählte bis drei, das Schiff lief kursstabil mit hoher Fahrt.

„Ree!“

Das Ruder wirbelte herum, das Deck kam wieder in die Horizontale, die Segel kamen über, die *Shark* drehte auf dem

Teller. Die schweißtreibenden Stunden des Segeldrills zahlten sich jetzt aus. Kein unnötiges Wort fiel an Deck, jeder Handgriff saß, jeder wusste, was als nächstes kommen würde, alles griff perfekt wie bei einem gut geölten Uhrwerk ineinander. Turner stieß die Luft aus. Der gefährlichste Augenblick war überstanden, denn für einen kurzen Zeitraum hatte die *Shark* dem Franzosen ihr Heck gezeigt, wenn der Kommandant dort drüben den Feuerbefehl gegeben hätte, wären sie jetzt vermutlich ein Wrack voller Toter und Verwundeter...

„Bootsmann! Quartermaster! Auf raumen Wind gehen!"

Was machten die Franzosen? Zum ersten Mal konnte er das kunstvoll verzierte Heck des Schiffes sehen.

„Mister Lennon! Wie heißt das Schiff?"

„*La Danseuse*, Sir." Natürlich hatte der alte Fuchs schon das Teleskop am Auge gehabt, schließlich brauchte auch er den Namen für seinen Gefechtsbericht.

Auch die Fregatte drehte, aber sie hatte sich zu keiner Wende verleiten lassen, sondern fiel einfach ab und halste. Ihr Groß und die Fock fielen wieder von den Rahen herunter und füllten sich. Die *Shark* war mit raumem Wind schnell, sehr schnell, aber gegen ein in der Wasserlinie längeres vollgetakeltes Kriegsschiff konnte sie bei diesen Windverhältnissen nicht gewinnen. Ja, wenn es darum gegangen wäre, Luvraum zu machen! Aber so schob sich *La Danseuse* unaufhaltsam wieder heran, diesmal von Steuerbord. Turner schnaubte wütend, er hatte keine Zeit mehr für höfliche Spielereien, denn sonst war die *Medusa* auf Nimmerwiedersehen verschwunden, die Abenddämmerung war nicht mehr fern. Beide Schiffe liefen wieder auf einem parallelen Kurs. Langsam, Strich um Strich ließ Turner anluven und zog den Franzosen mit, bis der hoch am Wind lief, das machte ihn langsamer. Wahrscheinlich lacht sich der Kapitän da drüben jetzt ins Fäustchen, denn dieser Kurs bringt uns immer weiter von der *Medusa* weg, überlegte William. Aber warte, wer zu letzt lacht …

„Bootsmann! Auf mein Handzeichen die Schoten der Gaffelsegel zügig auffieren!"

Bootsmann Baxter hob den Arm und eilte zu den Männern an den Schoten.

„Quartermaster! Sobald die Segeln killen, energisch abfallen! Raumer Wind!"

„Aye, aye, Sir, abfallen und auf raumen Wind gehen!"

Turner hob den Arm und ließ ihn niedersausen. Die Schoten wurden losgeworfen. Das Schiff schien sich überrascht aufzurichten und verwundert zu schütteln. *La Danseuse* schoss wie eine Windsbraut an ihnen vorbei. Auf dem Achterdeck sprang ein gar nicht mehr stoischer Kommandant an die Reling und drohte ihnen wütend mit seiner geballten Faust. Jetzt war es an William zu grinsen. ‚Schlechte Nerven, würde ich denken, *mon ami*' dachte er spöttisch. Da die Vorsegel nicht ebenfalls aufgefiert worden waren, drückten sie den Bug herum, das Ruder unterstützte die Drehung. Die Schoten wurden auf den neuen Kurs getrimmt.

„Kurs raumer Wind liegt an, Sir!"

Die *Shark* sprang wieder an und mit schäumender Bugwelle durchquerten sie das Heckwasser der Fregatte, die sich auch schon in der Drehung befand. Plötzlich erschienen an ihrer Bordwand graubraune Qualmballen aus denen orangefarbene lange Feuerzungen leckten. Es handelte sich um keine volle Breitseite, bestenfalls acht bis zehn Geschütze eröffneten das Feuer, und lediglich zwei Kugeln schlugen in der Nähe der Shark ein. Turner holte umständlich seine Taschenuhr heraus klappte den Deckel auf, studierte aufmerksam das Zifferblatt und verkündete dann laut:

„04.33 Uhr auf der Ersten Hundewache, Gentlemen. Die französische Fregatte *La Danseuse* eröffnet das Feuer, ohne von uns angegriffen worden zu sein. Unsere Geschützpforten waren geschlossen! Unsere Flagge war gesetzt! Merken Sie sich das genau, Gentlemen!“

Der Franzose drehte rasch und verhinderte ihren Durchbruch nach Lee. Um sich nicht dem Beschuss der Fregatte auszusetzen, zog Turner sie langsam auf dem Backbordbug wieder an den Wind, wobei die Franzosen aber Yard für Yard in Lee wieder aufholte. Diesmal wollte ihr Kommandant anscheinend mit dem Feuerbefehl warten, bis er auf gleicher Höhe war, dann allerdings würden gewiss alle Kanonen bemannt sein. Die Leestellung hatte für den Franzosen den Nachteil, dass er auf dem Kurs am Wind erhebliche Schlagseite nach Backbord hatte, seine Kanonen zeigten himmelwärts! Der Abstand betrug eine gute Kabellänge – ideal für Karronaden! Die kurzen bulligen Stücke waren mit den Stellschrauben in die maximale Höhenrichtung gedreht worden, die Lafetten hatte man um die Zapfen so gedreht, dass die Rohe so weit wie möglich nach achtern zeigten. Die flexiblere Seitenrichtung der neuen Waffen war ein unschätzbarer Vorteil.

Als auch die vorderste Karronade das Ziel aufgefasst hatte, brüllte Turner:

„Feuer frei! Haut ihnen so viel Eisen in die fetten Froschbäuche, dass sie daran krepieren, Jungs! Schnellfeuer!“

Dann schien das Deck zu explodieren. Der Rückstoß der schweren Kaliber richtete das Deck fast bis in die Waagerechte auf. Der grollende dunkle Donner der Abschüsse machte die Männer taub. Der Geschützqualm zog rasch nach achtern. Turner musste husten. Er versuchte zu erkennen, wo die Einschläge lagen. Die meisten Kugeln waren im Unterwasserschiff eingeschlagen, hatten die Bordwand eingedrückt und zumindest ein Loch verursacht. Zwei waren in die Verschanzung in Höhe der Kuhl eingeschlagen, wo jetzt große Öffnungen klafften, aus zwei Geschützpforten war eine geworden, die dazugehörigen Kanonen waren nicht mehr zu sehen. Der Franzose erwiderte jetzt das Feuer. Aber nur die vorderen Kanonen konnten schon wirkungsvoll eingesetzt werden. Die Lafetten der Langrohrgeschütze konnten in der Seitenrichtung nicht so weit herumgeholt werden wie die Karronaden. „Und segne was du uns bescheret hast!“ murmelte Turner blasphemisch vor sich hin. Die meisten Kugeln schlugen in ihrem Kielwasser ein, andere lagen zu hoch, jaulten harmlos über die *Shark* hinweg. Eine durchschlug das Schonersegel, eine weitere ließ knallend eine Leine bersten.

Was jetzt kam, war ein Gemetzel. Die gefechtsunerfahrenen Geschützbedienungen der Franzosen hatten, was die Feuergeschwindigkeit anging, nicht den Hauch einer Chance gegen die hervorragend gedrillten Männer der *Shark*. Breitseite auf Breitseite pumpten diese in den Rumpf des unglücklichen Schiffes, sogar gegen den Wind konnte man die Schreie der Verwundeten und das wahnsinnige Kreischen derjenigen hören, die in eine irre Panik verfallen waren. Nur gelegentlich blitzte auf der *Danseuse* Mündungsfeuer auf. Plötzlich begann drüben der Fockmast zu wanken, er schien es satt zu haben, aufrecht über diesem Chaos zu stehen. Mit wiederholtem pistolenschusssgleichem Knacken und splitterndem Krachen brach er dicht über dem Deck ab und stürzte mit den Spieren, den Segeln und Tauwerkgewirr über Bord.

Es war vorbei. *La Danseuse* drehte hinter ihrem Treibanker in den Wind. Die Drehung ließ die Segel am Groß- und Besanmast donnernd backschlagen, worauf auch diese beiden Masten zu wanken begannen und nacheinander schräg nach achtern umstürzten. Die *Shark* schoss in den freien Seeraum nach Lee. Die *Danseuse* hatte sich die Beine gebrochen, der Tanz war vorbei. Turner brüllte:

„Feuer einstellen! Klar zum Setzen der Top- und Bramsegel!“

Am Ruder wurden zwei Glasen angeschlagen. Er rieb sich die brennenden Augen, spuckte den ekelhaft schmeckenden

Schleim, der sich in seinem Mund angesammelt hatte, über Bord und schüttelte benommen den Kopf. War seit der Feuereröffnung wirklich nur eine knappe halbe Stunde vergangen? Tom beobachtete ihn besorgt. William riss sich zusammen.

„Mister Dechamp, lassen Sie von den Gefechtsstationen wegtreten! Bootsmann, Zimmermann! Schadensberichte! Ausguck! Wo ist die *Medusa*?"

„Das Royal ist im Süden gerade noch in der Kimm, Sir!"

„Sie hat, nachdem wir unser Tänzchen mit dem Welschem begonnen haben, einen deutlichen Südkurs gesteuert, Sir", meldete der unerschütterliche Lennon.

Die Bedeutung dieser Neuigkeit traf Turner wie ein Peitschenhieb. Es war alles vergebens gewesen. Aber was hatte er erwartet? Janine war nach dem Passieren der Fregatte auf den Kurs zum Wind gegangen, auf dem ihr Schiff am besten lief. In etwa einer Stunde würde die Sonne untergehen, selbst wenn die *Shark* keine erheblichen Schäden davongetragen hatte, war es unmöglich, bis dahin wieder auf Tuchfühlung mit der flüchtenden Brigantine zu kommen. Janines As hatte gestochen.

Dechamp eilte mit dem Zimmermann heran. „Zwei Kugeln haben uns im Bereich des Wasserpass getroffen und die Planken eingedrückt, wir nehmen durch die Leckagen bei jedem Rollen Wasser ein! Ich kann mir überhaupt nicht vorstellen, wie die Kugeln dorthin gelangt sind, Sir!" schnaubte Dechamp, der mit seinem vom Pulverqualm verschmierten Gesicht wie ein Höllenross aussah.

„Vermutlich waren es Prallschüsse, Mister Dechamp, reine Zufallstreffer durch Schüsse, die in der Abwärtsbewegung abgefeuert worden sind - auch ein blindes Huhn findet mal ein Korn!"

„Sir! Sir!" rief Midshipman Starke aufgeregt. „Der Franzose ist weg!"

Turner wirbelte herum. Da, wo achteraus der manövrierunfähige Rumpf der Fregatte gelegen hatte, war … nichts! William räusperte sich. „Ahem, Mister Lennon bringen Sie auf den anderen Bug, damit wir die Lecks abdichten können, falls möglich, richten sie es so ein, dass wir noch bei Tageslicht an der Unglücksstelle sind. Mister Dechamp, lassen Sie die Pumpen besetzen, dann sorgen Sie dafür, dass alle Schäden so weit wie mit Bordmitteln möglich, behoben werden. Hat McKinnon was zu tun bekommen?“

„Nein, Sir, wir haben keine Verluste. Nun ja, das Übliche, taube Ohren, ein paar Quetschungen und Verstauchungen, aber das…“

„Zählt nicht, richtig, Mister Dechamp. An die Arbeit meine Herren!“

Lennon wiegte sein Haupt. „Das wird knapp werden, Sir!“

„Wir versuchen es, Sir. Ich gehe kurz unter Deck.“

„Aye, aye, Sir.“

*

Auf der *Medusa* herrschte eine ausgelassene Stimmung. Zwei Dutzend Matrosen tanzten zu den Klängen der Fideln einen fröhlichen Jig, die anderen klatschten im Takt dazu in die Hände. Nach der Beendigung des Gefechtszustandes waren Kapitän Bondie und Quartermaster Svenson übereingekommen, dass es dem Anlass angemessen war, an die Besatzung eine zusätzliche doppelte Ration Rum auszugeben. Schließlich hatten alle schon ein sehr unangenehmes beengtes Gefühl am Hals gehabt, als ihnen die *Shark* dicht im Nacken gesessen hatte. Nachdem es klar geworden war, dass das französische Kriegsschiff die Engländer blockierte, hatten die Männer ihre Mützen in die Luft geworfen und drei Hurras auf ihren listigen Kommandanten ausgebracht.

Janine hatte huldvoll gelächelt und sich dankend leicht verbeugt, aber dann war sie nach achtern an die Heckreling getreten, um achteraus das Geschehen weiter zu verfolgen. Sie wusste nur zu gut, dass es nicht ihr Verdienst war, dass ihre Köpfe jetzt wieder fest auf den Hälsen saßen. Es war pures Glück gewesen, dass die Fregatte im richtigen Moment aufgetaucht war. Mit professioneller Anerkennung hatte sie das Ballett der beiden Kriegsschiffe durch ihr Fernglas verfolgt. Erschrocken war sie zusammengezuckt, als der Franzose das Feuer eröffnet hatte. Die Angst legte sich wie eine eiskalte Hand um ihr Herz und presste es zusammen. Sie musste sich an der Heckreling abstützen. ‚Ich fasse es nicht, muss ich dumme Gans mich in diesen eingebildeten Fatzke von einem miesen kleinen Leutnant verknallen! Und jetzt habe ich meinen Liebsten in die Fänge einer an Feuerkraft weit überlegenen Fregatte gelockt!' stöhnte sie gequält auf. Erschrocken blickte sie sich um, aber niemand hatte sie gehört, sie war hier achtern alleine. Wie die Kinder hatten ihre Besatzung die gerade überstandene tödliche Gefahr schon wieder fast vergessen und freute sich ihres Lebens. Erneut hob sie das Teleskop an das Auge. Sie konnte nur noch die Bram- und Marssegel der Fregatte über dem Horizont ausmachen. Dichte Qualmwolken stiegen über den Schiffen auf. Nach einiger Zeit erreichte sie das dumpfe Donnern der Achtzehnpfünder und das bellende Krachen der Zwölfpfünder. Aber das tiefe harte Wummern überwog bei weitem, ging in ein pausenloses rollendes Dröhnen über. Das müssen diese neuen großkalibrigen Kanonen sein, überlegte sie, die Kerls auf der Shark erreichen damit eine unerhörte Feuergeschwindigkeit. Die hätten die *Medusa* in Brennholz verwandelt, ehe wir „Piep“ gesagt hätten. Dann war im Okular nichts mehr von den Schiffen zu sehen.

„Ausguck! Wie sieht da achtern aus?“

„Die Fregatte hat den Fockmast … nein, alle Masten verloren, Käpt’n. Von dem *Limie* ist nichts zu sehen. Hoffentlich hat ihn der Teufel geholt!“

Langsam schob Janine das Fernrohr zusammen und stand minutenlang mit gesenktem Kopf da. Sie hatte die Zähne so fest zusammengebissen, dass ihre Kiefer schmerzten. ‚Das war es dann wohl, mein Mädchen. Vorbei ist es mit den blöden sentimentalen Träumen, die taugen eh nur für gesittete Jungfern, die im Kirchenchor singen, und *die* Zeiten für dich lange vorbei. Und überhaupt, wahrscheinlich ist es sowieso das Beste, dass es so gekommen ist!’, versuchte sie sich selbst zu überzeugen. Aber sie wusste, dass sie sich belog …

*

Kurz vor Sonnenuntergang hörte Turner, der in seiner wieder hergerichteten Kabine am Schreibtisch saß und sich schnell ein paar Notizen über das vergangene Gefecht machte, den Ausguck rufen:

„An Deck! Treibgut an Backbord voraus!“

Er schob Feder und Tintenfass weg, packte seinen Hut, riss die Tür auf und wollte am Wachposten der Seesoldaten vorbei an Deck eilen. Beinahe hätte er Midshipman Armstrong umgerannt, der ihn benachrichtigen wollte.

„Sir, mit den besten Empfehlungen von…“

„Danke, Mister Armstrong, ich bin schon auf dem Weg.“

Lennon und Dechamp standen an der Backbordseite und starrten intensiv durch ihre Ferngläser. Quartermaster O’Hara räusperte sich lautstark und die beiden Offiziere fuhren herum, grüßend berührten sie ihre Hüte. Turner trat zu ihnen heran. Er wollte sein Dollondglas aus dem Rock fischen, aber dann fiel ihm wieder sein verwundeter Arm ein. ‚Ich habe die ganze Zeit über keinen Schmerz gespürt', schoss es ihm durch den Kopf. ‚Thomas Brown, ich ernenne dich zu meinem Leibmedicus, sämtliche schottischen und englische Ärzte können mit gestohlen bleiben.'

„Was gibt es zu sehen, Gentlemen? Sie wissen …" er deutete vielsagend auf seinen linken Arm.

„Da vorne schwimmt jede Menge Treibgut, Sir. Holzteile, Lukendeckel, Fässer, Tauwerk, Segelfetzen", informierte ihn Dechamp.

„Ich würde empfehlen, nicht zu nahe heranzugehen, Sir", warnte Lennon, „der Rumpf könnte noch unter der Oberfläche treiben und ein gefährliches Hindernis darstellen."

Turner blickte sich um. Der Wind hatte nachgelassen. Fern im Osten standen ein paar Wolkengebirge über den Inseln. An Backbord voraus kreiste ein großer Schwarm Seevögel, darunter war das gleichmäßige Wellenbild gestört. Die Wellen brachen sich, Gegenstände tanzten auf den Kämmen, verschwanden wieder in den Tälern.

„Mister Lennon, drehen Sie das Schiff bei! Mister Dechamp, lassen Sie bitte den Kutter zum Aussetzen klarmachen. Steuermannsmaat Carter soll mit Midshipman Armstrong die Untergangsstelle absuchen!"

Der Befehl wurde bestätigt und die Männer machten sich an die Ausführung. Der Wind flaute immer weiter ab. Bald war das Boot ausgesetzt und wurde zwischen das Treibgut gepullt. Von der *Shark* aus, waren keine Überlebenden zu entdecken, die sich an Wrackteilen festhielten, und das, obwohl Lennon ein Dutzend Matrosen zusätzlich in den Wanten geschickt hatte, die scharf Ausguck hielten. Nur Leichen trieben herum, die von den gierig kreischenden Möwen attackiert wurden. Und plötzlich tauchte eine schwarze dreieckige Rückenflosse auf, kreiste um einen leblosen Körper, der halb auf einer gesplitterten Spiere lag und sich in Leinen verfangen hatte. Die Rückenflosse verschwand, ein heftiger Ruck ging durch den Leichnam, die Spiere drehte sich und der Körper verschwand. Das Wasser an dieser Stelle schäumte noch einige Minuten lang blutigweiß auf, dann glättete sich die See wieder. Weitere Rückenflossen erschienen.

Die Sonne berührte den Horizont. „Rufen Sie das Boot zurück, Mister Dechamp. Es hat keinen Sinn noch länger zu suchen."

Das Boot näherte sich wieder dem Schiff, als Armstrong etwas zu entdecken schien und Carter etwas zurief, der legte die Pinne und nach wenigen Schlägen stoppten sie neben einem großen Plankenstück auf. Darauf lag ein Mann, der sich noch schwach bewegte. Als man ihn ins Boot hob, brüllte er schmerzerfüllt auf. Während sich das Boot näherte, wurde an Deck eine Stellage vorbereitet, die ins Boot gefiert wurde, nachdem es wieder längsseits lag. Auf ihr wurde der geschundene Körper vorsichtig auf das Deck gehievt, wo der Schiffsarzt Ian McKinnon schon mit seinem Assistenten wartete. Der Doktor untersuchte den Verletzten, der den Kopf hin und her rollte und unverständliche Satzfetzen vor sich hin murmelte, dann röchelte er wieder rasselnd. Blasiger Schaum quoll aus seinem halb geöffneten Mund. Als der Arzt seinen Brustkorb abtastete, schrie der Mann gellend auf. McKinnon schreckte kurz zurück und fuhr dann mit seiner Untersuchung fort. Als er fertig war, blickte ihn Turner fragend an, der Schotte schüttelte den Kopf und zuckte mit den Achseln.

Turner wandte sich dann an Dechamp: „Sprechen Sie Französisch, Sir?"

„Nun, Sir, für den Hausgebrauch reicht es. Wir hatten ein paar Zofen, die aus Frankreich stammten, müssen Sie wissen", erwiderte er mit einem versonnenen Lächeln. Turner musterte ihn neugierig, denn diesen lüsternen Gesichtsausdruck hatte er bei dem sehr ehrenwerten Mister Dechamp bisher noch nie gesehen. „Schicken Sie die Männer an die Arbeit, danach wollen wir versuchen, ob wir etwas aus diesem armen Teufel herausbekommen können. Mister McKinnon, können Sie ihm etwas gegen die Schmerzen geben, ohne dass er das Bewusstsein verliert?“

„Er wird es nicht mehr lange machen, Sir, seine inneren Verletzungen sind zu schwer, er wird innerlich verbluten. Ihm muss etwas sehr Schweres auf den Brustkorb gefallen sein – eine Spiere vielleicht? Aber ich kann ihm natürlich ein paar Tropfen Laudanum geben, aber vielleicht wäre ein Schluck Rum besser?“

„Ja, tun sie das.“

Der Arzt holte eine Flasche aus seiner Tasche, zog den Korken mit den Zähnen heraus, hob den Kopf des Verletzten vorsichtig an und setzte ihm die Flasche an die Lippen. Der Mann schluckte die geringe Menge, die ihm McKinnon einflößte, begann dann aber keuchend zu husten und verzog schmerzerfüllt das Gesicht.

„Fragen Sie ihn schnell, was Sie wissen wollen, Sir!“

„Monsieur, warum ist Ihr Schiff so schnell gesunken?“

Dechamp übersetzte und wiederholte die Frage noch zweimal, ehe er eine gestammelte Antwort bekam.

„Er sagt, dass das Vorschiff unter der Wasserlinie wie ein Sieb gewesen sei. Als das Schiff in den Wind drehte und sich aufrichtete wäre das Wasser unaufhaltsam in den Laderaum geströmt und ungehindert bis nach achtern durchgelaufen. Der Erste Leutnant hatte sofort alle Männer unter Deck beordert, wo sie die Leckagen abdichten sollten.“

Der Franzose seufzte und spie jetzt gurgelnd schon blutigen Schaum aus.

„Dann ist das Schiff gekentert, einfach umgefallen, die Leute unter Deck kamen nicht mehr heraus… Der Erste Offizier hat den Kapitän verflucht, dass er Sie nicht gleich bei der ersten Passage unter Feuer genommen hat.“

Der todgeweihte Mann machte eine bittende Handbewegung, sah den Arzt flehend an und beschwor ihn: „*Un peu de rhum, s'il vous plait, monsieur le docteur.*"

McKinnon schaute Turner an, der ihm zunickte. Der scharfe Schnaps lief dem Mann über die Lippen, rann aus den Mundwinkeln wieder heraus, aber er sah für einen Moment fast glücklich aus. Er stieß noch einen Satz hervor, dann presste er die Hände an die zerquetschte Brust, ein dicker Blutstrahl schoss aus seinem Mund und er fiel tot zurück auf das Brett.

Dechamp übersetzte die letzten Worte: „Ihre Kanonen waren zu gewaltig … es war kein fairer Kampf!"

„Wären wir – wie bei einem Schiff unserer Größe üblich – nur mit Sechspfündern bestückt gewesen, wäre das seiner Meinung nach fair gewesen?" grollte Turner. „Gott sei seiner armen Seele gnädig. Der Segelmacher soll den armen Teufel einnähen!"

Später, als die *Shark* unter vollen Segeln zurück nach Antigua kreuzte, schrieb Turner seine Berichte. Den einen für Konteradmiral Sir Samuel Blake und die Admiralität, den anderen für Mister Smith und den Premierminister. In beiden musste er unangenehme Fakten erklären. War es wirklich notwendig gewesen, die französische Fregatte zu versenken? Er hatte ganz bewusst das Risiko in Kauf genommen, dass die Franzosen daraufhin in den Krieg eintreten konnten. Was für ihn persönlich schlimmer war, er hatte den Tod von über zweihundert Seeleuten verursacht, obwohl ihm hätte klar sein müssen, dass er die *Medusa* nicht würde stellen können, nachdem ihm der französische Kommandant den Weg nach Lee versperrt hatte. William wurde sich schuldbewusst klar darüber, dass er wieder einmal seinem Spitznamen alle Ehre gemacht und wie der sprichwörtliche Stier auf das rote Tuch reagiert hatte. Er hatte keinen Gedanken an Alternativen verschwendet, sondern den Feind auf die Hörner genommen.

Aber Mister Smith würde ihm besonders ankreiden, dass er trotzdem die Agentin nicht gefangen genommen hatte. Jetzt warteten da draußen irgendwo in der dunklen Tropennacht schon zwei Feinde darauf, mit ihm, ihrem zähen Verfolger, abzurechnen: Der aalglatte mit allen Wassern gewaschene Lord Dunbar und die schöne, aber gefährliche Janine Bondie. Warum nur kamen ihm, wenn er sie dachte, als erstes ihre leuchtenden veilchenblauen Augen, die langen blonden Locken und der frische Duft ihres Parfums in die Erinnerung? Verdammt sollte diese tödlich giftige Natter sein, die dafür gesorgt hatte, dass ihm in English Harbour der sture Einfallspinsel Admiral Blake die Hölle heiß machen würde und bei der Unterredung mit Mister Smith würde ihm ohnehin der Himmel auf den Kopf fallen, so viel war sicher! Verflucht und zugenäht, warum hatte er nicht auf seine Mutter gehört und einen anständigen Beruf ergriffen?

Kapitel 9

English Harbour, Antigua, Ende April 1777

„Sie haben was…? Wiederholen Sie das bitte noch einmal, Sir! Nein, nein, besser nicht, ich könnte sonst glauben, dass ich Sie richtig verstanden habe, denn es ist natürlich völlig unmöglich, dass Sie mal eben so *en passant* eine französische 32-Kanonenfregatte versenkt haben – und das, wo diese hinterfotzigen Welschen nur nach einem triftigen Grund suchen, um in den Krieg auf Seiten der aufständischen Yankees einzutreten. Bitte, Sir, versichern Sie mir, dass ich mich verhört habe!" Smith starrte Turner mit vorgerecktem Kopf aus harten Augen an, die ihm aus dem Kopf zu quellen schienen. Sein Gesicht unter dem wirren Haar war noch stärker gerötet als üblich. Seine Lippen waren zu einem schmalen Strich zusammengepresst. Sein Nachthemd hatte er nur nachlässig in seine weiße Kniebundhose gestopft.

„Ahem, Sir, ich fürchte, Sie haben richtig gehört. Der Kerl wollte mich an der Verfolgung der *Medusa* hindern, da habe ich ihm, ääh, sozusagen das volle Programm geben, nachdem er das Feuer auf uns eröffnet hatte."

„Er hat ihm das volle Programm gegeben!" äffte ihn Smith nach und wischte sich mit einem blütenweißen großen Taschentuch die schwitzende Stirn ab. Dabei war es zu mitternächtlicher Stunde im Besprechungsraum der Green Lane Nr. 10 gar nicht so heiß. „Pah, ein Leutnant Turner lässt sich schließlich nicht lumpen – wenn schon, denn schon! Wenn man schon das eigentliche Ziel nicht mehr erreichen kann, dann hält man sich eben an einem anderen schadlos. Vermutlich hätten Sie die Fregatte als Prise eingebracht, wenn sie nicht abgesoffen wäre!“ höhnte Smith. Er ging zum Sideboard hinüber und goss sich einen doppelstöckigen Brandy ein, Turner bot er nichts an.

„Sie haben mir den Auftrag gegeben, Ihnen die Agentin zu bringen, ääh, koste es, was es wolle, Sir. Das waren Ihre Worte.“

Smith grunzte etwas Unverständliches und starrte hinaus in die tropische Nacht. Schließlich goss er einen breiten Streifen Cognac in einen zweiten Schwenker und reichte ihn Turner. Mit völlig veränderter Stimme prostete er ihm unter Heben des Glases zu.

„Cheers, Sir, auf Ihr sagenhaftes Glück! Sie sagten, es hat keine Überlebenden gegeben, Herr Kapitän?“

„Wir haben bis zum Einbruch der Dunkelheit die Stelle abgesucht, Sir, und nur einen Schwerverletzten gefunden. Ahem, es hatten sich zahlreiche Haie eingefunden.“

„Keine Überlebenden, kein an der Oberfläche treibender Rumpf, das ist gut, das ist sogar sehr gut. Schiffe können doch einfach verschwinden, nicht wahr, Sir?“

Eine gut geführte Fregatte eher nicht, dachte Turner bei sich, aber er nickte zustimmend. „Jawohl, Sir, eine der größten Gefahren ist der leichtsinnige Umgang mit offenem Feuer!“

„Wie recht Sir doch haben, mein Lieber, darf ich das als ersten Schritt zur Einsicht verstehen“, spottete Smith ironisch, „wobei es bei Ihnen allerdings mehr um das leichtsinnige Eröffnen des Feuers geht!“

Du kannst mich mal, dachte William und schwieg gekränkt.

Smith schien die Situation zu genießen, offensichtlich erfreute es ihn, diese schwierige Situation in den Griff zu bekommen. „Wir müssen alles versuchen, damit die Geschichte nicht an die große Glocke gehängt wird. Am besten wäre es, wenn Sie sofort wieder auslaufen würden, dann könnte Ihre Besatzung nicht schwatzen, aber ich vermute, dass zuerst die Beschädigungen an Ihrem Rumpf repariert werden müssen."

„Aye, Sir."

„Kann das auf Reede geschehen?"

Turner überlegte kurz. „Ja, Sir, das ist möglich!"

„Sehr gut! Es war sehr klug von Ihnen, dass Sie gleich nach dem Einlaufen noch in der Nacht zu mir gekommen sind. Morgen früh nach der Flaggenparade müssen Sie bei Konteradmiral Sir Samuel Blake zum Report?"

„Auf jeden Fall, Sir."

„Wir müssen dem alten Esel das Maul zubinden, der ist sonst glatt im Stande und verkündet Ihre Heldentat brüllend über die ganze Reede bevor ihn der Schlag trifft. Aber das lassen Sie mal meine Sorge sein. Sie halten Ihren Bericht für ihn sehr allgemein. Keine Einzelheiten, keinen Schiffsnamen, keinen Hinweis auf das Schiff, das Sie verfolgt haben. Deuten Sie an, dass die Möglichkeit besteht, dass es sich um einen Freibeuter unter falscher Flagge gehandelt hat!" Smith fixierte ihn scharf. „Wie lange brauchen Sie für die Reparatur?"

„Drei bis vier Tage", schätzte Turner, der dabei auch eine ausgiebige Versöhnung mit Elizabeth dachte.

„Zwei Tage, mehr nicht, Sir!" William schluckte enttäuscht und leerte sein Glas. „Kein Landgang für die Besatzung, keine Bumboote längsseits, lassen Sie zwei Wachboote rund um die Uhr Runden um das Schiff drehen und Neugierige auf Distanz halten. Ich werde verbreiten lassen, dass auf der *Shark* eine bisher unbekannte Seuche ausgebrochen sein könnte." Smith grinste süffisant, dann wurde er wieder ernst und fuhr fort. „Kaum waren Sie ausgelaufen, haben mir meine Informanten interessante Neuigkeiten mitgeteilt. Zum einen steckt mit großer Wahrscheinlichkeit hinter dem Mordanschlag auf Sie Ihr lieber Freund Hernandez."

Turner blies die Backen auf und nickte selbstzufrieden. „Dachte ich es mir doch, also ein private Tat aus Eifersucht. Ihr Mann, Loftus, war da anderer Meinung."

„Loftus hatte Recht! Er ist schon lange in diesem Geschäft und mit allen Wassern gewaschen. Es ging tatsächlich primär darum, Sie am Auslaufen zu hindern. Wenn Sie dabei als unliebsamer Nebenbuhler aus dem Weg geräumt worden wären, dann wäre das ein angenehmer Nebeneffekt gewesen. Dieser scheinheilige Hernandez ist eine sehr schillernde Figur. Wir sind dabei, seine Aktivitäten zu durchleuchten, aber da er eine sehr einflussreiche Person ist, müssen wir dabei äußerst diskret vorgehen. Es sollte mich nicht wundern, wenn er bis über beide Ohren in dieser Dunbargeschichte drinsteckt.

Zum anderen haben wir von verschiedenen Seiten Tipps bekommen, wo sich Dunbar aufhalten könnte und damit natürlich auch unsere gefährliche Agentin mit dem Schlangenhaupt!"

Turner richtete sich gespannt auf, er war ganz Ohr.

„Man munkelt, dass die Freibeuter und Yankee-Schmuggler irgendwo an der Nordküste des spanischen Hauptlandes von Südamerika einen Hafen in ihre Gewalt gebracht haben, in dem sie ihre Waren umschlagen, für begrenzte Zeit lagern, sowie ihre Schiffe ausrüsten und reparieren können."

„Das ist ja eine Ungeheuerlichkeit, verdammt! Da muss man erst mal draufkommen..."

„Nun, Cecil Dunbar denkt in großen Maßstäben, mit Kinkerlitzchen gibt er sich nicht ab, dabei ist er bei der Verfolgung seiner Pläne völlig skrupellos und kalt berechnend – das macht ihn so gefährlich.

Sobald Ihr Schiff wieder klar ist, werden Sie sich umgehend auf die Suche nach diesem Hafen machen, Herr Leutnant! Proviant etc. brauchen Sie ja nicht zu ergänzen."

„Aye, aye, Sir."

Dann wünsche ich Ihnen morgen früh… nein, heute Morgen viel Freude bei ihrer Besprechung mit unserem Schlauberger von einem Admiral."

„Ahem, danke, Sir!"

Turner stand auf und wandte sich zum Gehen. Er war schon an der Tür, als ihn die Stimme von Smith nochmals veranlasste, sich umzudrehen.

„Ach ja, Turner, meinen aufrichtigen Glückwunsch zu dem erfolgreichen Gefecht mit der Fregatte. Nicht schlecht, wirklich nicht schlecht. Der Premierminister und Ihre Lordschaften werden von diesem überaus erfolgreichen Praxistest der neuen Karronaden sehr angetan sein, Sir."

Turner schluckte, er wollte seinen Hut fressen, wenn das kein ehrlich gemeintes Lob gewesen war. Dieser Smith war doch immer für einen Überraschung gut. Ihn persönlich störte allerdings, dass bei diesem „Praxistest" über zweihundert Seeleute zu den Fischen gefahren waren.

*

Pünktlich kurz nach acht Uhr legte die Kommandantengig der *Shark* am Flaggschiff Blakes, der *L'Enfer du Mer*, an. William hangelte sich ungeschickt zur Eingangspforte hinauf, da ihn sein verletzter Arm immer noch behinderte. Glücklicherweise handelte es sich bei der *L'Enfer* um ein schon sehr betagtes Linienschiff der Dritten Klasse, dessen Bordwand nach oben stark eingezogen war. Er wurde von dem hochnäsigen Flaggleutnant Forthingworth erwartet, der verwundert die Bandage an Williams Arm musterte.

„Sie waren im Gefecht, Sir?" erkundigte er sich neugierig.

„Gewissermaßen, Leutnant", antwortete Turner einsilbig. Er zog seinen Rock glatt, packte seine Tasche mit dem Bericht, die mittels einer dünnen Wurfleine hochgehievt worden war und warf einen letzten Blick auf die sonnenüberglänzte Reede, ehe er vom düsteren Bauch des Linienschiffs verschluckt wurde. Ein Boot hielt mit flotter Fahrt auf das Flaggschiff zu. Beklommen folgte er dem Leutnant. Der Marineinfanterist vor den Gemächern des Admirals rammte den Kolben seiner Muskete auf das Deck und röhrte: „Der Flaggleutnant und ein Besucher!“

Dumpf erfolgte von drinnen die Aufforderung zum Eintreten. Konteradmiral Sir Samuel Blake war gerade dabei, die Serviette von seinem kurzen Hals zu lösen, ein Steward verschwand mit einem Tablett in der geräumigen Pantry. Es roch verführerisch nach Toast, gebratenem Speck, Würstchen und frisch gebrühtem Kaffee.

„Ich hoffe, dass Sie einen guten Grund haben, mich schon so früh von meinen wichtigen Geschäften abzuhalten, *Leutnant* Turner!“ Aus seinem Mund klang die Rangbezeichnung Leutnant eher wie Latrinenputzer. Die Höflichkeit hätte es verlangt, dass er Turner mit Kapitän angeredet hätte, aber Sir Samuel war ein Mensch, der es nicht mochte, wenn er sein Frühstück überhastet beenden musste.

‚Warte nur ab, du alter Widerling, die Neuigkeit, die ich dir gleich unterjubeln werde, wird dir dein viel zu fettiges Essen vor dem Magen stehen lassen!’ dachte Turner übelnehmerisch.

„Nun, Sir, was gibt es? Wie ich sehe, sind Sie verwundet. Wurden Sie in ein blutiges Gefecht verwickelt?“

„Aye, Milord, sehr blutig, in der Tat!“ William sah wieder das Treibgut, die verstümmelten Leichen, die dreieckigen Rückenflossen und das blutigrot schäumende Wasser vor sich. Verdammt, dort draußen hatten sicher um die zweihundert französische Seeleute ihr nasses Grab gefunden.

Leutnant Forthingworth schaute ihn verwundert an. „Aber, Sir, Ihr Schiff weist doch keinerlei Beschädigungen auf!“

„Nun raus damit, Sir, lassen Sie sich nicht alles aus der Nase ziehen!" grummelte Sir Samuel.

„Die *Shark* hat Leckagen im Bereich des Wasserpass. Es steht alles in meinem Bericht, Sir Samuel!"

„Papperlapapp! Dafür habe ich habe ich keine Zeit, ääh, Kapitän Turner, habe auf dieser Station alle Hände voll zu tun. Was war los?"

„Aye, Sir. Aber bevor ich beginne, gestatten Sie mir bitte mit Verlaub den Hinweis, dass ich es in Anbetracht der Brisanz des Themas für angemessen halten würde, wenn das Bedienungspersonal aus der Hörweite gewiesen wird."

Blake blubberte unbeherrscht los: „Wer hier wohin verwiesen wird, bestimme ich, nur ich ganz allein, *Mister* Turner!"

„Selbstverständlich, Sir Samuel", flötete Forthingworth beschwichtigend, „aber vielleicht hat der Herr Kapitän recht..."

Leise vor sich hin murrend winkte der Admiral mit der Hand, der Flaggleutnant scheuchte die Stewards aus den Räumen und schloss hinter ihnen die Tür. Blake blickte Turner tückisch an, schnaubte gereizt und befahl dann: „Fahren Sie jetzt mit Ihrem geheimnisvollen Report fort, Sir! Ich hoffe, dass er diesen Aufwand wert war. Sollten Sie sich nur wichtig gemacht haben, dann ..."

„Ich bin vorgestern in der Früh im Rahmen meiner Befehle zum Rekognoszieren ausgelaufen. Am späten Nachmittag verlegte uns ein unbekanntes Schiff den Weg nach Lee." Turner schaute konzentriert aus dem großen Heckfenster. Bis jetzt hatte er nicht den Eindruck, dass Smith sein Versprechen wahr gemacht und dafür gesorgt hatte, dass der Admiral Bescheid wusste und entsprechend reagieren würde.

„Wie groß war das Schiff, Turner, verdammt!"

„Oh, ich würde sagen, in der Navy würden wir es in die Fünften Klasse einordnen, Milord."

Forthingworth saugte zischen den Atem zwischen seinen Zähnen ein. „Wie bitte, Sir, eine Fregatte mit über dreißig Kanonen“, entfuhr es ihm überrascht.

„Um genau zu sein, waren es zweiunddreißig Zwölfpfünder, Sir.“

„Und da haben Sie von Ihrem Vorhaben abgelassen.“

„Nein, keineswegs, Sir. Wir haben auf engstem Raum manövriert, um nach Lee durchzubrechen.“

„Welche Flagge, Sir?“

„Äh, man hat dort die französische Flagge gesetzt, Milord, aber ich bin nicht sicher, ob es wirklich Franzosen waren.“

„Wie das, Turner?“

„Nun, Milord, die Geschütze waren nur unzureichend bemannt.“

„Die Geschütze … Ahem, Sie haben …“ Admiral Blakes Gesichtsfarbe wechselte von rot nach violett. Er schnaufte wie ein kopulierender Eber und zerrte an seiner Halsbinde. Forthingworth warf Turner einen scheelen Blick zu, eilte an den Weinschrank, wo er ein Wasserglas halb mit Brandy füllte, das er seinem Vorgesetzten reichte. Admiral Blake stürzte den Inhalt in einem Zug hinunter und hustete dann ausgiebig.

‚Ich wusste doch, dass dir mein Bericht das Frühstück versauen würde', dachte Turner schadenfroh.

„Weiter, Turner“, stöhnte Blake matt.

„Auch waren die Schießleistungen des Gegners was Schnelligkeit und Treffsicherheit anging unterdurchschnittlich, dabei wissen wir doch, dass die französischen Artilleristen die beste Ausbildung der Welt haben …“

„Der Franzose hat Sie also beschossen, ist das richtig, Sir?“ fragte Forthingworth scharf nach.

„Das fremde Schiff hat das Feuer eröffnet, das ist in der Tat richtig, Sir. Zu diesem Zeitpunkt waren meine Geschützpforten geschlossen. Wir wollten lediglich mit seemännischen Mitteln unseren Weg nach Lee erzwingen.“

„Himmelherrgottsakramentnocheinmal, wusste der Froschfresser mit wem er es zu tun hatte?“ brüllte Sir Samuel Blake plötzlich los, dass die Fensterscheiben klirrten.

„Mit Verlaub, Sir, da es sich um eine etwas delikate Angelegenheit handelt, erlaube ich mir zu empfehlen, dass sie vorerst nicht nach draußen dringt!“

Das war zwar eine richtige Feststellung von Turner, aber gleichzeitig war es auch eine bodenlose Frechheit. Der Admiral fasste sich mit der rechten Hand ans Herz, seine wulstigen Lippen formten unverständliche Worte.

Forthingworth schien unter einem akuten Erstickungsanfall zu leiden, dann keuchte er: „Delikate Angelegenheit ist gut, das ist sogar sehr gut!“ Er nahm Blake das Glas aus der Hand und füllte es wieder. Sir Samuel leerte auch das in einem Zug.

„Im Übrigen war die *Shark* natürlich als britisches Kriegsschiff zu erkennen, ich hatte zusätzlich zu meiner größten Flagge am Besan noch eine zweite an der Rah setzen lassen. Das bestärkt meine Zweifel daran, dass der Gegner wirklich ein Franzose war, Sir.“

Der Kopf des Admirals rollte langsam von einer Seite zur anderen, seine Augen blickten leicht glasig in die Ferne. Forthingworth füllte das Glas wieder und stellte es auf den Tisch, dann goss er auch sich und Turner eine gute Daumenbreite ein. Er nahm einen großen Schluck, schmatzte genießerisch, dann leckte er sich die Lippen. Anschließend erkundigte er sich:

„Was haben Sie gemacht, nachdem das, ääh, unbekannte Schiff auf Sie geschossen hat? Sicher haben Sie ihn ausgeluvt und sich so von ihm gelöst, nicht wahr, Sir?“

„Nein, Sir, keineswegs. Ich habe ihn versenkt!“

In der großen Kabine herrschte die angespannte, andächtige Stille wie in der Klosterkapelle eines Trappistenklosters im Augenblick der Wandlung. In der Ferne war durch das offene

Fenster das Klackern der Palls eines Ankerspills zu hören, an Deck brüllte ein Sergeant der Seesoldaten barsch seine Befehle. Schließlich packte Konteradmiral Blake sein Glas, stürzte den scharfen Schnaps ohne sich zu schütteln hinunter, dann murmelte er undeutlich: „Na klar, er hat den Froschfresser versenkt, wasch sonst! Wenn man Wild Bull heischt, dann puschtet man eine 32-Kanonenfregatte mal eben so aus dem Wasser, da hätten wir auch gleich drauf kommen können, Forsch… Forsching… Forschingworsch…!" Er hielt seinem Adjutanten sein Glas hin. Dann begann er sich wie ein Ochsenfrosch aufzupumpen, Turner schwante nichts Gutes. Forthingworth goss dem Admiral schnell das Glas bis zum Rand voll.

Der Wachposten vor der Kabine meldete lautstark: „Kronanwalt Peach, Sir!"

Die Tür flog auf und der kleine Anwalt mit seiner voluminösen Allongeperücke unter dem mit Federn verzierten Dreispitz trippelte eilig herein. Mit seinen kieselsteinharten flinken Augen hatte er sofort die Situation erfasst, mit einem geringschätzigen Nasenrümpfen quittierte er das schon wieder leere Glas in der Hand des Oberkommandierenden der Marinestreitkräfte dieser Station.

„Einen guten Morgen, Gentlemen, wir kennen uns. Wie ich sehe", er lächelte zynisch, „befinden Sie sich schon auf der Höhe des Geschehens. Das ist gut, das erspart mir eine lange Vorrede." Er klappte seine lederne Tasche auf und zog aus einer Mappe zwei Pergamentbögen hervor. „Sir Samuel und Sie, Leutnant Forthingworth, werden mir hier und jetzt diese Erklärungen unterschreiben und sie beschwören. Sie verpflichten sich, dass *kein* Wort von dem, was Ihnen Kapitän Turner mitgeteilt hat, außerhalb der Wände dieses Raumes bekannt wird. Ich wiederhole: nicht eins! Nur eine Handvoll Menschen kennt die Fakten, ein mögliches Leck ist folglich schnell aufzuspüren. Die Konsequenz eines Verstoßes gegen

Ihre beschworene Schweigepflicht wäre der Verlust Ihres Kopfes." Peach verzog den Mund, man konnte meinen, dass er beinahe lächelte, offensichtlich genoss er die Situation, die es ihm erlaubte, einem gestandenen Konteradmiral der Royal Navy mit dem Tod zu drohen. Er schob den beiden Offizieren die Verpflichtungsbögen zu und ließ sie unterschreiben. Nach nochmaliger Belehrung über die möglichen Konsequenzen, ließ er sie ihre Schweigepflicht beeiden.

„Admiral Sir Blake, den Bericht von Kapitän Turner, bitte!"

Sir Samuel schob ihm den ungelesenen Report zu. Peach studierte ihn sorgfältig, nickt beifällig, dann entnahm er seiner Tasche ein Fässchen mit roter Tinte, eine Gänsefeder, Siegelwachs und einen Petschaft. Er schaute sich nach einer brennenden Kerze um, die er neben sich auf den Tisch stellte. Anschließend faltete es die Bögen, ließ Siegelwachs auf das Papier tropfen und drückte sein Siegel als Kronanwalt hinein. Quer über das gefaltete Pergament schrieb mit schwungvollen Buchstaben: *Höchste Geheimhaltungsstufe! Nur für den Gebrauch des Kommandierenden Offiziers der Station!* Er schob das Dokument wieder über den Tisch zurück, verstaute die Erklärungen und seine Schreibutensilien und erhob sich.

„Das war es schon, Gentlemen, wenn Sie mich und Kapitän Turner jetzt bitte entschuldigen würden … Und einen schönen Tag noch!" Der Spott war mit bloßen Händen zu greifen, denn Admiral Blake sah aus wie ein von einer Sturmbö zerfetztes Großsegel. Turner verabschiedete sich zackig. Er war heilfroh, dass ihn Peach aus der Kabine herauslotste. Forthingworth begleitete sie. Bevor er die große Staatskabine verließ, schaute sich Turner nochmals schnell um. Der Admiral stand hinter dem Tisch, mit einer Hand stützte er sich ab, mit der anderen goss er sich zitternd sein Glas voll. An der Eingangspforte überreichte Peach Turner einen versiegelten braunen Umschlag: „Ihre Vollmacht, um mit den Reparaturen umgehend zu beginnen, Sir. Machen Sie den Bürokraten in der Werft ordentlich Feuer unter dem, wie sagt man doch so schön in Marinekreisen, ääh, Achtersteven. Wir haben allerhöchstes Interesse an der Klärung gewisser Dinge, wenn Sie verstehen, was ich meine, Sir."

„Ich verstehe vollkommen, Sir."

Forthingworth wollte zuerst das Boot des Juristen heranrufen, aber der winkte leutselig ab. „Pfeifen Sie zuerst den Herrn Kapitän von Bord – so sagt doch wohl bei Ihnen, nicht wahr – er hat es eilig. Ich kann mich durchaus etwas gedulden."

*

Es wurde ein sehr interessanter Vormittag auf der Werft. Aus Erfahrung wusste Turner wie schwer es üblicherweise war, vom Werftmanager Arbeiter und Material zu bekommen. Wenn der Mann das Wort *sofort* hörte, blickte er den Antragsteller an, als ob der in unheilbare Wahnvorstellungen verfallen wäre. Gute Zimmerleute oder Rigger zu bekommen, setzte voraus, das man den Mann mit reichlich Schmiergeld bestach, nicht anders sah es mit dem Material aus. Wollte man keinen minderwertigen Schrott bekommen, musste dem Kommandanten das schon eine Handvoll goldener Münzen wert sein.

Heute lief alles ganz anders ab. Bereitwillig wurde ihm das nötige Material angewiesen und auch die Zimmerleute würden sich noch vor dem Mittag an Bord melden. Der Werftmanager küsste seine Fingerspitzen: „Ich schicke Ihnen meine besten Männer, die können jedes noch so komplizierte Problem lösen – und sie arbeiten schnell und sauber!"

‚Ich möchte wissen, was Smith gegen dich in der Hand hat, du korruptes Geschwür am Arsch der Navy', dachte Turner bitter, der sich an einen Vortrag von Smith über die Nützlichkeit der menschlichen Schwächen in ihrem Metier erinnert, ‚wenn du so vor mir auf dem Boden kriechst, musst du schon eine gewaltig stinkende Leiche im Keller zu liegen haben – einfache Unterschlagung und Bestechlichkeit reichen dafür nicht aus.' Immerhin stand die Marinewerft in English Harbour in dem traurigen Ruf, die korrupteste Einrichtung ihrer Art auf der Welt zu sein über der die britische Flagge wehte.

Guten Mutes ließ sich Turner zurück zur *Shark* pullen. Um sein Schiff zogen zwei Wachboote ihre Kreise, um die Händler, Huren und Neugierigen auf Distanz zu halten. Weil die Männer der *Shark* in dem Ruf standen, die Taschen voller Prisengeld zu haben, drängte sich ein ganzer Pulk von Booten außerhalb des Bannkreises und lauerte auf seine Chance. Turner gab Tom, seinem Bootssteurer, ein Zeichen, dicht an einem der größeren Boote voller williger Dirnen vorbeizufahren. Die Besatzung und die sonst so lustigen Mädchen funkelten ihn böse an und bedachten ihn mit unflätigen Ausdrücken. Turner beugte sich zu Tom hinüber und meinte mit unterdrückter Stimme, die aber auf dem anderen Boot gerade noch hörbar war: „Was hat der Arzt gesagt, Brown? Wie lange hat man noch zu leben, wenn einen dieses Blauroststreifenfieber gepackt hat? Waren es vier oder fünf Tage?"

Tom blickte ihn todernst an und antwortete laut mit Grabesstimme: „Es waren wohl höchstens fünf Tage, Zur, aber die Kranken würden sich wünschten, dass es schon nach zwei mit ihnen aus wäre! Diese fürchterlichen Schmerzen, Käptum, Zur, diese Schmerzen in der Brust, oh je, und die im Bauch. Oooh, die armen Jungs!" Tom rollte mit den Augen und schlug sich mit der flachen Hand gegen die Brust. „Sie sollten den Frauen erlauben, an Bord zu kommen, Zur, sie könnten so manch einem ehrlichen Kerl das Sterben erleichtern …"

Die Männer und Frauen auf dem Boot blickten sich an, tuschelten und es dauerte nicht lange, bis sich das Boot in Richtung Land davonmachte. Nach und nach folgten ihm einige andere.

Als sie die *Shark* fast erreicht hatten, fiel Turner auf, dass sein Schiff Schlagseite hatte. Dechamp oder wohl doch eher der alte erfahrene Lennon hatte dafür gesorgt, dass die Ladung so umgestaut worden war, dass die Leckagen gut oberhalb der Wasserlinie lagen. Das musste in der Enge des fast vollen Laderaums eine Heidenarbeit gewesen sein. Aber als William an Deck stand, sah er, dass an den Nocken der beiden ausgeschwenkten Bäume Taljen angeschlagen worden waren, an denen die Pinasse hing, die man zusätzlich mit Salzfleischfässern beladen hatte. Das sorgte natürlich für ein ordentliches krängendes Moment und damit für eine ausreichend große Schlagseite. Turner nickte zufrieden vor sich hin und murmelte: „Der alte Weißkopfadler kann wirklich mehr, als Brot essen."

Er wandte sich an den Ersten, der die Ehrenwache wieder an die Arbeit schickte. „Mister Dechamp! Die Zimmerleute von der Werft sollten in Kürze hier erscheinen. Verpassen Sie ihnen sofort das *prophylacticum* gegen das Blauroststreifenfieber sobald sie an Deck stehen!"

Leutnant Dechamp blickte ihn so fassungslos an wie ein Rennpferd, das in die falsche Richtung gestartet war und dem plötzlich das ganze Feld entgegenkam. Turner packte ihn am Arm und zog ihn mit sich. „Wir müssen eine Schau für die wartenden Geier in den Booten daraus machen, Sir. Die sind doch nicht blöd! Kein Zimmermann würde bei uns an Bord kommen, wenn er wüsste, dass er sich mit einer tödlichen Seuche anstecken kann."

Auf Dechamps Zügen breitete sich ein verstehendes Lächeln aus. „Aye, Sir, ich sehe, woraus Sie hinauswollen! Aber was verabreichen wir ihnen?"

„Mister Dechamp, tse, tse... Ich bin enttäuscht über Ihren Mangel an Lebensweisheit! Was hilft nach Meinung aller Seeleute und denen, die ihnen nahestehen gegen alle Krankheiten dieser Welt?"

„Äh, Rum, Sir!"

„Völlig richtig! Mixen Sie mit Doktor McKinnon ein schönes Gebräu zusammen: Rum, Lemonensaft und vielleicht noch eine Zutat, die das ganze etwas bitter schmecken lässt. Ich schicke Ihnen meinen Bootssteurer, der ist auf diesem Gebiet sehr beschlagen!" Als Beweis hielt er seinen verletzten Arm in die Höhe, den er schon fast wieder schmerzlos benutzen konnte. „Jedenfalls soll das Zeug etwas nach Medizin schmecken, muss aber unseren ‚Patienten' gut munden. Verteilen sie das Gesöff an die Werftarbeiter gut sichtbar an Deck. McKinnon soll etwas Brimborium veranstalten und den Werftgrandies versichern, dass die Medizin sie zu hundert Prozent schützen wird, dass wir aber leider nur geringe Mengen davon bekommen haben, weil die Krankheit hier auf Antigua sehr selten auftritt. Das wird sich dann schon auf den Bumbooten rumsprechen. Weihen Sie unseren Timmie und seine Gang in unser Spielchen ein, machen Sie ihm eindringlich klar, dass er und seine Männer die Klappe halten müssen. Das sind die einzigen Männer unserer Besatzung, die mit den Werftarbeitern in engen Kontakt kommen dürfen! Die anderen stehen unter ‚Quarantäne!' Alles Plaudertaschen, diese Jan Maaten. Sie platzen bald vor Stolz, dass sie eine große Fregatte versenkt haben, dafür wollen sie natürlich auch bewundert werden. Alles klar, Sir?"

Dechamp grinste breit. „Sir! Paracelsus meldet sich zum Dienst! Schon in Eton haben wir, wenn ich mich recht erinnere, sehr schöne Erfolge mit unseren selbst hergestellten Tinkturen und Pillen bei unbeliebten Kameraden erzielt!"

„Es muss schmecken, Sir! Denken Sie daran!"

„Aye, aye, Sir!“ Es hatte den Anschein, als ob diese Einschränkung Dechamp etwas betrübte.

In seiner Kabine besprach Turner die Angelegenheit mit Tom, der kurz nachdachte, sich dann an die Stirn tippte und verkündete: „Tom hat da eine Idee. Wir sollten etwas Rinde des Angosturabaumes untermischen, dazu den Saft tropischer Früchte… Vielleicht auch noch ein wenig Chinarinde von Master McKinnon, Sir.“

„In Ordnung, mischt etwas zusammen, aber ich will das Zeug vorher probieren, bevor ihr es den Zimmerleuten gebt! Und ihr werdet alle ein volles Glas mittrinken, das schwöre ich euch!“

Tom nickte begeistert. „Aye, Sir! Übrigens ist ein Brief für Sie an Bord gebracht worden, Sir.“ Er deutete auf den Schreibtisch und verließ leichtfüßig die Kammer.

Eilig ging Turner zum Tisch hinüber und nahm den Brief in die Hand. Er musste nicht auf den Absender blicken, um zu wissen, von wem er stammte. Der Duft verriet den Adressanten. Hastig erbrach er das Siegel.

Mein einzig Geliebter!

Zu meiner großen Freude erfahre ich soeben, dass Dein Schiff heute Nacht eingelaufen ist. Ich habe mir große Vorwürfe gemacht, dass ich nach dem Ball bei Hernandez so kratzbürstig, ja, richtig böse zu Dir gewesen bin. Es tut mir sehr leid und ich möchte mich dafür bei Dir entschuldigen, aber ich war so wütend auf dieses blonde Fischweib mit ihren protzigen Klunkern! Wie kann ich das jemals wieder gutmachen?
Es war ganz reizend und lieb von Dir, mein Liebling, dass Du trotz Deiner überstürzten Abreise noch die Zeit gefunden hast, mir ein wunderschönes Orchideenbukett und dieses wahrhaft phantastische französische Parfum schicken zu lassen. Ich wer-

de heute Abend ein paar Tropfen davon verwenden. Du musst herausfinden, an welchen Stellen meines Körpers…
Ich arrangiere für heute ein exquisites Dinner für uns beide in meinem Stadthaus. Schicke mir bitte eine Nachricht, wann Dich meine Kutsche am Hafen abholen soll.
Voller Liebe und Sehnsucht
Deine Elizabeth

William schnaufte. Da musste sich Smith richtig ins Zeug gelegt haben. Er würde sich bei ihm bedanken müssen. Vermutlich würde der ihm kühl lächelnd daraufhin die Rechnung präsentieren. Französisches Parfum! Wenn die verwöhnte Elizabeth in Erwägung zog, es zu benutzen, dann würde es ihn wahrscheinlich einen Monatssold kosten – mindestens!

*

Als er im Boot saß und sich über das schwarze Wasser durch die schwüle tropische Dunkelheit an die Pier rudern ließ, lehnte er sich entspannt auf der Heckducht zurück und überdachte zufrieden die Ereignisse des Nachmittags. Die Zimmerleute waren noch vor Beginn der Nachmittagswache eingetroffen. Zuerst hatten sie im Boot lamentiert und hatten alle Anstalten gemacht, sich zu weigern an Bord zu kommen. Doktor McKinnon und sein Gehilfe hatten in ihren weißen Schürzen beruhigend auf sie eingeredet und ihnen die vorbereitete Medizin gezeigt, die sie gegen das gefürchtete Blauroststreifenfieber immun machen würde. Sie waren misstrauisch geblieben, erst als McKinnon mit großem Behagen vor ihren Augen einen großen Becher des Prophylaktikums getrunken hatte, hatte bei ihrem Vorarbeiter die Neugierde gesiegt. Er war an Deck gestiegen, wo ihm der Sanitätsgast einen vollen Becher reichte. Er hatte zweifelnd daran geschnuppert, aber als ihm der wohlbekannte Duft des Rums in die Nase gestiegen war, hatte er zuerst vorsichtig daran genippt, um ihn dann genießerisch in kleinen Schlucken zu leeren. Mit einem zufriedenen Rülpser hatte er den Becher zurückgegeben und gemeint: „Ich habe eine sehr schwache Konstitution, Doc, vielleicht wäre es besser, wenn ich noch einen Nachschlag von dieser guten Medizin bekomme.“ Der Mann war breit wie ein Bauernschrank und sah aus, als könne er, ohne ins Schwitzen zu kommen, mit vier Seekisten jonglieren.

McKinnon hatte breit gegrinst und ihm versichert, dass am Abend nach Feierabend jeder eine Auffrischung des Schutzes bekommen würde. Der Mann hatte bedächtig genickt. Auf sein Handzeichen hin kletterten auch die anderen Arbeiter an Bord und ließen sich verarzten. Um Unruhe unter der Besatzung zu vermeiden, verteilte McKinnon auch an die Seeleute den Zaubertrank – und es war erstaunlich, er wirkte Wunder. Waren die Matrosen vorher etwas säuerlich ihrer Arbeit nachgegangen, weil es keinen Landgang und keinen Hurenbesuch an Bord gab, kehrten sie nach der oralen Medikation mit einem fröhlichen Lächeln an ihre Arbeit zurück.

Die Zimmerleute verschwanden im Laderaum und bald hörte man sie unten eifrige sägen und hämmern. Bei Feierabend war das eine Leck schon fast abgedichtet. Morgen Abend würde die *Shark* auslaufen können.

An der Pier wartete Elizabeth’ Kutsche. Der schwarze Kutscher begrüßte ihn freundlich und öffnete ihm höflich den Schlag. Turner stieg ein und war ein wenig enttäuscht, denn er hatte eigentlich damit gerechnet, dass ihn Elizabeth abholen würde. Aber der Empfang in dem Haus oben auf dem Hügel über der Bucht entschädigte ihn. Elizabeth erwartete ihn auf der Terrasse vor dem Haupteingang unter dem Portikus. Sie trug ein Kleid aus weißer Spitze, an den strategisch wichtigen Bereichen war es mit weißer Seide unterfüttert. Es war ein Kleid, dass man keinesfalls anlässlich einer Audienz bei seiner Eminenz dem Bischof tragen sollte, um den ehrwürdigen Herren nicht in einen Konflikt mit seinem Hirtenstab zu stürzen, es sei denn, dass der Gute gegen die Verlockungen weiblicher Reize nach dem unerforschlichen Ratschluss des Herren durch seine Veranlagung – oder sein Alter – immun war. Ihr rotes Haar hing in sorgfältig frisierten Locken über ihre nackten weißen Schultern und oben in dieser Haarflut thronte ein Diadem in dem Diamanten und Smaragde blitzten. Um den Hals trug sie ein aufwendig gearbeitetes Geschmeide, in dem die gleiche Art Edelsteine fast im Übermaß eingearbeitet waren. Sie reichte ihm zur Begrüßung ihre Hand, die in weißen Spitzenhandschuhen steckte, am Mittelfinger prangte ein Ring, auf dem eine weit geöffnete goldene Rosenblüte glänzte, in deren Mitte ein Rubin funkelte. William wurde der Kragen eng, ihm verschlug es fast den Atem, denn sie sah atemberaubend schön und begehrenswert aus. Als er sich über ihre Hand beugte, stieg ihm ein verwirrender Duft von schweren tropischen Blüten in die Nase.

„Mein Geliebter, willkommen zu Hause!" Elizabeth blickte ihn mit leuchtenden Augen an und deutete einen Knicks an, aber dann war es mit ihrer feierlichen Zurückhaltung vorbei, sie flog an seinen Hals und umarmte ihn stürmisch. Er zuckte schmerzvoll zusammen, da sie in ihrem Ungestüm seinen verletzten Arm gedrückt hatte. Er konnte ein Aufstöhnen nicht unterdrücken. Sie wich erschrocken zurück. „Was ist mit dir, mein Liebling? Bist du verwundet?"

„Ach, es ist nur Kratzer." Er hob den linken Arm. „Es ist schon beinahe nicht mehr der Rede wert."

„Oh, verzeih mir, das wusste ich nicht! Komm herein, wir wollen zur Begrüßung ein Glas Champagner trinken."

Sie gingen hinein, das Personal hatte Aufstellung genommen und begrüßte ihn wie den Herrn des Hauses. Elizabeth führte ihn durch das Haus nach hinten auf die große Terrasse von der man einen wunderbaren Blick auf die Bucht hatte. Eine leichte Brise machte den Aufenthalt hier erträglich. Sie ließen sich auf einer breiten geschwungenen Bank nieder. Der Champagner wurde serviert. Er war gut temperiert.

„Auf deine Heimkehr, mein lieber William, auf das wir viele schöne Abende verleben können, ehe du wieder auslaufen musst."

Er brachte es nicht fertig, ihr jetzt sofort die Illusion zu nehmen, dass er sich länger im Hafen aufhalten würde. „Ahem... auf das jede Minute eine erfüllte Stunde seien möge!"

„Wie bist du verwundet worden, mein armer Held, und stimmt es, dass eine gefährliche Seuche an Bord der *Shark* die Männer zu Dutzenden hinrafft?"

„Es ist wirklich nicht erwähnenswert, Liebling, lass uns von was anderem reden. Ich habe schon eine Stelle gefunden, an der du das Parfum aufgetragen hast."

„Brav, brav, mein kleiner Spürhund", neckte sie ihn, „aber das war erst der Anfang, da gibt es noch allerhand zu entdecken. Hast du übrigens bemerkt, dass auch wirkliche Damen einige recht hübsche Schmuckstücke besitzen und nicht nur, nun ja, junge Emporkömmlinge?" William sah ihr an, dass sie sich in letzter Sekunde das Wort „Fischweiber" verkniffen hatte.

„Sie stehen dir so einzigartig, als wären sie extra für dich angefertigt worden." Er ließ sich nicht auf das schlüpfrige Eis locken.

Sie blickte ihn amüsiert an. „Das sind sie auch, chérie. Aber ich glaube wir sollten jetzt zu Tisch gehen – oder bist du nicht hungrig?"

„Ich könnte einen ganzen Ochsen vertilgen, oder dich!" Er nahm sie in den Arm und küsste sie wild.

Nach geraumer Zeit löste sie sich von ihm und bemerkte mit ihrer dunklen rauen Stimme: „Wir sollten die Reihenfolge einhalten, mein heißblütiger Stier, also zuerst den Ochsen!“

Sie gingen wieder in das angrenzende Zimmer, wo der Tisch festlich gedeckt war. Das Dinner war exzellent. Auf eine sahnige Suppe mit Meeresfrüchten folgte ein erfrischender Salat mit zarten marinierten Hühnerbruststücken, dann wurde eine Platte mit gegrillten Seefischfilets aufgetragen, dazu wurde frisch gebackenes weißes Brot gereicht. Als Hauptgericht gab es einen saftigen Wildschweinbraten mit allerlei Beilagen, bestehend aus eingelegten tropischen Früchten, ungewöhnlich konstatierte William aber sehr pikant. Den Ausklang bildeten Obst, Käse und Nüsse. Die gereichten Weine waren jeder für sich eine Offenbarung und optimal auf das jeweilige Gericht abgestimmt.

William ließ sich auf seinem Stuhl nach hinten sinken und flüsterte müde: „Die armen Menschen an Land, was die so bei einem abendlichen Dinner so alles in sich hineinwürgen müssen.“

„Hat es dir geschmeckt, Liebling?“

„Es war wunderbar, du hast eine hervorragende Auswahl getroffen, mein Herz.“

„Um ehrlich zu sein, verlasse ich mich da hauptsächlich auf meinen Majordomus und die Köchin. Beide sind für mich unersetzlich. Aber das wirst du von Bord kennen, wenn man die richtigen Leute hat, erspart das einem viel Arbeit und Sorgen.“

„Du sprichst ein weises Wort gelassen aus.“

Elizabeth erhob sich und entschuldigte sich kurz. Auch William stand auf, um sich mit seinem Glas Portwein in der Hand die Füße zu vertreten. Auch im Nebenzimmer brannten Kandelaber, auf einem großen Tisch lagen ausgebreitete Pläne. Neugierig trat er näher. Es schien sich um Baupläne zu handeln, denn es waren die Umrisse von Gebäuden eingezeichnet in denen die Plätze von Gerätschaften markiert waren, deren Zweck er nicht deuten konnte. Er zuckte mit den Schultern und wollte sich schon wieder abwenden, als Elizabeth neben ihn trat.

„Arbeit, mein Lieber, wie du siehst, muss ich für mein trockenes Brot hart schuften."

„Was ist das?"

„Das ist der Plan für eine Anlage in der das Zuckerrohr aus einer meiner Plantagen zu Zucker, Melasse und Rum weiterverarbeitet wird. Bis jetzt habe ich das Zuckerrohr verkauft und andere – beispielsweise Mister Hernandez - haben es weiterverarbeitet, aber das werde ich jetzt für eine Plantage versuchsweise in Eigenregie durchführen. Wenn es klappt, kann ich mir vielleicht hin und wieder ein wenig Butter auf meinen trockenen Kanten Brot schmieren. Aber komm jetzt wieder nach draußen, jetzt ruht die Arbeit! Du hast mir immer noch nicht erzählt, wie du verwundet worden bist …"

Er warf noch einen interessierten letzten Blick auf den Plan, dabei entging ihm, dass sie ihn mit ihren leicht schräg gestellten grünen Augen lauernd beobachtete. Sie ähnelte einer Katze, die geduldig aber voll innerer Zufriedenheit feststellt, dass sich die Maus in aller Unschuld immer weiter in ihren Sprungbereich hineinbewegt. ‚Sehr gut, William", dachte sie bei sich, ‚du interessierst dich für Technik! Das ist der Speck in meiner Falle. Aus dir mache ich noch einen erdverbunden Plantagenbesitzer – nun ja, zuerst mal einen Rumproduzenten. Warts nur ab, mein Lieber!'

Nachdem sie noch ein Glas Port auf der Terrasse getrunken und Nüsse dabei geknabbert hatten, musste William mehrfach ein Gähnen unterdrücken. Schließlich war er nach seinem Besuch bei Smith erst weit nach Mitternacht in die Koje gekommen, nur um schon bei sechs Glasen auf der Morgenwache wieder an Deck zu stehen. Am Nachmittag hatte es auch nur für ein kurzes Nickerchen gereicht. Elizabeth, die sich dicht an ihn gekuschelt hatte, bemerkte seine Müdigkeit. Sie erhob sich, nahm ihn bei der Hand und zog ihn zur Treppe ins Obergeschoss. Kurz darauf lagen sie dicht aneinandergeschmiegt auf dem breiten Bett unter einem Netz, das die zudringlichen herumschwirrenden Plagegeister von ihren Körpern fernhielt.

Elizabeth war bei der Verteilung der Duftspuren sehr erfindungsreich gewesen und so lernte William einige sehr interessante Territorien des weiblichen Körpers aus einer neuen Perspektive kennen.

Das Problem mit Williams Arm bei der Vereinigung ihrer Körper wusste Elizabeth ihrerseits auf vielfältige Art zu lösen. So wurde es in der Tat eine sehr befriedigende Nacht, allerdings konnte von Nachtruhe nur sehr eingeschränkt die Rede sein.

Kapitel 10

Auf See, Anfang Mai 1777

Sie waren auf ihrem Weg nach Süden gut vorangekommen, aber jetzt war der Passat gestört. Er wehte schwach und unzuverlässig aus unterschiedlichen Richtungen. Das hieß für die Segeltrimmer, ständig auf dem Sprung zu sein, um die Segelstellung entsprechend zu korrigieren, damit sie Fahrt im Schiff behielten.

Turners Laune war nicht besonders gut, denn natürlich gefiel ihm die Verzögerung nicht. Bitter murrte er in sich hinein: ‚Dabei spielt es eigentlich überhaupt keine Rolle, wann wir da unten auftauchen, denn wo dieses Rattennest liegt, wissen wir ohnehin nicht.'

Bei der abschließenden Besprechung in seinem Haus hatte Smith mit seinem dicken Zeigefinger auf einen Küstenabschnitt an der Nordküste Südamerikas in der Karte gedeutet und frohgemut verkündet: „Irgendwo dort sitzen diese Schurken, lachen sich eins ins Fäustchen und schmieden ihre verbrecherischen Pläne. Das muss ein Ende haben! Natürlich wäre das in erster Linie ein Problem der Dons, aber da ihr Handel nicht davon tangiert ist, scheinen sie sich nicht besonders intensiv um das Problem zu kümmern. Wenn man sich als Gouverneur um die ausreichende Ladung von Gold- und Silberbarren für Schatzflotten kümmern muss, hat man natürlich keine Zeit, sich um einen verlausten kleinen Fischerhafen Gedanken zu machen, der dem König abhanden gekommen ist, hi, hi. Sie sehen so bekümmert aus, Turner, ist das kein Auftrag nach Ihrem Geschmack?"

„Ahem, Sir, nun ja, schon, aber ...“ Er schluckte. Eigentlich war er nicht sonderlich pessimistisch, sondern nach der heißen Liebesnacht lediglich erschöpft und übermüdet. Um ehrlich zu sein, hatte er sich über die Schwierigkeiten seines bevorstehenden Einsatzes noch gar keine Gedanken gemacht, aber er gab sich besorgt. „An dieser Küste gibt es doch sicher unzählige kleine Häfen in den Buchten und auf den vorgelagerten Inseln. Das wird die Suche nach der berühmten Stecknadel im Heuhaufen.“

Smith kicherte. „Hi, hi, Herr Kapitän, Sie sind doch ein gewitztes Kerlchen. Nehmen Sie sich die Karten und die bei uns eingelaufenen Berichte vor, dann versetzen Sie sich einfach in die Haut der Schurken und überlegen sich, welchen Hafen *Sie* sich als Stützpunkt aussuchen würden. Hi, hi, hi, Sie werden schon das richtige Spürnäschen haben.“

Bei dem Wort Spürnäschen musste William wieder an seine Suche nach den Duftmarken auf dem verführerischen Körper von Elizabeth denken, ein glückliches Lächeln stahl sich auf sein Gesicht. „Aye, aye, Sir!“

„Wie ich sehe, verstehen wir uns, Kapitän Turner. Und kommen Sie mir nicht wieder ohne die Köpfe von Dunbar und dieser Seehexe zurück!“

Nach dem Auslaufen hatte Turner mit Dechamp und dem erfahrenen Segelmeister das Problem besprochen. Von Dechamp konnte er nicht viel Hilfe erwarten, da der junge Mann bisher Dienst auf Linienschiffen und großen Fregatten der Flotte getan hatte, fehlte ihm für die Probleme eines unabhängig operierenden kleinen Schiffes noch das nötige Verständnis. Bei Lennon sah das anders aus, als ehemaliger Schiffer eines Frachtseglers in der weltweiten Fahrt, wusste er, worauf es ankam.

„Nun, Sir, die kleinen Fischerhäfen können wir ausschließen. Der gesuchte Hafen muss über eine massive Pier mit wetterfesten Schuppen zum Einlagern verfügen, außerdem sind Reparatureinrichtungen für beschädigte Schiffe erforderlich. Andererseits muss die spanische Flotte den Hafen meiden."

„Richtig, Mister Lennon, und wenn ich an der Stelle dieser Schurken wäre, würde ich Wert auf ein gewisses Maß an Befestigung legen: Eine Stadtmauer, vielleicht mit einer kleinen Zitadelle, aber die Garnison darf nicht zu stark sein. Außerdem sollte der Zugang von der Landseite schwierig sein."

Dechamp hatte aufmerksam zugehört. „Gibt es an der Küste kleine, abgelegene Häfen, die auf Landzungen oder einer Halbinsel liegen, Gentlemen? Eine etwaige Küstenstraße würde dann nicht direkt an diesem Hafen vorbeiführen."

Turner und Lennon blickten sich verblüfft an, dann nickten sie beide nachdenklich. „Das wäre die ideale Lösung, James", lobte ihn William. „Mister Lennon und ich werden in unseren eigenen und den erbeuteten Segelanweisungen und Hafenbeschreibungen nachlesen."

So geschah es und schließlich blieben nur ein halbes Dutzend Häfen übrig, auf die ihre Vorgaben zutrafen und zwei davon lagen auf einer Halbinsel. Trotzdem war William nicht zufrieden, er hatte das Gefühl zu wenig über die Gegner zu wissen. Korsaren, Bukaniere, Filibuster, Piraten, Freibeuter, Schmuggler und Blockadebrecher, was waren das für Männer? Über Schmuggler brauchte ihm niemand etwas zu erzählen, schließlich war sein Vater Fischer an der englischen Kanalküste und in den dunklen Neumondnächten hatte sein Fang oft genug aus französischen Spirituosen, teuren Brokat- und Seidenstoffen und feinen Brüsseler Spitzen bestanden. Sein Vater fühlte sich dabei keineswegs als Verbrecher, sondern als ein durchaus gottesfürchtiger Mann, der lediglich seine Familie gut versorgt wissen wollte. Bis zu einem gewissen Grad konnte William auch die amerikanischen Blockadebrecher verstehen, die zwar englische Gesetze wie den Navigation Act brachen, aber wichtigen Nachschub für ihre für die Unabhängigkeit kämpfenden Truppen ins Land brachten – und nicht schlecht daran verdienten. Über die Geschichte der Bukaniere und den mit ihnen verwandten Filibuster hatte ihn Lennon aufgeklärt. In Kriegszeiten war auch die Definition der Freibeuter problemlos, im Frieden, so wie jetzt, sah das schon anders aus. Aber was war mit den Piraten? Als er eines Abends auf der Letzten Hundewache mit Dechamp darüber sprach, dass er gerne mehr über diese verrufenen Kerle wissen wollte, um ihr Verhalten und ihre möglichen Reaktionen besser einschätzen zu können, räusperte sich Steuermannsmaat Carter hinter ihnen vernehmlich. Turner wandte sich zu ihm um.

„Was gibt es, Mister Carter?"

„Sie sollten mal mit dem alten Quartermaster „Dutch" Shultz sprechen, Sir. Soweit ich weiß, hat er mal, äh …, einen Macker gehabt, der von den Piraten als Bootsmann in den Dienst gepresst worden ist."

„Danke, Mister Carter." Turner nahm sich vor, den Mann gleich auf der folgenden Abendwache darauf anzusprechen. Jack Shultz war als Hans Schulz in Deutschland geboren, daher sein Spitzname Dutch, hatte aber seinen Namen etwas anglisiert. Er war ein eher unauffälliger älterer Mann, mit der üblichen gelblichbraun verwitterten, faltigen Lederhaut alter Teerjacken, einem buschigen weißen Haarkranz, den er im Nacken in einen sorgfältig geflochtenen Zopf zwang, aber in seinem Gesicht leuchteten jugendliche hellblaue Augen. Ein Stück seines linken Ohres musste er in einem Nahkampf verloren haben. Nach Turners Einschätzung war er ein äußerst zuverlässiger fähiger Mann.

Nach dem Wachwechsel rief er den Mann zu sich auf die Luvseite. Shultz trat auf ihn zu, nahm seinen Hut ab und legte grüßend den Knöchel seines rechten Zeigefingers an die Stirn.

„Keine Angst, Shultz, ich habe nichts Böses im Sinn. Ich habe gehört, dass Sie einen Kumpel hatten, der gezwungenermaßen auf einem Piratenschiff gefahren ist. Ich möchte mehr über diese Kerle wissen, Dutch, damit ich sie besser einschätzen kann."

Shultz schien keineswegs überrascht zu sein, wahrscheinlich hatte ihn Carter bei der Wachablösung vorgewarnt. Er räusperte sich umständlich. „Ahem, tscha, Sir, das mit den Piraten ist ja nun mal so eine Sache. Die Leute sagen, das sind alles Mörder und Totschläger, grausame Mädchenschänder und was weiß ich nicht noch alles. Für einen nicht geringen Teil der Besatzungen stimmt das sicher auch, aber dann gibt es auch die anderen, die wegen ihrer Fähigkeiten gezwungen werden, einer der ihren zu werden, oder aber …" Im schwachen Licht der schmalen Sichel des abnehmenden Mondes sah Turner, dass er mit einer vielsagenden Bewegung der flachen Hand von links nach rechts über seine Kehle fuhr. „Einige sind entflohene Sklaven und wieder andere landen bei diesen Verlorenen, weil sie vor dem Gesetz flüchten müssen, viele zu unrecht, weil sie verleumdet wurden … hat mir mein Kumpel erzählt, Sir. Ein paar sind aus ihrer jeweiligen Marine desertiert, wer weiß warum." Turner konnte sich eine ganze Reihe von Gründen vorstellen, die einen einfachen Seemann die Entscheidung leicht machen konnten, die Navy zu verlassen. Er hatte schon auf Schiffen gedient, auf denen der Kapitän, der Erste Leutnant, der Bootsmann oder der Profoss den Männern das Leben zur Hölle gemacht hatten. „Tscha, Sir, dann gibt es auch noch die ‚Hinterlader', denen wegen ihrer perversen Neigung der Strick droht. Ist ja nun auch nicht jedermanns Sache, aber wenn sich Gleich und Gleich zueinander gesellt, dann sollen sie doch … sagte mein Macker. Aber nun glauben Sie mal nicht, Sir, dass auf so einem Piratenschiff keine Disziplin herrscht, nee, nee, da gibt es ganz feste Regeln, die jeder beschwören muss und Verstöße werden hart geahndet. Allerdings entscheidet darüber nicht der Käpt'n sondern der Schiffsrat, denn bei diesen Kerlen wird der Kapitän gewählt und wer gewählt wird kann auch wieder abgewählt werden." Turner hätte schwören können, dass Shultz ein Lachen unterdrückte. Er räusperte sich missbilligend, aber Shultz fuhr mit gleichmütiger Stimme fort: „Die Interessen der Besatzung werden vom Quartermaster gegenüber dem Kapitän vertreten. Viele meinen, dass er der wichtigste Mann an Bord ist … sagte mein guter Freund."

„Was enthalten denn nun diese ominösen Übereinkommen, Mann?"

Shultz legte den Kopf auf die Seite, wiegte sich auf den Ballen hin und her, dann leierte monoton er eine Reihe von Punkten herunter:

1. „Alle wichtigen Entscheidungen müssen vom Schiffsrat entschieden werden. Dabei hat jeder Mann eine Stimme.
2. Jeder Mann hat das Recht auf den gleichen Anteil an der Verpflegung und den alkoholischen Getränken.
3. Auf See sind Würfeln und Kartenspielen verboten.
4. Auf Kameradendiebstahl steht das Aussetzen auf einer unbewohnten Insel, nachdem man dem Schuldigen die Nase und die Ohren aufgeschlitzt hat.
5. Dasselbe gilt bei Unterschlagung von einem Teil der Beute.
6. Alle Lichter und Lunten sind bei acht Glasen der Letzten Hundewache zu löschen, auch ist danach das Trinken unter Deck verboten!
7. Sex an Bord ist verboten und mit der Todesstrafe bedroht.
8. Alle Streitigkeiten werden an Land ausgetragen.
9. Jeder Mann muss seine Waffen sauber und einsatzfähig halten.

10. Desertion oder das Verlassen der Gefechtsstation im Kampf wird mit dem Tode bestraft.
11. Der Kapitän und der Quartermaster erhalten zwei Teile der Beute, der Bootsmann und der Stückmeister anderthalb Teile, andere Offiziere eineinviertel Teil. Alle anderen Besatzungsmitglieder je einen Teil.
12. Für alle Verletzungen und den Verlust von Körperteilen gibt es eine Entschädigung.“

Shultz hielt inne, kratzte sich am Hinterkopf, überlegte kurz, dann fuhr er fort: „Mein Kumpel meinte, dass diese Regeln natürlich auf jedem Schiff gewissen Variationen unterlagen, aber so im Großen und Ganzen lief es wohl immer auf dasselbe hinaus, tscha nu …“

Turner musste zugeben, dass die Regeln Sinn machten. Das die Besatzung allerdings ihren Kapitän wählen konnte, das ging zu weit! Allerdings kannte er ein paar Kapitäne, die unter diesen Bedingungen nicht viel länger als fünf Minuten das Kommando auf ihrem Schiff innegehabt hätten, weil sie sich schon gleich nach dem Anbordkommen herzlich unbeliebt gemacht hatten. Er grinste in sich hinein, dann wurde er wieder ernst. „Was gibt es denn so beim Verlust eines Armes?“

„Tscha nu, das bringt dann wohl so fünfhundert Stücke zu Achten oder fünf Sklaven für den linken, sechshundert Stücke zu Achten oder sechs Sklaven für den rechten Arm, Sir.“

Turner pfiff durch Zähne. Das war eine Menge Geld. Er ertappte sich bei dem Gedanken, dass sich König George daran ein Beispiel nehmen sollte. Er räusperte sich, denn die nächste Frage war ihm peinlich: „Unter welchen Bedingungen kann denn ein Kapitän abge … abberufen werden?“

„Wenn er zu grausam, feige oder zu sehr *Gentlemen* ist, Sir. Aber wenn der Käpt’n eine starke Persönlichkeit ist und weiß, was seine Männer von ihm erwarten, dann steht seine Position kaum in Frage. Besonders, wenn er gut mit dem Quartermaster klarkommt." Falls Shultz eine klammheimliche Freude über die Verlegenheit seines Kommandanten verspürte, dann hatte er sie hinter einem sachlichen Ton gut verborgen.

„Ich danke Ihnen, Dutch, das war sehr interessant für mich. Wie schön, dass Ihr Kumpel Ihnen das alles so genau erzählt hat", verabschiedete er den Mann. Natürlich war Turner klar, dass Shultz selber auf dem Piratenschiff gewesen war, und der wiederum wusste auch, dass sein Kapitän das wusste. Aber die Form musste gewahrt werden.

„Tscha nu, Sir, während der Hundewachen hat man ja Zeit genug zum Schwatzen."

Turner setzte seinen einsamen Spaziergang an der Luvseite fort. Die Einbeziehung der gesamten Besatzung bei schwierigen Entscheidungen und die soziale Absicherung bei Invalidität mochten ja viel für sich haben, aber den Kapitän durch Mehrheitsbeschluss absetzen, das ging ihm dann doch zu weit. „Da könnte ja jeder kommen …" murmelte er unwirsch vor sich hin und spuckte an der Heckreling in einem weiten Bogen in die See.

*

Nachdem sie zwei der in Frage kommenden Häfen durch nächtliche Spähtrupp-Unternehmen unter der Führung von Leutnant Dechamp in Augenschein genommen, aber schnell festgestellt hatten, dass in ihnen das normale Leben seinen Lauf nahm, fingen sie auf ihrem Weg nach Westen an einem frühen Morgen dicht unter der Küste ein Fischerboot ab, dem sie den Weg in den Heimathafen verlegten. Die Besatzung war zuerst völlig verstört, glaubten die Männer doch, dass ihr letztes Stündchen geschlagen habe. Aber auch bei dieser Gelegenheit fanden sich wieder – dank der weisen Voraussicht der Admiralität - in der Besatzung ein paar Männer, die fließend Spanisch sprachen. Turner wies sie an, mit dem Skipper über den Kauf seines Fanges zu verhandeln und dabei mit Goldstücken zu locken statt mit Kupfer. Unter diesen Umständen, das dumpfe Klimpern schwerer Goldstücke war eine gar zu verlockende Melodie, wurde der Handel schnell abgeschlossen und der Skipper an Bord gebeten, wo ihm ein Becher Rum angeboten wurde. Das löste seine Zunge, als man ihn vorsichtig nach ungewöhnlichen Vorkommnissen weiter im Westen befragte.

Er bekreuzigte sich mehrfach, dann stieß er ängstlich hervor: „Señores, hinter den Inseln vor der Küste wohnt der Teufel, *el diablo, sí*! Der Leibhaftige holt jeden, der sich dahin vorwagt! Früher haben wir dort gelegentlich gefischt, aber jetzt, *no, señores, nunca jamás*, nie und nimmer bringt mich etwas dahin!" Allerdings konnte er keine konkreten Hinweise geben, nur, dass ein paar seiner Kollegen bei guten Wetterbedingungen dort gefischt hatten, aber nie wieder nach Hause zurückgekehrt waren. Er rollte mit den Augen, hob die offenen Handflächen zum Himmel und wiederholte nochmals im Brustton der Überzeugung: „*El diablo, señores*, möge die Heilige Mutter Gottes mir beistehen! Immer zu Ihren Diensten, *señores*." Er trank aus und sprang in sein Boot hinab, mit freundlichem Winken setzte er seinen Heimweg fort.

Die Besatzung der *Shark* und ihr Kapitän kamen durch dieses Intermezzo in den Genuss einer reichhaltigen, wohlschmeckenden Fischmahlzeit. Einige alte englische Muschelrücken murrten allerdings, dass ihnen heute eigentlich gepökeltes Rindfleisch mit dickem Erbsenbrei zugestanden hätte.

*

„Gentlemen! Ich vermute, dass Puerto Santo unser gesuchter Hafen ist. Er liegt im Westen noch hinter der Schildkröteninsel auf einer Halbinsel, auf der Binnenseite erstreckt sich eine große Lagune, und über Land ist er nur sehr schwer zu erreichen, was seine relative Bedeutungslosigkeit erklärt. Ich werde diesmal selbst den Spähtrupp führen." Dechamp verzog enttäuscht das Gesicht. „James, das hat nichts damit zu tun, dass ich etwa nicht zufrieden mit den bis jetzt von Ihnen geleiteten Unternehmen wäre, aber ich kenne ein paar Gesichter, die Ihnen unbekannt sind, daher muss ich mich selbst davon überzeugen, ob diese Personen sich im Hafen befinden oder nicht – wenn denn dieser Hafen überhaupt der Volltreffer sein sollte."

Sie näherten sich dicht unter Land ihrem Ziel und richteten es so ein, dass sie erst nach kurz nach Einbruch der Dunkelheit in unmittelbarer Nähe des Hafens standen. Der Kutter war mit einem Kompass, einer abgeblendeten Laterne und einer Drehbasse ausgerüstet, die Riemen waren mit Lappen umwickelt, die Dollen gefettet worden. Neben Tom waren die vier ehemaligen Waldläufer Mark „Snake" Taylor, Jim „Beaver" Smith, Nat Moose und Fred Blackwood mit im Boot sowie acht Kariben, die spanisch oder französisch sprechen konnten. Alle waren Entermessern, Dolchen und Pistolen bewaffnet, im Boot selbst wurde auch noch ein Dutzend Blunderbüchsen verstaut. Nachdem die Shark beigedreht hatte, wurde der Kutter längsseits geholt. Schweigend verteilten sich die Männer auf ihre Plätze, Midshipman Armstrong setzte sich an die Pinne. Als letzter ließ sich Turner ins Boot hinab und stieg über die Duchten nach achtern auf seinen Platz. Er hatte lange überlegt, welchen der beiden Midshipmen er mitnehmen sollte, denn das Unternehmen konnte äußerst gefährlich werden. Starke war zwar der pfiffigere von den beiden, aber Armstrong war in praktischen Dingen erfahrener.

Das Boot glitt dicht unter Land fast geräuschlos dahin, nur die Sterne leuchteten durch die Wolkenlöcher auf sie herab, denn morgen Nacht würde Neumond sein. Die Zeit verrann. Die Ruderer arbeiteten gleichmäßig im Takt, aber ohne sonderliche Eile. Nur jetzt keinen Krebs fangen, denn das darauf folgende Durcheinander konnte sie verraten. Aus der dichten schwarzen Mauer des Dschungel an ihrer Backbordseite wehten faulige, morbide Gerüche herüber. Ab und zu war der Warnruf eines aufgeschreckten Tieres zu vernehmen. Die Männer arbeiteten gleichmäßig, beim Durchziehen der Riemen stießen sie den Atem aus. Beim Vorbeugen füllten sie die Lungen wieder, die umwickelten Ruderblätter, die bei dieser Bewegung wieder nach vorne geführt wurden, machten kaum ein Geräusch. Vorne im Bug hockte Fred Blackwood und hielt scharfen Ausguck. Von einem Wachschiff vor dem Hafen war nichts zu entdecken. Die Besatzer, wenn es sie denn gab, schienen sich sicher zu fühlen. Plötzlich tauchte vor ihnen ein finsterer, massiger steinerner Hügel auf, der von einigen wenigen Fackeln illuminiert wurde. Das musste das Fort de los Angeles auf der Spitze der Halbinsel sein. Zu ihrer Linken öffnete sich eine weite dunkle Wasserfläche – die Lagune. Im Schutz der Küste rundeten sie das östliche Kap, hielten aber nicht sofort auf die Hafeneinfahrt auf der gegenüberliegenden Seite zu, sondern zuerst auf die in tiefer Dunkelheit daliegende Lagune hinaus. In einem weiten Bogen näherten sie sich dann dem Hafen aus dem Süden. Sie schlüpften durch die Einfahrt, hielten sich im Schutz der Außenmole und warteten auf eine gezischte Anweisung von Turner hin mit parallel zur Wasseroberfläche stehenden Ruderblättern schweigend ab. An der Pier lagen vier Schiffe. Das erste war eine Brigantine – Turner hätte seinen letzten rostigen Uniformknopf darauf verwettet, dass es die *Medusa* war. Dahinter lag eine schmucke Brigg, dann folgte ein großes etwas altertümliches Vollschiff und schließlich hatte ganz achtern noch ein amerikanischer Schoner festgemacht. Auf der Pier herrschte in den frühen Abendstunden recht lebhaftes Treiben. Darauf hatte Turner gesetzt. Wenn viele Menschen unterwegs waren, konnten auch die gesuchten darunter sein und außerdem würde niemand mit einer derartigen Frechheit der Briten rechnen. Unter den Arkaden der Häuser am Kai saßen Seeleute, die tranken und dabei unter Abgabe von lautstarken Kommentaren Karten spielten oder würfelten. Aus einer anderen Bodega drangen die Geräusche einer Schlägerei herüber, Mobiliar und Glas zerbrach, vom zentralen Platz ertönte Musik herüber. Aber die Fensterläden der meisten Häuser waren verschlossen und kein Lichtstrahl drang heraus. Vor allem die großen Häuser lagen im Dunkeln und machten einen unbewohnten Eindruck. Außerdem fehlten die promenierenden jungen Leute und Ehepaare, es waren keine kreischenden Kinder zu hören, die spielend herumtollten. Kein junger Romeo verfolgte mit schmachtenden Blicken seine Julia. Das Straßenbild wurde von schwer bewaffneten verwegen aussehenden Seeleuten beherrscht.

Während auf den drei kleinen Schiffen nur vorn und achtern eine Laterne brannte und höchstens ein gedämpfter Lichtschein aus der Achterkabine fiel, war das große Schiff mit dem hohen Vor- und Achterkastell voll beleuchtet, Lichtschein fiel in breiten Bahnen aus den geöffneten Heckfenstern. Lautes Gelächter und eine vielstimmige Unterhaltung klang zu ihnen herüber. Turner überlegte fieberhaft. Es war verdammt riskant, aber wer nicht wagte, der konnte auch nicht gewinnen.

„Kerls, wir schummeln uns unter das Heck des großen Kastens. Vielleicht können wir verstehen, worum es bei dieser Zusammenkunft geht.“

Wie ein geisterhafter schwarzer Schatten glitt der Kutter lautlos über das dunkle Wasser des Hafenbeckens und verschwand im Schutz des überhängenden Hecks. Jetzt waren die Stimmen besser zu vernehmen. Es dominierte ein polternde Bass, der gerade wieder prahlte: „Das war ein gefundenes Fressen für mich und meine Jungs, ho, ho, ho!“ Die Stimme, die ihm näselnd antwortete, sorgte dafür, dass sich Turners Nackenhaare sträubten. Sie gehörte keinem anderen als dem jungen Lord Dunbar, dem verräterischen ehemaligen Sekretär des Gouverneurs von Antigua, dem Kerl, der mitverantwortlich war für die Ermordung von ungezählten ehrlichen Seeleuten und auch den Tod von Williams vorherigen Ersten Offiziers Patrick O'Bailey, dem melancholischen Iren, der ihm fast so etwas wie ein Freund geworden war. Am liebsten wäre er an den Schnitzereien des Achterkastells emporgeklettert, hätte sich durch das Fenster geschwungen und den Kerl auf der Stelle massakriert. Er riss sich zusammen, knirschte mit den Zähnen und ballte die Fäuste. Aber leider konnte man nicht verstehen, was Dunbar antwortete.

„Snake, komm mal her!“

Der Mann glitt lautlos heran. „Sir?“

„Kannst du dich an den Verzierungen unter ein Fenster hoch hangeln, ohne dass man dich entdeckt und die Diskussion belauschen?“

Mark „Snake“ Taylor blickte abschätzend nach oben und zischelte dann leise: „Kein Problem, Sir.“ Er tuschelte mit kurz mit seinen Kumpels, diese hoben ihn schwungvoll hoch und im nächsten Augenblick schien Taylor im Holz des Spiegelhecks verschwunden zu sein.

„Mister Armstrong, ich gehe kurz auf die Pier! Ich muss unbedingt wissen, ob die Brigantine da vorne die *Medusa* ist. Sollte ich in Schwierigkeiten kommen, bringen Sie das Boot mit den Männern sicher zur *Shark* zurück!“

„Aber, Sir…?“

„Das ist ein Befehl, Mann!"

„Aye, aye, Sir!" bestätigte Armstrong bekümmert.

Turner rückte das Entermesser zurecht, drückte den alten ausgeblichenen und verbeulten Dreispitz fest auf den Kopf, dann kletterte er die in die Kaimauer eingehauenen Steinstufen hinauf. Oben schob er vorsichtig den Kopf über den Rand. Fast wäre er vor Schreck wieder rückwärts in das Boot hinuntergestürzt, denn er blickte in zwei dunkel Augen, die ihn zugleich misstrauisch aber auch neugierig musterten. Eine kühle Nase beschnüffelte ihn, die Geruchsprobe musst positiv ausgefallen sein, denn eine nasse Zunge fuhr ihm freundlich quer über das Gesicht. „Hau ab!" zischte Turner dem streunenden Köter zu und machte eine abwehrende verscheuchende Handbewegung, aber der schwarzweiß gefleckte Hund dachte nicht daran, seinen neuen Freund zu verlassen. Mit einer Hand suchte William in seiner Rocktasche nach einem Stück Schiffszwieback, den er sich bei solchen Unternehmungen immer zum Knabbern einstecke. Er wollte den Zwieback zwei, drei Meter von sich entfernt dem Hund zum Fressen vorwerfen, um ihn abzulenken, warf aber zu flach, so dass dieser das Futter mit einem eleganten Satz in der Luft auffing und scheinbar einatmete. Während sich Turner auf die Pier hievte, setzte er sich abwartend hin, legte den Kopf schief, leckte sich das Maul, sah ihn aufmerksam von unten an und spitzte die Ohren, nun ja, jedenfalls das eine, denn das andere hing zur Hälfte abgeknickt herunter. Etwas stieß von hinten gegen Williams Beine, der erschrocken zusammenfuhr, einen Satz nach vorne machte, der Hund wich geschickt aus. Tom richtet sich hinter seinem Kapitän auf. „Was machst du denn hier oben?" polterte Turner los, „verschwinde wieder nach unten!" Aber Tom packte ihn gegen jede Etikette am Ärmel und zog ihn mit leicht schwankenden Schritten den Kai in Richtung auf die Brigantine entlang. „Legen Sie mir einen Arm um die Schulter, Sir, und geben Sie vor, etwas unsicher auf den Beinen zu sein", zischte er. Der Hund folgte ihnen schwanzwedelnd mit trippelnden Schritten auf dem Fuß. Was konnte in dieser Umgebung unauffälliger und harmloser wirken, als zwei Angetrunkene, die sich in Begleitung ihres vierbeinigen Genossen die Beine vertraten. So passierten sie unbehelligt das wuchtige Vorderkastell des Dreimasters und auch die Brigg. In der fast völligen Dunkelheit konnte man aber den ausgeblichenen Namen der Brigantine am Spiegel nicht lesen, also gingen sie schwankenden Schrittes weiter, bis sie fast unter den aufragenden Mauern des Seeforts standen. Unter dem Bugspriet befand sich als Galionsfigur ein Frauenkopf mit wallenden Haaren, Turner war sich sicher, dass es Schlangen waren. Das Haupt der Medusa! Er atmete tief durch. Seine beiden Gegner waren also hier. Aber wie sollte er seine Hand auf sie legen?

Unter den Arkaden bewegte sich etwas. Eine Gruppe von Seeleuten trat heraus und überquerte den Kai, um über die Laufplanke an Bord der *Medusa* zu gehen. Turner hielt den Atem an. Sie saßen in der Falle. Hinter ihnen befand sich die Festungsmauer. Wenn sie vor dem halben Dutzend Kerlen das Gangbord passieren wollten, hätten sie rennen müssen – das wäre erst recht aufgefallen. So blieb ihnen nichts anderes übrig, als sich schwankend aneinander festzuhalten und zusammenhangloses Zeug zu lallen. Plötzlich sagte eine gut bekannte kühle Stimme abschätzig: „Na, die beiden haben aber für heute auch den Eichstrich erreicht! Sind das Männer von uns, Lopez?"

Turner hörte die Antwort nicht, sein Kopf zuckte in die Höhe, er blickte direkt in die Augen von Janine Bondie. Sie waren so veilchenblau wie er sie in Erinnerung gehabt hatte, jetzt weiteten sie sich eher verblüfft als erschrocken. Sie reagierte sofort, ihre Hand fuhr zum Degengriff. „Das sind Spione, Männer! Packt sie!"

Tom zerrte Turner zurück zum Bug an die fast senkrecht nach unten abfallende Kaimauer. „Springen Sie, Sir! Wir müssen ins Wasser, das ist unsere einzige Chance!“ stieß er hervor.

„Deine, Tom, deine! Ich kann nicht schwimmen, wie du weißt!“

„Ich zieh Sie mit, Sir, los!“

„Du zuerst, Tom!“ Turner gab ihm einen Stoß. Tom ruderte mit den Armen, stürzte rücklings von der Pier, drehte sich dann aber in der Luft und tauchte elegant ins Wasser ein. Turner atmete tief ein, er spürte die Männer direkt hinter seinem Rücken. „In Gottes Namen“, keuchte er, hielt sich die Nase zu und wollte springen, aber da wurde vor seinen Augen schon alles dunkel und es war nicht das schwarze Hafenwasser, das ihm den Blick verwehrte.

Quartermaster Svenson fing den ohnmächtigen Körper mühelos auf. Bootsmann Owen, streichelte zufrieden den handlichen Sandsack, mit dem er Turner niedergestreckt hatte. Er wollte ihn gerade wieder in der Tasche seiner kurzen Weste verstauen, als ihn ein heftiger Schmerz in der Wade aufschreien ließ. Der Hund war seinem neuen Kumpel zur Hilfe geeilt und hatte sich knurrend in Owens Unterschenkel verbissen. Der versuchte ihn abzuschütteln, mit den Händen abzustreifen, aber das bewirkte eher das Gegenteil.

„Hören Sie doch mal auf so herumzuhampeln, Owen“, fuhr ihn Lopez an, der mit blank gezogener Klinge neben ihm stand, und auf eine Gelegenheit wartete, den Hund mit einem gezielten Hieb zu töten.

„Au, verflucht, Sie haben gut reden, Lopez, die Bestie hat ein Gebiss wie ein Kaiman, au, verdammt noch mal!“ Er tanzte weiter einen makabren Jig auf dem Pflaster der Pier.

Lopez machte zwei Matrosen ein Zeichen. Sie packten Owen an den Armen und hielten ihn mit aller Kraft fest. Lopez holte aus, um dem Hund den Kopf abzuschlagen, aber der ließ plötzlich von seinem Opfer ab, sprang ein, zwei Meter zurück und knurrte die Männer mit gefletschten Zähnen tief grollend an, Geifer tropfte aus seinem Maul. Sein Anblick war furchterregend, er vermittelte den Eindruck animalischer Wut gepaart mit Furchtlosigkeit. Ohne Not wollte sich keiner der Männer mit ihm anlegen. Der Zwischenfall hatte die Aufmerksamkeit der Männer gefesselt, so dass niemand darauf geachtet hatte, was aus dem anderen Mann geworden war, der ins Wasser gefallen war. Erst jetzt trat Lopez an den Rand des Kais, blickte angestrengt hinunter, zuckte mit den Achseln und schüttelte den Kopf.

„Bringt Owen an Bord und versorgt seine Wunde“, befahl Kapitän Bondie den beiden Matrosen, „Lopez, Sie kümmern sich darum. Anschließend suchen Sie nach dem zweiten Mann und versucht herauszufinden, wie die Kerle in die Stadt gekommen sind. Irgendwie müssen die beiden an unserem Wachboot draußen vorbeigekommen sein. Svenson und Toby, ihr bringt den Kerl hier in mein Landquartier am Platz. Swiney muss davon zunächst mal nichts erfahren, *claro*?“

„Aye, aye, Käpt'n! Aber der andere Bursche dürfte ersoffen sein, von dem war da unten im Wasser nichts zu sehen.“

„Umso besser.“

Svenson packte den bewusstlosen Turner und warf ihn sich wie einen Sack über die Schulter. Schnell verschwanden sie wieder im Schatten der Arkaden und standen nach wenigen Schritten vor einem schmalbrüstigen aber gepflegten Haus am Rande des Platzes. Der Hund folgte ihnen in ein paar Schritten Abstand. Bondie schloss die Tür auf und schob die Männer mit ihrer Last hinein. Im Flur tauchte Horace Ferry, ihr Steward, mit entblößtem Oberkörper auf. Er schien verwirrt zu sein. „Oh, Kapitän, ich dachte, Sie wollten an Bord übernachten?“ Aus der Tür, die in seine Schlafkammer führte, fiel Licht. Eine quengelnde Männerstimme erkundigte sich affektiert: „Was ist denn nun, Horace, mein Schätzchen, kommst du nun endlich, oder was ist los?“

„Ab in die Falle, Horace! Und mach die Tür zu!“ meinte Bondie energisch. Mit dem Kopf machte sie ihren beiden Begleitern ein Zeichen, Turner die Treppe hinauf zu tragen.

„Werft ihn auf das Bett und fesselt ihn!“ befahl sie, „dann könnt ihr gehen.“

Die beiden Männer sahen sich zweifelnd an.

„Habe ich mich deutlich genug ausgedrückt, Svenson? Mit dem Bürschchen werde ich alleine fertig - oder zweifelst du etwa daran?“

„Natürlich nicht, Käpt'n“, beeilte sich der Quartermaster ihr zuzustimmen, schließlich hatte er sie schon oft genug kämpfen sehen, um in dieser Beziehung keine Bedenken zu haben.

„Na, dann ist es ja gut! Ich werde ihn verhören, sobald er wieder bei Bewusstsein ist. Ich kenne da ein paar Tricks, die ihn sicher gesprächig machen werden...“

Der blonde Riese erschauerte, er wollte sich lieber nicht vorstellen, was das für unangenehme Kniffe waren. Unbewusst fuhr er sich mit der Hand über sein Gemächt.

„Tse, tse, Svenson, du altes Ferkel, das kommt erst ran, wenn alles andere nicht zum Ziel führt.“ Na, warten wir mal ab, dachte sie bei sich.

Als Turner gefesselt war, entließ Janine die beiden, sperrte die Tür hinter ihnen zu und überzeugte sich auch davon, dass die Hintertür und die Fenster im Erdgeschoss verschlossen und verriegelt waren. Sie wollte nicht gestört werden.

Sie wusste nicht, wer vor dem Überfall in dem Haus gelebt hatte, aber es schien ein alleinstehender ziemlich begüterter Kaufmann gewesen zu sein, denn es war geschmackvoll und zweckmäßig, aber nicht überladen und protzig eingerichtet.

Zurück im Schlafzimmer betastete sie vorsichtig Turners Hinterkopf. Als sie mit den Fingern zart über die hühnereigroße Beule fuhr, stöhnte William auf, erlangte aber das Bewusstsein nicht zurück.

„Owen, dieser Schlagetot, musste er denn gleich so hart zuschlagen? Geschieht ihm ganz recht, dass der Hund ihn gebissen hat!"

*

Schwarzes Wasser umgab Thomas Brown. Mit langen Schwimmstößen bewegte er sich unter Wasser vorwärts bis seine Lungen anfingen zu brennen, dann ließ er sich an die Wasseroberfläche gleiten. Wie er es sich erhofft hatte, war es ihm gelungen, das Schiff zwischen sich und seine Verfolger zu bringen. Er konnte ihre Stimmen auf der Pier hören, die scharfe befehlsgewohnte Frauenstimme gab kurze Kommandos. Er drehte sich auf den Rücken und schwamm mit fast geräuschlosen kräftigen Beinschlägen an der Bordwand der Brigantine entlang. Die Distanz vom Heck der *Medusa* bis zum Bug der Brigg *Trinity* legte er wieder getaucht zurück, genauso verfuhr er, um die Lücke zu überwinden, die zwischen dieser und dem Vollschiff *Hellfire* klaffte. Er hatte Glück, niemand blickte auf den Schiffen von oben über die Verschanzung. Was gab es da auch schon groß zu sehen? Manchmal war es von Vorteil, wenn einen Mutter Natur mit einer natürlichen dunklen Hautfarbe als Tarnung ausgestattet hatte. Als er sich dem Heck der *Hellfire* näherte, verlangsamte er seine Bewegungen und lauschte. In der Achterkajüte wurde immer noch schwadroniert und trunken grölend gelacht, von seinen Kumpels auf dem Kutter war kein Mucks zu hören. Waren sie noch da, oder hatten sie etwas von dem Zwischenfall mitbekommen und schleunigst das Weite gesucht? Er musste sich bemerkbar machen, sonst konnte es ihm passieren, dass man ihm bei der Annäherung mit einem Entermesser einen Scheitel zog – wenn, ja wenn, der Kutter noch an dem Platz war, wo sie ihn zurückgelassen hatten. Er überlegte. Er war kein erfahrener Waldläufer wie die vier Loyalisten im Boot, aber er hatte die Geschichte gehört, wie sie sich auf einem Spähtrupp-Unternehmen mit Hilfe von Vogelstimmen verständigt hatten. Die einzigen Vogelstimmen, die er imitieren konnte, waren kreischende Möwen und krächzende Papageien. Als er noch Sklave auf einer Plantage auf Guadeloupe gewesen war, hatte sein Herr mehrere dieser großen bunten Vögel aus Südamerika gehalten, an sie hatte er mehr Gedanken verschwendet, als an seine schwarzen Sklaven, jedenfalls hatte er die Vögel besser behandelt. Allerdings half ihm jetzt die Geschwätzigkeit dieser gelehrigen Vögel nicht weiter. Entschlossen krächzte er einmal zornig wie ein hungrige Möwe, der eine andere größere das Futter geklaut hatte. Die Stille in der Dunkelheit unter dem Heck schien noch bedrückender zu werden, dann zischte eine Stimme: „Es ist Tom!" Erfreut glitt er mit einem Dutzend Schwimmstößen vorwärts und erreichte die Bordwand. Helfende Hände packten ihn und zogen ihn ins Boot.

Er schüttelte sich. „Sie haben den Käpt'n erwischt!" Er zog sich Hemd und Hose aus, um die Kleidungsstücke auszuwringen.

„Wir müssen ihn raushauen!" schnaubte Armstrong.

„Mit Verlaub, Sir, das wäre wünschenswert, aber ist kaum machbar. Er dürfte sich vorne auf der *Medusa* befinden, da haben wir paar Hanseln keine Chance." Tom grinste in sich hinein, hatte er doch genau gehört, welchen Befehl Turner Armstrong für diesen Fall gegeben hatte. Der Middie war schon in Ordnung, doch das war er zweifellos, verweigerte er doch glatt die Ausführung eines Befehls, um seinen Kommandanten zu retten.

„Aber wir können ihn doch nicht im Stich lassen!"

„Wir brauchen Verstärkung, die Nacht ist noch jung. Außerdem müssen wir hier erst mal verschwinden, die Kerle von der *Medusa* werden nach dem Boot suchen, mit dem der Käptum und ich hier eingedrungen sind. Ist „Snake“ schon wieder unten?“

„Nein, der klebt noch wie ein Gecko im Gebälk.“

„Hol ihn her!“

„Beaver“ imitierte den Warnruf einer Seeschwalbe und kurze Zeit darauf hingen plötzlich zwei Beine über ihnen in der Luft. Zwei Matrosen standen auf und packten sie, die anderen sorgten für die Stabilität des Bootes.

Als alle ihre Plätze eingenommen hatten, setzte sich der Kutter wieder vorsichtig in Bewegung und machte sich im Schutz der Dunkelheit davon. Mit bösen Blicken musterten sie den schmucken Rumpf der *Medusa*, die ruhig und unbeteiligt an der Pier lag. Ihr hohes Rigg zeichnete sich schwarz gegen die Laternen an Land ab. Vom Kirchturm schlug die Uhr die neunte Abendstunde. Eine Gruppe von Seeleuten schlenderte mit Fackeln an der Kante des Kais entlang und schaute suchend in die Zwischenräume zwischen den festgemachten Schiffen. Sie schienen nicht mit überbordender Begeisterung bei der Sache zu sein. Die Männer der *Shark* pullten schweigend und ließen den Hafen mit sehr gemischten Gefühlen hinter sich zurück, denn ein Platz auf der Heckducht blieb leer.

Kapitel 11

Puerto Santo, Anfang Mai 1777

Schwarzes Wasser, überall schwarzes fauliges Wasser, das ihn am Atmen hinderte, ein Riesenkrake hielt ihn fest umschlungen, zog ihn weiter nach unten. Er wollte nach oben, hoch ans Licht, an die Luft! Der Krake zog ihn dichter zu sich heran, begann mit seinem vogelähnlichen Schnabel nach seinem Kopf zu schnappen. Panik breitete sich in Turners Kopf aus. Er krampfte seinen Körper zusammen, um sich aus der tödlichen Umarmung zu lösen, der Krakenschnabel begann auf seiner Hirnschale zu klopfen, panische Angst und Ekel überkam ihn, er würgte krampfhaft. Bleiche Gesichter zogen vorbei, Gesichter, die durch Verwundungen grässlich entstellt waren, Gesichter mit leeren Augenhöhlen, Gesichter von guten Männern, die er hatte sterben sehen, die ein Befehl von ihm in den Tod geschickt hatte. Und nun war er an der Reihe.

Plötzlich war da Licht, die Umklammerung löste sich an den Armen und Händen, der Schmerz im Kopf ließ nach. Eine sanfte Stimme drang beruhigend durch die heller werdenden Nebelschwaden, etwas kühlte seinen schmerzenden Hinterkopf und sein Gesicht wurde mit einem duftenden Tuch abgetupft. Mühsam schlug er seine Augen auf und fokussierte sie. Blaue Augen blickten ihn besorgt an. Jäh überflutete ihn wieder die Erinnerung. Er war der Gefangene der Medusa! Sein Oberkörper fuhr in die Höhe, er schaute sich wie ein in die Enge getriebenes Tier nach einer Fluchtmöglichkeit um, aber er schien sich ganz offensichtlich nicht auf ihrem Schiff zu befinden. Dann war an ein Entkommen nicht zu denken, auch konnte er jede Hoffnung fahrenlassen, dass ihn seine Männer mit einem Handstreichunternehmen befreien konnten. Sein Kopf dröhnte, als wollte er zerplatzen. Er seufzte tief auf.

„Können Sie mich verstehen, Kapitän Turner?"

„Aye", krächzte er mühsam.

„Wenn Sie mit Ihr Ehrenwort als Offizier und Gentleman geben, hier an Land keinen Fluchtversuch zu unternehmen, schneide ich Ihnen auch die Fußfesseln durch. Das wäre übrigens auch zu Ihrem eigenen Besten, denn Sie hätten ungefähr dieselbe Chance, unbeschadet aus der Stadt zu entkommen wie ein Schnellball von der heißen Ofenplatte."

Er wusste, dass sie Recht hatte. „Nun gut, ich gebe Ihnen mein Wort bis auf Widerruf."

Sie lächelte ihn spöttisch an. „Immer ein Hintertürchen auflassen, Kapitän, nicht wahr?"

„Mir ist nicht nach Ironie zu Mute, verdammt! Entschuldigen Sie, ich sollte in Gegenwart einer Dame nicht fluchen."

„Halten Sie mich denn für eine solche?"

Er schwieg, dann meinte er zögernd. „Ihre Profession spricht eher dagegen, aber wie war doch noch die Geschichte mit dem ersten Stein…?"

„Da haben Sie aber gerade noch die Kurve gekriegt, Kapitän. Was kann ich tun, um Ihre Beschwerden zu lindern?"

Er blickte sie an. Ärger stieg in ihm darüber auf, dass er wieder mal zu überhastet und unüberlegt gehandelt hatte und sich daher selbst die Folgen zuschreiben musste. „Wie wäre es, wenn Sie zum Teufel gehen würden, Madam", murmelte er giftig. Als sie schwieg und ihn nur spöttisch ansah, betastete er seinen Hinterkopf und fuhr dann ruhiger fort: „Gibt es hier irgendwo eine Möglichkeit, wo ich mich waschen kann. Ich würde am liebsten meinen Kopf in eine Pütz Wasser stecken."

Sie deutete auf eine Tür. „Dahinter finden Sie alles, was Sie suchen."

Mühsam erhob er sich, hielt sich unterdrückt fluchend den Kopf – die guten Vorsätze hatten nicht lange vorgehalten – und wankte schwankend davon. Während er sich prustend und schnaubend erfrischte, wobei er würgend gegen einen heftigen Brechreiz ankämpfen musste, holte sie aus der Küche im Erdgeschoß allerlei Essbares und baute es auf dem Tisch auf.

Turner erschien wieder im Zimmer, er sah beinahe frisch und erholt aus. Trotzdem warf er einen angeekelten Blick auf die von Horace kunstvoll vorbereiteten Häppchen, die er sicher seinem nächtlichen Bettgenossen zugedacht hatte. „Um ehrlich zu sein, mir ist der Appetit für heute vergangen, Miss Ogrog, oder sollte ich besser Miss Bondie sagen."

„Reden Sie mich einfach mit meinem Titel – Kapitän – an, das dürfte Ihnen doch nicht schwerfallen."

„Ahem..." William räusperte sich umständlich. Er goss sich ein großes Glas Saft ein und trank es durstig aus. Sein Magen überlegte kurzzeitig, ob er die Flüssigkeit bei sich behalten wollte, entschied dann aber glücklicherweise positiv. „Was wollen Sie von mir?"

„Warum haben Sie mich verfolgt, Turner?"

„Das fragen *Sie*?" Er war ehrlich verblüfft. „Ihr Metier gibt mir jedes Recht dazu!"

Sie sah ihn durchdringend an. „Ich meine, nach dem Maskenball bei dem reizenden Stinktier Señor Hernandez. Hat er mein Inkognito gelüftet?"

„Ich freue mich, dass wir in Bezug auf die Abstammung von Mister Hernandez einer Meinung sind! Aber er hat Ihre Tarnung nicht platzen lassen, allerdings war es nicht so schwer, Ihnen auf die Schliche zu kommen. Ich musste nur eins und eins zusammenzählen. Ihre profunden Kenntnisse über Schiffe und Dienstränge, der Schlangenring, Ihr

Erschrecken beim Anblick des Medusenhauptes, der kräftige männliche Händedruck…" Er zuckte mit den Schultern. „Im Übrigen hat mich im Wesentlichen Mistress Parker drauf gebracht."

„Ach, die eifersüchtige Athena im reifen Alter!" Sie kicherte wie ein Backfisch, dem ein alberner Schabernack geglückt war. „Es hätte nicht viel gefehlt und sie hätte den Blitz des Zeus nach mir geschleudert … Jedenfalls müssen Sie gut kombiniert haben, wo mein Schiff auf mich gewartet hat."

Er verbeugte sich ironisch. „So schwer war auch das nicht, wenn man erst erkannt hat, dass Sie gerne das Unerwartete, das Verwegene tun."

Sie gab die Verbeugung zurück. „Danke, für das Kompliment. Ich fürchte, Sie kennen mich schon besser, als mir lieb sein kann." Sie blickte ihn unter ihren langen blonden Wimpern sehr ernst und nachdenklich an. Die Farbe ihrer Augen spielte jetzt ins Violette.

„Das wird Sie eines Tages den Kopf kosten, fürchte ich. Daran hat schon bei unserem letzten Zusammentreffen nicht viel gefehlt."

„Ja, das war ziemlich knapp, aber der galante Franzose hat Sie zum Glück daran gehindert, mir den Petticoat auszuziehen. Was ist aus ihm geworden."

Turner zögerte kurz. „Wir haben ihn entmastet. Aber dadurch haben wir zu viel Zeit verloren, um Sie noch vor Einbruch der Dunkelheit stellen zu können." Er stand auf und trat ans Fenster. Durch die halb geöffneten Fensterläden blickte er hinunter in den dunklen verwilderten Garten hinter dem Haus, der von hohen Mauern begrenzt wurde.

„Wie kommt es, dass Sie mich trotz des Räuberzivils auf dem Kai sofort erkannt haben, Madam?"

Sie lachte hell auf, worauf er ziemlich dümmlich dreinblickte. Natürlich konnte sie ihm nicht gestehen, dass sie in den vergangenen Wochen oft an ihn gedacht und dabei sein

Bild vor Augen gehabt hatte. Sie legte den Kopf schief und meinte schnippisch: „Der Sauerkohl in Ihrem Gesicht, Herr Kapitän. Der Bart, der mich immer überlegen lässt, ob Sie mit seiner Hilfe etwas verbergen wollen. Es gibt nur wenige Männer, die so eine Barttracht kultivieren."

Er knurrte etwas Unverständliches vor sich hin und kraulte sich seine krause Manneszierde. Sie hatte in gewisser Weise recht, überlegte er, früher hatte er sich den Bart stehen lassen, um seine Jugend zu verbergen. Aber das war nun wohl nicht mehr nötig. Die Sorgen des Kommandos würden ihm schon bald die ersten grauen Haare und tiefe Sorgenfalten um den Mund bescheren, dachte er ein wenig wehmütig – falls er jemals auf sein Schiff zurückkommen würde.

„So, so, der Bart war es! Der kommt ab, dieser Verräter! Aber sei es drum, was mir am meisten Sorge macht, ist Ihre Bekanntschaft mit den ehrenwerten Gentlemen Dunbar und Hernandez.

Wie Sie wissen, hat es schon eine Reihe von Piraten gegeben, die nach einer gewissen Zeit aus dem Geschäft ausgestiegen und wieder in die bürgerliche Gesellschaft zurückgekehrt sind. Morgan wurde geadelt und brachte es zum Vizegouverneur von Jamaika, Anne Bonny ist den Schoß der Familie zurückgekehrt – zumindest gilt das als sehr wahrscheinlich - und andere ließen sich als reiche, geachtete Kaufleute nieder. Wenn viel Gold im Spiel ist, leidet Justitia manchmal an Sehstörungen und das liegt nicht an ihrer Augenbinde!

Aber bei Verrätern wie diesem Hund Dunbar kennt die Krone keine Gnade: Er muss und er wird sterben! Und wer ihn unterstützt, teilt sein Schicksal, so viel ist sicher ..."

„Sie scheinen sich wirklich ehrliche Sorgen um mich zu machen, Turner. Tse, tse, wenn das Ihr Admiral wüsste ... oder Ihre rothaarige Sklavenhalterin. Eigentlich ist das auch keine sehr menschenfreundliche Profession. Übrigens ist Mary Read, die Komplizin von Anne Boyle, im Knast am

Fieber gestorben, sonst hätte man sie wie Calico Jack und den Rest der Crew gehängt. Aber Sie haben Recht, Dunbar ist ein Schwein. Ich traue ihm nicht über den Weg. Ich bin sogar überzeugt davon, dass er gerade dabei ist, die Bruderschaft zu verraten."

„Wie meinen Sie das?" Er drehte sich schnell herum, sie war hinter ihn getreten und durch seine abrupte Bewegung kam sie ins Straucheln. Plötzlich, ohne zu wissen wie, lag sie an seiner Brust. Er stand stocksteif da und rührte sich nicht. Langsam hob sie ihren Kopf, schob ihre Hände über seine Schultern, umschlang seinen Hals, zog seinen Kopf zu sich hinunter und küsste ihn zuerst sanft, dann immer wilder auf den Mund.

Alles was folgte, war ganz selbstverständlich, geschah völlig ohne Verstellung oder gar aus Berechnung. Es war, als hätten sich zwei starke Magnete mit unterschiedlichen Polen einander genähert, und als sie sich nahe genug waren, sorgte einfach das Naturgesetz dafür, dass sie mit einander eine enge, fast unlösbare Verbindung eingingen. Es hatte einfach so kommen müssen. Ehe sie es sich versahen, lagen sie nackt auf dem Bett und wussten selbst nicht, wie es dazu gekommen war. Janine war etwas Besonderes, wie William schnell feststellte. Durch das harte Leben auf See war ihr Körper durchtrainiert, unter der weißen, zarten Haut mit dem weichen blonden Flaum spannten sich harte Muskeln, die sie auch fordernd einsetzte. In ihrem langen Liebeskampf gab es am Ende keinen Sieger und keinen Besiegten, nur selig Erschöpfte.

Janine lag halb auf ihm, er spürte den sanften Druck ihrer kleinen festen Brüste, und im Licht der heruntergebrannten Kerzen blickte sie ihn aus riesengroß aufgerissenen Augen an, unter den elegant geschwungenen Bögen ihrer Augenbrauen leuchteten sie wie blitzende Sterne. Sie schnurrte zufrieden: „Ich wusste es vom ersten Augenblick an, mein Geliebter, dass wir zusammengehören. Seit unserem Zusammentreffen auf dem Ball habe ich von dir geträumt. Ich bin vor Sorge fast verrückt geworden, als du von der großen Fregatte in eine Auseinandersetzung verwickelt worden bist." Sie streichelte sanft über die rote Narbe an seinem Arm.

Turner räusperte sich umständlich, dann zog er es vor, statt zu antworten, an ihrem Ohr zu knabbern. Sein Kopf dröhnte, die Beule schmerzte höllisch. Verdammt, wo war er da wieder hineingestolpert? Er, William Turner Leutnant der Royal Navy und Kommandant Seiner Britannischen Majestät Kriegsslup *Shark*, lag mit einer gesuchten Verbrecherin, die sich des Seeraubes schuldig gemacht hatte, nackt im Bett und hatte mit ihr gerade höchste Wonnen erlebt. Und er schämte sich dessen nicht, sondern fand das völlig normal. Eine frische nächtliche Brise zog durch den Raum. Zärtlich legte er einen Arm um sie und war gleich darauf eingeschlafen.

Sie kuschelte sich eng an ihn, streichelte seine Brust, atmete den Geruch seiner Haut ein und schloss ebenfalls die Augen. Wie es ihr erschien, war kaum eine Minute vergangen, als laut an die Tür gepocht wurde. Horace rief dringlich: „Kapitän, reise, reise! Es gibt schlechte Neuigkeiten!"

Sie sprang auf, streckte sich wohlig, schlüpfte in einen seidenen Morgenmantel und ging zur Tür. Sie fühlte sich so wohl, wie schon lange nicht mehr.

„Was ist los, Horace, warum machst du die Pferde scheu? Draußen ist es noch dunkel."

„Steuermann Lopez hat einen Boten geschickt, die *Hellfire* ist soeben ausgelaufen!"

„Verflucht! Diesem Hurensohn Swiney soll bei lebendigen Leib sein fetter Wanst verfaulen!" fluchte Bondie sehr wenig ladylike. Der Zeitpunkt war von dem dicken Piratenkapitän günstig gewählt, denn die ablandige Brise und der einsetzende Ebbstrom würden das große Schiff aus dem Hafen schieben. „Ich komme sofort, Horace! Pack deine Sachen, anschließend wirf meine Klamotten in eine Seekiste und lasse alles an Bord bringen. Ich denke, dass wir nie wieder hierher kommen werden."

Turner war von dem Lärm wach geworden, er blickte sie fragend an. „Was ist los?"

„Zieh dich an. Ich erkläre dir alles später."

Als sie aus der Tür traten, kam der Hund freudig bellend auf Turner zugestürmt und sprang an ihm hoch. Er klopfte ihn auf die Flanke und strich ihm über den Kopf. Der Hund schaute dankbar zu ihm auf.

Wenige Minuten später stürmte Bondie leichtfüßig über die Laufplanke an Bord der *Medusa*, Turner folgte ihr mit leicht unsicherem Schritt nachdem er den Hund seine letzten Zwiebackstücke zugeworfen hatte. Ihn quälten leichte Schwindelanfälle und er fühlte sich keineswegs wohl. Missbilligend musterte Svenson seine Arme und Handgelenke. Erklärend rief ihm Bondie zu: „Er hat mir sein Ehrenwort gegeben, nicht zu fliehen. Sperrt ihn unten in meiner Kammer ein und fesselt ihn. Alles klar zum Auslaufen, Lopez?"

„In wenigen Minuten dürfte alles vorbereitet sein, Kapitän."

„Warum seid ihr nicht früher drauf gekommen, dass die *Hellfire* auslaufen will?"

„Die haben das sehr geschickt gemacht, Kapitän. Erst war da eine lautstarke Feier an Bord, dann war Ruhe, alle schienen betrunken in die Koje gekrochen zu sein. Auch bei uns haben alle gepennt ... sogar die Deckswache. Der Kerl behauptet zwar, dass er sich um Owens Bein gekümmert hat, aber ich vermute, dass er aus Langeweile mit ihm gesoffen hat und dann eingenickt ist.

Wie wir beide wissen, hält Swiney nicht allzu viel von guter Seemannschaft, wenn es um das Auftuchen der Segel im Hafen geht. Seine Lappen hingen schon seit Tagen schlampig in den Geien und Gordings, daher klappte das Segelsetzen heute im Handumdrehen. Nach dem Loswerfen der Festmacher, haben sie das Schiff über den Anker von der Pier abgetaut."

„Aber die Palle am Spill müssen einen höllischen Lärm gemacht haben?"

„Haben sie nicht! Sie müssen sie außer Funktion gesetzt haben, ziemlich riskant das, aber machbar! Swiney muss das alles von langer Hand geplant haben."

„Dafür ist der viel zu dämlich, dahinter steckt ein anderer Kopf. Wie ich schon immer gesagt habe, dieser Dunbar ist ein schlauer Teufel! Sind irgendwelche Kisten aus Dunbars Residenz an Bord der *Hellfire* gebracht worden?"

„Wie Sie befohlen haben, waren wir diesbezüglich ständig auf dem Quivive, aber Fehlanzeige, Kapitän, nichts …"

„Das kann nicht sein, der macht sich nicht ohne unsere gemeinsame Beute aus dem Staub! Hat er überhaupt nichts an Bord genommen – keine einzige Kiste?"

„Nun, gestern hat er mehrere Lieferungen bekommen, Wein in Fässern. Ein Fass ist bei der Übernahme kaputt gegangen, die Pier war rot überflutet, es sah aus wie nach einem Schlachtest – oder bei einer Massenexekution! Der Maat der *Hellfire* hat fürchterlich rumgebrüllt!"

„Haben sie die Fässer über die Gangway gerollt oder mit dem Ladegeschirr übernommen?"

„Nun ja, ich habe mich etwas gewundert, denn sie hatten ziemlich schwere Takel angeschlagen. Einer der Matrosen meinte, sie würden später noch Geschützkugeln übernehmen, daher der Aufwand …"

Bondie nickte verstehend. „Schlau, richtig schlau … Die Idee mit dem kaputten Fass ist wirklich genial! Wenn in dem einen Fass Wein war, dann nimmt jeder an, dass in den anderen auch welcher ist."

Horace Ferry kam mit ein paar Seeleuten von den Arkaden herübergeeilt. Sie schleppten die Seekisten und ein paar Säcke an Bord. Gleichzeitig kam Svenson auf das Achterdeck gestürmt und meldete: „Alles klar zum Auslaufen, Kapitän! Unser Wachboot kommt gerade in den Hafen gerudert!“

„Wahrscheinlich wollen sie uns mit der Nachricht überraschen, dass die *Hellfire* ausgelaufen ist“, murmelte Kapitän Bondie sarkastisch. „Svenson, hiev den Anker! Lopez, die Gangway einholen, vorne und achtern alles los bis auf eine Achterleine. Die Achterleine auf Slip legen! Für das Einsetzen des Kutters haben wir keine Zeit, wir schleppen ihn achteraus mit!“

Auch auf den anderen beiden Schiffen rührte sich jetzt etwas an Deck, anscheinend beabsichtigte die beiden amerikanischen Schmuggler, den anderen Schiffen zu folgen, auch wenn sie nicht wussten, was genau eigentlich los war, handelten sie ganz nach dem Motto: Rette sich wer kann!

Die Nachricht, dass sich die *Hellfire* auch mit dem größten Teil ihrer Beute, den sie in den Gewölben des Gouverneurspalastes sicher gewähnt hatten, davon gemacht hatte, machte die Besatzung wütend und die Männer legten sich mit ihrem ganzen Kreuz in die Spillspaken. Unter kontrolliertem Fieren der Achterleine bewegte sich die *Medusa* von der Pier weg, hin zu dem Punkt, wo ihr Anker im Grund des Hafens lag. Dann wurde die Achterleine eingeholt und die Vorsegel und der Besan gesetzt. Es war ein riskantes Manöver, denn wenn der Anker nicht willig aus dem Grund kam, würde er das Schiff hart abstoppen und herumreißen. Aber alles lief glatt. Der Anker brach aus dem Grund und kam schlammbedeckt aus dem Wasser. Die *Medusa* passierte die Hafeneinfahrt und rundete mit Hilfe des schwachen Windes und des Ebbstroms das Fort.

Unter Deck hatte sich Turner in die Karte der Karibik vertieft, die auf dem Tisch lag, denn man hatte ihm in aller Eile nur die Hände gefesselt. Er prägte sich ein halbes Dutzend Häfen, Inseln und Buchten ein, die besonders markiert worden waren. Als die Tür aufflog und Janine hereinstürmte, schien er damit beschäftigt zu sein, ihren schön gearbeiteten Messingsextanten zu bewundern, der griffbereit in einer festgelaschten Kiste lag.

Sie umarmte ihn stürmisch, küsste ihn, flüsterte ihm dann aber ins Ohr: „Du musst fliehen, Liebster! Bootsmann Owen wird dich anklagen und deinen Kopf verlangen; er verfügt über eine Menge Einfluss bei den Leuten. Als Leutnant der Royal Navy steht man nicht gerade auf Platz Eins der Beliebtheitsskala auf einem Piratenschiff. Wir schleppen den Kutter achteraus mit, damit kannst du dich zu deinem Schiff retten." Sie öffnete eine Schublade, entnahm ihm einen Dolch, steckte ihn ihm hinter den Gürtel und küsste ihn nochmals hungrig. Sie blickte auf seine gefesselten Hände. „Ziemlich schlampig, dürfte kein Problem für dich sein. Warte bis ich an Deck bin, dann schneide die Fesseln durch und verschwinde wie ein Seegeist." Sie blickte ihn ernst an. „Wir sehen uns wieder, das weiß ich ganz sicher!"

„Danke, Janine", krächzte er rau. „Das werde ich dir nie vergessen!"

Sie lächelte ihn spöttisch mit einer hochgezogenen Augenbraue an: „Das will ich aber auch sehr stark hoffen! Ich werde dich spätestens daran erinnern, wenn sie mir die Schlinge um den Hals legen, mein Lieber!" Dann wandte sie sich zum Gehen. „Übrigens habe ich Horace in die Kombüse geschickt, er soll dir einen Kaffee bringen. Du hast nicht viel Zeit!" Fort war sie.

Er zog den Dolch aus dem Gürtel und durchtrennte die Handfesseln, die er auf den Boden fallen ließ, dann kroch er aus dem Fenster auf die schmale Heckgalerie. Turner sah den Kutter achteraus im Kielwasser. Verflucht, da haben wir wieder den Schiet in der Kuchenform, wenn ich schwimmen könnte, wäre es gar kein Problem dorthin zu gelangen. Er verfolgte den Verlauf der Schleppleine, sie war oben auf dem Achterdeck belegt, aber wenn er sich auf das Geländer der

Galerie hockte und sich reckte, konnte er sie erreichen. Vorsichtig, um nicht abzurutschen, stieg er auf den Handlauf und langte nach der Schleppleine. Sie rutschte ihm, nass und glitschig wie sie war, zweimal aus der Hand, dann hatte er sie fest mit einer Faust gepackt. Verflucht, dachte er, ich habe eine Scheißangst! Ich schwöre bei allen Heiligen, falls ich das hier überleben sollte, dann werde ich schwimmen lernen wie ein Delphin – mindestens! Er hörte drinnen die Tür klappen und die Stimme des Stewards flöten: „Ihr Kaffee, lieber Sir! Frisch gebrüht, eine wahre Köstlichkeit … Sir, Sir …?"

Turner löste seine zweite Hand von der geschnitzten Verzierung am Heck und angelte nach der Schleppleine, kaum hatte er sie gepackt, als er auch schon das Gleichgewicht verlor und abrutschte. Durch sein Gewicht zog er das Boot heran und die Leine kam die Lotrechte. Hand über Hand ließ er sich hinunter, im Nu schlug das Wasser über seinem Kopf zusammen, sein Hut wurde ihm vom Kopf gerissen. Panik drohte ihn zu erfassen, aber er ließ das Seil nicht los. Wasser schluckend zog er sich weiter an der Schleppleine nach achtern. Dann bekam er einen Schlag gegen die Füße: das Boot. Einen Augenblick lang hielt er inne, reckte den Kopf und atmete tief durch, dann langte er nach oben, um sich am Dollbord festzuhalten. Beim ersten Mal gelang es nicht. Der Bug war zu hoch. Er probierte es nochmals mit mehr Schwung – und diesmal klappte es. Mit beiden Händen hangelte er sich zur Mitte und zog sich dann mit Schwung und letzter Kraft in das Boot. Er lag keuchend unten auf den Bodenbrettern. Aber noch war er nicht in Sicherheit, er kroch nach vorne zum Poller, auf dem die Schleppleine belegt war. Der Dolch war scharf, mit drei, vier Schnitten hatte er das Seil durchtrennt. Nach Luft japsend blickte er über den Bug. Die *Medusa* entfernte sich langsam aber stetig. Niemand stand an der Heckreling und zeigte aufgeregt in seine Richtung. Es war irre, aber er musste in diesem Augenblick daran denken, wie sehr er sich noch vor wenigen Tagen gewünscht hatte, den Spiegel des Schiffes aus größerer Nähe zu sehen, um ihn mit seinen Jagdgeschützen beschießen zu können, jetzt war er froh, dass er schnell seine scharfen Konturen verlor und in der Dunkelheit verschwand.

Er blieb eine kurze Weile erschöpft liegen, dann sah er sich auf dem Kutter um. Es war klar, dass er das Boot nicht alleine rudern konnte. Aber er hatte Glück, die Besatzung war so überstürzt von Bord gegangen, dass sie keine Zeit gehabt hatte, die beiden kurzen Masten mit den angeschlagenen Sprietsegeln abzutakeln und wegzustauen. Unter Fluchen setzte er die Segel, holte die Schoten dicht, setzte sich an die Pinne und ging auf Backbordbug an den Wind. Als er sich bequem zurechtrückte, stieß er mit dem Fuß gegen etwas, das scheppernd umfiel. Er tastete mit der Hand umher, bis er es gefunden hatte. Es war eine Korbflasche. Hoffentlich ist Wasser drin, betete er inbrünstig. Es war Rum, er nahm trotzdem einen Schluck. Diese Korbflasche war höchst wahrscheinlich der Grund dafür, dass sie gestern Abend kein Wachboot vor der Hafeneinfahrt vorgefunden hatten. Die Besatzung des Kutters hatte sich mit dem Strom von ihrer Position abtreiben lassen, hatte sich dabei ein paar Schlückchen gegönnt und darauf vertraut, dass sie morgens mit dem einsetzenden Wind zurücksegeln konnte.

Turner nahm noch einen Schluck, verkorkte dann die Flasche und lehnte sich zurück. Der scharfe Alkohol brannte in seinem leeren Magen. Sein Kopf schmerzte, er war müde und fühlte sich schlapp. Ein Gedanke fuhr ihm siedend heiß durch den Kopf: Was war, wenn Tom den Kutter erreicht hatte, die Jungs zur *Shark* zurückgekehrt waren, und Dechamp völlig richtig entschieden hatte, nach Antigua zurückzusegeln. Es musste sich sputen, um sein Schiff noch rechtzeitig zu erreichen. Der massige Schatten der Festung lag an Steuerbord achteraus, vor seinem Bug erstreckte sich die schwarze

Mauer des Dschungels auf der östlichen Halbinsel. Er zog die Pinne an den Körper, um auf Parallelkurs zu gehen und fierte die Schoten etwas auf. Das Wasser strömte glucksend an der Bordwand entlang, das Boot lief anscheinend gut getrimmt kursbeständig nach Osten. Sein Kopf fiel langsam vorne über, der Schlaf drohte ihn zu übermannen. Plötzlich zuckte er elektrisiert hoch! Da war ein Geräusch, das hier nicht hin gehörte. Leises Knarren und sanftes Plätschern … verflucht noch mal … ein Boot! Ein schwarzer vielbeiniger Riesenkäfer hielt auf ihn zu. Da wurde er auch schon angerufen: „Boot, ahoi! Im Namen Seiner Britannischen Majestät, stoppen sie sofort!" Es war die Stimme von Dechamp.

Ein Seufzer der Erleichterung entfuhr Turner, er nahm alle ihm verbliebenen Kräfte zusammen und rief: „Shark!"

Das sorgte drüben für einigen Aufruhr. Erst jetzt bemerkte Turner, dass sich ein zweites Boot von Backbord heranschob und ein drittes vor seinem Bug lag. Dechamp hatte eine ganze Armada in Bewegung gesetzt. Wie es den Anschein hatte, war der Wahnsinnige auf dem Weg gewesen, um Puerto Santo zu stürmen und ihn zu befreien. Der Mann war verrückt, völlig verrückt, aber Turner hatte plötzlich einen Kloß im Hals und musste gerührt schlucken. Er drehte in den Wind und blieb mit killenden Segeln liegen. Gleich darauf schor die große Pinasse längsseits und ein Dutzend Männer sprang in den Kutter der *Medusa*. Im ersten Grau des anbrechenden Tages sah Turner wie überfüllt die Pinasse gewesen war. Steifbeinig kletterte er zu Dechamp hinüber. Stumm drückte er ihm die Hand.

„Wir wollten nur mal nachschauen, was Sie in diesem Drecksnest so machen, Sir. Die Männer waren der Meinung, weil Sie ihnen in English Harbour keinen Landgang gewährt haben, wollten sie den jetzt unbedingt nachholen, daher haben sie sich alle freiwillig gemeldet. Aber was machen wir jetzt, Sir!"

Turner hob die Stimme: „Wer will freiwillig ein paar Pfund Prisengeld einsacken, Männer?"

Laute zustimmende Rufe erklangen. Turner grinste breit. „Und ich habe immer gedacht, dass ein Freiwilliger ein Blödmann ist, der die Frage nicht richtig verstanden hat … Kerls! Aus der Einfahrt werden gleich eine Brigg und wahrscheinlich auch noch ein Schoner kommen, die wollen wir uns schnappen! Takelt eure Boote auf und setzt die Segel!"

Auf den Booten herrschte hektische Betriebsamkeit, im Osten wurde es schnell heller. Der Strom schob sie wieder in Richtung der Durchfahrt und gleichzeitig nach See hinaus. Turner sah, dass Tom die Gig steuerte und winkte ihm zu. Tom schwenkte seine fröhlich seine Mütze.

Die Boote waren schwer bewaffnet, die Kanoniere überprüften die Ladungen der Drehbassen. Die Seeleute packten fest die Musketen oder wogen prüfend Handgranaten in der Hand ab, wobei sie abschätzend die Länge der Zündschnur betrachteten. In der Hafeneinfahrt bewegte sich etwas, ein langer Klüverbaum schob sich heraus, Rahsegel zeichneten sich vor den Mauern des Forts ab. Umkehren konnte die Brigg bei den herrschenden Wind- und Stromverhältnissen jetzt nicht mehr. Turner war jetzt wieder hellwach. Drüben wurden die Rahen vierkant gebrasst und alle Segel gesetzt. Der Schiffer der Brigg setzte auf seine höhere Geschwindigkeit – ja, und auf seine schwereren Geschütze, die Geschützpforten wurden geöffnet. Er verfügte zwar nur über sechs Vierpfünder auf jeder Seite, das waren eigentlich lächerliche Erbsenschleudern, aber gegen Boote eingesetzt, waren es tödliche Waffen.

„Verteilt euch, Mister Armstrong, Mister Carter und ääh, Mister Shultz! Die Brigg von allen Seiten angreifen. Möglichst aus dem Heck- oder Bugbereich herangehen!"

Die Boote spritzten auseinander. Wie es aussah, würden die beiden leichten Kutter mit ihren verhältnismäßig großen

Luggersegeln vor dem Bug der Brigg *Trinity* durchlaufen, die schwere Pinasse und die kleine Gig näherten sich ihr von der Steuerbordseite. Der Abstand verringerte sich bei stehender Peilung schnell. Turner entdeckte Jim „Beaver“ Smith und Nat Moose mit ihren langen Musketen vorne im Bug, daneben auch noch zwei, drei Scharfschützen der Seesoldaten.

„Beaver und Nat, versucht den Rudergänger auszuschalten! Die Seesoldaten zielen auf den Schiffer!“

„Aye, aye, Sir!“ kam das Echo aus dem vorderen Bereich. Es herrschten keine idealen Bedingungen für einen gezielten Schuss, zwar lag die Pinasse unter dem Druck der stabilisierenden Segel verhältnismäßig ruhig, aber die Entfernung war noch recht groß. Die beiden Trapper legten ihre langen Musketen auf das Dollbord streckten sich auf jeweils einer Ducht aus. „Beaver“ Smith ließ sich von einem Matrosen eine zusammengerollte Jacke unter den Oberkörper schieben. Sorgfältig schätzten sie den Wind ab, atmeten noch einmal tief ein und aus, visierten und drückten dann fast gleichzeitig ab. Turner starrte angespannt zur *Trinity* hinüber – nichts passierte, die Brigg hielt unbeirrt ihren Kurs bei. Sie hatten sich ihr inzwischen auf hundert Yards genähert. Voller Verwunderung stellt er plötzlich fest, dass das Ruder auf der Brigg verwaist war. Der Rudergänger hatte beide Hände vor die Augen gepresst und taumelte ziellos über das Deck.

Turner brüllte: „Klar zum Bestreichen des Decks mit den Drehbassen! Klar bei Wurfdraggen! Klar zum Entern!“ Dann fuhr er leiser zu Midshipman Starke gewandt hinzu: „Langsam abfallen! Wir wollen auf Höhe der vorderen Rüsteisen längsseits gehen.“

„Aye, aye, Sir!“

Die Musketen der Seesoldaten krachten, ein Mann warf auf dem Achterdeck die Arme in die Höhe und brach zusammen, ein anderer wurde herumgewirbelt, als ihn die schwere Bleikugel in den Oberarm traf. Fünfzig Yards, vierzig, dreißig.

Die Pinasse lag jetzt etwas nach Steuerbord versetzt vor dem Bug der Brigg auf Parallelkurs.

„Mister Starke, scharf aufpassen, ob er den Versuch unternimmt, uns zu überlaufen, verstanden? Immer den Parallelkurs beibehalten“‘‘

Starke schluckte. „Aye, Sir!“

„Schoten dicht!“ Durch die falsche Segelstellung verloren sie an Fahrt, der Klüverbaum wanderte ein. Die aufbrüllenden Drehbassen vertrieben die Gegner von der Back.

„Rüber mit den Wurfdraggen!“

Die kleinen Anker flogen über den schmalen Streifen Wasser, verhakten sich in den Wanten, hinter der Verschanzung und wo sie sonst noch Halt fanden. Die beiden vorderen Vierpfünder bellten keifend wie Terrier auf, ihr Pulverqualm wehte über die Pinasse und ließ die Männer keuchend husten. Die Kugeln flogen ungefährlich über ihre Köpfe hinweg, im vorderen Sprietsegel war plötzlich ein sauberes kreisrundes Loch. Ein paar Yankees wollten die Leinen kappen, aber das heftige Feuer aus Musketen und Pistolen verscheuchte sie. Turner merkte, dass ihm irgendjemand ein Entermesser in die Hand drückte. Er hatte völlig vergessen, dass er nur mit Janines Dolch bewaffnet war. Hätte sich auch nicht schlecht im *Chronicle* gemacht, dachte er amüsiert: Wild Bull Turner erobert Yankee-Brigg mit Zahnstocher in der Faust! Die Pinasse klappte polternd an die Bordwand. Oben an Deck tauchte ein bärtiger Mann auf, der eine Kanonenkugel über dem Kopf in die Höhe stemmte, die er in das Boot werfen wollte. Dort würde sie den Boden durchschlagen, das Wasser würde in einem dicken Strahl eindringen und es fluten. Die Kugel aus der Muskete eines Seesoldaten traf ihn in den Unterkiefer und riss ihm beim Austritt den Hinterkopf weg. Sein Hirn hinterließ auf dem Großsegel ein unappetitliches gesprenkeltes Muster, die schwere Kanonenkugel fiel polternd zurück auf das Deck. Ein paar Handgranaten mit zischenden Lunten flogen über die Verschanzung an Deck und explodierten krachend, geschickt enterten die Seeleute über die Rüsten das Schiff und stürzten laut brüllend an Deck. Auch Turner und Dechamp hangelten sich in die Höhe und sprangen auf das feindliche Deck.

„Mister Dechamp! Säubern Sie das Vorschiff! Ich übernehme das Achterschiff!"

Dechamp hob die Hand und stürmte nach vorne. Turner sah, dass sich auf der anderen Seite die Kutter näherten, die Kanoniere der *Trinity* versuchten, sie vor ihre Mündungen zu bekommen.

„Mir nach, Männer!" schrie er und stürmte über das Deck. Er hieb auf einen Geschützführer ein, der gerade im Begriff war, die Lunte an das Zündloch zu halten. Ein kräftiger Mann ging mit einem Rammer auf ihn los, aber eine Pike durch bohrte dessen Brust, bevor er richtig ausholen konnte. Verwirrung breitete sich unter den Geschützbesatzungen aus, an gezieltes Feuern war nicht mehr zu denken. Ein kurzer verbissener Nahkampf entbrannte, es wurde lautstark geflucht und spitze Schmerzensschreie flogen über das von Blut glatte, schmierige Deck. Aber die Männer der *Shark* waren in der Überzahl und kampferprobter. Ein Yankee nach dem anderen ging zu Boden, ließ verwundet seine Waffe fallen oder warf sie entmutigt weg. Als auch noch die Besatzungen des Kutters auf das Deck strömten war der ungleiche Kampf eigentlich schon entschieden. Nur auf dem Vorschiff war das Handgemenge noch im vollen Gange. Dechamp focht mit seinem Degen wie ein erfahrenes Streitross. Er wirkte jetzt gar nicht mehr so ungelenk, wie so mach anderes Mal an Deck, sondern hieb und stach alles nieder, was sich ihm in den Weg stellte. Turner rannte zum Achterdeck. Aus dem Augenwinkel sah er, dass Shultz und Tom gefolgt von ihren Männern über die Großrüsten geklettert kamen. Am Kompasshäuschen lehnte ein Mann, der sich ein Tuch vor das Gesicht hielt, er schluchzte kläglich. Das Tuch war voller roter Flecken und hinter seinem unteren Rand liefen Blutgerinnsel über die Kinnpartie des Mannes. Beavers oder Nats Kugel musste eine Splitterwolke aus dem Dach des Kompasshauses gerissen haben, die der unglückliche Mann ins Gesicht bekommen hatte. Ein zweiter Mann lehnte an der Verschanzung und hielt sich den Arm. Auch zwischen seinen Fingern sickerte Blut hervor, neben ihm auf dem Deck lag zusammengekrümmt ein Matrose, der sie aus blicklosen Augen anstarrte, zwischen seinen Fingern, die er im Todeskampf gegen den Bauch gepresst hatte, quollen seine Eingeweide hervor. Ein Yankee in einem gut geschnittenen blauen Tuchrock trat auf Turner zu, blickte ihn hasserfüllt an, quetschte dann aber zwischen zusammengepressten Zähnen heraus: „Ebenezer Finch, Schiffer der Brigg *Trinity* aus Newport, Rhode Island, einem freien, unabhängigen amerikanischen Staat, Mitglied des Kontinentalkongresses! Ich protestiere gegen diesen Akt der Piraterie, beuge ich aber der Gewalt! Ich ergebe mich!“

„Im Namen des Königs, Ihrem rechtmäßigen Souverän, verhafte ich Sie und nehme Ihr Schiff als Prise. Ihre Anklageschrift wird Ihnen von einem Anwalt der Krone verlesen werden, Sie werden sich dazu vor einem ordentlichen Gericht äußern können … Sir! Mister Starke, nehmen Sie die Rebellenflagge weg und setzen Sie bitte die unsere!“

„Aye, aye, Sir!“ Starke trabte nach achtern. Er wickelte unter seinem Rock eine rote Kriegsflagge ab, die er wie eine Feldbinde um die Hüften geschlungen hatte. ‚Ich wusste es doch immer, der Junge denkt mit‘, überlegte Turner zufrieden. Er blickte sich um. Dechamp kam in seinem typischen Trab auf ihn zu geschaukelt, er grinste breit, seine langen gelben Pferdezähne leuchteten unter der hochgezogenen Oberlippe.

„Mister Dechamp, lassen Sie bitte die Überlebenden fesseln … Auch den Schiffer und den Maaten!“

Kapitän Finch zuckte zusammen und presste wütend hervor: „Limeybastard! Speichelleckerischer Tyrannenknecht!"

Tom holte mit der flachen Seite seines Entermessers aus, aber Turner bremste ihn. „Lass ihn, Tom, er wird nicht mehr viel Gelegenheit haben, solch schlimme Sachen zu sagen. Tse, tse, Kapitän Finch, Sie sind ein böser Junge – und böse Buben werden gehängt!"

„Sir, Sir …!" rief Starke von achtern. Alle Köpfe wandten sich ihm zu. Er deutete nach Backbord achteraus. Dort verdrückte sich der Schoner hinaus auf die freie See. Turner zuckte die Achseln. Den konnten sie nicht mehr stellen … ja, wenn die Shark hier wäre, aber so war es aussichtslos. In einem Anfall von ganz ungewohnter Bescheidenheit, murmelte er: „Man soll nicht zu gierig sein!" Dann drehte er sich wieder zu Dechamp um: „Sobald alle Gefangenen gesichert sind, werden die Verwundeten versorgt, gleichzeitig nehmen wir unsere Boote achtern in Schlepp und setzen den Kurs auf die *Shark* ab. Ich bin gespannt, was der alte Weißkopfadler zu unserem Auftritt zu sagen hat."

Dechamp wieherte fröhlich: „Wir werden ihm klarmachen müssen, dass er keinen Anteil vom Prisengeld bekommt, denn die *Shark* war bei dem Gefecht nicht in Sicht!"

*

Eine gute Woche nachdem die *Shark* die Gewässer vor Puerto Santo verlassen hatte, erschien eine spanische Flotte vor dem Hafen. Sie bestand aus zwei alten 64ern, drei Fregatten und zwei Truppentransportern. Nachdem die Truppen am frühen Morgen auf der Halbinsel gelandet waren, begann die Beschießung der Befestigungen. Das Stadttor im Fort Los Apóstoles hielt den Kugeln der Feldschlangen nicht lange stand und die schweren 32-pfündigen Kugeln der Schlachtschiffe ließen die Mauern der Forts teilweise einstürzen. Das Abwehrfeuer der Verteidiger wurde schnell immer schwächer, gegen Mittag erfolgte der Sturm und am frühen Abend wehte wieder die spanische Flagge über den Zinnen.

Die Rache der Spanier war fürchterlich. Konteradmiral Molinero y Falangio, ein unerträglicher Parvenü, wie er nur in den Kolonien ausgebrütet werden konnte, und General Conde de Morillo hielten ein schauerliches Strafgericht über alle ab, die ihnen lebend in die Hände fielen. Sämtliche Piraten wurden gefoltert und dann nackt in kleinen aus Holz gezimmerten Käfigen über den Mauern der Stadt aufgehängt, wo sie langsam verdursten und früher oder später den gierigen Seevögeln als Atzung dienten. Unter den Opfern befanden sich auch viele Unschuldige, die nur unter Zwang oder um ihre Familie zu schützen den Piraten gedient hatten. Aber was gesteht man nicht alles unter der Folter. Die Verliese in den Kellern der Seefestung waren mit entsprechenden Instrumenten gut ausgestattet und wenn es darum ging, sich neue Methoden auszudenken, jemand zum Sprechen zu springen, so war die Fantasie der Spanier auf diesem Gebiet sprichwörtlich und rings um den Erdenkreis hinreichend bekannt.

Die Soldaten und Seeleute plünderten die Häuser völlig aus, alles, was nicht niet- und nagelfest war, wurde weggeschleppt. Nur mit Mühe gelang es dem Priester das Eigentum der Kirche vor dem Zugriff der Marodeure in Sicherheit zu bringen. In einem späteren Bericht an seinen Bischoff äußerte der fromme Mann die Überzeugung, dass die spanischen Truppen den Piraten in Bezug auf Grausamkeit, Brutalität, Mordlust und Geldgier in nichts nachgestanden hätten, allerdings hätten die Korsaren den Dienern der alleinseligmachenden Mutter Kirche mehr Achtung entgegengebracht. Die Soldateska habe es für einen besonderen Spaß gehalten, die geschnitzte Statue des Heiligen Sebastian als Zielscheibe für Übungen im Messer- und Beilwerfen zu missbrauchen, da es ihnen an den eigentlich standesgemäßen Pfeilen gemangelt habe. Jedenfalls habe ihm das ein dicker *Sargento* grinsend erklärt, klagte der Priester. Erst als er dem Pöbel das Kreuz mit dem gekreuzigten Heiland vorgehalten habe, hätten die Soldaten von dem Märtyrer abgelassen. Allerdings verschwieg der Erzpriester seinem Bischof wohlweislich die Tatsache, dass er den Kerlen das schwere Bronzekreuz nicht vorgehalten, sondern um die Ohren geschlagen hatte. Der *Sargento* hatte eine stark blutende Kopfwunde davongetragen, weil er seinen Spießgesellen nicht schnell genug folgen konnte. Ein Konfrater, dem er diesen Zwischenfall anlässlich der heiligen Beichte offenbarte, erlegte ihm eine Buße von zehn Rosenkränzen auf. Allerdings nicht für die Körperverletzung des Unteroffiziers, sondern dafür, dass er den Gekreuzigten als Schlagwerkzeug benutzt hatte, wo doch ausreichend schwere Messingleuchter zur Verfügung gestanden hätten, die für das gottgefällige Werk besser geeignet gewesen wären.

Die verbliebene Bevölkerung der unglücklichen Stadt wurde als Strafe und zur Abschreckung umgesiedelt und in kleinen Gruppen an anderen Orten wieder ansässig gemacht. Zurück blieb eine geschundene tote Stadt deren Mauern und Festungen geschleift, in der die Wohnhäuser schnell verfielen und für lange Zeit von verwilderten Haustieren, aber hauptsächlich von Skorpionen, Tausendfüßlern, Kakerlaken, Leguanen, Geckos, Mäusen und Ratten bewohnt wurden. Und von vielen Tausend Land- und Seevögeln, die in den Ruinen ihre Nester bauten und dort ihre Brut aufzogen. Außerdem huschten verwilderte Katzen durch die Keller, balancierten auf der Suche nach fetten Ratten über noch intakte massive Deckenbalken oder sonnten sich auf dem Platz vor der Kirche.

Natürlich waren da auch noch Hunderudel auf der Suche nach Futter unterwegs, eins der erfolgreichsten wurde von einem schwarzweißgefleckten Rüden geführt, bei dem ein Ohr stets abgeknickt nach unten hing. Man sah ihn von Zeit zu Zeit am Kai stehen, an dem er dort, wo eine Treppe senkrecht in die Steinmauer gehauen worden war, den Kopf witternd nach vorne streckte und suchend in das Wasser zu schauen schien. Fast hatte es den Anschein, als würde er auf jemanden warten.

Kapitel 12

Auf See, Anfang Mai 1777

Über der Festung stiegen wabernde braungraue Rauchballen auf, kurz nachdem der rollende Donner der Abschüsse sie erreichte, schlugen auch die Kugeln in die See ein. Die in die Höhe steigenden Wassersäulen erreichten eine beeindruckende Höhe, was Rückschlüsse auf die verwendeten großen Kaliber zuließ. Glücklicherweise lagen die meisten Einschläge zu kurz. Einige der mächtigen grünweißen Fontänen kamen ihnen aber doch gefährlich nahe und sorgten beim Zusammenfallen dafür, dass die Männer an Deck in den Genuss eines unfreiwilligen Bads kamen. Jedenfalls war das hier kein geeigneter Platz, um ein gepflegtes englisches Frühstück einzunehmen.

„Mister Dechamp, unsere Freunde sind aufgewacht. Wir sollten hier verschwinden. Lassen Sie die notwendigsten Reparaturen durchführen und bringen Sie das Schiff in Fahrt!"

Dechamp hatte wieder seinen üblichen schläfrigen Gesichtsausdruck aufgesetzt, seine Augenlider bedeckten halb seine wässerigen fahlblauen Augen, die Spitze seiner langen Nase war noch von der Aufregung des Nahkampfs gerötet. Er blähte die Nüstern und fletschte seine langen gelben Zähne, was Turner als ein fröhliches Grinsen zu deuten gelernt hatte.

„Aye, aye, Sir, wir sind schon so gut wie fertig. Ein wenig Körperertüchtigung am frühen Morgen tut den Männern ganz augenscheinlich gut, Sir, wir sollten so etwas öfter einplanen!"

Turner strich sich über die schmerzende Beule an seinem Hinterkopf, die Ereignisse der vergangenen Nacht und des Morgens zogen als rasant ablaufende Bildfolge vor seinem inneren Auge vorbei. Er schüttelte müde den Kopf. „Nein, Mister Dechamp, für so einen alten Mann wie ich einer bin, wird das alles etwas zu viel! Mein Bedarf ist vorläufig gedeckt. Steuermannsmaat Carter soll den Kurs zur *Shark* festlegen!"

„Aye, Sir!" Dechamp trat dicht an ihn heran, räuspert sich und näselte dann geschraubt in seinem Eton-Akzent: „Ahem … Mit Verlaub gesagt, Sir, ich freue mich exorbitant, dass wir Sie wieder bei uns haben. Es ist mir ein extraordinäres Pläsier … ääh …!"

William glotzte ihn aus blutunterlaufenen Augen an, beinahe hätte er ihn gerührt umarmt, dann schluckte er und grummelte ungewollt barsch: „Gehen Sie mir aus den Augen, Sir, bis eben hatte ich fast vergessen, dass Sie meine Befehle nicht befolgt haben …!" Als sich Dechamp erschrocken und beleidigt zum Gehen wandte, fügte er kaum hörbar hinzu: „Und vielen Dank, James!"

Der Erste Leutnant setzte sein unnachahmliches aristokratisches Lächeln auf, das seine grobknochigen Gesichtszüge auf wunderbare Weise verwandelte, sein Antlitz von innen leuchten ließ. Es war huldvoll und leutselig, dabei aber keineswegs herablassend oder dünkelhaft. „Ich wette meinen seit achthundert Jahren erblichen Adelstitel, Sir, dass Sie dasselbe für mich getan hätten!"

„Schon möglich, James, aber Sie wissen doch: *Quod licet jovi, non licet bovi!* Ich gebe mir meine Befehle selbst! Nun ja, wenigstens zum Teil."

Während Steuermannsmaat Carter mit Quartermaster Shultz die *Trinity* auf einen Kurs brachten, der sie zur Shark zurückführen würde, trimmten die Matrosen die Segel entsprechend. Der Wind war schwach, aber er reichte aus, um sie aus dem Feuerbereich der schweren Stücke des Seeforts zu halten. Mit vier Knoten Fahrt machten sie sich auf die Suche nach der *Shark*.

William marschierte in Gedanken versunken auf dem Achterdeck auf und ab. Wie sollte es weitergehen? Das einfachste würde es sein, nach Antigua zurückzukehren. Aber was hatte er vorzuweisen? Eine Prise – na und? Die interessierte Mister Smith, den Niederlassungsleiter von *Hermes Worldwide Enterprises,* so viel wie das Schwarze unter dem Nagel eines verlausten Beachcombers am Kai von English Harbour. Im Gegenteil! William durfte keinesfalls den Eindruck aufkommen lassen, dass er, um sich persönlich am Prisengeld zu bereichern, seine eigentlichen Aufgaben für den Geheimdienst vernachlässigte. Das würde man ihm übelnehmen und wenn die hohen Herren im Hintergrund ihn fallen ließen, dann hieß das, dass sie ihn wie eine lästige Mücke zerquetschen würden. Keine glänzende Karriere lag dann vor ihm, sondern bestenfalls ein karges Leben auf Halbsold - sein Prisengeld würde man unter irgendeinem Vorwand beschlagnahmen -, aber wahrscheinlich würde er mit einem Messer im Rücken in einer dunklen Gasse enden. Tote redeten nicht und die Firma war sehr auf Verschwiegenheit bedacht. William strich sich über den Kopf, er zuckte wieder zusammen, als er die große Beule am Hinterkopf berührte. Die Pest sollte den Kerl holen, der ihm diese Brüche beigebracht hatte. Und seinen geliebten alten Hut konnte er auch *a fond perdu* schreiben, immerhin hatte der dicke Filz ihm wahrscheinlich das Leben gerettet, weil er dem Schlag einen Teil seiner Wucht genommen hatte.

„Käptum, Zur, darf ich mal sehen?“ erkundigte sich Tom, der wie aus dem Deck gewachsen plötzlich neben ihm stand.

William wollte ihn barsch zurückweisen, aber als er sich an die erstaunlichen Heilerfolge Toms anlässlich seiner Armverletzung erinnerte, lenkte er ein. Er neigte schweigend den Kopf, Toms Finger tasteten vorsichtig den Bereich um die Schwellung ab. „Kein Blut, kein Schorf, keine scharfe Kante oder Spitze", murmelte er halblaut. Dann drückte er fest zu. Während Turner aufschrie, bemerkte sein Bootssteuerer zufrieden: „Und anscheinend auch kein Loch." William wischte sich die Tränen aus den Augen, er war zu erledigt, um schimpfen zu können. Tom grinste ihn breit an. „Ich werde für den Käptum eine gute Salbe zusammenrühren, Zur. In drei Tagen wird der Käptum nichts mehr von dem Horn spüren. Auch zwischen den Menschen mit dunkler Haut gibt es Streit, werden Keulen benutzt, oh ja, Käptum, Zur, große Beulen sind keine Seltenheit, daher haben wir auch gute Medizin für die Heilung."

„Ja, ich weiß, ihr seid richtig böse Buben und kämpft auch mit Messern und wisst daher, wie man die Schnittwunden versorgen muss. Über welche Art von Wunden wisst ihr eigentlich nicht Bescheid?"

„Schusswunden, Zur, damit hatten unsere ‚bösen Buben' und somit auch die weisen Alten nichts zu tun."

„Dafür könnte man sie glatt beneiden, Tom." Er zog seine derangierte Jacke aus. „Kümmere dich bitte um meinen Rock! Er ist voller Salz und daher feucht und klamm."

Aber Tom ging aber noch nicht, sondern reichte ihm ein großes rotes Schnupftuch. Er deutete auf Williams Kopf: „Zu viel Sonne auf den Kopf tut nicht gut, Käptum, Sör. Nehmen Sie dieses Tuch, es ist *très chique*. Ein rotes Tuch für den Stier, *n'est-ce pas*?" Er grinste fröhlich. Manchmal kam beim ihm seine französische Erziehung durch. Turner sah ein, dass sein Bursche recht hatte und schlang sich das Tuch verwegen um den Kopf.

„Danke, Tom! Weitermachen! Ich muss nachdenken."

Er war der Lösung seines Problems keinen Schritt näher gekommen. Nur mit einer Prise in Antigua aufzukreuzen, würde Smith nicht fröhlich stimmen. Wie hatte sich der Mann unmissverständlich ausgedrückt: „Kommen sie mir nicht ohne den Kopf von Dunbar und dieser Seehexe zurück!"

William steckte in der Klemme. Er schlug wütend mit der geballten Faust auf die Reling, als er an Janine dachte. Wie sollte er Smith die Nacht mit der schönen nach Liebe hungernden Frau erklären? Ihm war völlig klar, dass er die Episode dem Agentenführer nicht verheimlichen konnte. Die gesamte Besatzung der *Shark* wusste, dass er sich eine Nacht lang in der Gewalt der Piratenlady befunden hatte. Seeleute waren Plappermäuler, also würde Smith es erfahren. Nun wussten Williams Männer zwar keine Einzelheiten, aber Smith, der alte Fuchs, würde Eins und Eins zusammenzählen. Turners wunderbares Entkommen von der *Medusa* gegen alle Regeln der Wahrscheinlichkeit würde den zynischen Menschenkenner auf den richtigen Gedanken bringen. Turner sah Smith vor sich, wie er ihn mit seinen blauen Augen fixierte, ein sardonisches Lächeln würde um seine Lippen spielen und er, der sehr ehrenwerte Leutnant William Turner, würde mit hochrotem Kopf wie ein mit dem Finger im Honigtopf ertappter Schulbub heiser krächzen: „Sir, ich war nicht ganz bei Sinnen, ich hatte einen schweren Schlag auf den Kopf bekommen!" Smith würde dann breit aber freudlos grinsen und gefährlich leise antworten: „Das Sie nicht ganz bei Sinnen waren, will ich Ihnen gerne glauben. Sobald Sie den Duft einer rossigen Stute wittern, sitzt Ihnen der Kamerad Trieb auf der Schulter und Ihr sonst recht gut funktionierender Verstand ist auf Urlaub bis zum Wecken! Hi, hi, hübsches Wortspiel, das. Und nun, Mister Turner? Was gedenken Sie zu unternehmen?"

Ja, genau das war die Frage aller Fragen.

Ein weiterer sehr unangenehmer Gedanke kam ihm in den Kopf. Was sollte er Elizabeth erzählen? Seiner liebevollen, schönen, zärtlichen und sehr temperamentvollen Elizabeth, die ihn wahrscheinlich von ihren Angestellten im hohen Bogen aus dem Haus werfen lassen würde, wenn sie erfuhr, dass sich ihr Verdacht, den sie von Anfang an gegen Janine gehegt hatte, bestätigt hatte. Vermutlich würde sie ihm aber vorher noch das Gesicht zerkratzen und sämtliche in Reichweite befindliche Vasen auf seinem Kopf zertrümmern. Er schluckte heftig, das waren alles andere als angenehme Aussichten, schnell verdrängte er die unangenehmen Gedanken.

Was sollte, was konnte er tun? Er hatte keine Ahnung, wohin sich die *Hellfire* und die *Medusa* gewandt hatten. Mit langen Schritten ging er auf und ab. Abrupt blieb er stehen und schlug sich mit der flachen Hand vor die Stirn. Eine Chance gab es! Er fragte sich verwundert, warum er darauf nicht schon eher gekommen war. Er blickte sich um.

„Mister Starke, lassen Sie bitte den Matrosen Mark Taylor nach achtern kommen!"

„Aye, aye, Sir!"

Kurz darauf kam Taylor herangelaufen. „Sir? Sie wollten mich sprechen?" Er legte grüßend den Zeigfinger an die Stirn, korrekt aber nicht unterwürfig, aber er trat in der unmittelbaren Gegenwart seines Kommandanten doch etwas unsicher von einem Fuß auf den anderen.

„Ja, in der Tat, Snake, es könnte sein, dass du etwas Wichtiges weißt. Du hast doch gestern Abend die Gespräche in der Achterkabine der *Hellfire* belauscht. Konntest du verstehen, was interessant für mich sein könnte. War von einem Hafen oder einem Ankerplatz die Rede, den die Gauner ansteuern wollten?" Er hielt gespannt inne und musterte den ehemaligen Waldläufer scharf.

„Nun, Sir, der größte Teil der Unterhaltung drehte sich um Verbrechen, mit denen sich diese Hurensöhne …, äh, Entschuldigung, Sir, diese Schweine brüsteten."

„Ist schon recht, Snake, nenne die Kerle ruhig wie du willst, aber beleidige unsere rosigen unschuldigen Fleischlieferanten nicht."

Mark Taylor musste grinsen. „Dann wurde auch noch viel über Huren und Suff gequatscht, Sir, aber das wird Sie auch nicht interessieren. Nur, wenn dieser feine Pinkel mit dem komischen Akzent … äh, Sir, Sie wissen schon, den auch unser Erster Leutnant zu sprechen pflegt", näselte Taylor affektiert, Dechamp imitierend, „dann fiel mehrfach auch ein Ortsname. So wie ich es verstanden habe, müsste ihr Ziel eigentlich *Bahíablanca* oder so ähnlich sein. Aber ob das ein Hafen oder nur eine Bucht ist und wo genau das liegt, war nicht zu verstehen."

„Bahíablanca!" murmelte Turner und nickte zufrieden vor sich hin. „Danke, Snake, du hast mir sehr geholfen. Lass dir bei der Rumausgabe eine Extraration geben."

„Oh, danke, Sir! Stets gern zu Ihren Diensten." Taylor ließ seine weißen Zähne blitzten und legte grüßend den gekrümmten Zeigefinger an die Stirn.

Aber der Kommandant hörte ihn nicht mehr. Er starrte tief in Gedanken versunken auf die Planken des Decks. Bahíablanca, der Name war auf Janines Karte markiert gewesen. Aber wo lag dieses Nest? Mexiko? Florida? Es musste irgendwo im Nordwesten sein. Louisiana? Nein! Kuba! Er war sich sicher, dass es ein Hafen an der Südküste Kubas war. Ein Plan begann langsam in vagen Umrissen in seinem Kopf Gestalt anzunehmen.

„An Deck! Steuerbord voraus ist die *Shark* in Sicht!" meldete der Ausguck.

*

„Wie konnte das passieren, Svenson? Ich hatte doch ausdrücklich gesagt, dass ihr ihn fesseln solltet!" fauchte Kapitän Bondie.

„Haben wir ja auch, Käpt'n", knurrte der blonde Schwede mürrisch. „Sie haben aber auch gesagt, dass er Ihnen sein Ehrenwort gegeben hätte, nicht zu fliehen!"

„Ja, aber das galt nur an Land, verdammt. Deswegen sollte er ja in meiner Kabine gefesselt werden!“ Sie schnaufte wütend und trampelte mit dem Stiefel auf das Deck, zornig funkelte sie den Quartermaster an. Dann drehte sie sich abrupt um und ging zur Heckreling, dort erlaubte sie sich ein verstohlenes Lächeln. Neben ihr lag die abgeschnittene Schleppleine des Bootes auf dem Deck. Horace war nicht nur als Steward und Koch sondern auch als Freund ein echter Schatz, dachte sie.

Nachdem ihr Steward nach dem Auslaufen bemerkt hatte, dass der Vogel ausgeflogen war, hatte er aus dem Heckfenster in aller Gemütsruhe zugesehen, wie Turner sich in das Boot gezogen und die Schleppleine gekappt hatte. Er kannte seine *Capitana* gut, sehr gut. Sie war für ihn fast so etwas wie eine kleine Schwester, eine beruflich sehr erfolgreiche Schwester, aber emotional blieb sie immer die kleine Schwester. Er konnte nachempfinden, wie sehr ihr das Machogetue, die widerwärtigen Cochonerien der ungehobelten Mannsbilder auf den Geist gehen mochten, wie einsam sie oft sein, wie sehr sie sich nach ein wenig Zärtlichkeit und Geborgenheit sehnen musste. Das alles war seiner empfindsamen Seele wahrlich nicht fremd. Was hatte er im Mannschaftslogis inmitten der stinkenden barbarischen Kerle nicht alles an Demütigungen und Erniedrigungen erdulden müssen. Mit einem schiefen Lächeln hatte das Boot im Grau der Morgendämmerung achteraus verschwinden sehen, dann hatte er die durchgeschnittenen Fesseln aufgehoben und leise geseufzt: „Muss sich das Kind denn ausgerechnet in einen Offizier der verdammten Royal Navy verlieben?“ Aber auch drüber konnte er ein Lied singen: Je aussichtsloser die Liebe, desto heißer brannte sie. Oh ja, er kannte sich aus. Sehnsuchtsvoll aufseufzend hatte er an den Kabinenjungen auf seinem letzten Schiff bei der Royal Navy gedacht. Was war das für ein süßes Kerlchen gewesen, diese seidigen blonden Locken, diese großen unschuldigen blauen Augen. Seinetwegen hatte er desertieren müssen, denn seine hingebungsvolle Liebe war ihm schlecht vergolten worden … Er hatte nochmals traurig aufgestöhnt. Dann hatte er den Inhalt der Kaffeetasse auf der polierten Tischplatte verteilt, die Kanne und umgestürzte Tasse auf dem Tablett arrangiert. Es musste so aussehen, als hätte er sich beim Anblick der leeren Kabine sehr erschrocken. Abschließend hatte er sich nochmals in aller Ruhe prüfend umgeschaut, dann war er mit den Tampen in der Hand an Deck geeilt. Kapitän Bondie, Steuermann Lopez und Quartermaster Svenson waren neben dem Ruder in eine lebhafte Diskussion vertieft gewesen.

Atemlos hatte Horace keuchend hervorgestoßen: „Kapitän, Kapitän, ich bin mit dem Kaffee wie befohlen in Ihre Kabine gegangen, um ihn diesem Marinehengst zu servieren.“ Dabei hatte er so angewidert dreingeschaut, als ob man von ihm verlangt hätte, schwarze Trüffel an einen verlausten Straßenköter von Mund zu Maul zu verfüttern.

„Was ist los, Mann!“ hatte ihn Lopez angefahren.

„Nicht was sondern er“, hatte Horace indigniert geantwortet, dem der Tonfall missfallen hatte.

„Wer, er?“ hatte Lopez gefaucht.

„Na, er, der Engländer, der uns versenken wollte.“

„Der kann doch nicht los sein, ich habe ihn schließlich selbst gefesselt!“, hatte sich Svenson eingemischt.

„Er ist nicht nur los, er ist offensichtlich auch verschwunden“, hatte Horace geflötet, dabei hatte er interessiert seine tadellos manikürten Fingernägel betrachtet und mit den durchgeschnittenen Enden herumgewedelt. Lässig hatte er sie über die Seite geworfen und hatte schnippisch bemerkt: „Die brauchen wir ja wohl nicht mehr!“

Mit blank gezogenen Waffen waren Lopez und Svenson in die Kapitänskabine geeilt. Aber sie waren genauso schnell wieder im Niedergang aufgetaucht, nach achtern gestürmt, wo sie die Schleppleine an Deck gezogen und wütend auf die sich langsam auftörnende Schnittstelle gestarrt hatten. Kapitän Bondie war hinzugetreten und hatte Svenson einen Rüffel verpasst.

Jetzt setzte Janine wieder eine ernste Miene auf und drehte sich zu ihren beiden wichtigsten Stützen um. „Es hat keinen Sinn, über verschüttete Milch zu weinen. Der Mistkerl ist weg. In dem allgemeinen Durcheinander beim Auslaufen ist bei der Weitergabe von Informationen offensichtlich etwas schiefgelaufen. Svenson, du bist nicht schuld."

Der Quartermaster sah etwas erleichtert aus und fragte grollend: „Sollen wir zurücksegeln, um ihn wieder einzufangen, Capitana?"

Kapitän Bondie rieb sich nachdenklich die Stirn, dann schüttelte sie energisch den Kopf. „Das würde uns zu viel Zeit kosten, schließlich wissen wir nicht, wann genau er angehauen ist. Und wo er ist, dürfte sein Schiff nicht weit sein! Nein, nein, wir verfolgen die *Hellfire*. Der Engländer ist zwar mutig aber dumm." Diese Kombination scheint bei Männern die Regel zu sein, dachte sie spöttisch. „ Ich kann euch beruhigen, der Briten mögen zwar ahnen oder befürchten, dass wir zusammen mit Dunbar etwas aushecken, was ihnen schaden könnte, aber sie wissen nichts Genaues. In erster Linie sind sie hinter Dunbar her, weil er in Antigua die Kasse hat mitgehen lassen. So viel hat mein Verhör heute Nacht ergeben. Nun ja, weil er ein verfluchter Dieb ist, sind ja auch wir auf seiner Spur, nicht wahr, Männer?"

„Das ist wohl wahr! Der Teufel soll ihn holen!" grollte Svenson.

„Es ist besser wir holen ihn uns vorher, damit wir an den Schatz kommen, mein Lieber", zwitscherte Janine und klatschte in die Hände. „Mach das den Männern klar. Es geht diesmal um viel Gold – um sehr viel Gold!"

Svenson nickte und bekam einen träumerischen Ausdruck in die Augen. „Aye, Kapitän. Das werden sie gerne hören!"

„Wie geht es dem Bootsmann?"

„Nicht so gut. Das Bein schmerzt höllisch. Der Bader hat schon Blutegel angesetzt, aber bis jetzt ist keine Besserung festzustellen."

Janine nickte mitfühlend. „Hoffen wir das Beste für den alten Kämpen Owen. So ein Hundebiss wird ihn doch nicht umbringen!" Ich hätte nichts dagegen, wenn dieser alte Stinker endlich abtreten würde, dachte sie bei sich, der Kerl macht immer nur Ärger und intrigiert hinter meinem Rücken gegen mich. Ich bin ihm nicht „Pirat" genug, weil ich auch Aufträge für Hernandez ausführe. Die Wichtigkeit solcher politischer Verbindungen übersteigt das Fassungsvermögen seines primitiven Bullbeisser-Gehirns. Fragt sich denn keiner von diesen breitbeinig über das Deck stampfenden hirnlosen Sackträgern, wie es möglich ist, dass Swiney und Dunbar nach Kuba, einer der Perlen der spanischen Besitzungen, segeln, da sie doch direkt aus einem spanischen Hafen kommen den sie widerrechtlich besetzt und dessen Bevölkerung sie ermordet, gefoltert, geschändet, ausgeraubt und zur Zwangsarbeit gezwungen haben? Sie mochte zwar Hernandez und seinen üblen Verbündeten Dunbar auch nicht, hoffte die beiden aber für ihre Zwecke benutzen zu können. Den Diebstahl der gemeinsamen Beute durfte sie aber Dunbar nicht durchgehen lassen! Falls ihre Besatzung Verdacht schöpfte, dass sie den verräterischen Engländer aus taktischer Rücksichtnahme entkommen ließ, dann wäre das ihr Ende – und zwar im wortwörtlichen Sinne. Sie wiegte nachdenklich ihren Kopf.

„Ach was, das ist doch ein Bulle von einem Kerl! In zwei Tagen wird er schon wieder im Rigg unterwegs sein", wagte Lopez eine hoffnungsvolle Prognose.

„So, jetzt wieder zu der Frage, lassen wir Jamaika mit seiner großen britischen Flottenbasis an der Backbord- oder an der Steuerbordseite liegen? Und wie wird sich unser guter Freund, diese Drecksau Swiney verhalten, wenn wir unseren Anteil mit ausgerannten Kanonen einfordern?"

*

Die *Shark* und die *Trinity* lagen beigedreht eine halbe Kabellänge voneinander entfernt. Turner hatte für die Opfer des kurzen Gefechts die übliche Trauerzeremonie abgehalten, aber nachdem die mit Kugeln beschwerten Segeltuchbündel auf Tiefe gegangen waren, hatte er die an Deck versammelten Männer unter denen sich auch die Gefangenen befanden, nicht wegtreten lassen. Er stützte sich mit beiden Armen auf die vordere Reling des Achterdecks und blickte auf die Männer hinunter. Die Gefangenen wurden von Seesoldaten im Schach gehalten. Es waren nur knapp dreißig Männer, denn die Brigg war ein Handelsschiff und hatte keinen Platz für eine große Besatzung, selbst diese Besatzungsstärke war schon ungewöhnlich hoch und ausschließlich den kriegerischen unsicheren Zeiten geschuldet. Es waren fast nur Männer mit weißer Hautfarbe, lediglich ein hünenhafter Neger und zwei untersetzte Männer mit blauschwarzem Haar, dunklen Augen, flachen Gesichtern mit hohen Wangenknochen und bronzefarbener Haut hoben sich von den anderen ab. Einige der Yankees trugen frische Verbände, aber selbst die Verwundeten hielten sich sehr gerade und aufrecht, sie senkten keineswegs schuldbewusst die Köpfe. Die Amerikaner blickten je nach Temperament aufsässig bis trotzig oder mürrisch um sich. Turner seufzte leise, dann richtete er sich straff auf und begann mit seiner Rede: „Männer der *Trinity*, ich weiß, dass ihr keine von Gott verdammten Piraten und Halsabschneider sondern ehrliche hart arbeitende Salzbuckel seid!" Ein paar Köpfe nickten zustimmend. „Ich kann mir nicht vorstellen, dass ihr freiwillig ein friedliches Hafenstädtchen überfallen und ein Blutbad unter den unschuldigen Einwohnern angerichtet habt!" Empörtes Murmeln erhob sich unter den britischen Seeleuten, die Amerikaner drängten sich dichter aneinander. „Es hat keinen Zweck eure Beteiligung zu leugnen, denn euer Schiffer hat in seinem Logbuch vermerkt, dass ihr bei dem Überfall dabei gewesen seid!"

„Ich habe es immer gewusst, der alte Finch ist so blöde wie ein englischer Gardekavallerist!" hörte er einen der Gefangenen halblaut aufstöhnen.

Ein anderer rief: „Wir haben keine Hand gegen die Zivilisten erhoben, Sir!"

Turner nickte grimmig: „Euer Schiffer wird die vollen Konsequenzen seines Tun zu spüren bekommen. Das schuldet er seinem Rang!"

Die Amerikaner nickten langsam.

„Männer der *Trinity*, ihr wisst, wenn ich euch vor ein englisches Gericht bringe oder den Spaniern ausliefere, werdet auch ihr schneller am Galgen baumeln, als ihr Piep sagen könnt ...!" Er ließ die Worte wirken. Ein paar Gesichter wurden blass, andere Männer bissen sich auf die Lippen, der dunkle Teint des Negers verfärbte sich aschfahl. Allen war klar, dass er recht hatte. „Allerdings werden sich die Spanier etwas länger Zeit lassen, um euch beizubringen, dass sie es gar nicht schätzen, wenn man ihrem König einfach einen Hafen wegnimmt!" Unter den Gefangenen breitete sich Unruhe aus. „Nach langem Überlegen bin ich zu dem Entschluss gekommen, euch eine Chance zu geben, obwohl ich mir nicht ganz sicher bin, ob ihr Hundsfötter das verdient." Schlagartig herrschte Ruhe, alle Augen ruhten auf ihm. „Hört gut zu, denn ich mache euch dieses Angebot nur dieses eine Mal – nur hier und jetzt!“ Turner schwieg bedeutungsvoll, dann fuhr er mit schneidender Stimme fort: „Entweder ihr tretet freiwillig in den Dienst der Royal Navy oder ich schleife euch in Ketten vor den Richtertisch. Ich weiß, dass der Dienst für König Georg euch gegen den Strich geht, aber wenn dieser unselige Aufstand in den Kolonien des Königs endlich niedergeschlagen ist, könnt auch ihr wieder nach Hause zurückkehren und durch das Gebet versuchen, für eure unrühmliche Zeit als Rebellen und Helfershelfer von gemeinen Piraten die Vergebung des Herren zu erlangen. Betrachtet dann die Zeit in der Royal Navy als reinigendes Fegefeuer!“ Er schwieg und blickte den Männern in die Augen. Die meisten Männer schauten ihn offen an, nur bei ganz wenigen sah er heißen Hass in den Augen glühen. „Jetzt gilt es! Wer anmustern will, stelle sich an der Bordwand auf. Wer es vorzieht, in Eisen gelegt zu werden, tritt an den Vormast!“

Einen Moment lang dachte er, dass seine Rede erfolglos geblieben wäre, denn die Amerikaner scharrten mit den Füßen und schauten sich unschlüssig an. Einer rief zu ihm herauf: „Wer garantiert uns, dass Sie uns nicht nach der Ankunft in Ihrem Heimathafen, wo auch immer der sein möge, den Behörden übergeben, obwohl wir den Schilling des Königs genommen haben?“

Turner fixierte den großen Seemann, dessen Kleidung und hüftlanger sauber geflochtener Zopf ihn als gestandenen Tiefwasserseemann auswiesen. „Wie heißt du, mein Sohn?“ Der Seemann war sicher fast doppelt so alt wie William Turner.

„Jerry Kleinsmith … Sir, Bootsmann der *Trinity*.“

„Das ist jetzt mein Schiff und auf diesen meinen Planken wird nicht gefeilscht oder gehandelt, Jerry. Entweder du vertraust mir jetzt und auch in Zukunft, oder …“ Er zuckte mit den Schultern.

„Aye, aye, Sir.“

Jetzt bildete sich an der Verschanzung eine Schlange, die schnell länger wurde. Auch die beiden Indianer reihten sich ein, nachdem Kleinsmith nachdrücklich auf sie eingeredet hatte. Schließlich blieben nur vier Männer, darunter der Maat, trotzig stehen.

Turner nickte zufrieden. „Mister Dechamp mustern Sie die Männer an. Wir werden gleich noch besprechen, wie wir sie auf die beiden Schiffe verteilen. Die vier uneinsichtig Widerspenstigen lassen Sie bitte zusammen mit dem Schiffer auf der *Shark* im Orlop einkerkern."

Am Nachmittag liefen die beiden Schiff unter vollen Segeln bei schwachem nordöstlichem Wind in Richtung Jamaika. Auf der *Trinity* war Leutnant Dechamp Prisenkommandant, er wurde von Midshipman Armstrong, Steuermannsmaat Quincy und Quartermaster O'Hara unterstützt, zwanzig Männer der *Shark* bildeten das Rückgrat der Besatzung, dazu kamen fünf Seesoldaten unter der Führung von Korporal Powdey. Turner hatte zusammen mit Dechamps fünf erfahrene, ältere Männer aus den frisch Angemusterten ausgewählt. Es waren erstklassige Seeleute, darunter auch Jerry Kleinsmith, den er als Bootsmannsmaat angemustert hatte, dazu kamen drei Topgäste und der alte Zimmermann der *Trinity*. Dechamp konnte ihre Erfahrung auf der Brigg gut gebrauchen. Turner fragte sich, wie sein Erster mit dem rahgetakelten Schiff zurechtkommen würde. Eins war sicher, Dechamp lernte in der kurzen Zeit, die er jetzt auf der *Shark* diente, mehr über praktische Seemannschaft und gefährliche Handstreichunternehmen als er darüber in seiner gesamten bisherigen Karriere in der Navy auch nur ansatzweise nachgedacht hatte. Die restlichen zwanzig Yankees waren auf die beiden Wachen und auf viele verschiedene Messen verteilt worden. Ihre Kameraden würden ein wachsames Auge auf sie haben, aber da Seeleute ihrem Schicksal recht fatalistisch gegenüberstanden, würden die Neuen aller Voraussicht nach keinen Ärger machen. Und spätestens in Antigua konnte Turner sich von unsicheren Kantonisten trennen.

Der Kommandant blickte prüfend zum Stander im Masttop hinauf, kontrollierte den anliegenden Kompasskurs und wandte sich dann an den Segelmeister, der die Wache hatte.

„So, Mister Lennon, was schlagen Sie vor, lassen wir Jamaika an der Backbord- oder der Steuerbordseite liegen?"

Kapitel 13

Auf See, Mai 1777

„Sehen Sie, Mister Lennon, es ist ein Wettrennen über eine Distanz von rund eintausendzweihundert Seemeilen. Beteiligt sind das Vollschiff *Hellfire*, dessen Rigg und Riss zwar etwas antiquiert erscheinen, das aber bei raumem Wind gewiss nicht schlecht laufen wird. Wie schnell die Brigantine *Medusa* ist, wissen wir aus Erfahrung. Nun ist die *Shark* unter normalen Bedingungen sicherlich das schnellste Schiff im Feld und kann auf der langen Distanz ganz gewiss den am Start verlorenen Boden gut machen, aber was machen wir, wenn wir die beiden zu allem entschlossenen Gegner auf See stellen? Die Korsaren haben zwar gewöhnlich nur verhältnismäßig wenige Kanonen an Bord – und dann meist auch nur kleine Kaliber – weil sie die Handelsschiffe möglichst unbeschädigt in die Hände bekommen wollen und sich bei der Eroberung ganz auf ihre zahlenmäßig starken Besatzungen verlassen, mit denen sie die Gegner nach dem Entern überrennen. Aber wenn die beiden Schiffe uns unter Feuer nehmen, reicht ein Glückstreffer in unserem Rigg aus, um ihnen die Möglichkeit zu geben, uns fertig zu machen. Auch weiß ich nicht, ob Jan …, ob diese Bondie schon den richtigen Schluss aus der Tatsache gezogen hat, dass unsere Stücke nur sehr kurze Läufe haben, also nicht weit schießen können. Man soll seinen Gegner nie unterschätzen und diese Frau schon ganz gar nicht!“ In Turners Stimme klang so etwas wie Bewunderung mit.

Der alte Segelmeister schaute ihn nachdenklich an und schob seinen Dreispitz in die Stirn und kratzte sich am Hinterkopf. Unwillkürlich ahmte Turner ihn nach. Er hatte noch immer das rote Tuch um seinen Kopf geschlungen, weil ihm Tom den Hinterkopf rasiert und die kolossale Beule mit einer dicken Schicht Salbe beschmiert hatte, mit der Turner seinen zweitbesten Hut nicht ruinieren wollte. Als er die Blessur berührte, zuckte er schmerzvoll zusammen. Warum hatte er sich bloß auf diesen heidnischen Eingeborenenquatsch eingelassen, fluchte er still verbissen in sich hinein. Jetzt hatte er nicht nur eine dicke Beule, sondern auch noch eine Tonsur wie ein verfluchter papistischer Mönch.

„Die Brigg *Trinity* ist zwar auch nicht gerade einen schwimmende Batterie“, fuhr Turner fort, „aber zumindest ist durch sie das Zahlenverhältnis ausgeglichen. Was meinen Sie, was werden unsere Freunde mit den schwarzen Seelen denken, wenn sich ihnen eine Brigg und ein Schoner nähern, Sir?“

Lennon überlegte kurz, dann stieß er seine Raubvogelnase energisch nach vorne. „Sie werden sehen, was sie sehen wollen, Sir, nämlich die beiden Schiffe, die sie in Puerto Santo zurückgelassen haben, die Brigg *Trinity* und den Schoner *Freedom*.“

„Richtig! Wenn wir uns ein wenig hinter der *Trinity* versteckt halten, könnte es durchaus klappen, dass sie uns mit dem entkommenen Schoner aus Puerto Santo verwechseln und uns arglos herankommen lassen.“

„Nun ja, Sir, aber ich erlaube mir mit Verlaub darauf hinzuweisen, dass man den Pelz des Bären erst verteilen kann, wenn man ihn gefangen hat.“

Turner seufzte müde: „Da haben Sie vollkommen recht, Mister Lennon. Bei so einem Langstreckenrennen kann viel passieren! Zuerst müssen wir mal herausbekommen, wie schnell die *Trinity* ist. Aber ich bin jetzt hundemüde und völlig kaputt ... Ich muss mich mal kurz aufs Ohr hauen. Sie wissen ja, wenn etwas sein sollte, dann ...“

„Werde ich Sie sofort holen lassen, Sir! Gute Ruh“, grinste Lennon. Er war zwar fast genauso lange auf den Beinen wie Turner, weil er in der Abwesenheit von Dechamp und des größten Teil der Besatzung das Deck der *Shark* nicht verlassen hatte, aber der alte Mann war aus einem harten Holz geschnitzt. Er konnte sich vorstellen, dass der Kommandant trotz seiner Jugend am Ende seiner Kräfte sein musste. Und sicher hatte ihn der Fehlschlag des Unternehmens auch mental getroffen. Schließlich hatten sie weder den Verräter Dunbar noch die Spionin Bondie in ihre Gewalt bekommen – oder dauerhaft aus dem Verkehr gezogen, wie es Turner in einem vertraulichen Gespräch mit Dechamp und ihm ausgedrückt hatte. Lennon war erstaunt gewesen, dass der Kommandant offensichtlich einen klaren Auftrag bekommen hatte, die beiden Personen kaltblütig umzubringen, wenn er sie nicht arretieren konnte. Der alte Segelmeister hatte sich schon so manches Mal seine Gedanken darüber gemacht, von wem Turner seine Befehle bekam. Von dem tumben Konteradmiral Sir Samuel Blake auf Antigua ganz gewiss nicht, so viel war sicher, denn zum großen Ärger des Konteradmirals segelten sie nicht unter seiner blauen Flagge, sondern weiter unter der roten der Admiralität. Offiziell wurde das damit begründet, dass die *Shark* hydrographische Vermessungsarbeiten ausführte, aber bis jetzt hatten sie wie ein Hai, dem Namensgeber ihres Schiffes, unter den Schmugglern und Korsaren der Bermudas und der Antillen gewütet, die unfreiwillig den Part der Beutefische übernommen hatten. Und sie hatten den alten Lord Dunbar und seinen erstgeborenen Sohn liquidiert, die die Sache des Königs verraten hatten. Im Zuge dessen war es Lennon auch geglückt, den Mörder seines Sohnes zu finden und zur Strecke zu bringen. Die Narbe, die er sich dabei am Schenkel zugezogen hatte, schmerzte von Zeit zu Zeit immer noch, aber mehr noch quälte ihn die Erinnerung an den sinnlosen, grausamen Tod seines einzigen Sohnes.

Er blickte zur Sonne hinüber, die sich langsam dem Horizont näherte. Wenn er bedachte, wie schnell sie in diesem durch und durch korrupten Nest English Harbour Abschlagzahlungen auf ihr Prisengeld erhalten hatten, ganz zu schweigen von dem Geld, das man ihnen als Prämie gezahlt hatte, obwohl die Kronjuristen einen Anspruch auf Prisengeld abgelehnt hatten! Sogar in englischen Häfen dauerte das Verfahren vor dem Prisengericht meist erheblich länger. Wie man auf Antigua die Versenkung der französischen Fregatte vertuscht hatte, war schon bewunderungswürdig. Ihre geheimnisvollen Auftraggeber im Hintergrund mussten an großen Rädern drehen können, überlegte er und ein kaltes Gefühl kroch ihm den Rücken hinauf. Der Druck, der auf dem Kommandanten lastete, musste enorm sein. Vielleicht hegte der alte Lennon inzwischen so etwas wie väterliche Gefühle für Turner, der sogar noch ein paar Jahre jünger war, als es sein Sohn bei seinem frühen Tod gewesen war. Allerdings war dieser nie so ein Draufgänger wie Turner gewesen. Obwohl - die Bezeichnung Draufgänger stimmte nicht ganz, überlegte der alte erfahrene Seemann. Turner wollte Erfolg haben, deshalb ging er Risiken ein, aber zu meist kalkulierte er sie sorgfältig – und in der Regel gab ihm das Ergebnis recht! Aber ein Restrisiko blieb immer. „Wasch mir den Pelz, aber mach mich nicht nass! Nein, das geht nicht!“ murmelte Lennon halblaut vor sich hin.

„Sir?“ erkundigte sich der Rudergänger und schaute ihn fragend an.

„Äh, es ist nichts, mir ist nur gerade etwas eingefallen. Jede Windänderung sofort melden, verstanden?“

„Aye, Sir!“ Der Rudergänger verdrehte die Augen himmelwärts. Diese Offiziere! Das war doch selbstverständlich.

*

Die nächsten sieben Tage kamen sie mit günstigen Winden aus den östlichen Quadranten gut siebenhundertsechzig Meilen voran, an Backbord voraus musste Morant Point auf Jamaika liegen und irgendwo an Steuerbord die zerklüftete Küste Hispanolas. Dann wurde der Wind zunehmend launisch. Er veränderte häufig seine Richtung und Stärke, was für die Wachen bedeutete, dass sie die Segelstellung häufig korrigieren mussten, wobei es oft vorkam, dass sie gerade das Trimmen beendet hatten, um anschließend wieder den alten Zustand herzustellen. Sie sahen zwar, dass es ihren Kameraden drüben auf der *Trinity* auch nicht besser erging, ganz im Gegenteil, aber das war ihnen nur ein schwacher Trost. Auf dem Achterdeck der *Shark* brüllte ein gereizter Bulle, dem alles nicht schnell genug gehen konnte, und drüben auf der Brigg feuerte ein ehrgeiziger Hengst mit lautstarkem trompetendem Wiehern seine Herde an, weil sein Rudel dem auf dem „Flaggschiff" in Nichts nachstehen sollte. Aber stets, wenn der Wind schralte, bekamen die Matrosen auf der *Trinity* Probleme, weil das Schiff auf Grund seiner Rahtakelung nicht so hoch wie die *Shark* an den Wind gehen konnte. Pressten sie zu viel Höhe, verloren sie erheblich an Fahrt, fielen sie dagegen auf einen Kurs gut voll und bei ab, musste die *Shark* notgedrungen noch mehr Höhe verschenken. Dementsprechend mies war die Laune der beiden Kommandanten.

„Hoffentlich haben die Schurken vor uns auch mit diesen widrigen Verhältnissen zu kämpfen", meinte Turner gereizt zu Lennon und wischte sich mit dem Ärmel seines Hemds den Schweiß von der Stirn

„Was wollen Sie, Sir? Noch kommen wir voran – man muss bescheiden bleiben ..."

„Sie haben ja völlig Recht, Mister Lennon, aber mir kribbelt es in den Fingern. Das schlimmste ist, dass wir vielleicht einer Chimäre hinterher laufen, denn vielleicht habe ich mich geirrt und die beiden Schiffe sind nach Guadeloupe oder sonst wohin gesegelt!"

Lennon hob fatalistisch die Schultern, dann meinte er beruhigend: „Aber dann haben Sie alles versucht, Sir."

Turner ließ nicht locker: „Bei unseren Auftraggebern zählen gutgemeinte Versuche nur wenig, sie verlangen handfeste Erfolge. Es kümmert die einen feuchten Dreck, wenn unsere Beute unter die schützenden Kanonen eines spanischen Forts entwischt und ich als Entschuldigung die ungünstigen Wetterverhältnisse anführe."

Der alte Seemann nickte verständnisvoll, beharrte dann aber darauf: „Wir können das Wetter nicht ändern. Wenn mich nicht alles täuscht, dann kommt auf uns eine größere meteorologische Veranstaltung zu. Dieses völlige Zusammenbrechen des Passats, die hohe Luftfeuchtigkeit und die lange südöstliche Dünung, die seit einigen Stunden zu beobachten ist, lassen bei mir Alarmglocken läuten!" Er suchte misstrauisch den Horizont im Südosten ab, dann schüttelte er den Kopf. „Aber es ist eigentlich noch verdammt zu früh dafür", murmelte er vor sich hin.

„Wozu ist es zu früh, Sir?" knurrte Turner gereizt. „Sprechen Sie nicht in Rätseln!"

„Für einen *Hurrican* oder *Hurakan*, so bezeichnen die indianischen Ureinwohner diesen Sturm, Sir. In ihrer Mythologie nannten sie so den Gott des Windes und die Übersetzung bedeutet so viel wie der Einbeinige – und damit kamen sie der Wahrheit verdammt nahe. Wenn der ein Schiff erst mal in den Fängen hat und mit seinem einem Fuß darauf herumtrampelt, ist Matthäi am letzten, dann hilft nur noch beten. Wie heißt es doch bei diesem Evangelisten im letzten Vers 28/20 so richtig: *Ich bin bei euch alle Tage bis an der Welt Ende!*

Ich versichere Ihnen, Sir, wenn so ein einbeiniger Sturmgott auf Sie zu marschiert, zweifeln sie keine Sekunde daran, dass das Ende der Welt bevorsteht! "

Turner musterte seinen Segelmeister scharf. Wollte sich der Alte einen Scherz mit ihm machen? Aber nein, er sah in dem Gesicht des erfahrenen Nautikers diesen Ausdruck, den er schon bei vielen alten Seefahrern gesehen hatten, wenn sie von Wetterphänomenen berichteten, bei denen die menschliche Kunst an ihre Grenzen stieß oder gar versagte. Es war keine Angst, die da zu sehen war, sondern eine aufrichtige Ehrfurcht vor den Elementen, das tiefempfundene Bewusstsein angesichts dieser Naturgewalten ein bedeutungsloses Nichts zu sein. Turner hatte natürlich auch schon von diesen schweren Stürmen in der Karibik gehört, hatte aber die Schilderungen der Offizierskameraden und Reisenden für reichlich übertrieben gehalten. Er hatte die Schuld dafür bei dem sechsten doppelten Drink gesucht, der aus einem Hering einen Wal gemacht hatte. „Was wissen Sie über diesen, ääh ..., *Hurrican,* Sir?"

Lennon blickte wieder aus zusammengekniffenen Augen nach Südosten. „Ich bin mehrfach in die Nähe dieser Monster geraten und da sie mich tief beeindruckt haben, begann ich mich bei Kollegen nach deren Erfahrungen umzuhören. Ich habe mir alles notiert, die Positionen ihrer Schiffe, die Veränderung der Windstärke und -richtung im Verlauf der Zeit, Beobachtungen von besonderen Phänomenen und schließlich auch die Schilderungen der Landratten auf den Inseln." Er machte eine gedankenschwere Pause. „Sie waren im Mittelmeer im Einsatz, Sir?"

„Selbstverständlich, aber was ...?"

„Sind Ihnen da Wasserhosen begegnet?"

Turner nickte verwundert. „Ja, ein oder zwei Mal, denke ich."

„Nun, dann stellen sie sich so eine Wasserhose vor. Was passiert da?"

„Soviel ich weiß, wird da Wasser in die Höhe gesaugt. Wie man mir sagte, kann es durchaus gefährlich für ein Schiff werden, wenn man unter den Rüssel kommt."

Lennon grunzte undeutlich vor sich hin. Turner hatte das bestimmte Gefühl, dass es kein Kompliment für seine Kenntnisse gewesen war. „Der Rüssel, wie sie ihn zu nennen beliebten, besteht aus Wasser, das sich in einer rotierenden Bewegung nach oben befindet! Stellen Sie sich jetzt so einen Wirbel vor, der einen Durchmesser von hundert und mehr Seemeilen hat! Nach der Auswertung meiner Beobachtungen entspricht der Drehsinn des Windes immer dem des Uhrzeigers. Die Windstärke kann jede vorstellbare Größe überschreiten, jedenfalls übersteigt sie oft die Haltbarkeit jedes noch so dicken Segeltuchs oder des Riggs. Es hängt alles davon ab, wie nahe man dem Zentrum kommt. Zwei meiner Kapitänskollegen haben eine Durchquerung des Auges des Orkans lebend überstanden, sie haben mir unabhängig voneinander geschildert, dass man dort den blauen Himmel über sich sehen kann. Dort steigen turmhohe gefährliche Kreuzseen unvermutet in die Höhe und es ist daselbst windstill, bis der Orkan aus der entgegengesetzten Richtung wie vorher wieder über das Schiff herfällt." Er räusperte sich und fuhr dann in einem dozierenden Tonfall fort: „Ein ziemlich verlässliches Anzeichen für das Vorhandensein so eines Orkans ist das Auftreten einer langen Dünung, die aus dem Sturmzentrum herausläuft. Wenn ich mich nicht irre, dann sollten wir bald im Südosten hohe Wolkenstreifen oder Schleierwolken entdecken."

„Was meinten Sie damit, dass es eigentlich zu früh wäre?"

„Ich kann wieder nur meine Aufzeichnungen zitieren, nach denen diese Wirbel bevorzugt von Juni bis November auftreten mit einem Schwerpunkt im Spätsommer und frühe

Herbst, aber vereinzelt sollen auch schon früher oder später welche beobachtet worden sein."

„Gibt es Gesetzmäßigkeiten, was die Zugrichtung angeht?"

„Diese Monster sind verflucht heimtückische Biester, Sir. Sie sind immer für eine Überraschung gut – für eine unangenehme natürlich. Im südlichen Teil der Karibik ziehen sie meist grob betrachtet von Osten nach Westen, im Golf von Mexiko scheinen Sie dann vor der Landmasse Nordamerikas zurückzuschrecken und ändern plötzlich ihren Kurs auf Nordost. Nachdem sie dann über Kuba oder Florida und die Bahamas hinweggebraust sind, verschwinden sie draußen auf dem Atlantik. Aber dieser einbeinige Sturmgott ist sehr, sehr launisch und hält nichts von Regeln!"

„Schiet in der Kuchenform!" fluchte Turner bitter vor sich hin. Wie würde sich das Unwetter auf den Ausgang der Verfolgung auswirken? So schwer es ihm fiel, er würde geduldig abwarten müssen. „Was meinen Sie, Mister Lennon, sollen wir die Schiffe schon auf den Sturm vorbereiten?"

„Nein, Sir, das hat noch Zeit, denke ich. Aber wir sollten Mister Dechamp vorwarnen, Sir. Sein Middie, Mister Armstrong, hat schon Erfahrung mit *hurricans*, wie ich in Gesprächen herausgefunden habe; er weiß, was zu machen ist, und Dechamp lernt unglaublich schnell dazu. Wenn doch dieser Armstrong nur etwas heller im Kopf wäre, wenn es um die Theorie geht! Was die Praxis angeht, ist er ein erstklassiger Offizier."

„Da haben Sie Recht. Schon aus diesem Grund kann ich mir nur wünschen, dass er bei der nächsten Leutnantsprüfung wieder durchfällt, stellen Sie sich vor, wir bekämen wieder so eine Niete wie den unsäglichen Jeremiah Tulpin an Bord! Wir können uns doch nicht darauf verlassen, dass ihn wieder so eine geheimnisvolle Erkrankung ereilt wie seinen Vorgänger." Turner grinste bei der Erinnerung an die Ursache der Krankheit. Tom, sein Bursche, hatte mit einem einheimischen Trank, den er von einer Kräuterhexe gekauft hatte, den Ausbruch der mysteriösen Übelkeit herbeigeführt. „ Aber im Ernst, Mister Lennon, wenn wieder ein Examen ansteht, sollten wir ihn nochmals nach Kräften bei der Vorbereitung unterstützen."

„Manchmal glaube ich, dass der Kerl gar nicht bestehen will, weil er dann früher oder später von Bord müsste. Und was ist das schon für ein Leben als Achter oder Siebenter Leutnant auf einem Schlachtschiff, vor allem, wenn man das interessante und lustige Leben auf der *Shark* gewöhnt ist, von den sprudelnden Einnahmen aus dem Prisengeld ganz zu schweigen."

„Mister Lennon, Mister Lennon, ich bin entsetzt! Wir tun nur unsere verdammt Pflicht und Schuldigkeit! Nun ja, dass unser König so großzügig ist, uns unsere Mühe auch noch zu vergolden, schadet natürlich nicht."

„Nein, Sir, das schadet keineswegs, denn es motiviert die Männer zusätzlich."

Turner nickte. Er strich sich über das rote Kopftuch, das er jetzt lieber trug als den dicken Filzhut, und den Hinterkopf. Die Beule war abgeschwollen und er verspürte keine Schmerzen mehr. Er ertappte sich dabei, dass auch er scharf den Himmel im Südosten beobachtete.

*

Kapitän Bondie starrte achteraus auf die geschwungenen langen hohen Wolkenstreifen, die sich vier Strich achterlicher als querab hinter der Kimm zu vereinigen schienen. Sie hatte sich für den südlichen Kurs an Jamaika vorbei entschieden, weil sie genau wie Lopez und Svenson der Meinung gewesen war, dass die britischen Kreuzer aus Kingston in erster

Linie die Windward Passage im Nordosten zwischen Kuba und Hispanola kontrollieren würden. Auch Kapitän Swiney hatte sich sicherlich für diese Route entschieden. Sie kniff die Augen zu Schlitzen zusammen. Kingston musste inzwischen irgendwo im Norden querab liegen, aber die britischen Fregatten bereiteten ihr im Augenblick die geringsten Sorgen, mit großem Unbehagen verfolgte sie das Herannahen des Sturmgebiets. Sie kannte die Vorzeichen von früheren Gelegenheiten gut genug, um sich keinen Illusionen hinzugeben. Nach Steuerbord konnte sie den Kurs nur wenig ändern, weil sie frei von der Küste bleiben musste und eine Kursänderung nach Backbord würde sie genau in die Bahn des Orkans bringen.

„Mister Lopez, lassen sie das Schiff sturmfest machen!" Sie deutete nach achtern und ihr Steuermann nickte langsam. „Kann sein, dass wir Glück haben, aber wir sollten auf alles vorbereitet sein. Sorgen Sie auch dafür, dass der Smutje ein paar große Kessel Erbsensuppe mit Schweinefleisch auf Vorrat abkocht. Wer weiß, wann wir wieder in aller Ruhe zum Kochen kommen?"

„Si, Capitano. Das sieht nicht gut aus."

In den nächsten Stunden nahm der Wind ständig, so dass sie die Segelfläche ständig weiter verkleinern mussten. Schließlich liefen sie nur noch unter einem Sturmklüver, dem doppelt gerefften Marssegel und dem dreifach gerefften Besan mit halbem Wind auf Backbordbug. Am Ruder standen vier Männer, die alle halbe Stunde abgelöst wurden, um sicher zu stellen, dass sie ausgeruht genug waren, um das Schiff einigermaßen auf Kurs zu halten. Staffeln von hohen Schauerwolken rasten über sie hinweg, im Süden war alles stockfinster, nur gelegentlich zuckten grelle Blitze auf. Sie wirkten wie gezackte gespenstische Lichterscheinungen hinter einer mit Ruß geschwärzten Glasplatte. Kräftige Schauer peitschten über das Deck und vermischten sich mit dem salzigen

Spritzwasser, das in soliden Wolken über die Verschanzung geweht wurde.

Stunde um Stunde stand die kleine Gestalt in das unförmige Ölzeug gehüllt auf der Luvseite, wo sie sich mit einem Arm in die Wanten verhakt hatte. Nur gelegentlich rutschte sie hinunter zum Kompasshäuschen, um den Kurs zu kontrollieren. Als sich der volle Sturm zu einem furiosen Heulen steigerte, ließ Kapitän Bondie auch noch die Mitte des Marssegels aufgeien, so dass nur noch die Schothörner des Segels zogen. Irgendwann wurde es im Norden etwas heller, irgendwo dort hinten brach jetzt ein neuer Tag an und die Menschen dankten ihrem Schöpfer, dass er der erste Orkan dieses Jahres an ihrer Insel vorbeizog.

Langsam drehte der Wind recht und sie konnten den Kurs weiter nach Norden ändern. Mit rauschender Fahrt stürmten sie am Rande des *hurrican* nach Nordwesten. An Backbord voraus türmte sich ein imposantes Wolkengebirge auf, dessen weiße eisige Gipfel bis in den Himmel selbst zu reichen schienen, das sich nach unten anschließende Massiv erinnerte an schwarzgraue Granitfelswände, gefährlich und abweisend. Vierundzwanzig Stunden waren sie am Rande des Abgrunds balanciert, aber es war gut gegangen, es hatte keine nennenswerte Schäden oder Verletzungen gegeben.

Nach einem kurzen Frühstück standen Kapitän Bondie, Steuermann Lopez und Quartermaster Svenson auf dem Achterdeck zusammen, um die Lage zu besprechen.

„Eine schlechte Nachricht, Käpt'n", begann Svenson und kratzte sich dabei hinter dem Ohr, wobei ihm seine Mütze in die Stirn rutschte. „Mein Freund, der Bootsmann Owen, ist verstorben. Seine Wunde hatte sich entzündet. Unser Feldscher wollte ihm den Unterschenkel amputieren, aber solang er bei Sinnen war, hat er sich mit dem blanken Dolch in der Faust geweigert, das zuzulassen. Danach war es dann zu spät, das Gift war schon überall in seinem Körper. Tscha, so ist das eben", schloss er nicht grade von Trauer überwältigt.

Janine schaute ernst über die unruhige See, ein paar lange Haarsträhnen wehten im immer noch kräftigen Südwind. Falls ich je wieder mal nach Puerto Santo kommen sollte, dann spendiere ich dem Köter einen Sack bester Fleischknochen. Über diesen widerwärtigen alten intriganten Stinker von einem Bootsmann brauche ich mir keine Gedanken mehr zu machen. Danke, Hund! Und danke, mein lieber William, schließlich hat er dich verteidigt. Sogar die Straßenköter scheinen dich zu lieben. Straßenköter und von der Gesellschaft ausgestoßene Frauenzimmer scheinen auf dich zu fliegen! Schließlich wird dieser alten Kuh Elizabeth ihr liederlicher Lebenswandel nur nachgesehen, weil sie so unanständig reich ist, hat mir Hernandez im Vertrauen mitgeteilt. Wäre sie arm, würde man sie ohne mit der Wimper zu zucken, als Dirne beschimpfen. Und ich? Ich bin weder arm, noch bin ich eine Hure, aber ... Eine Sklavenhalterin darf man sein und seinen Reichtum aus dem Elend zahlloser schwarzer Menschen ziehen, aber wenn man ein paar reiche Pfeffersäcke und Kriegsgewinnler um ihre Waren erleichtert, heißt es gleich, Seeraub! An den Galgen mit dem Weib! Um die Motive schert sich ohnehin niemand. Werde nicht weich, mein Mädchen, du wolltest so haben! Sie strich die ungebändigten blonden Strähnen zurück, dann blickte sie wieder Lopez und Svenson an.

„Wer soll seine Stelle einnehmen?" Die beiden haben das doch schon längst untereinander ausgemacht, überlegte sie und musste innerlich lachen, weil die beiden Männer eine große theaterreife Vorstellung daraus machten.

Lopez und Svenson schauten sich mit in Falten gelegten Stirnen an und wiegten nachdenklich die Köpfe.

„Oh, das ist eine schwierige Entscheidung, Käpt'n. Die Position des Bootsmanns ist schließlich eine Schlüsselstellung.

Higgins, würde ich sagen", begann Lopez, „er ist ein erstklassiger Seemann."

Svenson nickte zustimmend, hielt dann aber dagegen: „Das ist zwar richtig, aber er ist als Vormann des Vormasts unverzichtbar. Wir haben keinen, der ihn in dieser Funktion ersetzen könnte. Richtig?"

Jetzt war es an Lopez den Nachdenklichen zu mimen. „Ja, außerdem ist er vielleicht doch ein wenig zu jung."

„Wie wäre es mit Brandy Goff", schlug Svenson vor.

Lopez zögerte und machte eine bezeichnende Geste, als ob er ein Glas hinunterschütten würde.

„Nein, nein, sein Name täuscht. Es stimmt zwar, dass er sich an Land gerne bis zum Eichstrich volllaufen lässt, aber das ist sein gutes Recht. An Bord hält er sich eisern an die beschworenen Regeln. Er kommt gut mit den Männern aus, verfügt aber auch über die nötige Autorität – wenn es sein muss, auch mit Hilfe seiner Fäuste."

„So sein es denn!" entschied Bondie energisch. „Goff wird als Bootsmann in die Schiffsbücher eingetragen – wenn die Besatzung zustimmt."

„Das lassen Sie mal meine Sorge sein", griente Svenson breit und trottete davon.

Janine Bondie überließ Lopez das Deck und ging in die Große Kabine. Müde warf sie sich auf die Heckbank und starrte aus dem Fenster über die noch immer aufgewühlte See. Horace tauchte wie ein Geist aus seiner Pantry auf und reicht ihr eine dampfende Mug mit köstlich duftendem Kaffee.

„Es war mir leider noch nicht möglich, etwas Vernünftiges zu kochen, Käpt'n, es tut mir leid."

„Mach dir darüber keine Gedanken, Horace, ich weiß, dass du tust, was du kannst."

„Oh ja, das tue ich, ganz gewiss, das tue ich", bestätigte der Steward im Brustton der Überzeugung. Man konnte ihm nicht nachsagen, dass er an übergroßer Bescheidenheit litt.

Janine trank langsam ihren Kaffee und sann darüber nach, wie es wohl weitergehen würde. Hoffentlich hatte die *Hellfire* den Sturm gut überstanden. Den an Bord befindlichen Personen – besonders Dunbar und Kapitän Swiney – hätte sie zwar keine Träne nachgeweint, aber es wäre doch schade, wenn der große Goldschatz jetzt für alle Zeiten auf dem Boden der Karibik liegen würde. „Verdammt, das wär's doch!" murmelte sie leise und schlug mit der flachen Hand auf das Polster. „Mit meinem Anteil daran hätte ich so viel Edelmetall in Barren, Edelsteine und gemünztes Gold zusammen, dass ich diesen schmutzigen Beruf an den Nagel hängen könnte. Ganz zu schweigen von dem Guthaben, das ich durch die Vermittlung dieses schrägen Typen Hernandez auf dem Konto bei einer Bank in London habe." In Gedanken spann sie den Faden weiter: Ich könnte mir in Amerika oder besser noch in Europa ein Landgut so groß wie eine Grafschaft kaufen, natürlich inklusive eines standesgemäßen Herrenhauses mit allem Drum und Dran, und nicht zu vergessen auch ein piekfeines Stadthaus in der Hauptstadt. Dort könnte ich dann das schutzbedürftige bedauernswerte frühverwitwete kleine Weibchen geben, das eine starke Schulter braucht, an der es sich anlehnen kann – die Schulter kann man ja von Zeit zu Zeit auswechseln. Ich könnte endlich so leben, wie diese aufgedonnerte Ziege Elizabeth Parker. Pallas Athene – pah! Am schönsten wäre es natürlich, wenn ich William davon überzeugen konnte, mit mir zusammen ein neues Leben anzufangen. Aber das wäre nicht ohne ein gewisses Risiko, denn er kennt meine Vergangenheit. Sie seufzte tief auf und versank tief in der Erinnerung an die kurze Zeit, als sie zusammen gewesen waren, er sie zärtlich liebkost hatte und in ihrem

Kopf ein roter Feuerball explodiert war, als sie gemeinsam den Höhepunkt der Lust erreichten.

Die leere Mug entglitt ihren Fingern und fiel auf das Deck. Horace kam bei dem Lärm aus der Pantry geeilt. Er fand sie mit angezogenen Beinen eng zusammengekuschelt auf der Heckbank liegend vor. Sie schlief fest. Ihr Atem ging gleichmäßig, ihre Lippen waren halb geöffnet, sie lächelte, aber auf ihrem Gesicht lag ein angespannter Ausdruck, der einer gewissen Wildheit nicht entbehrte.

Horace deckte sie zu. Bei sich dachte er: ‚Einen Penny für deine Gedanken, meine Liebe! An die Verpflegungslisten denkst du jedenfalls nicht, darauf setzte ich meinen Anteil an der Beute.' Er schnaufte missmutig. ‚Wenn wir die erst mal hätten!'

*

Die Shark stand mit ihrem Begleiter, der *Trinity*, nur noch gut zweihundert Meilen vor Bahíablanca auf der Höhe der Cayman Inseln. Beide Schiffe hatten den Sturm problemlos abgewettert und hielten weiter auf ihren Zielhafen zu, aber trotzdem war Turners Laune auf dem Tiefpunkt angelangt. Er hatte hoch gepokert und wie es schien, hatte er verloren. Es hatte keinen Zweck, sich noch länger etwas vorzumachen. Entweder hatten seine Gegner einen anderen Hafen angelaufen oder sie waren in dem abziehenden Sturm gesunken, sie mochten aber den Zielhafen auch schon erreicht haben und lagen dort sicher wie in Abrahams Schoss. Den Handbüchern hatten Turner und Lennon entnommen, dass der Hafen von Bahíablanca sehr geschützt hinter hohen Hügeln lag, sogar als hurrikansicher bezeichnet werden konnte, und von einem

Fort gesichert wurde, dessen Kanonen die Reede und die Zufahrt bestreichen konnten.

William Turner stapfte blicklos für das Geschehen an Deck mit zusammengepressten schmalen Lippen auf der Luvseite auf und ab. Niemand wagte ihn anzusprechen, denn über seinem Kopf schien eine schwarze Gewitterwolke zu schweben, die nur darauf zu warten schien, sich entladen zu dürfen. Sogar Tom, der sonst einige Privilegien genoss, bewegte sich in seiner Nähe auf Zehenspitzen. William schalt sich einen Narren, dass er sich überhaupt auf dieses aussichtsloses Unternehmen eingelassen hatte. Eine Verfolgung über eine Entfernung von eintausendzweihundert Seemeilen – *caramba*, was für ein verdammter Esel war er doch gewesen. Es war an der Zeit sich einzugestehen, dass er vor dem unangenehmen Gespräch mit Smith weggelaufen war. Er war schlicht zu feige gewesen, nach Antigua zurückzusegeln und dem Agentenchef einzugestehen, dass er in Puerto Santo versagt hatte, dass er wie der sprichwörtliche Stier mit dem Kopf durch die Wand hatte stürmen wollen, anstatt draußen geduldig auf seine Chance zu warten. Er hatte hervorragende Kundschafter an Bord, die sich wie die Schatten durch die Stadt bewegt und ihm alle Informationen besorgt hätten. Aber nein, Mister William Turner musste ja alle selber machen – genauer gesagt: Er musste alles selber ruinieren! Und jetzt noch diese Rundreise durch die Karibik. Wahrscheinlich wartete man in Antigua dringend auf ihn. Er sah es bildhaft vor sich, wie Smith jeden Morgen seinen schwarzen Butler fragte: „Ist dieser unfähige freche Schnösel, der elende Hundsfott Turner immer noch nicht eingelaufen, Loftus?“ Der große Neger würde bedauernd den Kopf schütteln, die weißen Zähne zeigen und spöttisch bemerken: „Wahrscheinlich ist der Massa Turner mal wieder ohne die notwendige Vorsicht durch eine dunkle Gasse gegangen.“

William knirschte mit den Zähnen. Mochten Sie ihn vierteilen, er hatte getan, was er unter den gegebenen Umständen für richtig gehalten hatte … Aber er war gescheitert. Selbstverständlich würde er noch den Hafen von Bahíablanca untersuchen und feststellen, ob die gesuchten Schiffe dort lagen, aber mehr würde er nicht tun können. Er hatte alle Möglichkeiten durchdacht. Dunbar würde sich vermutlich mit einem höhnischen Lachen über Land nach Havanna davonmachen und falls sich Turner vor dem Hafen auf die Lauer legte, um sich nach deren Auslaufen die *Hellfire* oder die *Medusa* zu schnappen, würden die Spanier nach ein paar Tagen mit Kriegsschiffen erscheinen und ihm die Hammelbeine langziehen. Selbstverständlich würden sie sich zusätzlich über die üblichen diplomatischen Kanäle heftig beschweren. Das war es dann! Nun, er würde sich mit dem Leben auf Halbsold abfinden, wenn man ihn am Leben ließ. Falls ihm jemals der Sinn wieder nach etwas Aufregung stehen sollte, konnte er auf dem Boot seines Vaters mitsegeln, wenn dieser den Kanalinseln einen Besuch abstattete, um die Familienkasse etwas aufzufüllen. Vielleicht sollte er sich ein eigenes Boot kaufen und im großen Stil ins Schmuggelgeschäft einsteigen – wenn schon, denn schon!

„An Deck! Segel drei Strich an Backbord voraus!"

Überrascht fiel Turner die Kinnlade herab, er versicherte sich, dass sein Fernglas an seinem Platz in seinem Rockschoß steckte und enterte dann in den Luvwanten bis zur Mars auf. Dort holte er das Glas heraus, setzte sich bequem hin, hakte einen Arm in den Oberwanten, atmete mehrmals tief durch und richtete dann sein Teleskop aus.

„An Deck! Ein zweites Segel dicht bei dem ersten!" rief der Ausguck im Vormast.

„In der Tat, in der Tat", murmelte Turner zuerst ungläubig, dann fuhr er fast ein wenig andächtig fort: „Ich will meinen besten Hut als Porridge ohne Butter und Melasse fressen, wenn das eine Schiff nicht die verfluchte *Hellfire* ist. Vom Rumpf ist zwar noch nicht viel zu sehen, aber der Eimer hat drei Masten und der Besanmast ist mit einem Lateinersegel getakelt, so etwas ist selbst in diesem Teil der Welt nicht mehr so häufig anzutreffen. Wie es scheint, wollen mir die alten Seegötter doch noch mal meinen Arsch retten." Angestrengt starrte er durch das Okular. „Ah ja, da ist ja auch das andere Schiffchen – könnte eine Brigantine sein, ahem!" Die Zeit verging und eigentlich hätten jetzt langsam die Rümpfe über der Kimm auftauchen müssen. Turner flüsterte irritiert: „Die beiden scheinen wie auf Wolken zu schweben, seltsam, sehr seltsam ... Verdammt, die geben sich das volle Programm, die beschießen sich, was die Rohre hergeben! Ich fasse er nicht!" Er kletterte über die Wanten wieder hinab auf das Deck.

„An Deck! Die gesichteten Schiffe scheinen sich zu beschießen!" klang es verwundert aus dem Vortop.

„Pack verträgt sich, Pack schlägt sich, würde ich das Sprichwort mal abwandeln wollen", erläuterte ein fröhlich grinsender Turner seinem Segelmeister. Er lachte krächzend vor Erleichterung und hieb sich mit der rechten Faust in die linke Handfläche.

„Mister Starke, setzen Sie bitte das Signal: Feind in Sicht! Bilden Sie die Vorhut!" Dann packte er die Flüstertüte und brüllte über das Deck: „Schiff klar zum Gefecht!" Immer noch grinsend schlenderte er zum Rudergänger hinüber und befahl ihm: „Zwei Strich abfallen!" Dabei rieb er sich voller Genugtuung die Hände wie ein Plünnenhändler, der einem unbedarften Bauerntölpel vom Lande einen schlecht passenden Anzug für den Preis eines erstklassigen Fracks angedreht hatte. Nur war hier noch keineswegs sicher, wer am Ende dieses Treffens die Rechnung präsentiert bekommen würde.

*

Nach Anbruch der Morgendämmerung war auf der *Medusa* routinemäßig der Ausguck in den Toppen besetzt worden. Bei der morgendlichen Besprechung mit Lopez, Svenson und Goff waren sich alle darüber im Klaren gewesen, dass es höchste Zeit war, die *Hellfire* vor die Rohre zu bekommen.

„Notfalls holen wir sie mit unseren Booten raus!" schlug Svenson forsch vor.

Lopez blickte ihn nachsichtig an und erwiderte: „Richtig, Svenson, notfalls. Aber nur sehr, sehr notfalls! Auf jeden unserer Männer kommen ja nur etwa zwei von der *Hellfire*, da kann man ja einfach so an Bord spazieren und sie höflich auffordern, sich gefälligst zu ergeben! Pah!"

Goff gluckste in sich hinein und Svenson stierte Lopez wütend an, dann fauchte er: „Aber wir sind mindestens dreimal so wütend wie diese Kameradenschweine und das wiegt die Unterzahl wieder auf, hol mich der Henker!"

„Du kannst es wohl nicht erwarten, Svenson!" kicherte Goff.

Janine Bondie hob beschwichtigend eine Hand, warf den Kopf in den Nacken und befahl energisch: „Ruhe jetzt! Kein Streit untereinander! Wenn es denn sein muss, werden wir unseren Anteil unter dem Achtersteven von des Teufels Großmutter wegstibitzen, auch wenn sie sich den Hintern gerade am höllischen Feuer wärmt. Aber noch könnte das bedauerliche Missverständnis ja mit ein paar erklärenden Worten aus der Welt geräumt werden." Sie klopfte vielsagend auf das Bodenstück des neben ihr stehenden Achtpfünders.

Bootsmann Goff begriff ihre Worte und die Geste nicht so recht. „Was heißt hier Missverständnis, Käpt'n? Die Sausäcke haben sich ganz eindeutig unseren Beuteanteil unter den Nagel gerissen und sind klammheimlich damit abgehauen. Wenn Sie keinen Spion bei Swiney, diesem widerlichen Stinktier, an Bord gehabt hätten, der uns bei Zeiten dessen Zielhafen verraten hat, wären diese syphilitischen Ratten für alle Ewigkeit in den Weiten der See verschwunden gewesen, Käpt'n."

„Schon gut, Brandy, reg dich nicht so auf", beruhigte ihn Svenson. „Käpt'n Bondie meint, wenn wir ihm ein paar Breitseite aufbrennen, könnte Swiney durchaus zu der Überzeugung gelangen, dass es für ihn, für sein Schiff und auch für alle anderen Beteiligten besser wäre, uns unseren Anteil zu übergeben."

Goff nickte erfreut. „Na dann ist es ja gut! Obwohl ich diesen dreckigen Hundesohn Swiney am liebsten eigenhändig an der Großsegelrahnock aufknüpfen würde."

Lopez lächelte schief: „Bist du sicher, dass die das Gewicht von Kapitän Swiney aushalten würde?"

„Tscha", meinte Svenson, „das käme auf einen Versuch an."

„An Deck! Segel zwei Strich an Backbord!"

Die Köpfe der Vier fuhren herum. Eilig wurde nach den Fernrohren gegriffen, aber von Deck aus war natürlich noch nichts von dem gemeldeten Schiff zu sehen. Janine warf sich ein langes Teleskop über die Schulter und eilte ohne jedes weitere Wort zu den Wanten des Vormasts. Geschickt und leichtfüßig enterte sie bis in den Top auf, wo sie sich neben dem Ausguck auf die Saling klemmte. Kein Topgast hätte es schneller und eleganter schaffen können. Die starken Schwankungen hier oben machten es ihr nicht leicht, das Ziel zu fokussieren. Aber schließlich konnte sie die Masten und Segel des anderen Schiffs erkennen. Es hatte offensichtlich beigedreht. Das Rigg sah irgendwie gerupft aus. Nach langen Minuten hatte sie erkannt woran das lag. Sie lächelte dem Ausguck zu und schärfte ihm ein, nach Schiffen von den Caymans Ausguck zu halten, dann rutschte sie an einem Backstag zurück an Deck.

Die Männer um das Ruder diskutierten heftig, offensichtlich hatten sie auch bemerkt, dass sich das andere Schiff seltsam verhielt. Als sich Bondie näherte, verstummten sie und blickten sie fragend an.

„Ich wette, dass es die *Hellfire* ist. Sie muss weiter südlich als wir gestanden haben und hat daher auch mehr Gelegenheit bekommen, die Segnungen des Sturmes zu genießen. Wie es aussieht, hat sie ihre Großbramstenge verloren und auch mit dem Vormarssegel scheint es Probleme zu geben. Anscheinend haben sie sich gestern Nachmittag und die Nacht über erst mal von den Strapazen erholt und erst heute Morgen mit den Reparaturen begonnen. Sie liegen bei, was heißt, dass sie sich völlig sicher fühlen. Ich denke, wir sollten ihnen eine freudige Überraschung bereiten und dem ehrenwerten Swiney und seinem Haufen von schlappschwänzigen Schmierlappen unsere Aufwartung machen, so lange ihnen die Büxen noch in den Kniekehlen hängen! Was sagen Sie dazu, meine Herren?"

Die Männer schlugen sich begeistert gegenseitig auf die Schultern und redeten alle durcheinander. Bondie brachte sie mit einer energischen Handbewegung zum Schweigen. „Bevor wir auf Gefechtsstationen gehen, sollen die Männer noch mal Essen fassen. Dazu gibt es eine doppelte Ration Rum. Kümmern Sie sich darum, Mister Svenson?"

„Aye, aye, Käpt'n."

„Bootsmann Goff, Sicherungsketten an die Rahen und Enternetze über dem Deck aufriggen. Wie Señor Lopez vorhin richtig festgestellt hat, sind wir der *Hellfire* personell unterlegen, wir dürfen sie nicht auf unser Deck kommen lassen."

„Verstanden, Käpt'n. Wird gemacht!"

„Lopez! Von Ihnen als Befehlshaber der Batterien hängt alles ab. Neben einem Dutzend Drehbassen hat die *Hellfire* hat nur vier schwere Stücke auf jeder Seite, aber das sind für uns sehr bedrohliche 12-Pfünder. Wir müssen mit den ersten drei bis vier Salven versuchen, diese Dinger auszuschalten. Das bedeutet: doppelte Ladung mit zwei Kugeln und immer auf die Stückpforten zielen. Das kostet zwar Zeit, ist aber unbedingt notwendig! Sobald es uns gelungen ist, sie zum Schweigen zu bringen, können wir näher herangehen und dann die Mannschaft mittels Dauerbeschuss mit Kartätschen dezimieren und demoralisieren. Verstanden?"

„Nur zu gut, Capitana. Sie erwarten von mir Wunder."

„Aber Lopez, ein kleines Wunder werden Sie doch für mich tun können, nicht wahr? Sie sind doch mein bester Mann an Bord." Sie blickte ihm gerade in die Augen.

Seine dunklen Augen blickten sie melancholisch an, dann zuckte er mit den Achseln, zog seinen Hut und verbeugte sich mit viel Grandezza tief vor ihr. *Bueno, gracias, Señora.* Ich werde vielleicht ein wenig hexen müssen, aber es wird alles geschehen wie Sie wünschen, *bonita mia*!" Er drehte sich scharf auf dem Absatz um und trippelte davon, um mit dem Stückmeister in die notwendigen Verabredungen zu treffen und danach die Geschützführer einzuweisen.

Es kam selten vor, dass Lopez so betont auf ihre Weiblichkeit anspielte, hoffentlich hatte sie ihm mit ihrem Lob keine falschen Hoffnungen gemacht. Wenn der Kampf vorbei war, würde sie Svensons Verdienste herausstreichen, das würde das Gleichgewicht wieder herstellen. Immer vorausgesetzt, dass sie nach dem Gefecht noch in der Lage war, zu irgendjemand einen vernünftigen Satz zu sagen.

Auch auf der *Hellfire* hatte man sie entdeckt und trimmte eilig die Segel, um Fahrt aufzunehmen. Das Groß und die Fock ließ man aber aufgegeit.

Schade, Swiney, dachte die Korsarin, warum bist du nicht einfach liegengeblieben, dann wäre ich erst mal zwei- oder dreimal hinter dem Spiegel vorbeigesegelt und hätte deinen alten Eimer der Länge nach bestrichen. Das hätte die leidige Geschichte doch erheblich abgekürzt! Aber ich wusste, dass du es dazu nicht kommen lassen würdest, denn du bist zwar hinterhältig, falsch und feige, aber leider hast du deinen Verstand noch nicht vollkommen versoffen. Sie musste anerkennend feststellen, dass Swiney starke Nerven hatte, denn trotz der drohenden Annäherung seiner betrogenen ehemaligen Kameraden ließ er ungerührt weiter ein neues Vormarssegel an der Rah unterschlagen.

Die *Medusa* näherte sich schnell dem flüchtenden halblahmen Vollschiff. Sie hatte den Luvvorteil und gedachte, ihn auch dahingehend auszunutzen, dass sie zunächst außerhalb der Reichweite der zahlreichen Drehbassen der *Hellfire* blieb. Aber schließlich wurde es Zeit, die Segelfläche zu verkleinern, um nicht mit hoher Fahrt am Gegner vorbeizulaufen.

„Mister Goff!" rief Bondie vom Achterdeck dem Bootsmann zu, „lassen sie bitte das Groß, das Royal- und Bramsegel aufgeien!"

„Aye, Sir!"

Käpt'n Bondie grinste amüsiert bei dieser Anrede, dann ließ ihren Blick über das Deck gleiten. Die Stücke der Backbordbatterie waren mit zwei Kugeln geladen und starrten drohend feuerbereit aus ihren Geschützpforten.

„Mister Lopez, Feuer frei, sobald Sie das Ziel auffassen können! Und möge Ihr Hokuspokus erfolgreich sein!"

Lopez lächelt dünn und winkte ihr zu, dann beugte er sich wieder über das vorderste Geschützrohr, um den achteren Zwölfpfünder des Gegners anzuvisieren. Auch dessen Kanonen waren ausgerannt und die großen schwarzen Mündungen dräuten furchteinflößend herüber. Lopez sprang zum zweiten Geschütz, ließ das mit Hilfe von Spaken weiter nach vorne richten, visierte dann nochmals über das Rohr. Er rief: „Geschütz Eins und Zwei in der Aufwärtsbewegung - Feuer!" Die erfahrenen Geschützführer warteten ab und rissen dann die Abzugsleinen. Beide Kanonen spuckten einen langen Feuerstrahl aus und dicke Qualmwolken waberten in Richtung des Gegners. Eine Kugel schlug in die Verschanzung der *Hellfire* neben der Geschützpforte ein und drückte die Planken ein, die dahinter in den Finknetzen gestauten Hängematten flogen durch die Luft. Die zweite Kugel derselben Kanone traf die nach oben gezogene Klappe der Stückpforte, die traurigen Überreste hingen danach in den Scharnieren auf das Rohr hinab. Die beiden anderen Kugeln hatten die Bordwand neben dem Geschütz durchschlagen, was im Inneren eine Splitterwolke verursachte. Das war der Nachteil dieser als Frachter gebauten Schiffe: Sie waren bei weitem nicht so massiv gebaut wie die Kriegsschiffe, so war beispielsweise der Abstand zwischen den Spanten sehr viel größer. Man hörte die Schmerzensschreie der Bedienungsmannschaft über das Wasser bis auf das Deck der *Medusa*. Als der Zwölfpfünder schließlich Feuer spie, flog seine Kugel harmlos hoch über das Deck hinweg.

Lopez trieb die Männer an den Kanonen an, die Stücke wieder feuerbereit zu machen. Aber bevor sie das zweite Geschütz von achtern unter Feuer nehmen konnten, stieß das seine Ladung mit einem orangefarbenen Blitz aus, die Kugel durchschlug mit einem scharfen Knall das Vorstengestagsegel und hinterließ ein sauber ausgestanztes Loch. Die Kanonen Nummer Drei und Vier hatten jetzt ihr Ziel aufgefasst und feuerten nahezu gleichzeitig. Die achtere Geschützpforte der *Hellfire* verwandelte sich in ein großes gähnendes Loch. Die Lafette des Zwölfpfünders war umgestürzt und das Geschützrohr rutschte beim Rollen des Schiffes zögernd durch die große Öffnung, hielt inne, als ob es sich nicht recht entscheiden könne, ob es wirklich seinen angestammten Platz verlassen wollte, um dann bei der nächsten Rollbewegung ganz bedächtig herauszugleiten und mit einer hohen Wassersäule in der See zu versinken. Die Männer der *Medusa* jubelten begeistert. Auf der *Hellfire* antwortete Wutgeschrei. Das Hauptdeck des Korsaren war schwarz von Männern, die Entermesser, Tomahawks und Piken schwangen. Auch auf dem erhöhten Vorder- und Achterkastell drängten sich Bewaffnete, die darauf brannten, die *Medusa* zu entern und ihre Besatzung zu massakrieren. Sie schüttelten drohend ihre Fäuste und ihre Flüche waren an Obszönität und Gotteslästerlichkeit nicht zu überbieten.

Jetzt hatten die beiden vorderen Kanonen der *Medusa* die Luke des zweiten Zwölfpfünder des Gegners vor den Mündungen, aber sie kamen zu tief ab und drückten unterhalb der Geschützpforte die Bordwand ein. Langsam und ruckend wurde das feindliche Geschütz in Stellung gebracht, es war offensichtlich, dass Kapitän Swiney den Geschützdrill vernachlässigt hatte. Die Männer auf der *Medusa* dagegen feuerten sich gegenseitig an, sie wirbelten mit den Auskratzern und Wischern, schoben mit oft geübten abgezirkelten Bewegungen die Kartuschen, Pfropfen und Kugeln in die Rohre, rammten alles fest und sprangen zurück. Drüben brüllte der Zwölfpfünder auf. Die schwere Kugel pfiff gefährlich dicht über die Köpfe der Männer hinweg, ein paar Taue im Rigg brachen mit einem Knall, der an das übermütige Peitschenknallen von Postillionen erinnerte. Die Seitenrichtung der Kanonen auf der *Medusa* wurde korrigiert, dann antworteten die Achtpfünder mit ihrem typischen durchdringenden Bellen. Wieder ließen zwei Kugeln die dünne Verschanzung der Kuhl bersten, aber die anderen beiden waren Glückstreffer, sie waren einfach verschwunden! Sie mussten buchstäblich ins Schwarze getroffen haben, also durch die offene Pforte in das Geschützdeck geflogen sein, wo sie voll gegen die Kanone geprallt waren. Diesem Aufschlag hatten die Brooktaue nicht standgehalten und waren geborsten, die Lafette begann sich unkontrolliert über das Deck zu bewegen, dabei zerquetschte sie unweigerlich jeden, der ihr im Weg stand. Einem Mann wurde der Unterschenkel zermalmt, ein anderer glitt aus und die Räder zermalmten wie Mühlsteine seinen Kopf. Als das

Schiff nach Backbord überholte, nahm die Lafette so richtig Fahrt auf, ratterte immer schneller werdend über das Deck zur anderen Schiffsseite. Dort prallte sie mit ungeheurer Wucht auf das ausgerannte Stück, das sie wie eine Spielzeugkanone durch die Stückpforte schob. Taljen und Brooktaue brachen dumpf knallend, die Planken der Bordwand zersplitterten, der Zwölfpfünder machte sich auf den Weg zu den Fischen. Die Geschützbedienungen kämpften mit dem verbliebenen eisernen Untier um ihr Leben, versuchten es einzufangen, es wieder mit Laschings zu bändigen, aber während sie damit beschäftigt waren, konnten sie ihre Kanonen nicht bedienen. Schließlich verklemmt sich das Geschütz an der weit aufgerissenen Geschützpforte. Mit Spaken hebelten die Männer es hinaus.

Immer mehr Stücke der *Medusa* griffen in den Kampf ein. Zerschmetterten mit ihren Kugeln weiter die achtere Verschanzung, danach hielten ihre fürchterlichen Kartätschenladungen reiche Ernte unter den dicht gedrängt stehenden Piraten in der Kuhl. Glieder wurden abgerissen, Leiber zerfetzt, Köpfe verwandelten sich in eine gesichtslose blutige Masse. Blut lief aus den Speigatten an der Bordwand hinunter in die See. In das Wutgebrüll mischten sich immer mehr Schmerzensschreie und wehklagendes Wimmern. Tote wurden über die Bordwand geworfen, um freien Platz für die Lebenden zu schaffen. Bald würden die Haie den verführerischen Duft mit ihren empfindlichen Riechorganen auffangen und sich zum Festmahl einstellen.

Svenson dirigierte auf dem Achterdeck seine Abteilung Scharfschützen, bis jetzt war es ihnen noch nicht gelungen Kapitän Swiney vor die Mündung zu bekommen. Käpt'n Bondie hielt sich in der Nähe des Ruders auf, ständig kontrollierte sie den Abstand zwischen den beiden Schiffe und sorgte mit kurzen Ruderkommandos dafür, dass er gleich blieb. Bei Bedarf ließ sie die Schot des Besansegels auffieren oder dichtholen. Wenn Lopez mit seiner Batterie so erfolgreich zauberte, wollte sie ihm seine Aufgabe nicht zusätzlich erschweren.

„An Deck! Zwei Segel fünf Strich achterlicher als Steuerbord querab!" kam die Meldung aus dem Vortop.

Ehe Janine Bondie reagieren konnte, ertönte vorne ein knackendes, berstendes Geräusch, das ihr den Atem stocken ließ. Die Vormastbramsegelstenge wankte wie ein betrunkener Seemann, schien sich krampfhaft aufrecht halten zu wollen, musste sich aber schließlich doch dem Gesetz der Schwerkraft beugen. Tampen brachen mit lautem Knallen, die Spiere kam mitsamt der Royal- und Bramsegelrah von oben. Der größte Teil des Plunders fiel über die Seite, mit ihm auch der Ausguck, der sich an der Saling festgeklammert hatte. Er wurde nie wieder gesehen.

Ein Glückstreffer hatte die *Medusa* um ihren schon fast sicher geglaubten Erfolg gebracht. Janine ballte die Fäuste und trommelte wütend auf die Reling. Der Erfolg war zum Greifen nahe gewesen, Tränen der Wut stiegen ihr in die Augen. Aber es war nicht zu ändern. Die Bruchstücke des Riggs im Wasser wirkten wie ein Seeanker und zogen den Bug herum.

„Mister Lopez!" rief sie über das Deck. „Jagen Sie ihm zum Abschied noch eine Salve durch den Spiegel!"

Aber Lopez war nicht zu sehen. Ein paar Matrosen drängten sich um eine Gestalt zusammen, der an Deck lag. Janine atmete zischend aus, dann befahl sie energisch: „Mister Svenson, nach vorne, alles Überflüssige abhacken – und etwas flott, wenn ich bitten dürfte!" Dann rannte sie nach vorne. Bootsmann Goff trieb schon eine Gruppe von Seeleuten an, die mit Äxten bewaffnet waren. Lopez lag auf dem Deck. Die meisten Bruchstücke des Riggs, die nicht über Bord gegangen waren, waren im Enternetz hängen geblieben, aber ein Block hatte seinen Weg durch die Maschen gefunden. Er hatte Lopez, der sich gerade über ein Geschützrohr gebeugt hatte, in den Rücken getroffen, ihm das Rückgrat zerschmettert und schwere innere Blutungen ausgelöst. Er war erstaunlicherweise bei Bewusstsein und blickte sie aus seltsam fiebrig leuchtenden Augen an.

„Keine Aufregung, Señor Lopez, das wird schon wieder…“ Sie spürte selbst, dass sie schlecht log.

„Nein, nein, Capitana, da wird nichts wieder“, er lächelte sein schiefes melancholisches Lächeln, das sie oft bei ihm gesehen hat. „Der letzte Comte aus dem stolzen spanischen Geschlecht der de Romeros y Barra stirbt wie er gelebt hat: Ohne Rückgrat und als unnützer Spaßvogel. Hochverehrtes Publikum, der alte Hexenmeister führt Ihnen jetzt sein größtes Zauberkunststück vor: Er verabschiedet sich auf Nimmerwiedersehen und ward nie mehr gesehen. Tusch und *finito de la musica*.“ Seine Augen trübten sich, die Nase wurde spitz, aber das kleine Lächeln blieb in seinen Mundwinkeln hängen, dann fiel sein Kopf zur Seite.

Janine Bondie drückte ihm sanft die Augen zu. Lopez ein spanischer Edelmann, wer hätte das gedacht! Aber wer ist auf diesem Schiff schon wirklich der, der zu sein er vorgibt. Sie schluckte, aber dann sprang sie auf und fuhr die umstehenden Männer an: „An die Arbeit, Kerls, wir haben alle Hände voll zu tun! Und lasst den Siegelring an seinem Finger!“

Drüben auf der sich schnell entfernenden *Hellfire* stand Kapitän Swiney an der achteren Reling und grüßte höhnische mit seinem gezogenen Hut herüber.

*

Auf der *Shark* und der *Trinity* verfolgte man das Geschehen aufmerksam. Als die Vorstenge der *Medusa* von oben kam, hielt Turner für einen Moment erschrocken den Atem an.

Wenn der Kommandant der *Hellfire* die momentane Manövrierunfähigkeit seines Kontrahenten ausnutze, konnte er bei ihm längsseits gehen und ihn entern. Aber daran dachte man dort drüben offensichtlich nicht, sondern ergriff das Hasenpanier. Bis auf das Großroyal und das Großbramsegel wurde jeder Lappen gesetzt, nur beim Vormarssegel schien es ein paar Verzögerungen zu geben. Turner überlegte, was er machen sollte. Die *Medusa* hatte sich bald von ihrem störenden Ballast befreit und lief unter allen Segeln, die sie setzen konnte, nach Süden ab. Die *Hellfire* steuerte mit einem nordwestlichen Kurs offensichtlich weiter den Hafen von Bahíablanca an. Beide Schiffe konnte er nicht verfolgen. Nach kurzem Nachdenken war ihm klar, dass die *Hellfire* mit Dunbar an erster Stelle stehen mussten. Es würde knapp genug werden, den Verräter noch vor dem Hafen zu stellen, aber bis jetzt waren Turner die Götter gewogen gewesen, vielleicht hielt sein Glück noch etwas an.

„Mister Starke, lassen Sie die Männer vorerst von den Gefechtsstationen wegtreten. Es kann ein langer Tag werden. Richten Sie Mister Pulleye, dem alten Geizkragen, und dem Smutje meine besten Empfehlungen aus, sie sollen den Männern jetzt eine deftige Mahlzeit servieren!"

Aye, aye, Sir!" grinste der junge Mann erfreut. Bekanntlich schoben Midshipmen immer Kohldampf und so war die Aussicht auf ein kräftiges Mahl immer ein Höhepunkt in ihrem Tagesablauf.

Turner nahm den Hut ab und strich sich über das rote Kopftuch, das er darunter trug. Schon seit drei oder vier Tagen hatte er keine Schmerzen mehr gehabt und auch das Haar wuchs schon wieder nach. Er blickte zu Tom hinüber, der ihn breit grinsend beobachtete. Vielleicht war ja an diesem heidnischen Hokuspokus doch etwas dran. MacKinnon, der Schiffsarzt, war jedenfalls sehr erstaunt gewesen, wie schnell sich die Schwellung durch die Arznei seines werten „Kollegen", wie er etwas säuerlich gemeint hatte, zurückgebildet hatte. Dann hatte er allerdings noch so etwas wie Quacksalberei gemurmelt. Purer Neid, dachte Turner, ganz klarer Fall, nichts als Neid. Er fühlte sich so wohl, wie seit langem nicht und begann im Kopf Berechnungen anzustellen, wann sie die *Hellfire* eingeholt haben würden.

Kapitel 14

Vor Kuba und in Bahíablanca, Mitte Mai 1777

Am Nachmittag schlief der Wind völlig ein, die *Shark* rollte unangenehm mit schlaffen klatschenden Segeln in einer zunehmenden langen westlichen Dünung. In Turner stieg ein unangenehmer Verdacht auf, er warf Lennon einen fragenden Blick zu, worauf dieser zustimmend nickte: „Ja, Sir, ich glaube unser einbeiniges Monster hat es sich überlegt und möchte nicht zu den bigotten Spaniern nach Texas oder Louisiana, sondern er will lieber unsere Besitzungen in Florida verwüsten."

„Ich dachte, es wäre ein heidnischer Gott der Indianer und kein Alliierter der im Irrtum befangenen Katholen?" moserte William. „Oder sollten die Gebete des Papstes am Ende wirksamer sein als die des Erzbischofs von Canterbury?"

Lennon zuckte gleichmütig mit den Schultern. „Jedenfalls kommen unsere Freunde da vorne auf dem Vollschiff auch nicht vorwärts und meiner Meinung nach werden wir auf dieser Seite von Kuba nur die Ausläufer des Sturmes abkriegen. Wir werden zuerst schwülheißen südlichen Wind bekommen, der dann auffrischt und nach Westen dreht. Später wird dann ein kühlerer Norder über die Bergketten Kubas herabfallen." Er klopfte drei Mal auf das Holz der Reling.

„Ahem …", räusperte sich Turner, seine Augen starrten auf einen fernen Punkt am Horizont, ohne etwas wahrzunehmen. „Ahem … Wirklich interessant, Mister ääh, Lennon, sehr interessant, ja."

Er erläuterte nicht, wie das meinte, aber Lennon kannte ihn lange genug um zu wissen, dass sein Kommandant schon wieder dabei war, Pläne zu schmieden.

Nach einem letzten Blick auf die gerade über der Kimm stehenden *Hellfire* verschwand Turner nach unten, um längere Zeit über der Karte Kubas und besonders dem Hafenplan von Bahíablanca zu brüten. Wenn der Südwind bald einsetzte, konnten sie morgen früh vor dem Inselgürtel stehen, der Kubas Küste vorgelagert war, von dort aus, würden sie je nach Windverhältnissen noch sechs bis zehn Stunden bis Bahíablanca zu segeln haben. Im ungünstigsten Fall, was konkret bedeutete, falls sie die *Hellfire* eben nicht vorher abfangen konnten.

Vor der Kabinentür stieß der Posten der Seesoldaten den Musketenkolben auf das Deck und röhrte: „Der Midshipman, Sir!"

„Herein!"

Die Tür öffnete sich und das fröhliche Gesicht von Starke schaute um die Ecke. „Mit den besten Empfehlungen von Mister Lennon, Sir, die *Hellfire* läuft mit vollen Segeln ab."

Er verkniff sich einen drastischen Fluch, griff nach seinem Hut und nickte dem Midshipman zu. „Ich komme. Danke, Mister Starke."

Er eilte an Deck. Durch das Teleskop sah er den Rumpf ihrer Beute unter der Kimm verschwinden. Es dauerte noch über eine halbe Stunde, ehe auch bei ihnen die leichte Bramsegel-Kühlte die Segel füllte und sie sich mit ihrem Begleiter, der *Trinity*, an die Verfolgung machen konnten.

Während der Ersten Hundewache trat der Schiffsarzt Ian MacKinnon neben ihn. Wie immer umgab ihn eine leichte Duftwolke nach würzigem Rum. Er pflege seine Gesichtshaut nach der Rasur damit zu betupfen – behauptete er. Böse Zungen, zu denen die des wortgewandten Midshipman Starke gehörte, bemerkten dazu ironisch, dass das ganz sicher der Fall war, allerdings würde er die Behandlung inwendig durchführen.

„Nun, was gibt es, Mister MacKinnon?“ erkundigte sich Turner.

„Sir, ich habe die Gefangenen unten im Orlop pflichtgemäß besucht und untersucht. Äh …“

„Gibt es irgendwelche gesundheitliche Probleme bei ihnen?“

„Nein, nein, von dieser Seite ist alles in bester Ordnung, Sir. Nun, ich habe … oder besser gesagt, der Maat der *Trinity* hat mich angesprochen, ob ich nicht bei Ihnen ein gutes Wort für ihn und die anderen drei Männer einlegen könnte. Sie hätten sich die Sache mit dem Eintritt in die Navy noch mal überlegt – Zeit dafür hätten sie ja genug gehabt – und würden jetzt gerne ihre Meinung darüber ändern. Aber weil Sie doch damals vor Puerto Santo gesagt hätte, dass Sie dieses Angebot, äh …, nur einmal machen würden …“

Turner grunzte etwas Unverständliches und blickte den Schiffsarzt scharf an. „Was halten Sie persönlich von dieser Sinnesänderung, MacKinnon. Ich kann mir keine schwärende Pestbeule in meiner Besatzung leisten. Die Sache mit den beiden Indianern war schon diffizil genug, erinnern Sie sich?“

„Oh ja, Sir, nur zu gut. Die beiden hatten nach der abendlichen Rumausgabe so einen Mordsrausch, dass sie dienstunfähig waren. Stattdessen haben sie auf der Back einen seltsam stampfenden Kreistanz begonnen und dabei einen langgezogenen heulenden Gesang angestimmt. Nat Moose hat mir gesteckt, dass es sich um einen Kriegstanz gehandelt habe. Natürlich musste sie der W.O. sie zur Bestrafung melden.“

„Das hat mich damals eine sehr unangenehme Situation gebracht, Doktor. Selbstverständlich musste ich eine Strafe verhängen, um keinen Präzedenzfall zu schaffen. Andererseits hatten mir ‚Snake‘ Taylor und die anderen Trapper klar gemacht, dass die Rothäute sich nicht absichtlich in diesen

Zustand versetzt haben. Sie hätten ihre Ration ‚befehlsgemäß' hinter den Knorpel geschüttet, ganz nach dem Motto: ‚Ein Indianer kennt keinen Schmerz!' Aber Alkohol würden sie einfach nicht vertragen und schon gar nicht in den Mengen, wie er an Bord eines britischen Kriegsschiffes ausgeschenkt wurde. Wade Bone, ein Topgast der *Trinity* hatte ergänzend ausgesagt, dass sie bei Käpt'n Finch keinen Tropfen Alkohol an Bord bekommen haben."

MacKinnon nickte eifrig. „Ja, ich konnte Ihnen dann auch mal ausnahmsweise von Nutzen sein, weil ich mich einen Artikel in einer medizinischen Fachzeitschrift erinnerte, den ein Kollege nach einem langen Aufenthalt bei den amerikanischen Rothäuten veröffentlich hat. Er vertrat darin die Auffassung, dass die Bewohner der Neuen Welt nicht im gleichen Umfang an den Genuss von geistigen Getränken gewohnt wären wie Europäer. Seinen Beobachtungen nach reicht schon die Hälfte der Alkoholmenge aus, die bei einem durchschnittlichen Europäer erforderlich wäre, um eine Rothaut sturzbetrunken zu machen. Von dem mörderischen langanhaltenden Kater danach ganz zu schweigen. Mein verehrter Kollege vertritt die These, dass sich der Organismus der Europäer schon seit undenklichen Zeiten an den Genuss von Alkohol angepasst hat. Der Kollege hat ausdrücklich auf die Tradition von Trinkgelagen seit der Antike verwiesen und auf die mindestens seit dem Mittelalter in den Siedlungen Europas bestehende Notwendigkeit das verseuchte Trinkwasser durch Alkoholzusatz genießbar zu machen. Ein sehr interessanter Gedanke, den man weiter verfolgen sollte, wie ich meine …"

Turner winkte ab: „Mit solchen Feinheiten hätte ich meinen Jantjes aber kaum kommen können, Sir, da hätte ich auch gleich zutreffend aber für niemanden verständlich verkünden können: *Nulla poena sine culpa!* Es war wirklich eine vertrackte Situation, denn dann haben mir die Waldläufer weiter gesteckt, dass die Indianer bestimmt hervorragende Scharfschützen, gefährliche Nahkämpfer mit Messer oder Tomahawk und darüber hinaus an Land auch exzellente Spurenleser wären. Im Wasser würden sie sich wie Fische zu Hause fühlen." Turner musste an seinen Schwur denken, Schwimmen zu lernen. Nun, aufgeschoben war nicht aufgehoben. „Dieser Wade Bone hat sich dann lobend über die seemännischen Qualitäten der beiden geäußert. Sie würden sich absolut sicher in großer Höhe im Rigg bewegen, wären hervorragend im Ausguck und würden sich sehr geschickt bei komplizierten handwerklichen Arbeiten anstellen. Was ihnen nicht so liegen würde, wären schwere langweilige Arbeiten, wie beispielsweise das Bedienen der Lenzpumpen oder das Deckschrubben.

Da hatte ich nun zwei erstklassige Matrosen, die sich ohne eigenes Verschulden – wenn man es genau nimmt, sogar auf Befehl ihrer Vorgesetzten – mit Alkohol außer Gefecht setzen. Aber die Disziplin verlangte von mir, dass ich sie bestrafe!

Und dann fingen die drei Matrosen auch noch sehr verlegen an herumzudrucksen, bis ich ihnen energisch befohlen habe, mit dem herauszurücken, was ihnen noch auf der Seele lag. Mark Taylor fasste sich schließlich ein Herz und erklärte mir, dass es zu einer Tragödie führen würde, falls ich die Indianer auspeitschen lassen würde. Diese Demütigung würden sie mir nie vergeben und mich bei der ersten sich bietenden Gelegenheit umbringen ganz gleich, was das für Folgen für sie heraufbeschwören würde.

Damit saß ich endgültig in de Zwickmühle, denn keinesfalls durfte der Eindruck entstehen, dass ich aus Furcht vor etwaigen Folgen für meine Person, ein zu mildes Urteil gefällt hätte!"

MacKinnon nickte mitfühlend. „Ich muss gestehen, Sir, wir, das heißt die Mitglieder der Offiziersmesse, waren alle sehr gespannt, wie Ihr Verdikt lauten würde. Das war mal etwas Anderes als sonst, wo man schon vorher die Höhe der Strafe recht genau abschätzen konnte. Als sie der angetretenen Besatzung das Urteil wegen des Dienstvergehens verkündeten: ‚Alkoholverbot bis zum Ende der Dienstzeit an Bord!' hätte man eine Stecknadel auf dem Deck zu Boden fallen können. Dann ging ein empörtes Raunen war durch die dicht an dicht stehenden Männer, in den Augen der Jan Maaten war das ein ungewöhnlich hartes, ja, grausames Urteil. Jeder der britischen Matrosen hätte lieber zwei Dutzend Hiebe mit der Katze eingesteckt, als so vollständig trockengelegt zu werden!" MacKinnon nickte wissend, blies die Wangen auf und ließ die Luft zischend entweichen. „Aye, Sir, mit den Indianern war das schon eine heikle Sache. Aber die beiden tragen den Alkoholentzug ganz gelassen. Ich sorge dafür, dass sie regelmäßig ihren Limonensaft trinken. Nachdem ich ihn mit Zucker süße und mit Wasser verdünne, sind sie ganz versessen darauf.

Was nun aber die Yankees angeht, so denke ich, dass sie es ernst meinen. Ich glaube sogar, dass ihnen Kapitän Finch höchst persönlich zugeredet hat, den Versuch zu machen, Sie umzustimmen. Der Yankee-Schiffer ist der Meinung, dass es sein Privileg als Kapitän ist, die Konsequenzen für sein schändliches Verhalten in Puerto Santo zu tragen. Und wo er Recht hat, hat er Recht, meinen Sie nicht auch."

„Ich werde darüber nachdenken, Mister MacKinnon. Vielleicht sollten Sie sich mal von meinem Bootssteuerer ein Rezept für ein gesundes alkoholfreies Getränk geben lassen. Sie wissen doch, Ihr ‚Kollege' ist in Fragen der alltäglichen Gesundheitsvorsorge sehr beschlagen, Sir …"

Über MacKinnons Gesicht huschte ein düsterer Schatten. „Spotten Sie nur, Sir, spotten Sie nur. Die medizinische Fakultät der Alma Mater von Edinburgh ist in ganz Europa bekannt für ihre exzellente fortschrittliche Ausbildung."

„Aber die Universität mit der grünen Palme im Wappen hat die größeren Erfolge in der Praxis", stichelte Turner weiter und fuhr sich mit der Hand über den linken Unterarm und den Hinterkopf.

„Pah!" schnaufte MacKinnon entrüstet. Er wandte sich zum Gehen, aber Turner hörte noch, wie er unterdrückt vor sich hin flüsterte: „Der Kerl hat einfach nur eine Pferdenatur und eine gute Heilhaut, jawohl, so ist es!"

„Mister MacKinnon!"

Erschrocken fuhr der Schiffsarzt herum: „Sir?"

„Vergessen Sie meinen letzten Satz, Doktor, er war unfair."

„Hatten Sie etwas gesagt, Sir? Ich habe nichts gehört." MacKinnon grinste ihn breit an.

„Der Profoss soll den Maat in meine Kabine bringen!"

„Aye, aye, Sir."

So kam es, dass die Shark noch vor dem Beginn der Letzten Hundewache vier neue Besatzungsmitglieder hatte. Schon am nächsten Tag, sollte Turner darüber sehr froh sein.

Die Sonne ging mit einem auch für die Tropen ungewöhnlich farbenprächtigen Schauspiel unter. Im Laufe der Nacht legte der Wind ständig zu, blieb aber noch handig. Die Bewölkung wurde immer dichter, so dass bald auch der halbe Mond nur noch gelegentlich etwas Licht spendete. Leutnant Turner lief auf seinem Achterdeck wie ein angeketteter Hofhund hin und her, weil sie die *Hellfire* aus den Augen verloren hatten. Kurz vor Mitternacht meldete der Ausguck auf der Back, dass auf der *Trinity* an Backbord voraus eine Laterne geschwenkt wurde. Turner sah, dass die Brigg Anstalten machte, in den Wind zu drehen. „Was, zum Teufel, ist denn da drüben los!" fluchte er unbeherrscht.

„Achterdeck! Mehrere Segel an Steuerbord voraus!" rief der Ausguck vom Vorschiff nach achtern.

Turner packte das schwere unhandliche Nachtglas und blickte angestrengt hindurch. Da waren sie, dunkle Schatten mit turmhohen Masten. Wie immer musste er sich daran gewöhnen, dass bei diesem lichtstarken Glas die gesuchten Objekte scheinbar auf dem Kopf standen. Er stieß überrascht die Luft pfeifend aus den Lungen: „Au verdammt! Kuhpisse in der Teekanne! Kriegsschiffe! Eine ganze Flotte!“ Er schob das Teleskop zusammen und brüllte über das Deck: „Alle Mann! Klar zum Beidrehen!“ Die Bootsmannspfeifen zwitscherten, die Männer eilten auf ihre Stationen. Dank seiner eingespielten Besatzung und der guten Decksoffiziere klappte das Manöver reibungslos. Turner beobachtete abwechselnd die Schatten der unbekannten Schiffe in Lee und wie die Brigg *Trinity* mit dem überraschenden Manöver klar kam. Aber auch dort drüben lief alles wie am Schnürchen ab, Dechamp schien alles gut im Griff zu haben. Bei der Flotte, die sie in drei Meilen Entfernung passierte, handelte es sich höchst wahrscheinlich um einen spanischen Geleitzug, der vermutlich nach Havanna bestimmt war. Der Vorhut, die aus zwei Linienschiffen und drei Fregatten bestand, folgten mindestens drei Dutzend große schwer beladene Handelsschiffe, die Nachhut bestand aus einem Linienschiff und vier Fregatten. Niemand schien sich für sie zu interessieren. Entweder schlief dort drüben alles oder man hielt es für unter seiner Würde, sich mit zwei so kleinen Eimern abzugeben. Turner grinste, zumal es selbst für eine schneidige Fregatte etwas mühselig geworden wäre, nach Luv aufzukreuzen, um nachzuschauen, was es mit den beiden Fremdlingen auf sich hatte. Aber das Defilee der in Linie segelnden Schiffe schien kein Ende zu nehmen. Es kostete die Engländer wertvolle Zeit. Als sie wieder Fahrt aufnehmen und auf den alten Kurs gehen konnten, war Turner klar, dass sie die *Hellfire* nicht mehr vor dem Hafen einholen wurden. Dieser Dunbar musste einen Pakt mit dem Teufel geschlossen haben. Aber so wahr er William „Wild Bull“ Turner hieß, irgendwann würde er diesem

Mistkerl die schwarze Seele aus dem Körper pusten. Man hatte schließlich auch ein Renommee zu verlieren.

Am Morgen wehte es frisch aus Südsüdwesten. Die *Shark* und die *Trinity* lagen beigedreht in Lee einer der kleinen Kuba vorgelagerten Cayos. Turner setzte in einem der Kutter zur Brigg über. Neben den Ruderern befanden sich die ehemaligen Waldläufer der Shark, der Maat und die beiden Indianer der *Trinity* an Bord. Außerdem hatte sich der Stückmeistersmaat mit einem geheimnisvollen Sack einen Platz zwischen den Duchten gesucht. Tom stand an der Pinne und drei weitere Kariben drängten sich im Boot zusammen.

Kurze Zeit später saßen sich Turner und Dechamp in der Großen Kajüte am Tisch gegenüber. Dechamp machte einen etwas melancholischen Eindruck. Er machte einem Seemann, der wohl in der Kajüte als Steward diente, ein Zeichen. „Als ich Sie zusammen mit Ihrer Leichten Kavallerie im Boot sitzen sah, war mir klar, dass meine Stunden auf dieser schönen Brigg gezählt sind. Meine Bursche hat schon meine Sachen zusammengepackt, Sir. Aber lassen Sie uns zuerst einen Schluck trinken. Für einen sparsamen, nüchternen Yankee ist der Weinvorrat von Käpt'n Finch erstaunlich gut sortiert, Sir."

„Könnte es sein, dass viele dieser bigotten Pharisäer den kleinen Leuten Wasser predigen, aber selbst Wein saufen, James?"

Dechamp bleckte freundlich seine gelben Pferdezähne. Gedehnt erwiderte er: „Das ist der Vorteil unseres Glaubens an die Prädestination, Sir. Wenn es uns wirtschaftlich gut geht, dann ist das Gottes Wille und man darf, nein, man muss als Zeichen der Auserwählung seinen Reichtum zur Ehre Gottes auch öffentlich zeigen!"

Der Steward kam mit einer in ein feuchtes Tuch gehüllten Weinflasche zurück und füllte die auf dem Tisch stehenden geschliffenen Gläser. Dechamp fuhr fort: „Das ist ein ganz annehmbarer Sanscerre aus dem Elsass, Sir. Vielleicht etwas zu flach im Abgang, aber mit einer schönen hellgelben, leicht grünen Robe, der volle Körper schmeckt nach Zitrusfrüchten und Stachelbeeren, das Bouquet duftet nach Pfirsich und Aprikose. Äh! Bei diesen schwülen Temperaturen sehr erfrischend. Auf unsere Männer, Sir!"

„Auf unsere Männer, Mister Dechamp!"

Sie tranken schweigend, dann stellte Turner sein Glas ab, lehnte sich auf dem Stuhl zurück und blickte Dechamp gerade in die Augen.

„Sie haben Ihre Sache gut gemacht, James, aber wir werden die *Hellfire* vor dem Hafen nicht mehr einholen, daher musste ich den Plan ändern."

„Das dachte ich mir schon, Sir, und wenn ich ehrlich bin, dann kann ich mir nicht vorstellen, was Sie vorhaben."

„Nun, Sir, einfach die üblichen Verrücktheiten. Wir segeln mit der *Trinity* hinein, legen uns so dicht wie es geht neben die *Hellfire*, kappen in der Dunkelheit ihre Ankertrosse und schleppen sie aus dem Hafen. Der Wind sollte bis dahin auf nördliche Richtungen gedreht haben und uns dabei unterstützten. Draußen warten Sie mit der Shark und machen den Kerlen mit Ihren Karronaden überzeugend klar, dass Widerstand zwecklos ist. Noch Fragen?" erkundigte sich Turner, der nur mühsam ernst bleiben konnte. Mit einem langen Schluck bekämpfte er den irren Lachanfall, der ihn zu übermannen drohte. Es war Tollkühnheit, schiere Verrücktheit, was er vorhatte! „Sie kennen doch Ihren Shakespeare, nicht wahr, James: ‚Ist es Wahnsinn, so hat er doch Methode.'"

„Ääh …, natürlich, Sir, Hamlet, wenn ich nicht irre. Aber nein, keine Fragen, Sir. Um ehrlich zu sein, Sir, bin ich sehr froh, dass Sie das Unternehmen selbst leiten wollen. Ich habe zwar in der Zeit, seit ich auf der Shark bin, eine Menge gelernt, aber das ist doch mindestens eine Nummer zu groß für mich. Puuuh! Ich weiß noch nicht mal, was ich fragen sollte! Blamabel, sehr peinlich!"

„Und das Schönste daran ist, Mister Dechamp, falls die Sache voll in die Hose gehen sollte, dann sind Sie Kommandant der *Shark*!“ grinste Turner schief. „So, jetzt aber rüber auf die *Shark* mit Ihnen. Der alte Weißkopfadler Lennon weiß über meine Pläne Bescheid. Hat die *Trinity* irgendwelche Eigenheiten, über die Sie mich informieren sollten?“

„Nein, Sir, die Brigg ist ein gutes, solides Schiff und die Besatzung hat alles sicher im Griff.

*

Am Nachmittag lief die *Trinity* am Fort vorbei in die nach Süden offene Bucht von Bahíablanca ein. Hinter den Bergen der Insel erstreckte sich im Norden eine dunkle Wand, über ihnen wurden in großer Höhe massive Wolken von dem schwarzen Monster angesaugt, aber im Westen wurde der Himmel schon wieder klar. Mit ziemlich unregelmäßigen Salutschüssen – wie es sich für einen Frachter gehörte - grüßten sie die spanische Flagge über den grauen Wällen mit den drohenden schwarzen Schießscharten des Forts.

Turner blickte kurz zur Francis-Hopkinson-Flagge hinauf, die an der Piek des Gaffelbaums wehte. Sie zeigte insgesamt dreizehn rote und weiße Streifen, in der linken oberen Ecke befand sich ein blaues Feld mit dreizehn weißen Sternen. „Ich, Leutnant William Turner R.N., unter der Flagge der verdammten Yankees, das schmeckt mir wie Katerdreck im Frühstücksspeck! Wenn es wenigstens noch die alte Continental Flagg mit dem Union Jack in der der Ecke wäre!“ Seine Laune besserte sich aber augenblicklich, als er den hohen Rumpf der *Hellfire* auf der Reede ausmachte. Längsseits an ihrer Bordwand lag eine große Pinasse mit der spanischen Flagge am Heck. Unter kleinen Segeln kreuzten die *Trinity* langsam gegen die steife Brise aus Westnordwest auf. Der größte Teil ihrer Besatzung – vor allem natürlich die Abteilung Seesoldaten - versteckte sich unter Deck. Während der Maat auf dem Achterdeck die Kommandos gab, fungierte Turner ohne Uniformrock und Hut als Rudergänger. Er hatte sich wieder das rote Kopftuch umgeschlungen und sah mit der leichten Baumwollhose und einem offenen Hemd einem verwegenen Piraten nicht unähnlich. Verwundert registrierte er, dass das Schiff der Korsaren zwar noch im Wind lag, aber von zwei Bugankern und einem Heckanker in Nordsüdrichtung mit dem Bug zur Küste gebracht werden sollte. Die Männer waren noch am Spill damit beschäftigt, die Trossen entsprechend durchzusetzen. Beim Passieren zeigte es ihnen seine Steuerbordseite und so konnten sie die Zerstörungen bewundern, die der gezielte Beschuss der *Medusa* angerichtet hatte. In den verbliebenen zwecks Lüftung geöffneten Geschützpforten war auf dieser Seite nur noch ein Zwölfpfünder zu erkennen.

„Die Brigantine muss dem dicken Kasten ganz schön den Schneid abgekauft haben, Sir!“ zischte der Maat, Kenny Murdock, Turner leise zu, obwohl eigentlich kein Grund bestand leise zu sprechen, da der Abstand zu dem anderen Schiff doch erheblich war. Turner nickte heftig. Fast war er ein wenig stolz auf die Leistung von Janine Bondie und ihrer Piratenbande.

„Legen Sie das Schiff so vor zwei Anker, dass wir mit dem Heck auf der Höhe seines Großmasts stehen und nicht weiter als eine halbe Kabellänge von ihm entfernt sind, sobald der Wind nach Nord gedreht hat, Mister Murdock!“

Turner musste zugeben, dass der Maat sein Geschäft verstand und auch die Matrosen der *Trinity* mochten zwar von Gott verfluchte republikanische Rebellen sein, aber sie waren erstklassige Seeleute, die ein besseres Schicksal verdient hatten, als am Galgen zu enden. Bei ihrer Anhörung hatten sie offen geäußert, dass ihrer festen Überzeugung nach die amerikanischen Staaten, nachdem was alles an Grausamkeiten vorgefallen wäre, ihre Unabhängigkeit von der Krone erlangen sollten. Mit mehr Rechten für die Amerikaner, wie sie es in der Anfangszeit des Streits gefordert hätten, wäre es nun nicht mehr getan. Aber sie hatten beschworen, dass sie dem Schiff und seinem Kommandanten treu und tapfer dienen wollten, bis die Waffen eine Entscheidung in dieser Auseinandersetzung gebracht hätten. Turner hatte sich missmutig gefragt, ob er die Männer nun auf sich persönlich vereidigt hatte, ließ es aber dabei bewenden. Was sollte er Mäuseködel anspitzen? Er diente König Georg und damit natürlich auch alle Männer unter seinem Kommando.

Sie hatten ihren Ankerplatz erreicht. Zuerst ließ Murdock einen Anker nordwestlich des Piratenschiffs setzen, während die Brigg danach wieder abfiel und unter kleinen Segeln nach NNE verholte, wurde die Trosse willig mitgefiert. Murdock peilte ständig die Boje, die den Liegeplatz des Ankers markierte, und die *Hellfire*, die noch so eben an Steuerbord achteraus lag. Gerade als Turner unruhig zu werden begann, rief der Maat durch die Flüstertüte: „Backbordankertrosse abstoppen! Ruder nach Backbord!“ Die Segel verloren den Wind, das Schiff drehte und kam zum Stehen. „Lass fallen Steuerbordanker!“

Am Bug antwortete ein lautes Klatschen, eine Wasserfontäne stieg in die Höhe, die Trosse polterte durch die Klüse. Das Schiff drehte in den Wind und sackte achteraus. Schließlich wurde die Steuerbordtrosse abgestoppt, die Backbordankertrosse wurde mit dem Spill mehrere Faden geholt und dann abgestoppt, abschließend wurden beide belegt.

Auch die *Hellfire* hatte jetzt ihren endgültigen Liegeplatz eingenommen und ihr Bug befand sich jetzt in bequemer Rufweite schräg hinter dem Spiegel der Brigg.

Aus der Luke der *Trinity* erklang lautes Hämmern und Sägen, ihre Pumpen klapperten und Wasser floss aus ihren Speigatten in die See. Aus dem Laderaum wurden Fässer an Deck gehievt. Ihre Ankunft war auch auf der *Hellfire* mit Neugierde beobachtet worden, jetzt erschien Kapitän Swiney mit einem Sprachrohr auf dem Vorderkastell und preite sie an: „Ahoi, die *Trinity*!"

Murdock blickte Turner fragend an, der kaum sichtbar nickte, dabei aber warnend auf den Dolch in seinem Gürtel deutete. Der Maat schlenderte mit der Flüstertüte an die Heckreling. William und Tom machten sich in seiner unmittelbaren Nähe an das Aufschießen von Tauwerk.

„Was gibt es, Käpt'n Swiney?"

„Wo ist Kapitän Finch?"

„Der liegt danieder. Ein Tampen hat ihn unglücklich am Kopf getroffen und das könnte ihn das Leben kosten."

Turner schluckte heftig, war der Kerl verrückt? Wollte er Swiney einen versteckten Hinweis auf die drohende Henkersschlinge geben oder machte er sich auf eine sehr subtile Art lustig über das Schicksal seines Schiffers.

„Tut mir Leid um den alten drögen Knochen. Jo, jo dieser verfluchte Sturm da draußen. Auch wir haben unseren Teil abbekommen, wie Sie sehen. Wir müssen eine neue Bramstenge mit allem Drum und Dran auftakeln und auch sonst ein paar Reparaturen durchführen."

„Wie ich gesehen habe, hat die See Ihnen die Geschützpforten an Steuerbord eingedrückt! Das muss ja ein mächtiger Kavenzmann gewesen sein, Herr Kapitän."

Swiney schwieg einen Augenblick, offensichtlich war ihm die Erinnerung an die Entstehung dieses Schadens unangenehm, dann lenkte er schnell von diesem Thema ab: „Jo, jo, aber was ist denn bei Ihnen unklar und wo ist der Schoner *Freedom* geblieben, der gestern noch bei Ihnen war?"

„Kapitän Fowley war der Meinung, dass der Sturm abgezogen sein wird, wenn er in die Floridastraße einläuft, daher ist er weitergesegelt. Außerdem hatte er keine Schäden zu vermelden. Was uns angeht, so ist die Beplankung leck gesprungen und wir stauen um, damit wir an die Leckstellen herankommen. Wie Sie sehen, müssen wir fleißig pumpen! Aber jetzt muss ich mich fertig machen und zum Einklarieren an Land zu den Behörden!"

„Nur keine unziemliche Hast, ho, ho, mein Lieber. Die Dons sitzen mit dem ehrenwerten Mister Dunbar zusammen in meiner Staatskabine und lassen den lieben Gott einen guten Mann sein. Wenn die von Bord gehen, machen die heute keinen Handschlag mehr. Sie wissen doch *mañana*, *mañana*, ho, ho, ho!"

„Na, dann kann ich mich ja um die Arbeiten kümmern, das passt mir sehr gut."

„Haben Sie Ihre Ankertrossen - so wie wir - mit Geschützrohren beschwert, Sir? Ich möchte nicht, dass Sie uns in der Nacht rammen!"

„So schlimm wird es hier in Lee der Insel nicht werden, Herr Kapitän."

„Ihr Wort in Gottes Gehörgang!" Swiney brummte noch etwas Unverständliches vor sich hin, dann fuhr er fort: „Wenn Sie wollen, können Sie und Ihre Leute gerne auf einen Becher Wein an Bord kommen, wir feiern heute Abend erst mal kräftig, dass wir heil aus dem Sturm herausgekommen sind. Was der Mensch braucht, muss er haben! Sind wir gestern nicht ersoffen, sind wir heute schön besoffen, ho, ho, ho! Guter Witz, das!"

Murdock verbeugte sich leicht. „Sehr komisch, Herr Kapitän, vielen Dank für die Einladung, aber ich denke, dass wir bei der Arbeit ranklotzen werden! Unsere tapferen Truppen warten auf Nachschub, wie Sie wissen. Aber vielleicht, sobald wir…"

Turner knurrte warnend, Tom formte aus dem Tampen in seiner Hand geschickt eine Schlinge, die er in Murdocks Richtung hielt. Der schluckte schwer, dann zog er seinen Hut und verneigte sich knapp in Richtung der *Hellfire*. „Nein, Sir, wir haben wirklich zu viel zu tun."

„Schade, mein Lieber, aber vielleicht klappt es ja an einem der nächsten Tage." Swiney wandte sich um und verschwand nach achtern.

Auf der *Trinity* wurde tatsächlich eifrig gearbeitet. Allerdings vorwiegend unter Deck. Wenn Turner nach oben ins Rigg schaute, erschauderte er vor Abscheu, denn die Segel waren keineswegs nach Art der Navy hafengerecht aufgetucht worden, sondern hingen ziemlich unordentlich in ihren Geien, in den Gordings und wurden nur von ein paar Zeisern zusammengehalten. Von der sauberen Ausrichtung der Rahen ganz zu schweigen. Aber man wollte ja den Eindruck eines etwas schlampigen Blockadebrechers vermitteln.

Eine handige Warpleine wurde aus dem Kabelgatt gemannt und in langen Buchten auf dem Deck aufgeschossen. Unten im Laderaum wurden Frischwasserfässer in die Bilge ausgeleert, deren Inhalt anschließend von den Lenzpumpen über Bord gepumpt wurde. Die Männer fluchten und schwitzten dabei, denn sie mussten dabei höllisch aufpassen, sollte doch die wertvolle Ladung dabei nicht beschädigt werden. Anschließend wurden die großen Fässer an Deck gehievt und an der Steuerbordverschanzung gestaut.

Turner machte Midshipman Armstrong, der auch Räuberzivil trug, und Steuermannsmaat Carl Carter ein Zeichen, wachsam zu sein, dann suchte er unter Deck den Stückmeistersmaaten auf, der mit Lederschläuchen, Därmen, Pech, Fett, Zündschnüren und handlichen Pulverpäckchen hantierte.

„Werden Sie das hinkriegen, Mister Mullen?"

„Kein Problem, Sir. Ich habe eine Zeitlang beim Sprengkommando gearbeitet, da mussten wir häufig Sprengladungen unter Wasser an Schiffahrtshindernissen anbringen. Eine Charge ist schon fertig, Sir." Er deutete auf ein seltsames Gebilde neben sich. Das untere Ende war verdickt, dort befand sich die Sprengladung wie William wusste, aus dieser ragte ein etwa ein Fuß langer Lederschlauch hervor, aus dem ein dünner Holzstab herausschaute. Turner blickte genau hin und sah, dabei handelte es sich um die Lunte, die mit Pech an dem Stab festgeklebt war.

„Brenndauer exakt zwei Stunden, Sir", schnaufte Mullen stolz, der anscheinend Williams Gedanken gelesen hatte. „Das Problem wird sein, dass die tollpatschigen Decksbauern mit ihren ungeschickten Pfoten die Lunte nicht abknicken oder ausdrücken!"

„Da kann ich Sie beruhigen, Mullen, die werden damit so vorsichtig umgehen, als wären es ihre eigenen Familienjuwelen", knurrte Turner. „Für mich liegt das Problem eher darin, dass die ganze Chose wirklich wasserdicht ist!"

Mullen blickte ihn verletzt und beleidigt an, etwa so wie ein Bäckermeister gucken würde, wenn man ihn fragen würde, ob er schon mal Teig geknetet habe. „Sir, ich habe die Ladung zuerst mit einer doppelten Naht mit einem Dutzend Stichen auf die Nadellänge in Leder eingenäht, dieses Leder wiederum ist außen fingerdick mit Fett eingeschmiert und über das Ganze habe ich ein Stück Schweinedarm gezogen, der oben und unten verknotet wird. Zum guten Schluss werden diese Knoten dann nochmals in Pech getaucht. Vermutlich war der Stab von Moses ähnlich vorbereitet, als er dem Roten Meer befohlen hat, sich zu teilen. Das Wasser hat natürlich eingesehen, dass es keine Chance hat und hat sich zurückgezogen!" Mullen blickte seinen Kommandanten von seinem Platz unten an Deck an, nickte vor sich hin und murmelte: „Jo, so war das damals ..."

William musste grinsen. „Wie weit wird man die Explosion hören, Mister Mullen?"

„Nun, Sir, unter Wasser ziemlich weit, an der Oberfläche bei diesen Wetterbedingungen vermutlich überhaupt nicht. Man sieht das Wasser über der Stelle weiß brodeln und das war es dann …“

„Unten in unserem Laderaum müsste sie also zu hören sein?“

„Laut und deutlich, Sir.“

„Sehr schön, Mister Mullen, machen Sie weiter, ich verlasse mich auf Sie.“

„Das können Sie auch getrost, Sir, das können Sie.“

Turner nickte ihm zu und kletterte wieder an Deck hinauf. Oben angekommen, wäre er fast mit Midshipman Armstrong zusammengestoßen, der sich an einem Achterstag von der Großmars herabließ.

„Sir, die große spanische Behördenpinasse hat von der *Hellfire* abgelegt, im mittleren Teil des Bootes befindet sich so eine Art überdachte Laube, in die sich die Passagiere zurückgezogen haben. Die Dons hatten ganz schön geladen, kann ich ihnen sagen, Sir. Der eine wäre beinahe ins Wasser gefallen, die anderen sind die Laube getorkelt und haben sofort die Vorhänge zugezogen. Nur der Agent schien noch einigermaßen nüchtern zu sein. Ahem, wahrscheinlich ist der besser im Training. Die Korsaren müssen ihnen noch flüssige Wegzehrung mitgegeben haben, denn es wurde eine ziemlich schwere Kiste ins Boot hinabgelassen.“

„Sehr gut, Mister Armstrong, gut gemacht“, meinte Turner, der mit seinen Gedanken aber nicht ganz bei der Sache war. Immerhin schien Swiney recht zu behalten, dass die Offiziellen heute die *Trinity* nicht heimsuchen würden. Und *mañana* …

„Das ist noch nicht alles, Sir. Die Schurken da drüben setzen zwei große Boote aus. Anscheinend knobeln sie aus, wer damit an Land fahren darf. Ich wollte einen Mann nach oben schicken, der diese Angelegenheit im Auge behält, Sir.“

„Tun sie das, aber der Mann soll vorgeben, dort oben etwas zu reparieren, schärfen Sie ihm das ein, Mister Armstrong."

Aye, aye, Sir."

Nach Einbruch der Dunkelheit traf Turner mit Midshipman Armstrong, Steuermannsmaat Quincy, Maat Murdock, den er als diensttuenden Steuermannsmaaten angemustert hatte, Kleinsmith, ihn hatte er als diensttuenden Bootsmannsmaaten eingestellt, sowie Tom und Beaver zusammen. Ihnen erläuterte er seinen Plan. Es gab einige aufgeblähte Backen, manch halblautes Zischen, als der eine oder andere zweifelnd die Luft zwischen den Zähnen ausstieß und viel nachdenkliches Kopfkratzen.

Midshipman Armstrong gab zu bedenken: „Wäre es nicht einfacher, wenn wir in den frühen Morgenstunden einfach hinüberrudern, die Kerle im Schlaf überraschen, die Ankerkabel kappen und das Schiff hinaussegeln, Sir?"

Turner nickte ernst. „Das habe ich mir natürlich auch überlegt, Mister Armstrong. Der Nachteil meines Plans ist tatsächlich, dass er verdammt kompliziert ist, und das ist eigentlich etwas, was man bei militärischen Operationen vermeiden sollte wie der Teufel das Weihwasser. Gegen den anscheinend simplen Überraschungsangriff spricht, dass wir nicht wissen, wie viele Männer auf der *Hellfire* sind. Ich denke, dass es auch nach Abzug der Landgänger bestimmt noch einhundert Kerle sein werden – gegen ein Enterkommando von zwanzig unserer Männer! Außerdem ist unklar, wo die Kerle schlafen. Bei diesem Wetter wird sich ein großer Teil wahrscheinlich an Deck aufhalten. Einige werden wahrscheinlich voll wie die Strandhaubitzen sein – aber gilt das für alle? Und wenn der Wind nicht genau aus Norden weht und falls es uns nicht gelingt, Segel zusetzten und das Ruder zu erobern, gehen wir auf der anderen Seite der Bucht auf Schiet!"

Alle nickten bestätigend, schließlich brummte Murdock: „Sie haben mir und einem Teil meiner, ääh …, ehemaligen

Leute in Ihrem Plan eine wichtige Rolle zugewiesen, Herr Leutnant. Ich sehe das als Zeichen an, dass Sie uns vertrauen. Wir werden Sie nicht enttäuschen, Sir!“ Kleinsmith nickte bestätigend. „Zumal dieser Swiney es mehr als verdient hat, den Ausblick auf English Harbour vom Galgen herab zu genießen.“

*

Bei sieben Glasen auf der Nachtwache stand William Turner müde auf dem Achterdeck der *Trinity*. Düstere Gedanken gingen ihm durch den Kopf. War er denn völlig verblödet, so einen hirnrissigen Plan, der der kranken Phantasie eines Vabanquespielers entsprungen sein musste, in die Tat umzusetzen? Der reichliche Alkoholgenuss während seiner Dienstzeit als kleiner subordinierter Leutnant musste seinem logischen Denkvermögen geschadet haben. Es gab einfach zu viele Imponderabilien. Kalter Schweiß brach ihm aus. Tatsächlich war die Temperatur leicht gesunken, als die kräftige Brise auf NNW gedreht hatte, aber das war nicht Grund, warum er erschauerte. Vor seinem geistigen Auge sah er sich als Spion mit verbundenen Augen an einem Pfahl gefesselt vor einem Erschiessungspeloton auf den Wällen des Forts stehen. Ein letztes Kommando: „Feuer!“ und dann war es vorbei …Er schüttelte energisch den Kopf und blickte zur *Hellfire* hinüber. Seit etwa zwei Stunden war von dort drüben nichts mehr zu hören. Zuerst hatten sie Fiedeln kratzen und Flöten quieken hören. Brüllendes Gelächter und das laute Stampfen horniger Fußsohlen der tanzenden Seeleute waren zu ihnen herübergetragen worden. Das Heck der *Trinity* lag jetzt wie geplant wenig mehr als eine halbe Kabellänge entfernt fast auf der Höhe der Kuhl des großen Seglers. Nach Mitternacht war dann das

Grölen schnell leiser geworden und schließlich verstummt. Die Lichter der Laternen, welche die Bacchanalien beleuchtet hatte, waren nach und nach verloschen. Jetzt brannten nur noch zwei funzelige Sturmlaternen, die eine auf dem Achterdeck am Kompasshaus, die andere am Glockenstuhl auf dem Vorderkastell. Die ganze Bucht war in tintige Finsternis getaucht, da auch die Lichter an Land verlöscht waren, selbst die Schaumkronen der kurzen Wellen, die von den Böen aufgeworfen wurden, leuchteten nicht weiß sondern hatten eine schmutzig graue Farbe. Turner seufzte laut auf. Tom, der fast unsichtbar im Schatten des Großmasts stand, nickte mitleidig mit dem Kopf. Da auch er eine wichtige Rolle bei der Durchführung des Plans spielen würde, konnte er sich vorstellen, wir groß der Druck war, unter dem sein Kommandant stand. Er näherte sich Turner und räusperte sich.

„Ahem, Sir."

Turner fuhr zusammen, dann drehte er sich schnell um. „Was gibt es, Tom?"

„Die Boote sind ausgesetzt, Sir. Die Schlepptrosse ist auf die vier Flöße klar zum Laufen verteilt. Gleich wird Ihnen Mister Armstrong melden, dass die Lunten brennen und die Sprengladungen wasserdicht versiegelt sind!"

Turner strich sich über den Hinterkopf, das war bei ihm seit Puerto Santo zu einer Marotte geworden. „Danke, Tom! Die letzten Minuten vor dem Beginn eines Unternehmens sind immer die Schlimmsten. Ah, da kommt Mister Midshipman Armstrong ja schon."

Armstrong grüßte ihn zackig. „Wir sind bereit, Sir!"

„Na, denn mal los! Wenn Sie mit Ihren Männern vorne an den Ankertrossen versagen, Mister Armstrong, dann war alles vergebens! Aber das wissen Sie ja, viel Glück!"

„Danke, Sir."

Der Midshipman wandte sich um, ging hinab auf das Hauptdeck, schwang sich über die Verschanzung und ließ sich in die Gig hinab, in der schon die Ruderer warteten, darunter befanden sich mit „Snake“ Taylor und „Beaver“ Smith zwei ausgezeichnete Schwimmer. Auf der Heckducht, wo sich Armstrong niederließ, lagen die zwei Sprengladungen. Langsam fraß sich der Zündfunke in der Lunte herunter. Das Boot legte ab und verschwand nach Luv in der Dunkelheit. Als nächstes machten sich die beiden Kutter unter dem Kommando von Segelmeistersmaat Quincy und Kenny Murdock auf dem Weg. Turner blickte ihnen hinterher, wie sie hinter dem Heck des Piraten verschwanden. Es war Glück, dass die Brigg über so viele und so große Boote verfügte. Murdock hatte ihm erklärt, dass das seine Ursache darin hatte, dass sie als Blockadebrecher häufig ihre Ladung in seichten versteckten Buchten an Land bringen oder an Bord nehmen mussten.

Ohne Zwischenfall erreichte die Gig die Backbordankertrosse. Ein Mann nahm mit der Vorleine einen Törn, um das Boot am Platz zu halten. „Beaver“ streifte seine Kleider ab und ließ sich ohne zu zögern ins Wasser gleiten. Armstrong reichte ihm die eine Sprengladung, die er sich um den Hals hing. Ein tiefer Atemzug, dann hangelte sich der Mann an dem Kabel unter die Wasseroberfläche. Die Sekunden dehnten sich zu Ewigkeiten, dann tauchte er fast geräuschlos wieder auf und hob bestätigend den Arm. Die Vorleine wurde gelöst, Beaver hängte sich achtern an den Spiegel und die Gig verholte hinüber zur zweiten Trosse. Dort wiederholte sich das Geschehen. Nach dem Auftauchen kletterte Beaver diesmal ins Boot, rieb sich mit einem Lappen ab und schlüpfte in seine Kleider. Auf dem Rückweg wurden sie vom Wind unterstützt, so dass sie schon nach einer knappen halben Stunde dem ungeduldigen Turner Vollzug melden konnten.

Inzwischen waren die beiden Kutter an der achteren Ankertrosse angelangt. Auch bei ihr handelt es sich um eine Warpankertrosse, sie war also nicht so dick und unhandlich wie die Kabel vorne. Da der Druck auf den beiden Ankern vorne lastete, hing diese Trosse entspannt in einem weiten Bogen vom Achterdeck ins Wasser. Die beiden Kutter legten sich nebeneinander, sie laschten sich mit Hilfe von massiven Spillspaken parallel so aneinander fest, dass zwischen ihnen ein etwa zwei Fuß breiter Spalt blieb. Über ihnen ragte düster das hohe Achterkastell auf, aber alle Fenster im Spiegel waren dunkel. Ein Netz, in dem sich eine sechspfündige Kugel befand, wurde mit Hilfe von zwei Enden weggefiert, jeweils eine Leine führte zur Heckducht eines der Kutter, auf der ein Matrose kniete und sie leitete. Nachdem die Kugel bei etwa sechzehn Fuß den Grund erreicht hatte, legten sich die Ruderer mit aller Kraft in die Riemen, um sie unter die Warpleine in Richtung des Ankers zu ziehen. Zunächst schossen die Boote förmlich vorwärts, wurden dann aber bald immer langsamer. Als man in der Finsternis kaum noch eine Einzelheit des Hecks der *Hellfire* erkennen konnte, stellten die Männer das Pullen ein. Die beiden Kutter legten sich nebeneinander, sie laschten sich mit Hilfe von massiven Spillspaken parallel so aneinander fest, dass zwischen ihnen ein etwa drei Fuß breiter Spalt blieb. Man hatte in den Booten jeweils einen der kurzen massiven Masten gesetzt, an den man den Sprietbaum mit kräftigem stehendem Gut schräg nach oben ragend als Ladebaum befestigt hatte. Über den zwischen den Booten klaffenden Wasserstreifen schwangen nun zwei Taljen, deren untere Blöcke mit einem Haken versehen waren, an denen wiederum jeweils ein Netz mit einer Kanonenkugel hing.

Tom hatte sich ausgezogen und hängte sich einen Grummetstropp über die Schulter. Dann nickte er seinem Kumpel auf dem anderen Boot zu, packte das Netz mit der Kugel und sprang ins Wasser. Der andere Karibe tat es ihm nach. Jetzt kam es darauf an, dass die mehrfach geschorenen Leinen frei durch die Blöcke ausrauschen konnte. Man hatte beim Aufschießen größten Wert darauf gelegt, dass es zu keinem Kinken kommen konnte. Zwei äußerst erfahren Männer beobachteten mit Argusaugen das Auslaufen der Leinen, alle anderen hielten den Atem an, die Scheiben in den Blöcken sangen hell, das Tauwerk surrte. Plötzlich herrschte Ruhe, die Taljen wurden schlaff. Unten am Grund würde jetzt Tom den Grummet unter dem Ankerkabel durchschieben, die Bucht zurück durch den Stropp ziehen und festtreten, dann das Netz mit der Kugel lösen und den Haken in dem entstanden Auge einhaken. Der andere Karibe würde dasselbe mit seinem Haken tun. Luftblasen stiegen zwischen den Booten auf, verschwanden. Angestrengt starrten die Männer auf das schwarze Wasser. Dann schaukelte das Boot plötzlich und eine Stimme schnaubte von der abgewandten Seite: „Holt weg die Lose, ihr Faulpelze! Meint ihr etwa ich stoße mir den Kopf an der Bordwand?“

„Verdammt, Tom, du kannst einen ehrlichen Seemann aber auch erschrecken!“ knurrte Quincy, dann wandte er sich an die Matrosen: „Los, los, legt eure Rücken hinein, wir wollen draußen auf der offenen See frühstücken, Jungs!“

Auf beiden Booten hingen sich die Männer in die holende Part. Faden um Faden lief durch die Blöcke. Die Warpleine hatte sich voll Wasser gesogen und war entsprechend schwer, aber sie kam langsam hoch. Als sie wie eine schwarze Seeschlange die Wasseroberfläche durchbrochen hatte, wurde sie an den Spillspaken angelascht. Geschickte Hände setzten routiniert einen Behelfstakling auf, dann begann eine frisch geschärfte Säge des Zimmermanns ihre Arbeit. Kardeel um Kardeel brach. Mit einer abgedunkelten Laterne gab Kenny Murdock ein Zeichen in Richtung der *Trinity.* Drüben blitzte kurz ein Lichtstrahl auf. Nach zwei oder drei Minuten folgte ein Kreisbogen. Murdock schlug zwei Männern aufmunternd auf den Rücken. Sie begannen eine dünne Leine durchzuholen, die sie ganze Zeit lose mit der *Trinity* verbunden hatte. Langsam wurde die Säge stumpf, aber auch das letzte Kardeel wurde durchtrennt, der Tampen, an dem der Anker befestigt war, versank lautlos im Wasser. Aus der Dunkelheit tauchte ein unförmiger Schwimmkörper auf. Es war das erste Floß, auf denen die Schleppleine klar zum Laufen aufgeschossen lag. Auf jedem der vier Flöße befand sich zusätzlich ein Matrose, der das Auslaufen überwachte. Eine ziemlich wackelige Angelegenheit. Die hinteren drei Flöße waren bereits leer. Die Männer auf dem Boot schnauften beim Holen der Leine. Zum Glück unterstützte sie der Wind. Schließlich hatten sie das Floß längsseits geholt. Thunderingwater, einer der beiden Shawnees wuchtete den Tampen der Schleppleine auf das Dollbord. Mehrere Matrosen packten das glitschige Ende und zerrten es zum Tampen der Ankerleine.

„Ich fasse es nicht“ fauchte Kleinsmith, „ihr seid zu blöde, eine Pütz umzukippen, wollt ihr etwa den Kutter mit einknoten! Außen rum, verdammt!“

Vom anderen Kutter kamen ein paar Männer zur Hilfe, als sie sahen, dass ihre Kameraden schwer mit den nassen, glitschigen Leinen zu kämpfen hatten. Mit vereinten Kräften steckten sie einen doppelten Trossensteg in die Leinen und bändselten die Tampen bei.

„So, jetzt, weg mit dem Schiet!“ schnaufte Quincy.

Die Laschings wurden gekappt und die Schleppleine versank im Wasser. Anschließend wurde wieder die Verbindung zwischen den Kuttern gelöst. Auf ein Signal hin, wurden die Flöße wieder zur *Trinity* zurückgezogen. Thunderingwater steckte nach und nach die noch verbliebenen Faden der Leine. Die Kutter machten sich auf den Rückweg. An der Bordwand angelangt, konnten sich die Männer keine Pause gönnen, denn die Boote und Flöße mussten eingesetzt werden.

Turner hatte dankend genickt, als ihm gemeldet wurde, dass alles nach Plan abgelaufen war, aber er wusste, dass es zu früh zum Frohlocken war. In knapp zwanzig Minuten mussten die Sprengladungen hochgehen und die Ankertrossen zum Brechen bringen, dann würde man weiter sehen. Verdammt, warum hatte er nicht sicherheitshalber zwei Ladungen auf jeder Trosse anbringen lassen? Jetzt war es dafür zu spät.

„Mister Armstrong lassen Sie bitte das Backbordankerkabel kappen! Danach schicken Sie bitte die Matrosen Moose und Blackwood in den Laderaum, sie sollen mir die Explosionen umgehend melden, verstanden?"

„Aye, aye, Sir!"

Wenn es denn überhaupt zu einer Explosion kommt, dachte William düster. Noch fünfzehn Minuten. Vorne erklangen ein paar dumpfe Schläge, dann klatschte etwas ins Wasser!

„Mister Quincy, alle Männer auf die Stationen. Bereiten Sie sich zusammen mit dem diensttuenden Steuermannsmaaten Murdock darauf vor, uns unter kleinen Segeln aus dem Hafen zu bringen! Lassen Sie schon das Besansegel setzen!"

„Aye, Sir!"

Die Männer enterten auf und eilten an Deck auf ihre Stationen.

Zehn Minuten.

„Mister Armstrong, klar zum Kappen der Ankertrosse!"

„Ist klar, Sir!"

„Mister Kleinsmith, überwachen Sie das Stecken der Schleppleine!"

„Aye, aye, Sir!"

Auf dem Achterdeck war die Schleppleine in langen Buchten ausgelegt worden. Man hatte immer zwei Buchten mit Schiemannsgarn fest zusammengebändselt. Sobald Kraft auf die Leine kam, würde sie kurzzeitig steif kommen, das Bändsel sprengen und sich so wieder Lose holen, ehe sie erneut Last aufnahm. Das würde die Gefahr mindern, dass die Leine am Knoten brach – hoffte William.

Fünf Minuten.

Ruhig Turner! Nur die Ruhe. Was soll schon passieren? Wenn die Scheißladungen nicht explodieren, brauchst du nur die Schleppleine zu kappen und schon verschwindest du einfach in der Nacht, als ob du nie hier gewesen wärst. Allerdings kannst du dann auch schon das Schreiben aufsetzen, mit dem um deinen Abschied einkommst.

Auf der *Hellfire* schlief man noch immer fest. Offensichtlich war nicht nur ein gutes Gewissen ein Garant für ein sanftes Ruhekissen, reichlich Rum schien auch ein überaus wirkungsvolles Schlafmittel zu sein.

Die Zeit ist um. Ich habe es gewusst, es klappt nicht! Na, dann soll es wohl so sein. Ich habe es jedenfalls versucht! Er vermeinte, unter seinen Fußsohlen eine schwache Erschütterung zu verspüren. Er blieb wie angenagelt stehen. Matrose Blackwood schoss aus dem Niedergang wie ein Kaninchen aus dem Bau, wenn das Frettchen hinter ihm her ist.

„Es hat geknallt, Sir!"

„Einmal?"

„Aye, Sir."

Wieder dieser sanfte Stoß am Schiffsrumpf, gleich darauf erschien auch Moose in der Luke und winkte bestätigend.

„Segel setzen, Mister Armstrong und Anker kappen! Auf geht's! Jetzt holen wir uns die Schweinebacken!"

Das Vorstengestagsegel sauste vorne in die Höhe. Dumpfe Axtschläge begleiteten das Kappen der Trosse.

Das Vorsegel wurde an Steuerbord backgestellt. Das Ruder lag hart nach Steuerbord über.

„Ankertrosse ist gekappt, Sir!"

„Danke."

Das Schiff nahm langsam Fahrt über den Achtersteven auf, der Klüverbaum drehte immer schneller nach Backbord.

„Über das Vorsegel! Hol dicht den Besan!" befahl Murdock.

Die Bordwand der *Hellfire* war ihnen gefährlich nahe gekommen, denn auch sie begann zu drehen, wollte sich quer zum Wind legen. Nachdem sie sich frei manövriert hatte, ging die *Trinity* vor den Wind. Unter dem Druck des immer noch frischen nördlichen Windes schob sie sich langsam in Richtung der Ausfahrt der Bucht, die man allerdings mehr erahnen als sehen konnte. Die Schleppleine tauchte wie eine Seeschlange tropfend aus dem Wasser auf, kam langsam steif, wie geplant knallten die ersten Bändsel auf dem Achterdeck weg und ein paar Faden rauschten aus, in die Leine kam wieder Lose. Das Spiel wiederholte sich noch einige Male, aber bei jedem Mal wurde die *Hellfire* etwas mehr in das Kielwasser der *Trinity* gezogen und nahm ein wenig mehr Fahrt auf.

Als sie die Bucht verließen färbte sich der Horizont im Osten grau. Der neue Tag brach an. William Turner atmete tief die frische Seeluft ein, der Knoten in seinem Magen löste sich langsam. Zwar waren sie noch nicht die Herren der *Hellfire*, aber sie hatten alle Trümpfe in der Hand.

„Dunbar, mein Freundchen, heute bist du fällig", flüsterte er halblaut. „Hier draußen gibt es kein Mauseloch, wo du hineinkriechen kannst. Mister Smith wird dir gerne die Hand schütteln. Sicher wirst du ihm viel zu erzählen haben, sehr viel!"

Kapitel 15

Vor Kuba, Mitte Mai 1777

An Backbord achteraus krachte auf den Festungswällen ein Alarmschuss, ein Signalhorn begann aufgeregt zu plärren. Turner stand mit verschränkten Armen an der Heckreling und beobachtete die *Hellfire*, die unruhig an der Schleppleine zerrte und ständig aus der Kurslinie auszubrechen versuchte. Er grinste spöttisch. Auch die Spanier im Fort hatten tief und fest geschlafen. Er hatte wirklich jede Menge Glück gehabt, aber man sollte die Braut nicht vor dem Morgen loben, denn ein schweres Stück Arbeit stand ihnen noch bevor.

„Mister Armstrong, lassen Sie bitte die Bramsegel setzen und lassen Sie ein Reff stecken!"

„Aye, Sir!"

Während die Matrosen aufenterten, kamen die Schiffe langsam von der Landzunge frei und die *Trinity* begann bedächtig in der alten Dünung zu rollen, auf der die neue Windsee kleine Schaumkronen zauberte. Von Osten über den Süden bis zum Nordwesten war der Horizont klar, nur nach Nordosten hinter der Insel dräuten noch massige Wolkengebirge. Schnell wurde es heller. Auf dem hohen Achterschiff des Piratenschiffes erschienen plötzlich zwei Gesichter. Man meinte auch über diese Entfernung in dem noch grauen Morgenlicht zu sehen, wie ihnen die Kinnladen vor Erstaunen herunterfielen. Drohend schwangen sie ihre Fäuste und verschwanden sofort wieder. Bald darauf waren dumpfe Axthiebe zu vernehmen. Die Schleppleine klatschte schlaff ins Wasser und die Brigg schien einen Sprung nach vorne zu machen.

„Zu spät, ihr versoffenen Hurensöhne“, knurrte Turner und rieb sich die Hände. Der ablandige Wind würde das Schiff schnell weiter hinaus auf die offene See drücken und dort würden sie es entern! Wo blieb eigentlich die *Shark*? Er sah sich suchend um. Da war sie. Sie bot einen beeindruckenden Anblick wie sie unter vollen Segeln mit einem großen weißen Knochen zwischen den Zähnen von Backbord herangestürmt kam und sich zwischen die *Hellfire* und das Land schob. Kanonendonner rollte heran. Die Dons hatten ihre schweren Festungsgeschütze abgefeuert, aber das war mehr eine Geste um der Ehre willen gewesen. Nun ja, eine praktische Seite hatte die Sache auch, denn der Rost war dadurch mal wieder aus den Rohren geblasen worden.

„Mister Armstrong! Klar Schiff zum Gefecht! Geschütze doppelt mit Traubengeschossen und Kartätschen laden lassen. So viele Drehbassen wie möglich auf die Steuerbordseite!“

„Aye, aye, Sir!“

„Mister Quincy, die *Hellfire* wird sich quer zum Wind legen. Bringen Sie uns in Kernschussweite auf ihre Leeseite!“

„Aye, Sir, auf die Backbordseite des Gegners!“

„Mister Murdock, sobald die *Shark* die da drüben sturmreif geschossen hat, entern wir. Sie besetzen sofort mit den Seesoldaten und Ihren Männern das Achterdeck und halten mir den Rücken frei, wenn ich in die Staatskabine stürme! Geben Sie kein Pardon! Nur wer seine Waffen wegwirft und auf den Knien um Gnade bittet wird verschont. Verstanden?“

„Aye, Sir, ich denke, das lässt sich machen!“ erwiderte der Yankee kühl.

Die *Shark* hatte ihre Position auf der Luvseite des Gegners eingenommen, ihre schweren Karronaden begannen ihr blutiges Werk. Vorsichtig tastete sich Quincy an die andere Seite heran.

Auf der *Hellfire* herrschte immer noch Chaos. Die noch halbbetrunkenen Kerle taumelten ziellos durcheinander, liefen zu den Waffenkisten, um sich mit Nahkampfwaffen zu versorgen, aber keiner kam auf den Gedanken aufzuentern und Segel zu setzen. Es gelang dem auf dem Achterschiff herumbrüllenden Kapitän Swiney nicht, seine Männer in den Griff zu bekommen. Wie die Lemminge drängten sie brüllend sich an die Verschanzung, wo sie vom Eisenhagel aus den Karronaden der *Shark* zu Fleischlappen, Knochenteilen und blutigen Lumpen zerfetzt wurden. Jetzt fielen auch die kleinen Erbsenschleudern der *Trinity* giftig belfernd in das Konzert des mörderischen Totentanzes ein. Quincy hatte sie in einer halben Kabellänge Abstand in Position gebracht und den Druck aus den Segeln genommen, um keinen Vortrieb mehr zu erzeugen. Das war gut gedacht, aber es entpuppte sich als schwerer Fehler, weil der hohe Rumpf der *Hellfire* ihnen den Wind stahl. Turner sprang wie von einer Tarantel gestochen nach vorne und brüllte los:

„Hol dicht die Besan- und Vorsegelschoten! Bramsegel an den Wind brassen!“

Es war zu spät. Hilflos mussten sie zusehen, wie sich die hohe Bordwand heranschob. Zwar konnten sie ihre Breitseite mit den Traubengeschossen noch einmal abfeuern und auch das gehackte Blei aus den Drehbassen riss große Lücken in den brüllenden Pöbel, der sich jetzt auch an dieser Seite zusammengerottet hatte, aber dann legte sich das größere Schiff mit einem lauten knirschenden Aufprall längsseits, und drückte sie nach Lee weg. Wer sich nicht rechtzeitig irgendwo festgeklammert hat, stürzte auf das sich überlegende Deck.

„Enterhaken rüber!“ röhrte Turner, der jetzt wütend wie ein gereizter Stier war – am meisten auf sich selbst! „Mir nach, Männer! Massakriert diese Schweinhunde!“

Er sprang auf die Verschanzung, von dort auf die Plattform der Besanrüsteisen des gegnerischen Schiffs, zog sich dann an den Wanten hoch und jumpte auf das Achterdeck. Ein kleiner flinker Mann mit einem Entermesser sprang auf ihn zu. Turner parierte seinen Schlag, drückte die Klinge zur Seite und hieb seinerseits nach dem Kopf des Mannes, aber der war schnell auf den Füßen, wich aus und griff mit einem Stoß aus der mittleren Mensur wieder an. Erneut gelang es Turner zu parieren, mit einer Finte täuschte er seinen Gegner, um ihn dann die Klinge seins alten Säbels über den Waffenarm zu schlagen. Das Entermesser fiel klappernd auf das Deck, der kleine Mann sah Turner mit angstvollen Augen an, der hieb ihm die Schneide von oben wuchtig in die Hirnschale. Zwei weitere Angreifer drangen auf ihn ein, der eine blieb plötzlich mitten im Lauf stehen, weil eine Pike, die unvermutet neben Turner auftauchte, ihn durchbohrte. Langsam sank der Mann auf die Knie, seine Hände wollten den Schaft der Pike umklammern, aber die wurde schon wieder mit einem Ruck aus seinem Brustkorb herausgedreht. Den anderen Angreifer ließ Turner mit einer Körpertäuschung ins Leere laufen und trennt ihm mit einem wuchtigen Schlag den Kopf fast vom Körper. William warf einen schnellen Blick zur Seite und nickte Tom dankbar zu, der klopfte liebevoll auf den Schaft der Pike. Das Achterdeck schien fast in ihrer Hand zu sein, aber in der Kuhl tobte ein mörderisches Handgemenge. Swiney flüchtete in Hemdsärmeln und barfuß mit ein paar Getreuen über den Steuerbordniedergang in die Kuhl zu seinen Spießgesellen.

„Alle Männer der *Trinity* auf das Achterdeck!“ dröhnte Turner mit seiner besten Kommandostimme. Unter dem gezielten Feuer der Seesoldaten gelang es seinen Männern sich über die Niedergänge zurückzuziehen und auf dem Achterschiff zu sammeln. Wo blieben nur die Männer der *Shark*?

Die *Shark* hatte das Feuer eingestellt, weil die Gefahr zu groß geworden war, dass bei der großen Streuung der Kartätschen auch eigene Männer verletzt oder getötet werden konnten. Unglücklicherweise musste sie aber vor dem Entern ein Manöver fahren, da sie zu weit nach vorne abgetrieben worden war. Turner fluchte bitter, wenn etwas schief laufen konnte, dann tat es das aber auch mit tödlicher Sicherheit. Im nächsten Moment erspähte er den Niedergang zur Kommandantenkabine und eilte darauf zu.

„Mister Armstrong, Mister Murdock, halten Sie unter allen Umständen das Achterdeck!"

Der Gedanke, gleich seinem verhassten Feind Dunbar gegenüberzustehen, ließ ihn jede Vorsicht vergessen. Er polterte den Niedergang hinab, stürzte den kurzen Gang entlang und riss die Tür zur Staatskabine auf. Mit nach vorne gestrecktem Säbel polterte er in den großen Raum. Die Stille, die hier herrschte war verblüffend. Er schaute sich schnell um. Der Raum schien leer zu sein. Auf dem Boden rollten ein paar leere Weinflaschen und Becher herum. Es stank nach schalem Alkohol und ungewaschenen Körpern. Zwei Türen führten von diesem Raum in angrenzende kleinere Gemächer. Er stieg über Scherben, Grogpfützen, Weinlachen und Flaschen, um die Tür an der Backbordseite zu öffnen.

„Warten Sie, Sir!" flüsterte ihm Tom zu und winkte ihn zur Seite. Er stellte sich an das Schot und drückte die Tür mit der Spitze seiner Pike auf. Es war der Schlafraum des Schiffers, wie man unschwer an der verwüsteten Koje erkennen konnte. Ein reichverzierter Uniformrock lag zerknüllt auf dem Deck, eine Perücke hing über der Rückenlehne eines Stuhls, ein hoher Stulpenstiefel aus feinstem Wildleder lag unter dem Seitenfenster, der andere schaute halb unter der Bettdecke hervor. Swiney musste heute Nacht Probleme mit seiner Blase und seinem Orientierungsvermögen gehabt haben, denn in einer Ecke stand eine übel riechende Pfütze. Ansonsten war die Kabine leer.

Als William den großen Raum durchquerte, stellte er überrascht fest, dass außer Tom auch die vier ehemaligen Trapper und die beiden Indianer anwesend waren. Die Rothäute hatten wohl festgestellt, dass sie mit den früheren Waldläufern mehr Gemeinsamkeiten verbanden, als mit ihren übrigen muschelrückigen Kameraden. William musste, ob er es wollte oder nicht, grinsen, wie hatte es Dechamp ausgedrückt: Seine Leichte Kavallerie! Verwundert sah er, dass die beiden Shawnees seltsame Streifenmuster aus schwarzer und roter Farbe im Gesicht trugen. Der Krieger Thunderingwater machte ein Zeichen in Richtung der anderen Tür und hob dann einen Finger. Snake Taylor flüsterte: „Da drinnen ist ein Kerl, Sir." Leise näherten sie sich der Tür, vermieden es aber, direkt vor ihr Aufstellung zu nehmen. Beaver Smith drückte von der Seite die Klinke herunter und öffnete sie einen Spalt breit, dann stieß sie Tom mit seiner Pike ganz auf. Von drinnen erklang ein überraschter Aufschrei. Beaver sprang mit schussbereiter Pistole hinein.

Drinnen erklang eine sich überschlagende vor Angst quiekende Stimme: „Nicht schießen, Sir! Bitte, nicht schießen, ich bin nur der Sekretär!"

Beaver trat mit einem kleinen Männchen in den Türrahmen, den er wie ein Kaninchen am Schlafittchen gepackt hielt. Das Männlein wiederum presste eine große Ledertasche fest gegen seine Brust. Turner nahm sie ihm ab und war erstaunt wie schwer sie war. Er fasste hinein und lüftete schnell das Geheimnis ihres Gewichts, in der Tasche lagen zwischen vielen Papieren zwei Leinenbeutel mit Pistolenkugeln. Offensichtlich war das hier die Kabine Dunbars und der Sekretär war dabei gewesen, wichtige Unterlagen zu versenken. Warum er das nicht schon längst getan hatte, blieb sein Geheimnis: Angst, keine eindeutige Anweisung, keinen

Überblick über den Stand der Dinge an Deck, wer wollte es wissen?

„Fesseln!“ befahl Turner, um dann den Sekretär anzufauchen: „Wo ist Dunbar?“

„A…a…an La…a…and, Sir!”

„Du lügst, du widerliche Kakerlake! Raus mit der Wahrheit!“

Der Mann sah aus, als ob ihn jeden Augenblick der Schlagfluss ereilen würde. Dann bäumte er sich plötzlich mannhaft auf und schnarrte fast würdevoll: „Seit gestern, Sir. Er ist zusammen mit den Beamten Seiner Allerkatholischsten Majestät König Karl III. von Spanien an Land gefahren, um endlich wieder einen Abend im Kreis von zivilisierten Menschen verbringen zu können.“ Er schnaubte abschätzig und deutete mit dem Kopf auf das Durcheinander in der Kabine.

Turner hatte das Gefühl, dass ihm jemand den Boden unter den Füßen wegzog. Verflucht, jetzt war ihm dieser Hundesohn Dunbar schon wieder durch die Lappen gegangen. Und Armstrong hatte sein Verschwinden beobachtet! Aber er, der ach so schlaue Agentenjäger William Turner hatte nicht die richtigen Schlüsse gezogen! „Was war in der Kiste, die ins Boot gelassen wurde?“

Der kleine Mann schniefte, dann schien er fast ein wenig höhnisch zu grinsen: „Sie wissen davon, Sir? Hauptsächlich geprägtes Gold und Silber, aber auch ein paar Barren. Das wollte er sofort bei seinem Gastgeber deponieren. Er war der Meinung, dass es unklug wäre, saftige Rinderfilets einem hungrigen Wolfsrudel auf einem silbernen Tablett vor die Nase zu halten!“

An der Bordwand gab es einen dumpfen Aufprall. Von vorne, aus dem Bereich der Kuhl erklangen mehrere scharfe Explosionen von Handgranaten. Das Gebrüll an Deck steigerte sich nochmals.

„Bindet ihn an der Deckenstütze fest!" befahl Turner, dann rannte er wieder zum Niedergang.

Seine Männer hackten, stachen und schlugen wie die Berserker um sich, um die wütenden Angriffe, der über die Niedergänge hinaufstürmenden halbtrunkenen, blutrünstigen Seeräuber zurückzuschlagen. Auf der Backbordseite hatten die Marineinfanteristen alles fest im Griff, aber die Verteidigung an Steuerbord wankte. Jedoch fielen jetzt den Piraten die Männer der *Shark* in den Rücken. Angeführt vom Ersten Leutnant Dechamp fluteten sie in die Kuhl und machten alles nieder, was ihnen vor die Klingen kam. Midshipman Starke säuberte mit einer Truppe das Vorschiff, auf dem sich aber nur wenige Gegner befanden. Von der *Shark* klangen die aufreizenden Klänge eines Dudelsacks herüber. Turner musste grinsen. Dieser Dechamp kam auf genauso verrückte Ideen wie er selbst, wo hatte der Erste nur diesen *Piper* der Black Watch aufgetrieben, fragte er sich verwundert, dann sprang er mit zwei großen Sätzen den Backbordniedergang hinunter, weil er Kapitän Swiney entdeckt hatte, der barfüßig und in Hemdsärmeln mit einem großen, schweren Krummsäbel seine Spießgesellen antrieb. Sein Hemd wies schon an mehreren Stellen Blutflecken auf. Seine Wut entlud sich durch einen schier endlosen Strom gotteslästerlicher Flüche. Turner kam zwar geschickt auf dem Deck auf, aber als sich ihm ein Mulatte mit einer langen Reiterpistole in den Weg stellt und auf ihn anlegte, konnte er auf dem von Blut glitschigen Deck die Balance nicht halten, sein eigener Schwung ließ ihn auf dem Rücken liegend mit den Füßen voran über die Planken rutschen. Das war sein Glück, denn in diesem Augenblick löste sich der Schuss und die Kugel flog hässlich pfeifend über ihn hinweg. Er traf seinen Gegner mit den Füßen in den Unterleib, worauf dieser die Pistole fallen ließ und mit einem Aufschrei zu Boden ging. Turner hatte den Säbel bei seiner Flugeinlage verloren, daher stürzte er sich mit bloßen

Händen auf seinen Widersacher, er wollte den Mann an der Gurgel packen und erwürgen. Aber der Kerl war stark und geschmeidig. Sie wälzten sich über das Deck, mal war der Korsar oben, mal Turner. William spürte, wie sich die Hände des nach altem Schweiß, billigen Rum und angedauten Zwiebeln stinkenden Kerls wie Eisenklammern um seinen Hals legten. Das Atmen fiel ihm zunehmend schwerer. Rote Räder drehten sich vor seinen Augen, der Kopf schien platzen zu wollen, das Blut pochte wild in seinen Schläfen. Er stieß seine Hände nach oben, bekam die Ohren des Mulatten zu packen, spreizte die Daumen zur Nase hin ab und drückte mit der ganzen Kraft, die ihm noch verlieben war, zu. Er spürte, dass die Daumen auf etwas Weiches, Nachgiebiges trafen, das dem Druck ausweichen wollte. Sein Gegner schrie schrill schmerzerfüllt auf, der Druck an Turners Gurgel ließ nach, der saugte gierig die Luft in seine Lungen, wälzte sich herum, griff nach hinten an seinen Rücken, riss den Dolch heraus und zog dem durchdringend in den höchsten Tönen heulenden Mann, der sich seine schmerzenden, triefenden Augen hielt, die Klinge durch die Kehle. Als er sich schwer atmend aufrichten wollte, sah er über sich einen neuen Feind, der mit einem Entermesser ausholte. Bullenschiet im Zuckerdöschen, fuhr es William erschrocken durch den Kopf, das war es dann wohl! Mit einem Dolch gegen ein massives Entermesser, da war klar, wer über kurz oder lang die Oberhand behalten würde. Noch immer kniend hob er abwehrend den Dolch, um den herabsausenden Schlag mit der kleinen nach vorne geschwungenen Parierstange aufzufangen. Die Wucht des Hiebes fuhr schmerzhaft durch sein Handgelenk, dann durch das Ellenbogengelenk bis hoch in die Schulter. Er stöhnte auf, der Dolch flog aus seiner Hand. Er wusste später nicht, wie er das geschafft hatte, aber er warf sich nach vorn, umklammerte die Beine seines Widersachers und riss sie ihm unter dem Körper weg. Schwer stürzte der Kerl auf den Rücken, das Entermesser fiel klappernd auf das Deck. Turner erreichte es mit den Fingerspitzen, zog es zu sich heran, packte den Griff mit beiden Händen und ehe der vom Sturz benommen Mann eine Abwehrbewegung machen konnte, rammte er es ihm durch den Brustkasten und nagelt ihn auf dem Deck fest. Schwankend kam er auf die Füße und wollte sich an der Verschanzung abstützen, um durchzuatmen und sich einen Augenblick zu erholen, aber es gab für ihn keine Ruhepause. Jetzt hatte es ein großer Wikinger mit langen blonden Locken auf ihn abgesehen, der sich ihm mit den lauernden Schritten eines erfahrenen Jägers näherte und abwägend eine breitschneidige Doppelaxt in der rechten Hand schwang. Sein Opfer abschätzend musternd, stellte der blonde Riese fest, dass Turner waffenlos war. Er grinste breit. In der sicheren Erwartung seines Sieges hob er die tödliche Waffe und machte einen Ausfallschritt. Turner zog den eisernen Koffeinagel, an dem er sich festgehalten hatte, ruckartig aus der Nagelbank und schleuderte ihn dem Kerl an den Kopf. Es gab einen dumpfen Ton, der Wikinger glotzte verwundert wie ein naives Bäuerlein, das entsetzt feststellen muss, dass in einem Hafenbordell nur selten Jungfrauen anzutreffen sind. Er ließ kurz die Doppelaxt sinken und fuhr sich mit der Hand über die stark blutende Nase, dann grunzte er böse und furchteinflößend. Wütend schüttelte er seine lange Mähne, nahm Maß und holte aus. Turner stand wie versteinert da, er war es müde, nach einem Mauseloch zu suchen. Hinter dem blonden Riesen erschien plötzlich eine Gestalt, die ihm bekannt vorkam. Eine Degenklinge zuckte funkelnd auf und bohrte sich von hinten durch das Herz des Kerls. Er starrte Turner mit weit aufgerissenen blauen Augen grenzenlos erstaunt an, dann brach er mit samt seiner verdammten Axt zusammen, das Deck erzitterte unter dem Aufprall. Dann war alles vorbei, auch der Dudelsack verstummte nach einem letzten schrillen triumphierenden Quäken.

„Schön, dass Sie die Zeit gefunden haben hier mal vorbeizuschauen, Mister Dechamp, ich dachte schon, ich müsste dieser lästige Plage ganz allein mit bloßen Händen Herr werden!“ raspelte Turner rau mit staubtrockenem Mund und atmete schwer. Ihm war übel. „Das war im Übrigen ein hervorragend gesetzter *coup de grâce*, jeder Matador wäre vor Neid blass geworden.“

Dechamp bleckte breit grinsend seine gelben Zähne, wie immer im Gefecht, sah er jetzt keineswegs verschlafen oder triefäugig aus. Seine Augen funkelten. „Nun, Sir, wenn ich mich recht an die uralten Regeln des Stierkampfes erinnere, dann sollte der Matador eigentlich vor dem Stier stehen, aber diesen Platz der Ehre hatten Sie ja schon inne …“

Turner wandte sich müde ab, jetzt machte sich dieses blutrünstige normannische Schlachtross auch noch über ihn lustig. Aber dem würde er schon noch den Marsch blasen, sobald es ihm wieder besser ging. Segelte der Kerl doch eine Ehrenrunde mit der *Shark*, wo alles von der Anwesenheit seiner Entertruppe hier an Deck abhing! Aber Turner wusste, dass er ungerecht war, denn eigentlich war alles seine Schuld gewesen, er hätte dieses wichtige Manöver nicht dem Steuermannsmaaten Quincy überlassen dürfen. Der war zwar ein guter Mann, aber er war an die Manövriereigenschaften der *Shark* gewöhnt und kannte die Brigg kaum.

Er strich sich über den Hinterkopf. „Übrigens - danke, James.“

„Immer Ihr ergebener Diener, Sir.“

Wo waren eigentlich Tom und der Rest seiner leichten Kavallerie geblieben? Besorgt blickte er sich suchend auf dem Deck um. Die etwa zwei Dutzend Überlebenden der *Hellfire*, die noch aufrecht stehen konnten, drängten sich eng aneinander, um sie herum bildeten die Seesoldaten einen engen Kordon, ihre aufgepflanzten Bajonette hielten die Gefangenen im Schach. Blut tropfte von dem blanken Stahl und in den Augen der Marines funkelte die nackte Mordlust, nur die ihnen eingebläute Disziplin verhinderte, dass sie auch mit dem Rest der Korsaren kurzen Prozess machten. Tom stand schwer atmend auf seine Pike gestützt und presste einen Lappen auf eine Wunde am Oberarm, die Waldläufer und die beiden Indianer hatten sich auf die Fersen gekauert und schienen desinteressiert den Berg von Leichen und wimmernden Schwerverwundeten zu betrachten, der sich um sie herum auftürmte, aber auch sie hatten alle leichte Blessuren davongetragen. Offensichtlich hatten sie selbst alle Hände voll zu tun gehabt, am Leben zu bleiben. Das war ein verflucht knappes Ding gewesen! dachte William geschockt. Er sah seinen Dolch mit dem Schlangengriff auf dem Deck liegen, mit weichen Knien wankte er schwankend hinüber, hob ihn auf, wischte das Blut ab und steckte ihn in die Scheide hinten am Rücken hinter dem Gürtel. Zwischen den herumliegenden Entermesser sah er sich suchend nach seinem alten Säbel um. Nachdem er ihn entdeckt hatte, hob er ihn auf und reichte ihm seinen Burschen. Er wischte sich mit Daumen und Zeigefinger über die Augen, schnaufte und krächzte: „Ich fürchte, dass war ein ziemlich heißer Tag heute, meine Jungs. Nicht gerade das, was ich einen Spaziergang durch den Kensington Park nennen würde."

Snake Taylor blickte ihn an und meinte dann gedehnt mit breitem Grinsen und einem Blick auf sein mit rotbraunen Flecken bedecktes Entermesser: „Yeah, Sir, mir ist bei der Arbeit richtig warm geworden. Ich war nur froh, dass ich hinter Ihnen bleiben konnte! Wenn Sie so richtig munter werden, dann zerfetzen Sie ja alles mit bloßen Händen in der Luft, was Ihnen in den Weg kommt ..."

Es klang aufrichtig bewundernd, dachte Turner, wenn der Mann wüsste, was er für eine Heidenangst gehabt hatte. Dieser Kampf würde ihn in Zukunft noch während vieler langer schlafloser Nächte heimsuchen. Er musste an die Gesichter der Männer denken, die er getötet hatte, das Erschrecken, das Entsetzen auf den Gesichtern, die vom Grauen verzerrten Mienen, dann die plötzliche Leere in ihren Augen. Er nickte den Männern zu und ging über das Deck, das mit abgerissenen Gliedmaßen, Blutlachen, Gedärmen, Erbrochenem, zusammengekrümmten Leichen und stöhnenden, schreienden, winselnden Verwundeten bedeckt war, zu den Gefangenen hinüber. Beinahe wäre er über die Leiche von Kapitän Swiney gestolpert, die schrecklich zugerichtet worden war. Einer der neu angemusterten Matrosen hockte daneben und versuchte die starke Blutung bei einem Kameraden zu stillen. Dem Mann war der Unterarm fast abgetrennt worden, der weiße Knochen ragte aus dem roten Fleisch heraus. Der Verletzte war unter seiner tiefgebräunten Haut leichenblass, aber bei Bewusstsein. Mit flackernden Augen schaute er Turner an, dann flüsterte er: „Das Schwein haben wir abgestochen, Sir!“ Er klang sehr zufrieden. „Wir haben gesehen, wie dieser Barbar in Puerto Santo gewütet hat. Es ist eigentlich schade, dass er so schnell gestorben ist, eigentlich hätte man ihm die Haut in schmalen Streifen bei lebendigem Leib vom Körper abziehen müssen, damit er sich den Tod herbeisehnt …“ Er keuchte, der Schock ließ nach, jetzt setzten die Schmerzen ein. „Vermutlich war es ja meine letzte Arbeit in der Schietgang, aber ich kann dem Bootsmann da oben melden, dass ich die schöne Welt von einer widerlichen Ratte befreit habe.“

„Doc MacKinnon kriegt deinen Flunken schon wieder hin, mein Sohn, da mach dir mal keine Sorgen.“

Der Mann lächelte schwach, dann schüttelte er müde den Kopf. „Sie sind schon in Ordnung, Käptum – jedenfalls für einen Limey …“

Turner schluckte und ging zwei Schritte weiter zu Sergeant Bull, diesem massigen unverwüstlichen Urgestein der Royal Marines. Der Sergeant salutierte zackig wie auf dem Paradeplatz und meldete schneidig: „Das Schiff ist in unserer Hand,

Sir. Zwei Abteilungen durchsuchen es nach versteckten Drückebergern. Ihre Befehle, Sir?"

„Die Gefangen in Ketten legen. Hier an Bord gibt es bestimmt ein reichhaltiges Sortiment davon. Jeden Widerstand im Keim ersticken, Sergeant. Dann die Verwundeten versorgen." Turner fragte sich, wie der vierschrötige bullige Mann es geschafft hatte, dass seine Uniform nach diesem mörderischen Kampf aussah, als hätte er sie gerade frisch angezogen. Nun ja, wenn man genau hinsah, dann waren schon ein paar dunkle Flecken auf dem roten Tuch und den mit Pfeifenton geweißten Kreuzgurten zu entdecken, aber sonst …

„Aye, aye, Sir!"

„Übrigens, Sergeant Bull, Ihr Gurtzeug benötigt dringend der Pflege!"

Bull blickte an sich herunter, erstarrte, nahm Haltung an und röhrte: „Jawohl, Sir, ist unverzeihlich das, wird sofort abgestellt!"

Mit einer beruhigenden Handbewegung beschwichtigte ihn Turner: „Führen Sie erst meine Befehle aus, Sergeant. Aber sie wissen ja, die Royal Marines müssen immer ein Vorbild sein, nicht wahr?"

„Aye, Sir, selbstverständlich, Sir, kann mir gar nicht erklären, wie …"

Turner drehte sich um, er fragte sich, was in ihn gefahren war, dass er diesen vielleicht etwas engstirnigen, aber durch und durch loyalen, mutigen Mann so schamlos zum Narren hatte machen müssen und das im Angesicht der grausamen Bilder, die er rings um sich vor Augen hatte. Vielleicht genau deswegen! Sein gemartertes Hirn wollte keine Schreckensszenarien mehr verarbeiten, es wollte sich über etwas freuen – und wenn es billige Schadenfreude war. Aber da fiel sein Blick wieder auf eine leblose Gestalt, die neben dem Großmast lag. Es war Kenny Murdock, der vormalige Maat der *Trinity*. Neben ihm saß mit untergeschlagenen Beinen Jerry

Kleinsmith, sein ehemaliger Bootsmann, der jetzt als Bootsmannsmaat auf der *Shark* diente. Der harte Mann weinte still vor sich hin. Er hatte einen Säbel in den Armen, auf dem er sich abstützte, die scharfe Spitze steckte im Deck, der reich verzierte Korb ragte über seinen Kopf mit dem langen geflochtenen Zopf hinaus. Als Turners Schatten auf ihn fiel, blickte er auf. Er wollte sich erheben, aber Turner machte eine abwehrende Handbewegung. Wieder strich sich William über sein rotes Kopftuch. Heiser krächzte er:

„Er war ein guter Mann und ein verdammt guter Seemann dazu."

„Das war er, Sir. Ich kenne ihn schon lange, wir stammen aus demselben Dorf." Er schluckte schwer. „Kenny hätte sich nie träumen lassen, dass er mal für König Georg sterben würde!"

Turner nickte langsam, dann schüttelte er energisch den Kopf. „Das ist er auch nicht, Mister Kleinsmith. Er ist gestorben, damit unsere Brüder auf allen Schiffen aller Nationen, die friedlich Handel treiben wollen, das ohne die Angst tun können, ausgeraubt, ermordet, misshandelt oder als Sklaven verkauft zu werden."

Kleinsmith blickte ihn lange an, dann nickte er und murmelte: „Amen!" Er zog den geschwungenen altmodischen schweren Säbel aus dem Deck, packte die Scheide und reichte beides Turner. „Er hat Swiney gehört. Er hat Kenny getäuscht, in dem er vorgab, ihm den Säbel als Zeichen der Kapitulation zu übergeben, der ließ daraufhin seine Waffe sinken und wollte danach greifen, da hat ihn dieses hinterhältige Stück Dreck durchbohrt. Nehmen Sie ihn, Sir, er steht Ihnen zu."

Turner schluckte schwer, er nahm den Säbel und salutierte ernst vor dem Gefallenen.

*

William Turner schob seinen Bericht über den Verlauf der Reise von sich fort. Er stand auf, nahm sein Glas und füllte es aus einem Tonkrug, den Tom so an der Deck befestigt hatte, dass er ständig vom Luftstrom umspült wurde, mit kühlem Weißwein auf. Er nahm einen kleinen Schluck und nickte anerkennend. Dechamp hatte recht gehabt, Kapitän Ebenezar Finch war kein Kostverächter gewesen, was Wein anging. Turner hatte die Vorräte des Amerikaners konfisziert und brüderlich mit der Offiziersmesse geteilt. Er grinste. Brüderlich hieß: Hälfte-Hälfte, höherer Rang brachte Privilegien mit sich. Er trat an das Heckfenster. Die Metzgerrechnung der Eroberung der *Hellfire* war hoch gewesen. Zehn seiner Männer waren gefallen und zwei weitere würden wahrscheinlich die Ankunft in Antigua nicht erleben. Den zwei Dutzend Verwundeten mit schwereren Verletzungen ging es zum größten Teil schon wieder recht gut, aber vier Männer würden als dienstuntauglich nach Hause geschickt werden müssen. Immerhin lebten sie und wenn sie ihr Prisengeld erhalten hatten, würden sie sich davon in der Heimat eine neue Existenz aufbauen können – wenn sie schlau waren und sich nicht von „guten Freunden" ausnehmen ließen. Es gab kaum einen Mann, der auf der *Hellfire* gewesen und ohne eine mehr oder minder schwere Fleischwunde davongekommen war.

Turner beglückwünschte sich zu seiner Weitsicht, denn wenn er die Yankees nicht vor Puerto Santo vereidigt hätte, wäre er kaum im Stande gewesen, die drei Schiffe einigermaßen zu bemannen. Leutnant Dechamp war jetzt Prisenkommandant der *Hellfire*. Er trieb seine Männer unbarmherzig an, die Schäden an dem Schiff zu beseitigen, allerdings musste man ihm zugutehalten, dass er sich selbst auch nicht schonte. Wann immer Turner durch sein Fernglas zu dem altertümlichen Schiff hinüberblickte, sah er den Ersten in Hemdsärmeln und ohne Hut im Rigg herumhangeln oder zusammen mit den Zimmerleuten die Schäden in der Außenhaut ausmessen und beseitigen. Turner war schon versucht gewesen, ihn in seinem Elan zu bremsen, weil er sicher war, dass das Prisengericht für den alten Eimer nichts oder kaum etwas ausspucken würde, hatte sich dann aber eines Besseren besonnen. Es war eine erstklassige Übung für den jungen Offizier. Steuermannsmaat Carter und Midshipman Starke unterstützten ihn nach Kräften. Auf der *Trinity* hatte Midshipman Armstrong zusammen mit Steuermannsmaat Quincy das Kommando übernommen. Das bedeutete, dass sich auf der Shark Turner und Lennon mal wieder die Wachen teilen durften.

Die letzten Tage waren sehr interessant gewesen. Er hatte die Dokumente studiert, die der Sekretär den Fluten hatte übergeben wollen. Eine gründliche Durchsuchung von Swineys und Dunbars Unterkunft hatte noch weitere Papiere ans Licht gefördert. Er würde alles Smith abliefern, der Repräsentant der Firma würde daraus zweifellos seinen Nutzen ziehen. Für Turner war das meiste nicht recht verständlich gewesen, da er es nicht in einen größeren Rahmen einordnen konnte. Allerdings war ihm aufgefallen, dass ein gewisser Hernandez häufig im Zusammenhang mit einem geheimnisvollen Monsieur B. genannt wurde. Dieser Monsieur B. schien ein bedeutender Reeder zu sein, der im Handel mit Nordamerika tätig war. Illegal natürlich. Aber auch der hässliche Imitator des Sonnenkönigs, Hernandez, schien mehr Dreck am Stecken zu haben, als es einem Gentleman anstand. Er schien die Karibik mit einem Netz von Besitzungen überzogen zu haben, so gehörten ihm beispielsweise Plantagen auf Martinique, Guadeloupe, Hispanola, vielen kleinen Inseln und Kuba! Hoppla! Wenn sich Turner nicht sehr täuschte, dann hatte sich Dunbar genau auf diesen Besitz geflüchtet! Aber was nützte ihm dieses Wissen jetzt? Nichts! Es hätte ihm aber auch kaum weitergeholfen, als er Bahíablanca gelegen hatte, schließlich konnte er mit seinen paar Jantjes keinen Landkrieg gegen Spanien vom Zaun brechen. Er hoffte, dass das Mister Smith auch so sah. William verzog das Gesicht zu einem bitteren Grinsen. Er wünschte sich, dass Smith wegen der Lieferung der wichtigen Informationen das neuerliche Entkommen von Dunbar schlucken würde. Die Eroberung der Schiffe würde ihm ziemlich gleichgültig sein, auch wenn die *Trinity* randvoll mit Nachschubgütern für die Armee der Rebellen beladen war. Irgendwo würden diese Güter sicher fehlen, aber deswegen würden die Yankees keineswegs kleinmütig wieder zu Kreuze kriechen. Nein, ganz gewiss nicht. Die meisten dieser aufständischen Amerikaner, die er bis jetzt kennengelernt hatte, waren von der Richtigkeit und Rechtmäßigkeit ihrer Sache zu tiefst überzeugt. Die giftige Saat, die Thomas Paine, Samuel Adams und andere Demagogen in den Köpfen vieler einfacher biederer Bürger gesät hatte, ging auf. Wenn auch niemand wusste, wie das klappen sollte, wenn Hinz und Kunz sich in die Regierungsgeschäfte einmischen konnten, oder wenn nur noch jedes County oder Städtchen vor sich hin wurstelte, so entwickelte doch die Vorstellung von der Abkehr von einer starken zentralen Macht für viele eine starke Anziehungskraft. Ihnen war sicher nicht bewusst, dass ihre Führer, das heißt die wohlhabenden Kreise, keinesfalls beabsichtigten ihre führende Stellung im politischen und wirtschaftlichen Leben aus den Händen zu geben.

Turner hatte auch den Sekretär von Dunbar, Mister Michael Bancroft, verhört. Der kleine Mann war zwar ängstlich gewesen, hatte aber trotzdem zuerst aber jede Aussage verweigert. Er hatte tief Luft geholt, die Arme vor der Brust gekreuzt, die Beine übereinandergeschlagen und dann im Brustton der Überzeugung trompetet: „Sir, Sie sind doch ein Offizier des Königs, nie werden Sie sich dazu herablassen,

Ihre Ehre dadurch zu beschmutzen, dass Sie einen weißen Gentleman mittelalterlichen körperlichen Torturen unterwerfen!"

Turner hatte sein fiesestes Grinsen aufgesetzt, obwohl er vor Lachen bald geplatzt wäre, als er diese Maus den Kater anbrüllen hörte, dann hatte er nachdenklich auf seine Fingernägel geschaut und zustimmend genickt. „Sie haben völlig Recht, Mister Bancroft. Ja, doch, Sie haben meine schwache Stelle getroffen. Aber ich werde Ihnen etwas verraten, Sir, ich gehe jetzt an Deck – sagen wir für eine Viertelstunde – danach besprechen wir den Fall noch mal. Einverstanden?"

Bancroft hatte ihn zunächst triumphierend angeblickt, aber als Turner aufstand, hatte sich ein besorgter Zug in seinem Gesicht eingenistet. Turner hatte Tom zugenickt und die Staatskabine verlassen. Draußen hatte der Posten der Seesoldaten seine Muskete präsentiert. Turner hatte den beiden Shawnees, Thunderingwater und Brokenwing, die vor der Tür gewartet hatten, ein Zeichen gegeben. Die beiden hatten ihr übliches Arbeitszeug gegen weiche lederne Hemden und Hosen getauscht, die reich mit bunten Perlen und Raubtierzähnen verziert waren. Lange Messer hingen an ihren Gürteln. In ihrem blauschwarzen glänzenden Haar steckten Federn. Sie erweckten durchaus einen verwegenen gefährlichen Eindruck. Allerdings hatten sie sich strikt geweigert ihre Kriegsbemalung anzulegen. Brokenwing hatte Turner mit seiner sanften Stimme erklärt: „Großer Häuptling Nacktehand, Sir, müssen verstehen, dass die Farben des Krieges nur getragen werden, wenn die tapferen Krieger der Shawnees in den Kampf ziehen und nicht wenn sie einer Squaw in Männerhosen einen Schrecken einjagen. Hugh, ich habe gesprochen!"

Turner hatte zustimmend genickt und sie gewähren lassen. ‚Häuptling Nacktehand, dass ich nicht lache!' dachte er bei sich. ‚Da kann man mal sehen, wie schnell man durch puren

Zufall ein bestimmtes Etikett angehängt bekommt. Dabei wäre ich wäre viel lieber mit einem halben Dutzend schussbereiter Pistolen auf die Kerle losgegangen, als mit bloßen Händen!'

Die beiden Indianer betraten die Staatskabine, schweigend näherten sie sich dem verdutzten Bancroft. Als dem Sekretär klar wurde, dass er das Ziel der Besucher war, sprang er mit einem schrillen Schrei auf und wollte flüchten, aber wohin er sich auch wandte, immer stand einer dieser Waldgeister wie aus dem Boden gewachsen mit verschränkten Armen vor ihm und starrte ihn aus schwarzen glühenden Augen an. Was hatte Bancroft nicht alles für Schauergeschichten über diese Wilden gehört, über ihre Vorliebe die Gefangen tagelang zu martern und endlich zu skalpieren. Ihm wurden die Knie weich, mit einer letzten verzweifelten Anstrengung sprang er auf den Esstisch in der Mitte des Raumes und reckte sich zum halb geöffneten Skylight empor und brüllte mit sich überschlagender Stimme: „Leutnant Turnhuuuuull! Kommen Sie, bitte kommen Sie schnell! Ich sage Ihnen alles, was ich weiß, so wahr mir Gott helfe!"

Turner nickte Lennon zu und schlenderte gemächlich zum Niedergang. „Na, bitte! Es geht doch", murmelte er vor sich hin.

Kapitel 16

Anfang Juni 1777, Antigua

„Als Erfolg meiner Mission ist zu verbuchen, dass wir die Brigg *Trinity* mit wertvollen Nachschubgütern erobern konnten“, fasste William Turner erlahmend seinen ausführlichen mündlichen Bericht nochmals für den Residenten des Geheimdienstes auf Antigua, Mister Smith, zusammen, der ihm scheinbar schläfrig schwitzend in seinen Sessel gelümmelt gegenübersaß, aber der Mann würde jedes Wort von ihm genau abwägen und jede Ungereimtheit oder Schönfärberei gnadenlos aufdecken. „Das Vollschiff *Hellfire* wurde ebenfalls von uns geentert und nach zähem Kampf in Besitz genommen. Wie erbittert der Widerstand war, mögen Sie den Verlustzahlen entnehmen. An Bord befanden sich neben einer nicht unbedeutenden Menge von Wertgegenständen aus Gold und Silber, Dokumente, die Sie interessieren werden und der Privatsekretär des Hochverräters Dunbar. Wie mir dieser Gentleman Bancroft anvertraute, bestehen zudem zwischen dem hier auf der Insel wohlbekannten Plantagenbesitzer Jaime Hernandez und einem geheimnisvollen Monsieur B. in Paris enge geschäftliche Beziehungen. Man könnte sie wohl auch mit Fug und Recht politische Verschwörungen nennen, denn alle diese Aktivitäten riechen verdammt nach Hochverrat. Auch ein gewisser Marquis de La Fayette ist darin verwickelt, ein Franzose, der in der Armee der Rebellen dient. Der flüchtige Lord Dunbar hat selbstverständlich überall seine Finger drin. Die Genannten organisieren den Nachschub für die Kontinentalarmee, wollen Sklavenaufstände in unseren

Besitzungen entfachen und unserer gerechten Sache in jeder nur denkbaren Weise schaden." Turner schluckte, er fuhr sich mit einem Finger an der Kehle entlang, als wäre ihm seine Halsbinde zu eng, dann fuhr er fort. „Als Fehlschlag ist mein Versuch zu werten, Dunbar habhaft zu werden. Der Mann ist überaus vorsichtig, mehr kann ich zu meiner Entlastung nicht vorbringen, Sir."

„Warum haben Sie die *Hellfire* nur in Begleitung der *Trinity* in den Hafen geschickt und sich selbst erst nach Einbruch der Dunkelheit auf Ihren Ankerplatz geschlichen?"

„Ich dachte, wir könnten die Aktion in Bahíablanca so als Racheakt von betrogenen Spießgesellen darstellen, an der britische Waffen nicht beteiligt waren, Sir. Das erspart dem Außenministerium die Beantwortung lästiger Anfragen und Reaktionen auf Beschwerden von den mimosenhaften Dons. Zudem wird Dunbar so vielleicht nicht gewahr, dass ich ihm so dicht auf den Fersen war. Auch waren die beiden Schiffe keineswegs allein, Sir. Sie liefen im Kielwasser der Fregatte *Hunter* ein. Wenn man den Hintergrund nicht kennt, kann man durchaus der Meinung sein, dass die *Hunter* die beiden als Prisen genommen hat."

Smith schaute ihn durchdringend mit seinen stechenden blauen Augen an. „Sie überraschen mich immer wieder, Leutnant Turner! Aber ich muss zugeben, Sie haben gut mitgedacht. Was Ihre Prisen angeht, so wertvoll sie auch seien mögen, so sind die mir herzlich egal! Ich will Ihnen zu Gute halten, dass Sie die Schiffe genommen haben, um an Dunbar heranzukommen. Sorgen Sie dafür, dass ich nie einen anderen Eindruck bekomme, Sir! Ich werde die Angelegenheit am Prisengericht wie immer in Ihrem Sinne und dem Ihrer Besatzung beschleunigt abwickeln. Das hitzige Gefecht mit den hohen Verlusten wird Ihnen auf der Admiralität viel Sympathie eintragen. Die Herren dort messen die Entschlossenheit und den Mut eines Kommandanten in den Gallonen von

Blut, das er vergießt, nicht in seiner klugen Planung und seinen ausgefallenen taktischen Ideen. Aber da haben Sie Glück, mein lieber Turner, in unserer Firma sehen wir das anders, hi, hi! Wir schätzen kreative Köpfe, die Eigeninitiative entwickeln und ihre überraschenden Pläne energisch durchsetzen. Aber Sie hätten mir mitteilen sollen, dass Sie zwei Kanonen von ihrer Prise *Joshua* geklaut haben! Die Federfuchser vom Arsenal waren darüber ziemlich aufgebracht, als sie per Zufall darauf gestoßen sind. Aber dann haben sie heftig mit den Flügeln geschlagen und wollten laut ‚haltet den Dieb!' von ihrem Misthaufen herunter krähen. Nun ja, nach ein paar dezenten Hinweisen auf die Balken in ihren eigenen Augen, verstummten sie schnell wieder."

Turner räusperte sich verlegen: „Ahem, Sir, ich habe davon auch erst direkt vor dem überstürzten Auslaufen bei der Verfolgung der Medusa erfahren. Die Aktion war eine Überraschung meines Ersten Leutnants für mich. Wenn die pingeligen Sesselpupser, Verzeihung, Sir, ich wollte Erbsenzähler sagen, ihm so spät auf die Schliche gekommen sind, dann zeigt das, wie geschickt er vorgegangen sein muss."

„Ich würde sagen: die Überraschung ist ihm geglückt, hi, hi, hi! Noch so ein freischaffender Künstler mit kreativen Ideen, Ihr Dechamp … hätte ich dem alten Adelsspross gar nicht zugetraut."

Turner fiel ein schwerer Stein vom Herzen, denn wenn Smith sein meckerndes Lachen anstimmte, war er guter Laune. „Um ehrlich zu sein, Sir, ich auch nicht. Aber Mister Dechamp war bei der Beschaffung dieser von Ihnen erwähnten Trimmgewichte, ääh, wie soll ich es ausdrücken, sehr einfallsreich, zudem hat er die in diesem Zusammenhang entstandenen notwendigen, ääh, Kosten aus seiner Privatschatulle bezahlt. Ich darf betonen, dass er sich in jeder Beziehung sehr gut entwickelt hat, Sir."

„Das freut mich zu hören, Turner. Schade, dass Sie den Dunbar nicht erwischt haben, aber es hat wohl nicht sollen sein. Er scheint wirklich einen siebenten Sinn für die Gefahr zu haben. Vermutlich wird er über die spanischen Besitzungen in die aufständischen amerikanischen Kolonien zurückkehren." Smith nahm einen Schluck von seinem Drink, dann schaute er sinnend an die Decke. Nach einer Weile fuhr der Agentenführer langsam fort: „Ich vermute, dass Sie die *Medusa* nicht geentert haben, als Ihnen das möglich gewesen wäre, weil Sie sich zwischen der Bondie und Dunbar entscheiden mussten. Verständlich, dass Sie sich für den Lord, als den gefährlicheren Gegner entschieden haben. Jedenfalls hoffe ich, dass das der Grund war. Diese Liebesgeschichte mit der Bondie ist natürlich ein starkes Stück. Puuh! Wenn das Ihre liebe Elizabeth herausbekommt, wird sie hier einen Riesenskandal inszenieren und das darf nicht sein, Sir! Ich verbiete Ihnen hiermit ganz offiziell, Mistress Parker auch nur ein Sterbenswörtchen von dieser Affäre zu beichten! Haben Sie das verstanden, Herr Leutnant?"

„Aye, aye, Sir!"

„Unsere Geschäfte lieben das Zwielicht und das leise Rauschen von Blättern, bevorzugt das von geheimen Akten. Grelle Blitze und schmetternde Trompetenstöße sind Gift für unsere Arbeit …" Smith rieb sich langsam das Kinn. „Nun, jeder Mann hat seine schwache Stelle, die Ihre scheint zu sein, dass Ihr bester Freund zu begehrt und entsprechend unternehmungslustig ist." Er hob abwehrend die Hand, als ihn Turner unterbrechen wollte. „Erzählen Sie mir nicht, Sie wären von dem Schlag auf dem Kopf so benebelt gewesen, dass Sie dieser blonden Schlange willenlos ausgeliefert waren, als dieses Weibsstück Ihnen das Familiensilber poliert hat, hi, hi, hi!" kicherte Smith hämisch.

Turner fand den Ausdruck Weibsstück ziemlich unpassend, brachte es aber nicht über sich zu protestieren, stattdessen murmelte er nur kleinlaut: „Nein, Sir." Was ihn allerdings sehr beunruhigte war die Tatsache, dass Smith auch ihn in Zukunft mit einem Hinweis auf seine kleine „menschliche Schwäche" und die Eifersucht von Elizabeth erpressen konnte, falls er nicht so funktionierte, wie sich das der Agentenführer vorstellte. Das war ein Spiel, welches Smith perfekt beherrschte. Bis jetzt war Turner nur in den Genuss der Vorzüge dieser Erpressungen gekommen, wie die schnelle Bearbeitung und Auszahlung der Prisengelder oder die prompte Durchführung der Reparaturen an der Shark bewiesen.

Smith wurde wieder ernst. „Nun zu diesem Sekretär Bancroft des hochwohlgeborenen Lord Dunbar. Ich werde ihn und den ehemaligen Schiffer der Trintity, Ebenezar Finch, durch Loftus von der Shark abholen lassen, bevor die Korsaren ins Gefängnis geschafft werden. Mit diesen beiden Herren möchte ich mich doch noch ein wenig eingehender unterhalten, vielleicht fallen mir noch ein paar Fragen ein, die Sie noch nicht gestellt haben."

Turner lief ein kalter Schauer den Rücken hinunter, als er die Augen von Smith sah, die in diesem Augenblick wie hellblaues Eis glitzerten.

„Ihren Ausführungen nach war Mister Bancroft sehr kooperativ und hat wie ein Vögelchen gesungen, Mister Turner. Wie ist es dazu gekommen? War er freiwillig ganz versessen darauf, sein Wissen einem Vertreter des Königs mitzuteilen?"

„Ahem, nein, Sir, so war es nicht ganz, er hat sich zuerst ein wenig schamhaft geziert."

Smith blickte ihn mit in die Höhe gezogenen Augenbrauen forschend und auch ein wenig zweifelnd an, als ob er ihm nicht zutrauen würde, schmerzhafte Druckmittel anzuwenden. „So, so, Sir! Wie haben Sie ihn denn nun zum Sprechen gebracht?"

„Nicht ich, Sir, sondern meine beiden indianischen Matrosen."

Die Überraschung stand Smith ins Gesicht geschrieben, aber er hatte sich sofort wieder gefangen. Er machte eine Handbewegung, die Turner aufforderte fortzufahren.

„Die beiden Shawnees brauchten ihn gar nicht anzufassen, Sir, ihre finsteren Blicke und ihr wildes exotisches Aussehen haben ausgereicht, dass mich Bancroft anflehte, mir alles sagen zu dürfen, was ich wissen wollte."

„Wie ich schon festgestellt habe, sind Sie ein sehr erfindungsreiches Kerlchen, Mister Turner. Sie erreichen mit wenig Aufwand viel und das ist so wahr wie es nach Schwefel stinkt, wenn der Dübel einen fahren lässt!"

Turner konnte nicht anders, er musste diese Einschätzung aus dem Mund des sonst so leidenschaftslosen Agenten als Kompliment werten. Smith fuhr schnell fort: „Dieser von Ihnen erwähnte Lafayette ist noch keine zwanzig Jahre alt, Herr Leutnant, ein echter Draufgänger und Feuerkopf wie Sie einer sind. Allerdings hat er eine weitaus glänzendere militärische Karriere vor sich als Sie, hi, hi, hi! Wie mir kürzlich gemeldet wurde, will der Kongress ihn durch einen Sonderbeschluss zum Generalmajor befördern!"

Turner stieß die Luft lautlos pfeifend durch die Zähne aus. Das konnte man allerdings eine Karriere nennen. Das wäre ja, als ob man ihn von heute auf morgen zum Konteradmiral ernennen würde. Smith beobachtete ihn aufmerksam.

„Allerdings nehme ich an, dass Sie durch Ihre Prisengelder inzwischen reicher als dieser junge Hitzkopf sind, obschon dessen Familie auch sehr begütert sein dürfte, denn er kann sich immerhin leisten, als Freiwilliger ohne Sold seine Haut für die Aufständischen zu riskieren – wenn auch auf dem Feldherrnhügel!"

Turner war die Wendung zum Pekuniären, die das Gespräch nahm unangenehm. Er rutschte unruhig auf seinem Stuhl hin und her. Hastig trank er sein Glas Zitronenlimonade aus und füllte es aus der Karaffe wieder auf. Smith lächelt boshaft.

„Dass Hernandez und Dunbar unter einer Decke stecken, das vermuteten wir ja schon. Ihr Fernziel scheint zu sein, ein selbständiges Inselreich zu errichten – wohl pro forma unter dem Schutz Spaniens -, das aus den Großen und Kleinen Antillen besteht. Mit Kinkerlitzchen geben sich die beiden Gentlemen nicht ab, oh nein. Dass sie sich dadurch außer mit Großbritannien, auch nota bene mit Frankreich, den Niederlanden und Dänemark anlegen, ficht diese Herren keineswegs an. Übrigens haben wir auch über die Identität dieses Monsieur B. in Frankreich so unsere Vermutungen."

„Er soll Reeder sein", warf Turner ein, „mit vielen Schiffen."

„Seine Tarnfirma, die etwa vierzig Schiffe bereedert, nennt sich *Rodrigue Hortalez et Cie*, Sir. Und zufällig ist der zweite Vorname unseres Hernandez, na, wie wohl – richtig: Rodrigue. Über die Ähnlichkeit von Hortalez und Hernandez brauchen wir wohl nicht zu diskutieren, hi, hi!" Smith nahm wieder einen großen Schluck, dann wischte er sich mit einem großen blütenweißen Taschentuch die Stirn ab. Der volle Name des geheimnisvollen Franzosen ist höchstwahrscheinlich Beaumarchais, aber der wird Ihnen nicht viel sagen, aber in den internen Kreisen unserer Branche ist er umso besser bekannt, hi, hi! Was eigentlich keine Empfehlung ist, aber der Mann ist eine interessante Persönlichkeit mit vielen Talenten und Beziehungen zum französischen und spanischen Hof."

„Da fällt mir noch etwas ein, Sir. Dieser, äh, Monsieur Beaumarchais soll einen preußischen Offizier an den Botschafter der Yankees in Paris vermittelt haben, äh, wie war doch gleich sein Name …"

„Franklin, Benjamin Franklin, Mister Turner, Erfinder, Wissenschaftler, Politiker und Diplomat Ein guter Mann mit einem hellen Kopf und hohen moralischen Ethos, leider steht er auf der falschen Seite."

„Richtig, Franklin. Dunbar war der Meinung, dass dieser Preuße das Zeug dazu hätte, aus dem Sauhaufen der Kontinentalarmee eine disziplinierte Truppe zu formen."

Smith schreckte hoch. „Das wäre fatal, Sir! Besonders jetzt. General Howe bei Philadelphia und General Burgoyne im Norden sind gerade im Begriff diesem leidigen Aufstand militärisch den Todesstoß zu geben. Haben Sie den Namen dieses Offiziers und seinen Rang in Erfahrung bringen können?"

„Der Sekretär meint, dass es sich um einen Baron handelt, einen gewissen Steuber, Stoiber oder Staufen, wahrscheinlich General, auf alle Fälle Stabsoffizier. Man munkelt sogar, dass er von Friedrich dem Großen persönlich nach Paris geschickt worden ist, der sich damit für die Einstellung der Subsidien während des Siebenjährigen Krieges nach dem Rausschmiss von Pitt dem Älteren rächen will. Immerhin hat ihn das an den Rand einer Niederlage gebracht, zumindest hat das Dunbar gegenüber seinem Sekretär gemutmaßt."

„Das wäre dem zynischen Alten zuzutrauen, er hat ein Gedächtnis wie ein Elefant, verdammt! Ein preußischer Drillmeister und dazu Hunderte von fanatischen französischen Freiwilligen, das könnte den Ausschlag geben!" Smith war aufgesprungen und lief mit auf dem Rücken verschränkten Armen auf und ab. Abrupt blieb er stehen.

„Sie haben gute Arbeit geleistet, Mister Turner. Ich werde unseren Auftraggebern in London mitteilen, dass Sie ein äußerst brillanter Mitarbeiter sind und jede Förderung verdienen. Apropos verdienen, Ihren Anteil an den Zahlungen des Prisengerichts habe ich auf Ihr Konto bei der Zweigstelle von Coutts of London hier auf Antigua weitergeleitet. Den Papierkram erledigen wir ein andermal. Ich wünsche Ihnen einen guten Tag, Sir." Er schaute einen Moment lang hoch zur Decke, dann fügte er noch hinzu: „Klarhalten zum Auslaufen mit achtundvierzig Stunden Vorwarnung!“

„Aye, aye, Sir!“ Turner stieg die Treppe hinunter, verabschiedete sich unten freundlich von Butler Loftus und stand gleich darauf in der zwar schattigen, aber dennoch brütend heißen Green Lane. In seinem Kopf schwirrten die Gedanken durcheinander. Seine Unterredung mit Smith war besser verlaufen, als er erwartet hatte. Der Agent hatte ihn gelobt und ihm einige Informationen gegeben. Natürlich hatte ihm Smith nicht alles gesagt, was er wusste, das wäre gegen die Natur dieses professionellen Geheimniskrämers gegangen. Der Geheimdienstler wollte immer alles genau wissen, jedes Komma in einem Brief schien für ihn wichtig zu sein, aber er selbst ließ Turner lediglich ein paar vage Hinweise zukommen wie man einem Hofhund einen Knochen zuwirft, um ihn bei Laune zu halten. Und dann noch dieses Verbot, mit Elizabeth über die leidige Bettgeschichte mit Janine zu reden! Er blies die Wangen auf und stieß die Luft geräuschvoll aus. Er hatte inzwischen den Kai erreicht und ein paar Passanten musterten ihn verwundert. Turner nahm seinen Hut ab, strich sich mit der Hand geistesabwesend über den Hinterkopf, dann drückte er den Dreispitz wieder fest auf den Kopf und murmelte düster verkniffen vor sich hin: „Wenn das mal gut geht!“

*

Turner tat der Hintern weh. Er war schon verdammt lange her, dass er auf einem Pferd gesessen hatte und noch dazu über eine längere Zeit. Natürlich hatte er mit den Söhnen des Squires, mit denen er zusammen erzogen worden war, auch Reiten gelernt, hatte aber nie deren Perfektion erreicht.

Was kein Wunder war, denn wenn diese beiden Rangen wild querfeldein über die Besitzungen ihres Vaters galoppiert waren, hatte er auf dem Boot seines Vaters das Einmaleins der Seemannschaft auf die harte Tour erlernt.

Das Wiedersehen mit Elizabeth war sehr herzlich gewesen. Sie hatte ihn an ihrem ersten gemeinsamen Abend mit einem lukullischen Dinner verwöhnt. Danach hatten sie lange auf der luftigen Terrasse gesessen und den Blick auf die Lichter der ankernden Schiffe in der nachtdunklen Bucht genossen. Da vor wenigen Tagen Neumond gewesen war, hatten die Myriaden Sterne über ihren Köpfen am samtschwarzen tropischen Himmel anscheinend besonders hell gestrahlt, sie schienen ihnen zum Greifen nahe gewesen zu sein. William hatte sein Glas mit dem nach Rosen duftenden Beaujolais aus Juliénas in der linken Hand gehalten, von Zeit zu Zeit hatte er genießerische seine Nase in den Kelch gesteckt und sich an den harmonisch abgerundeten Himbeeraromen delektiert, um danach einen kleinen Schluck zu nehmen, den Gamay langsam im Mund kreisen und über die Zunge rinnen zu lassen. Mit der rechten Hand hatte er über Elizabeth Arm gestrichen, der entspannt auf der Lehne ihres Sessels gelegen hatte, während sie ihm die neuesten schockierenden Geschichten aus dem gesellschaftlichen Leben der Kolonie erzählt hatte. Das hatte ihm ermöglicht, seinen eigenen Gedanken nachzuhängen und sich auf ein gelegentliches Nicken oder zustimmendes Brummen zu beschränken.

Nur einmal hatte er sie mit einem etwas knurrenden Unterton nach Hernandez gefragt, aber sie hatte ihn nur ausgelacht und gemeint: „Du bist doch wohl nicht etwa auf diesen alten Kapaun eifersüchtig, mein Schatz! Wenn ich Dich betrügen wollte, dann ganz gewiss nicht mit diesem ekelhaften Widerling. Nein, da gibt es viel ansehnlichere Spezies des männlichen Geschlechts. Außerdem soll er sich zur Zeit gar nicht auf Antigua aufhalten. Man munkelt, dass er auch

Besitzungen auf den französischen Inseln hat, aber das ist natürlich nur böswilliges Gerede von Neidern, um ihn beim Gouverneur und den Behörden anzuschwärzen."

Er hatte undeutlich vor sich hin gemurrt, aber dann laut gesagt: „Wenn Du das sagst, mein Liebling."

„Wir wäre es, wenn wir morgen zur Abwechslung einen Ausritt zu einer meiner Plantagen machen würden. Etwas Bewegung würde Dir bestimmt gut tun."

Nun hatte er zwar in den folgenden Stunden der Nacht noch reichlich Bewegung gehabt, aber um den Ausritt am nächsten Morgen hatte er sich nicht drücken können. Und so kam es, dass ihm jetzt der Hintern äußerst unangenehm schmerzte, auch die Schenkel begannen zu brennen. Für die sie umgebende üppig wuchernde tropische Vegetation hatte er keinen Blick übrig.

„Sind wir bald da, Liebling", erkundigte er sich mit zusammengebissenen Zähnen.

„Ja, gleich, wenn wir dort oben auf dem Hügelkamm sind, liegt uns die ganze Plantage zu Füßen", flötete sie voller Vorfreude.

In der Tat war der Ausblick beeindruckend. In einem weiten Tal zogen sich scheinbar endlose Zuckerohrfelder hin. Auf einem steinigen Plateau etwas oberhalb der Felder befand sich eine große Ansiedlung, die aus einem pompösen Herrenhaus mit Nebengebäuden bestand, in einigem Abstand davon befanden sich die Unterkünfte für die Sklaven und die kleineren Hütten für die Aufseher und Vorarbeiter. Direkt neben der Straße lagen die luftigen Lagerhallen und Produktionsstätten für die Weiterverarbeitung des Zuckerrohrs. Einige etwas weiter abseits gelegene Gebäude sahen ganz neu aus. Stolz erklärte ihm Elizabeth die Funktion aller Bauwerke.

„Dort wird das Zuckerrohr zermahlen, um an das Mark heranzukommen, das so um die 18% Zucker enthält. Der austretende Saft wird gereinigt, wobei grobe Verunreinigungen als Bodensatz ausfallen, anschließend wird dem süßen Saft weitgehend das Wasser entzogen, wodurch ein dicker, dunkelbrauner Sirup entsteht, der in großen Kesseln erhitzt und eingedickt wird. Als Feuerungsmaterial wird der Abfall des Zuckerrohrs verwendet. Die entstehenden Zuckerkristalle werden von der übrigbleibenden Melasse getrennt. Diese Melasse kann man entweder in der Küche verwenden …"

„Mmmh, ja, an Bord benutzen wir sie um unser Porridge geschmacklich zu verfeinern, dazu dann noch einen Klumpen Butter, mmmh, lecker!"

Elizabeth schaute ihn an, als ob er nicht ganz bei Sinnen wäre, hob eine Augenbraue und meinte dann spöttisch: „Dann weiß ich ja, was es morgen zum Frühstück geben wird – für dich, mein Lieber, ganz allein für Dich!"

„Ach, das muss nicht sein, mach Dir keine Umstände, Liebling, bis jetzt war Dein Frühstück auch immer ganz passabel."

„Das freut mich zu hören, Mister Turner", erwiderte sie schnippisch, um dann mit ihrem Vortrag fortzufahren: „Diese Melasse bildet aber auch das Ausgangsprodukt für die Rumherstellung. Du hast die Pläne für die Fabrikationsanlage beim letzten Mal bei mir gesehen, inzwischen ist sie fertig geworden. Weil ich nicht wusste, was man einem so großen verspielten Jungen wie Du einer bist, zum Geburtstag schenken kann, habe ich mich entschlossen, Dir diese Anlage zu überschreiben …"

Turner fiel vor Verblüffung die Kinnlade herunter. Es stimmte, er hatte vor einigen Tagen Geburtstag gehabt, aber nicht damit gerechnet, dass Elizabeth daran denken würde. Woher kannte sie überhaupt sein Geburtsdatum? Gleich darauf schalt er sich einen Narren, bei ihren gesellschaftlichen Beziehungen und ihrem Charme war es ihr ein Leichtes, an alle Daten heranzukommen, die bei der Navy über ihn bekannt waren. „D… d… das kann ich wirklich nicht annehmen, Elizabeth. Ich bin doch immer unterwegs und von der

Rumherstellung habe ich keine Ahnung – nur, wie man ihn vernichtet …“ stotterte er lahm.

„Komm, wir reiten hinunter, mein Liebling, du siehst ganz reizend aus, wenn Du so hilflos wie ein Lämmchen in die Gegend starrst. Ich werde Dir einen Herren vorstellen, der zum einen immer hier ist und zum anderen alles über die Herstellung von Rum weiß.“

Sie trabten hinunter zu dem neu errichteten Gebäudekomplex, vor dem sie von drei Herren in weißen Anzügen erwartet wurden. In der Mitte stand ein großer schlanker Mann in einem weißen Anzug. Bei ihrer Annäherung lüftete er seinen breitkrempigen Strohhut und verbeugte sich leicht. Turner sah, dass sein Haar fast weißblond war, auch seine Augenbrauen über den hellblauen Augen wirkten wie dicke weiße Raupen. Sein Gesicht wies die typische verbrannte rote Färbung von Menschen auf, die nie braun werden. Von seiner dicken roten Nase lösten sich kleine Hautfetzen. Zu seiner Rechten stand ein kleiner, dicker Mann mit einem Vollmondgesicht, der verlegen grinste. Der dritte im Bunde war ein drahtiger mittelgroßer Neger, der ihn ausdruckslos musterte.

Nachdem sie abgestiegen waren, William übrigens äußerst steifbeinig, übernahm Elizabeth die Vorstellung: „Liebling, darf ich dir Mister Ole Hansen, den Produktionsleiter, und seine engsten Mitarbeiter vorstellen. Mister Hansen, das ist Kapitän Turner, der Eigentümer dieser Anlage. Mister Henry Keggbottom ist sein Schreiber und Mister Baptiste Rousseau ist für die Sklaven zuständig. Meine Herren, Herr Kapitän Turner.“

William schluckte ob dieser außerplanmäßigen Beförderung eine Korrektur hinunter, dann reichte er Hansen die Hand, die jener herzhaft drückte und in einem freundlichen Tonfall lospolterte: „Schön Sie kennenzulernen, Sir, Sie sorgen auf der Insel ja für reichlich Gesprächsstoff“, begrüßte ihn der Mann.

Turner blickte ihn verwundert an: „Aber ich bin doch nur selten hier, Mister Hansen, wie kann ich da …?“

„Mit Verlaub, Sir, aber genau über Ihre Husarenstücke während Ihrer Abwesenheit auf See wird doch geredet.“

„So viel zum Thema Geheimhaltung“, brummte Turner leise vor sich hin. „Mister Hansen, das ist sicherlich alles übertrieben und entbehrt jeder soliden Grundlage.“

Hansen grinste ihn an, kniff ein Auge zu und meinte nur: „Wo Rauch ist, da ist auch Feuer, Sir.“

William lächelte ein wenig schief und versuchte von dem Thema abzulenken. „Dass da hinten Rauch aufsteigt, habe ich schon gesehen, aber was ist mit dem dazugehörigen Feuer, Mister Hansen, hat das eventuell mit dem Brennen von Schnaps zu tun? Sie müssen wissen, dass ich von der Rumherstellung so viel Ahnung habe wie ein Hering vom Fliegen.“

„Nun, dann kommen Sie mit, Sir“, rief Hansen begeistert, beinahe hätte er Turner am Ärmel gepackt und mit sich fortgezogen. Die Gruppe löste sich auf.

Elizabeth sah den Männern nach, schmunzelte über Williams seltsam gestelzten breitbeinigen Gang und murmelte vor sich hin: „Na, da hat der kleine Junge doch ein hübsches Spielzeug bekommen. Er scheint ganz Feuer und Flamme zu sein, offensichtlich hat den Köder geschluckt. Ich glaube, das hast du gut hinbekommen, Lissy, altes Mädchen.“ Sie saß auf und ritt hinüber zum Haupthaus.

„Wie ich schon gelernt habe, ist der Grundstoff für den Rum das Abfallprodukt bei der Zuckerherstellung, die Melasse“, prahlte William mit seinem neu erworbenen Wissen. „Wie geht es dann weiter, Sir? Aber bitte nur die groben Umrisse. Wie Sie sich sicher vorstellen können, will ich das Rumbrennen nicht neu erfinden.“

„Schon klar, Sir. Hier wird die Melasse mit Wasser verdünnt, dann werden diesem Gemisch ‚Skimming‘ und ‚Dunder‘ zugesetzt, die Einheimischen hier nennen diese Zusätze auch ‚Tijn' und ‚Paratte'. Skimming ist der Schaum, der sich beim Sieden des Zuckerrohrsaftes an der Oberfläche absetzt, Dunder ist ein Rückstand aus Hefe und Säuren, der von vorangegangenen Destillationsvorgängen zurückbleibt, beide sind ganz wesentlich für den Geschmack und das Aroma des fertigen Produkts. Diese Maische wird in diesen großen Behältern hier zur Gärung gebracht, die Sie hier sehen können." Er ließ Turner einen Blick in einen großen Kupferkessel werfen, in dem es brodelte, ja, zu kochen schien. Der schwere Alkoholdunst legte sich schwer auf Williams Lungen.

„Anschließend wird der Maische durch Erhitzen der Alkohol entzogen. Dazu benutzen wir diese Pot-Stills, auch Blasendestillationsanlagen genannt, die wir mit den Rückständen – Bagasse genannt - aus anderen Arbeitsgängen beheizen" Er sah William stolz an. „Hier bei der Destillation zeigt es sich, wer ein wahrer Meister seines Faches ist, denn man muss die Temperatur so halten, dass sich die erwünschten Aromastoffe mit dem Alkohol verflüchtigen und die Fuselöle, die für den dicken Kopf am nächsten Morgen verantwortlich sind, zurückbleiben. Hier kann man auch noch Zusätze beimischen, wie zum Beispiel Angosturarinde oder mexikanische Vanille."

„Danke, Mister Hansen, mir brummt der Kopf, auch ohne dass ich einen Pint Rum zu mir genommen hätte. Lassen Sie uns an die frische Luft gehen."

Draußen zeigte Hansen dann auf eine langgestreckte Lagerhalle. „Dort drüben wird dann der Rum mindestens drei bis sechs Monate in Eichenholzfässern deponiert, die ihm die Farbe und ein wenig auch den Geschmack geben. Man kann ihm aber auch länger Zeit zum Lagern geben, allerdings nimmt dann die ‚Engelsspende' zu." Als er Turners fragenden Gesichtsausdruck sah, fügte er erläuternd mit breitem Grinsen hinzu: „So nennt man den Schwund durch Verdunstung, er beträgt ungefähr zehn Prozent pro Jahr. Durch die klimatischen Verhältnisse reift der Rum hier vier- bis fünfmal so schnell wie Whisky in Schottland bzw. zwei- bis dreimal so schnell wie Cognac. Das fertige Produkt hat bei uns einer Stärke von rund 80% Volumen, sollte also vor dem Genuss auf Trinkstärke verdünnt werden. Leider kann ich Ihnen noch keine Probe von Ihrem eigenen Rum ausschenken, da wir erst seit Kurzem mit der Produktion begonnen haben, aber im Haupthaus erwarten Sie zwei Korbflaschen, die ich von meiner letzten Anstellung mitgebracht habe. In der einen ist ein junger heller Rum, der ein halbes Jahr gelagert hat, in der anderen einer, der zehn Jahre in einem Eichenfass, in dem sich vorher guter Rotwein befunden hat, gereift ist." Er presste die Augen zusammen, legte die Fingerspitzen der rechten Hand an die Lippen, küsste sie schmatzend und gab ein genüssliches Stöhnen von sich. „Hmmm! Da wird einem klar, warum die Engel ihren Anteil haben wollen, Sir."

Turner bedankte sich herzlich und verabschiedete sich mit Handschlag. Er nahm die Zügel seines Gauls, zog es aber vor, zu Fuß zum großen Haus hinüberzustelzen, wo ihn Elizabeth auf der Veranda in einem bequemen Korbsessel erwartet. Sie klopfte mit der flachen Hand auf den dick mit Kissen ausgepolsterten Sessel an ihrer Seite.

„Mein armer Schatz, hat dich das böse Pferd malträtiert?" erkundigte sie sich besorgt. „Meine Zofe bereitet schon eine Salbe vor, die dir Linderung verschaffen wird."

„Vermutlich ist deine Zofe eine Schwarze und wenn ich sie fragen würde, was es mit dieser Wundersalbe auf sich hat, würde sie antworten: ‚Auch schwarze Menschen reiten auf Pferden und leiden an wundgerittenen Hintern, darum haben die weisen Alten dafür eine Salbe angerührt!'"

Elizabeth blickte ihn verwundert an. „Woher hast du denn das? Hast du zu viel Rumdämpfe inhaliert oder warst du zu lange in der Sonne, mein Lieber?"

„Nein, ich musste nur an meinen Aufklarer denken, der hat auch immer eine passende Medizin zur Hand – sehr zum Ärger des Knochenflickers, Doktor MacKinnon, wirkt sie auch noch besser als die seine.“

„Ach, mein armer Liebling, bei deinem Zustand wir es das Beste sein, wenn wir heute hier übernachten. Ich bewohne in dem Riesenkasten zwar nur ein paar Zimmer, wenn ich mal hier bin, aber vorausgesetzt wir rücken ein wenig zusammen, dann wird für uns beide genug Platz sein, was meinst du?“

William war im Augenblick überhaupt nicht nach engem Körperkontakt zu Mute, aber er lächelte tapfer. Um dem Gespräch eine andere Wendung zu geben, erkundigte er sich: „Sag mal, Elizabeth, wie weit reicht denn dein Besitz hier?“

„Bis dahinten wo du den steilen einzelnen Felsen am Ende des Tals sehen kannst. Es ist meine kleinste Plantage auf der Insel, aber sie liegt verkehrsgünstig zu English Harbour und Falmouth. Die anderen beiden Besitzungen befinden sich in der Nähe von Saint John`s und grenzen an die Anwesen von deinem Freund Hernandez.“

William schnaubte verachtungsvoll, dann wischte er sich den Schweiß von der Stirn, es war hier im Binnenland heißer und stickiger als an der Küste. Er erschlug klatschend einen Moskito auf seiner Wange. „Elizabeth …“ begann er stockend, „ich weiß gar nicht, was ich zu deinem wundervollen Geschenk sagen soll. Ich glaube, ich kann es nicht annehmen, so sehr ich mich auch darüber freue und die Vorstellung phantastisch finde, meinen eigenen Rum trinken zu können. *Captain's Pride* für den abgelagerten dunklen edlen Tropfen und …“ Er legte den Kopf auf die Seite und schloss einen Moment lang die Augen. „Und *Sailor's Delight* für den jungen weißen Rum, das hätte schon was! Aber ich …“

„Papperlapapp! Geschenkt ist geschenkt. Ich habe für morgen einen Termin bei meinem Anwalt ausgemacht, dort werden wir die Formalitäten erledigen. Außerdem werde ich dir einen jungen Mann vorstellen. Abi Goldman ist ein Sohn des Mannes, der für alle kaufmännischen Belange meiner Besitzungen verantwortlich ist. Ich würde dir empfehlen, ihn als kaufmännischen Geschäftsführer für die Rumfabrik einzusetzen. Dann musst du nur noch deine Kontoauszüge kontrollieren und das wirst du ja wohl noch schaffen, mein Liebling, nicht wahr?“

William musste an die Stöße von Abrechnungen, Anforderungslisten, Reparaturaufträge usw., usw. denken, die sich auf seinem Schreibtisch türmen würden, wenn er an Bord zurückkommen würde. Er nickte stumm.

*

Es mochte gegen vier Uhr in der Früh sein, als sich William Turner schweißgebadet durch den engmaschigen weißen Vorhang an der Tür wand, aus dem Schlafzimmer hinaus auf die Terrasse trat und sich vorsichtig im Sessel niederließ. Sie hatten ihn wieder heimgesucht. Plötzlich waren sie da gewesen, hatten sich schwer auf seine Brust gesetzt, hatten vor seinen Augen einen irrwitzigen Kreistanz aufgeführt, diese heimtückischen Schatten aus der Vergangenheit. Drohend hatten sie ihre Arme, denen die abgeschlagenen Hände fehlten, nach ihm ausgestreckt, aus leeren Augenhöhlen hatten sie ihn angeglotzt. Schamlos hatten sie mit ihren schrecklichen Verwundungen kokettiert. Der kleine kaltblütig ermordete Midshipman Yves Dulac mit seiner durchgeschnittenen Kehle und der melancholische Leutnant Patrick O’Bailey, den der alte Lord Dunbar auf dem Gewissen hatte, waren darunter gewesen und hatten ihn kalt und böse angestarrt. Andere Gesichter tauchten verschwommen aus der Dunkelheit auf, huschten vorbei, versanken wieder mit weit aufgerissenen Mündern in der Finsternis. Dann hatten ihm knochige Finger einen Strick um den Hals gelegt und höhnisch kichernd begonnen, ihn an der Rahnock emporzuziehen. Mit einem dumpfen Stöhnen war er hochgestreckt, hatte entsetzt nach dem Seil gegriffen, das sich dann als das dünne Betttuch entpuppte, welches er sich im Traum um den Hals gewürgt hatte. Leise fluchend hatte er sich durch das Moskitonetz gezwängt, dass ihnen die grässlichen Insekten von den nackten Leibern fern hielt und war mit kaltem Schweiß bedeckt auf die Terrasse gewankt.

Auf dem Tischchen neben dem Sessel standen die beiden Korbflaschen, von denen Ole Hansen gesprochen hatte. Er goss sich ein kleines Glas von dem alten Rum ein. Der aromatische Duft schien sich sofort über die ganze Länge der Terrasse auszubreiten.

William blickte in das dunkle Tal hinunter, nur ganz vereinzelt flackerte schwach ein roter Feuerschein wie ein zwinkerndes Zyklopenauge in der schwarzen Nacht. Die Zikaden konzertierten in großer Besetzung und aus dem Unterholz waren von Zeit zu Zeit knackende Geräusche und undefinierbare Laute zu vernehmen. Langsam beruhigte er sich und ließ seine Gedanken treiben. Wenn er ehrlich zu sich selber war, dann hatte er im letzten halben Jahr mehr Glück als Verstand gehabt. Erst hatte ihm Fortuna ein paar lukrative Prisen auf den Bahamas in die Hände gespielt. Dann war die leidige Geschichte mit der Versenkung der französischen Fregatte glimpflich abgelaufen – zumindest für ihn, die Franzosen, diese armen Schweine, waren jämmerlich ersoffen. Der nächste Glücksfall war sein Entkommen von der *Medusa* gewesen. Ach ja, seufzte er, wenn Janine ihm nicht geholfen hätte, dann … Er wollte es sich lieber nicht genau ausmalen, wie diese Geschichte hätte enden können. Janine! Auch das war eine einzigartige Erfahrung gewesen. Ihre wilde Leidenschaft, der frische Duft ihrer Haut, ihr zarter blonder Flaum auf der Haut … Puh! Er schluckte schwer. Es war besser, er vergaß sie so schnell wie möglich.

Der Höhepunkt seiner Glückssträhne war zweifellos die Aktion in Bahíablanca gewesen. So viel Dusel konnte ein einziger Mensch eigentlich gar nicht haben. Bei diesem komplizierten Manöver hätte so viel schiefgehen können, aber alles war abgelaufen wie geplant! Nun ja, nicht ganz, denn Dunbar war ihm entkommen – wieder einmal! Aber selbst dieser offene Posten in seiner sonst so makellosen Bilanz hatte Mister Smith nicht sonderlich verärgert. Im Gegenteil, der Agentenführer hatte ihn gelobt und betont, dass er seine Fähigkeiten in seinem Bericht nach London herausstreichen würde. Und dann jetzt noch dieses überaus großzügige Geschenk von Elizabeth. Es war nicht zu fassen: Eine Rumdestillationsanlage mit allen Gebäuden, Geräten und Arbeitskräften. Er überlegte nachdenklich, genauer gesagt handelte es sich um Angestellte und Sklaven. Überwiegend um Sklaven. Er nippte an dem starken Rum. Er, der kleine Leutnant William Turner war zum Sklavenhalter aufgestiegen. War das ein Aufstieg? Er war sich nicht ganz sicher, darüber musste er noch nachdenken, nahm er sich vor. Aber sonst erschien ihm seine Rumfabrik eine zukunftssichere Sache zu sein. Den Rohstoff für die Produktion konnte er auf der anderen Seite des Hofes ohne Transportkosten einkaufen. Die wichtigsten Sachen über die Produktion würde er schnell erlernen und mit dem Papierkrieg stand er auf vertrautem, wenn auch nicht liebevollem Fuß. Und vielleicht gelang es ihm sogar, einen Lieferkontrakt mit der Navy abzuschließen.

Und dann die temperamentvolle reizende liebeshungrige Elizabeth selbst. Neben ihren unbestreitbaren körperlichen Vorzügen war sie intelligent, gebildet, witzig und charmant … Alles in allem eine tolle Frau!

Das Bild von Janine würde langsam verblassen.

***

Personen

Auf der *Shark*:

William „Wild Bull" Turner, Leutnant R.N., 23 Jahre, Kommandant der Kriegsslup
James Dechamp, Erster Leutnant, 21 Jahre, aus einer Familie des englischen Uradels, reich, politisch sehr einflußreich
Paul Lennon, „Weißkopfadler", Segelmeister, ehemaliger Handelsschiffkapitän in der weltweiten Fahrt.
Ian MacKinnon, Schotte, Schiffsarzt hat in Edinburgh studiert
Arnold Armstrong, Midshipman, 21 Jahre, guter Praktiker, aber mehrfach im Leutnantsexamen durchgefallen.
George Starke, Midshipman, 18 Jahre, sehr pfiffig und aufgeweckt
Quincy, Steuermannsmaat
Carl Carter, Steuermannsmaat, Yankee
Peter Baxter, „Horseshoe", Bootsmann
Thomas „Tom" Brown, hellhäutiger Karibe, Bursche und Bootssteuerer von Turner, halber Medizinmann, entlaufener Sklave aus Guadeloupe
Mark „Snake" Taylor, Nathaniel Moose, Jim „Beaver" Smith, Fred Blackwood, Loyalisten, ehemalige Trapper und Waldläufer, Scharfschützen

Auf der *Medusa*:

Janine Bondie, Kapitän (Capitana) der Medusa

Lopez, ihr Steuermann
Svenson, Quartermaster, einflußreicher Sprecher der Mannschaft
Owen, Bootsmann
Horace Ferry, schwuler Steward von Janine Bondie, völlig loyal, guter Koch

Auf Antigua:

Mrs. Elizabeth Parker, sehr schöne, sehr reiche Witwe
Jaime Hernandez, will Elizabeth heiraten, um an ihre Besitzungen zu kommen.
Smith, Chef des Geheimdienstes auf den Kleinen Antillen, Hermes Shipping Agencies
Loftus, sein schwarzer Butler
Konteradmiral Sir Samuel Blake, uninspirierter Pedant
Forthingworth, sein Flaggleutnant

Sonstige:

Lord Cecil Dunbar, ehemaliger Sekretär des Gouverneurs von Antigua, Verräter, macht auch mit Piraten gemeinsame Sache
Swiney, Korsar, Käpt'n der Hellfire
Thunderingwater und Brokenwing, Shawneeindianer, Matrosen
Ole Hansen, Produktionsleiter der Rumdestillerie
Keggbottom, sein Schreiber
Baptiste Rousseau, Sklavenaufseher

Übersichtskarte Karibik zu „Entermesser blank“

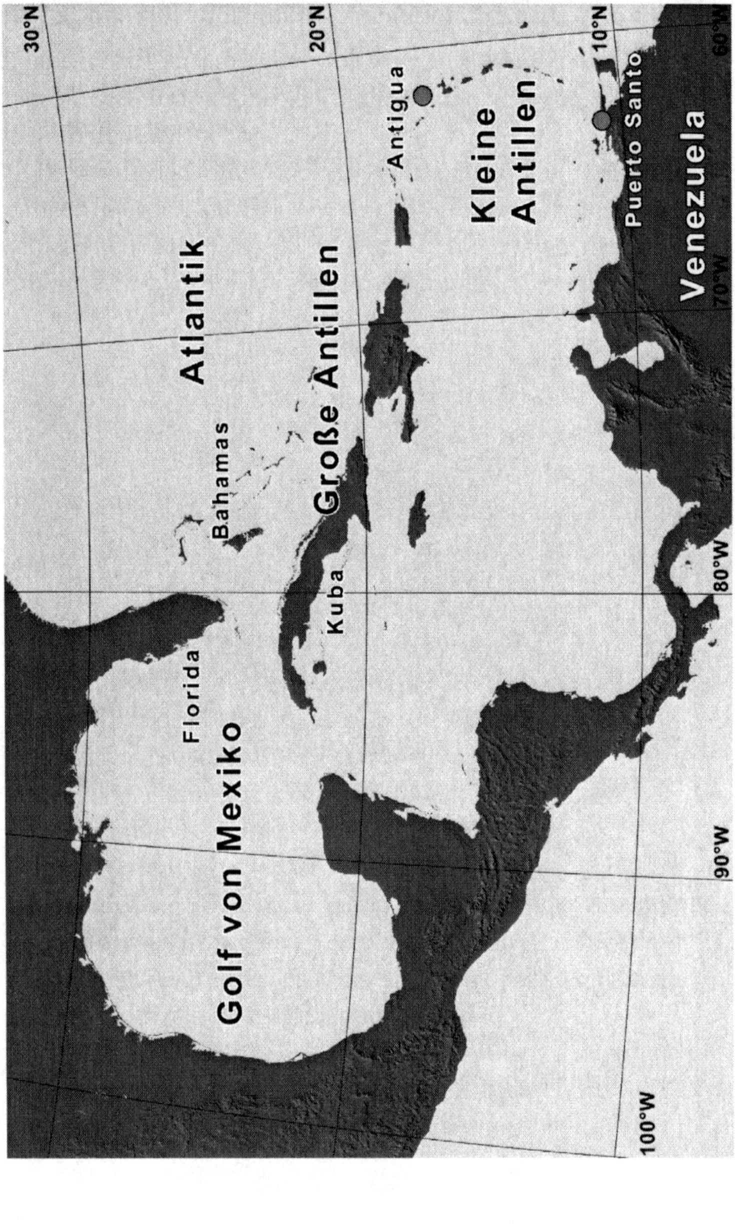